Sarah Hogle

Ist für immer nicht viel schlimmer?

SARAH HOGLE

Ist FÜR IMMER nicht viel SCHLIMMER?

ROMAN

Deutsch von Nadine Lipp

blanvalet

Die Originalausgabe erschien 2020 unter dem Titel
»You Deserve Each Other« bei Putnam, an imprint of Penguin
Random House LLC, New York.

FSC
www.fsc.org
MIX
Papier aus verantwortungsvollen Quellen
FSC® C014496

Klimaneutral*
Druckprodukt
ClimatePartner.com/14044-1912-1001

Penguin Random House Verlagsgruppe FSC® N001967

1. Auflage

This edition published by arrangement with G.P. Putnam's Sons,
an imprint of Penguin Publishing Group, a division of Penguin
Random House LLC.

Redaktion: Carina Heer
Umschlaggestaltung: Sandra Taufer, München
Umschlagmotive: Shutterstock.com
(PRESSLAB; Irina Strelnikova; SunshineVector; Ysami)
DN · Herstellung: sam
Satz: Uhl + Massopust. Aalen
Druck und Bindung: GGP Media GmbH, Pößneck
Printed in Germany
ISBN 978-3-7341-0916-4
www.blanvalet.de

Für Marcus, meinen Mann, und für unsere Kinder.
Ihr seid mein innerer Wohlfühlort.

* Prolog *

Ich bin mir sicher, dass er mich heute Abend küssen wird.

Wenn er es nicht tut, sterbe ich. Es ist unser zweites Date. Wir sind in ein Autokino gefahren und tun so, als würden wir einen Film schauen, werfen uns aber verstohlene Blicke zu. Der Film dauert zwei Stunden und fünf Minuten. Eine Stunde fünfundfünfzig ist vergangen, in der wir uns nicht geküsst haben. Ich möchte nicht verzweifelt klingen, aber ich habe nicht ein Drittel meines Körpers mit Highlighter bearbeitet, um kein bisschen davon auf ihm zu verteilen. Wenn alles nach Plan verläuft, wird er heute Nacht mit verwuscheltem Haar und so viel Glimmerpuder auf den Klamotten nach Hause fahren, dass er das Scheinwerferlicht der vorbeifahrenden Autos reflektiert. So kräftig er auch schrubben wird, er wird eine Woche lang nach meinen Pheromonen riechen.

Ich bin beim Versuch, seine Aufmerksamkeit auf meine Lippen zu lenken, nicht schüchtern gewesen, habe sanft darüber geleckt, daran geknabbert und sie ganz nebenbei berührt. Diese Tipps habe ich aus der *Cosmopolitan*. Mein schimmerndes Lipgloss wurde in einem Labor extra dafür entwickelt, um Männermünder wie magnetisch anzuziehen. Es soll so effektiv sein wie die Pfauenfedern beim Pfau. Nicholas' primitive Instinkte werden unmöglich widerstehen können. Mein Lipgloss ist aber auch ein Magnet für mein Haar, ich bekomme immer wieder den bitteren Geschmack von extra starkem Haarspray in den Mund. Manchmal erfordert Schönheit eben Opfer. Darüber hinaus liegt meine linke Hand ganz lässig über dem Sitz, und die Handfläche zeigt nach oben – für den optimalen Zugang, gesetzt den Fall, er würde sie gerne berühren und mit nach Hause nehmen.

Meine Hoffnungen beginnen jedoch zu schwinden, weil er mich zwar ansieht, dann aber wieder schnell wegsieht. Vielleicht ist er der Typ, der in ein Autokino fährt, um tatsächlich den Film anzusehen. Die andere Möglichkeit, die ich aber gar nicht in Betracht ziehen möchte, ist, dass er es vielleicht gar nicht will. Es wäre nicht das erste Mal, dass mich ein honigsüßer Charmeur mit einem Gutenachtkuss abspeist und sich genau zu dem Zeitpunkt für immer aus meinem Leben verdünnisiert, an dem ich das Gefühl habe, dass alles super läuft.

Und dann sehe ich es, das Zeichen dafür, dass ich nicht den ganzen Abend über umsonst auf meinen Haaren herumgeknabbert habe. Es erscheint mir in Form eines leeren Minzbonbonpapiers im Getränkehalter. Ich beschnuppere die Luft etwas aufmerksamer, und verdammt, ja, ich erkenne Spuren eines leichten Minzdufts! Ich blicke noch einmal zum Getränkehalter, und es ist sogar noch besser, als ich dachte. Zwei leere Bonbonpapiere! Er gibt Gas! Ein Mann beschleunigt normalerweise in Sachen Minzbonbons nicht, es sei denn, er bereitet sich auf etwas vor.

Mein Gott, dieser Typ sieht so gut aus, dass ich gar nicht glauben kann, dass er sich freiwillig auf diesen

Abend eingelassen hat. Ich mag jede kleinste Kleinigkeit an Nicholas. Er hat nach dem ersten Date nicht drei Tage lang gewartet, um sich wieder zu melden. Alle seine Textnachrichten sind grammatikalisch korrekt. Ich habe noch kein unerwünschtes Dick Pic erhalten. Ich möchte jetzt schon einen Saal für unsere Hochzeitsfeier reservieren.

»Naomi?«, sagt er, und ich blinzle.

»Mhm?«

Er lächelt. Das ist so reizend, dass ich auch lächle. »Hast du gehört, was ich gesagt habe?«

Die Antwort lautet *Nein*, denn ich war damit beschäftigt, sein Profil zu bewundern. Außerdem bin ich viel zu vernarrt in ihn, dafür dass es erst so früh ist in unserer … ich kann das, was wir haben, ja nicht einmal Beziehung nennen. Wir hatten erst zwei Dates. *Reiß dich zusammen, Naomi.*

»Du träumst oft ein bisschen vor dich hin, stimmt's?«, mutmaßt er.

Ich spüre, wie ich rot werde. »Ja, tut mir leid. Manchmal sprechen Leute mit mir, und ich merke es gar nicht.«

Sein Lächeln wird breiter. »Du bist süß.«

Er findet, dass ich süß bin? Mein Herz schlägt einen Purzelbaum. In Gedanken stoße ich ein Dankgebet an meine falschen Wimpern und diese tief ausgeschnittene (aber dennoch edle) Bluse aus.

Er legt den Kopf schief und sieht mich an. »Ich habe gesagt, dass der Film zu Ende ist.«

Ich schaue zur Leinwand. Er hat recht. Ich habe keine Ahnung, was am Ende des Films passiert ist, ebenso wenig weiß ich, was die wichtigsten Handlungsstränge waren.

Ich glaube, es war eine romantische Komödie, aber wen interessiert das schon? Mich interessiert die Romanze, die sich hier, in diesem Auto abspielt, viel mehr. Der Parkplatz ist nun leer und bietet genug Privatsphäre, um meine Fantasie heißlaufen zu lassen. Es könnte alles passieren. Nur ich, Nicholas und …

…eine pinke Strickjacke, ordentlich gefaltet auf der Rückbank. Sie gehört eindeutig einer Frau, und diese Frau bin nicht ich.

Mein Magen zieht sich zusammen. Nicholas ist meinem Blick gefolgt. »Die ist für meine Mutter«, sagt er schnell. Ich bin nicht wirklich überzeugt, bis er mir die Geburtstagskarte zeigt, die daneben liegt und auf die er geschrieben hat: *Ich liebe Dich, Mom!* Ich falle innerlich in Ohnmacht.

»Das ist ja so nett«, sage ich und bin mir sehr darüber im Klaren, dass sich das zu intim anhört. Ich bin völlig durcheinander, und die Bonbonpapiere drängen sich weiterhin vor meine Augen. Der Film ist zu Ende, worauf wartet er also noch? »Danke, dass du mich hergebracht hast. Es gibt nicht mehr viele Autokinos heutzutage. Wahrscheinlich nur noch ein paar im ganzen Mittleren Westen.« Noch schwieriger ist es, eins zu finden, das das ganze Jahr über in Betrieb ist. Zum Glück hat man uns bei der Einfahrt einen zusätzlichen elektrischen Heizkörper mitgegeben, was den Wahnsinn einer solchen Unternehmung im Januar unterstreicht. Wir haben uns auch in ein paar Decken eingemummelt, und so war es für ein verrücktes Winterdate überraschend gemütlich.

»Es gibt noch acht im ganzen Bundesstaat«, sagt er.

Dass er so etwas einfach auswendig weiß, ist beeindruckend. »Hast du Hunger? Hier in der Nähe ist ein Frozen-Yogurt-Laden mit dem besten Frozen Yogurt, den du je gegessen hast.«

Ich mag Frozen Yogurt nicht besonders (vor allem nicht, wenn es draußen kalt ist), aber ich werde auf keinen Fall etwas anderes als eine angenehme Begleitung sein. Wir kennen uns noch nicht so gut, und wenn ich auf ein drittes Date hinauswill, muss ich pflegeleicht wirken. Ich bin die lässige Naomi, mit der es Spaß macht abzuhängen und mit der es *definitiv* Spaß macht herumzuknutschen. Vielleicht küsst er mich ja nach dem Frozen Yogurt. Und vielleicht knöpft er dann auch sein Hemd auf. »Das klingt großartig!«

Anstatt sich anzuschnallen und wegzufahren, zögert er. Er fummelt am Radiogerät herum, bis es rauscht, und erwischt schließlich den mitreißenden Indie-Song *You Say It Too*. Plötzlich stelle ich fest, dass er mit einem Mal so still geworden ist, weil er aufgeregt ist und nicht, weil er desinteressiert ist. Das überrascht mich, denn bisher hat er nichts anderes als Selbstbewusstsein ausgestrahlt. Es liegt etwas in der Luft, und mein Puls beschleunigt sich. Ich spüre intuitiv, was kommt. Der Rhythmus meines Blutes ist ein Sprechchor. *Ja! Ja! Ja!*

»Du bist schön«, sagt er in einem ernsten Tonfall und dreht sich wieder zu mir. Er wirkt zögerlich, während er sich auf die Wange beißt, und ich bin verblüfft, dass *er* derjenige ist, der aufgeregt ist. Mein Herz macht einen Aussetzer, als sein Gesicht ein paar Zentimeter näher kommt. Dann noch ein bisschen. Seine Lippen nähern sich den meinen, sein Blick ist auf meinen Mund gerichtet, und ich kann mich plötzlich an keinen anderen Mann mehr erinnern, den ich je gedatet habe. Er hat sie alle ausgelöscht. Er ist intelligent, charmant und perfekt, absolut perfekt für mich.

Mein Herz schlägt mir bis zum Hals. Seine Finger streichen mir durchs Haar und ziehen meinen Kopf sanft hoch zu seinem. Nicholas lehnt sich die letzten noch fehlenden Zentimeter vor und erhellt meine Welt wie eine Sternschnuppe. Durch meine Adern schießen Vorfreude und Erstaunen und das überwältigende Gefühl, dass es sich richtig anfühlt. Er küsst mich, und ich bin hin und weg, genau so, wie ich dachte, dass es kommen würde.

Was für eine magische, außergewöhnliche Nacht.

Kapitel 1

Ein Jahr und neun Monate später

Was für ein hässlicher, beschissener Tag. Regen trommelt auf die Windschutzscheibe des ebenfalls beschissenen Autos meines Kollegen, es riecht nach kalten Fritten und Kiefernwald. Leon klopft mit den Fingerkuppen auf dem Lenkrad und beugt sich ein bisschen vor, damit er etwas sehen kann. Die Scheibenwischer bewegen sich bei maximaler Stärke hin und her, aber es regnet so stark, als hätte jemand den Himmel in der Mitte aufgeschlitzt und als würde nun ein Ozean herausfließen.

»Danke noch mal fürs Mitnehmen.«

»Gerne, jederzeit.«

Ich presse meine Lippen zusammen und inhaliere Kiefernwaldgeruch. Was auch immer Leon hier versprüht hat, bevor ich ins Auto gestiegen bin, es wird mich für den Rest des Tages begleiten. Ich weiß nicht sehr viel über ihn, es kann also gut sein, dass er eine Leiche im Kofferraum hat und dass dieses Waldspray den Geruch überdecken soll.

»Es regnet echt stark«, sage ich. Brandy konnte mich nicht mitnehmen, weil ihre Schwester sie schon früh abgeholt hat. Zach ist heute mit dem Motorrad gefahren, was er mittlerweile sicherlich bereut. Melissa hat mir zwar angeboten, mich zu fahren, man konnte ihr aber deutlich ansehen, wie sie gehofft hat, dass ich ablehne, was ich dann auch getan habe. Ich hasse mich selbst dafür, dass ich immer noch will, dass sie mich mag. Sie ist aus nicht wirklich nachvollziehbaren Gründen sehr kalt zu mir, seit ich sie mit einem Freund meines Verlobten bekanntgemacht habe, der, wie sich herausstellen sollte, ein notorischer Fremdgeher ist. Sie denkt, dass Nicholas und ich das wussten und ihr Vertrauen in Männer absichtlich zerstören wollten.

»Ja, es soll die ganze Woche über regnen.«

»Das ist sehr schade für die Kids, die sich auf Halloween freuen.«

Leon schaut mich kurz an, bevor er den Blick wieder auf die Straße richtet. Oder auf das, was er von ihr sieht – ehrlich, ich weiß nicht, wie er es schafft, auf der Straße zu bleiben, denn ich kann nichts sehen. Nach dem, was ich erkennen kann, könnten wir gerade auch übers Feld fahren. Es ist Ende Oktober, und wir haben vier Grad. Letzte Woche hatte ich kurze Hosen an. Und in der Woche davor war es so kalt, dass es fast geschneit hätte. Der Herbst in Wisconsin ist immer ein riesiger Spaß.

»Gibst du ihnen Süßigkeiten?«, fragt Leon.

Eigentlich müsste die Antwort *Ja, klar* lauten. Ich liebe Süßigkeiten, und ich liebe Kinder, vor allem unausstehliche kleine Jungs, weil ich sie so lustig finde. Den Herbst mag ich auch. Schon den ganzen Monat trage ich Lidschatten in schimmernden Kupfertönen, denn ich will, dass meine Augenlider glühen wie die untergehende Sonne, die schief über einem Kürbisbeet steht.

Der Boden in meinem Schlafzimmer ist ein Durcheinander an weichen Pullis, in denen ich mich fühle wie eine See-Kapitänin, kniehohen Stiefeln und unendlich langen Schals. Jede meiner Mahlzeiten enthält eine Spur Kürbisgewürz. Wenn ich Kürbis nicht esse, inhaliere ich ihn wie eine Abhängige – auf jeder freien Fläche im Haus stehen Kerzen, die nach Essen riechen. Apfelkuchen, Kürbiskuchen, Kürbis pur, Apfel-Kürbis-Mischung.

Auch optisch bin ich der absolute Herbsttyp. Das hat mir die Frau an einem MAC-Schminktisch versichert. Wegen meiner bernsteinfarbenen Augen und dem langen, gerade herunterhängenden kastanienbraunen Haar. Aber in meinem Inneren wusste ich schon längst, dass ich die ultimative Herbst-Bitch bin. Es ist meine DNA.

Zurzeit fühle ich mich aber nicht danach, an Halloween Süßigkeiten zu verteilen. Ich habe nicht einmal dekoriert, was eigentlich meine Lieblingsbeschäftigung zu Beginn einer Saison ist. Ich werde den Halloween-Abend höchstwahrscheinlich alleine in Jogginghose verbringen und irgendwelchen Müll im Fernsehen anschauen, während Nicholas bei einem Freund *Gears of War* spielt. Oder ich gehe früh ins Bett, nachdem wir zur Enttäuschung der Kinder billige Reisezahnbürsten und Zahnseide verteilt haben.

»Vielleicht«, sage ich schließlich, denn es ist mir mittlerweile egal, was ich tue. Ich könnte Achterbahn fahren oder eine Einkaufsliste schreiben, mein Begeisterungslevel wäre der gleiche. Und das deprimiert mich. Was mich aber noch stärker deprimiert, ist, dass ich nichts dagegen unternehmen werde.

»Ich würde es tun, wenn ich in einer Straße wohnen würde, in der mehr los ist«, antwortet er. »Dort, wo ich wohne, kommen keine Halloween-Kids hin.«

So etwas wie eine geschäftige Straße gibt es in Morris nicht. Der Ort ist so klein, dass man ihn nur mit Mühe auf der Karte von Wisconsin findet. Es gibt hier nur zwei Ampeln.

Scheinwerferlichter huschen an uns vorbei, Reifen spritzen Wasserwellen wie Moses, der das Rote Meer teilt. Wenn ich hätte fahren müssen, hätte ich schon längst auf einem Parkplatz angehalten und gewartet, bis der Regen nachlässt. Aber Leon ist die Ruhe selbst. Ich frage mich, ob er auch dann so nett dreinguckt, wenn er Leute zerhackt und ihre Leichenteile scheibchenweise über ein Schneidebrett in seinen Kofferraum schiebt.

Andererseits hat Leon mir nie Grund gegeben, mich vor ihm zu fürchten. Ich sollte höflich nachfragen, wo er wohnt oder etwas in die Richtung, aber ich schiele ständig auf die Uhranzeige und frage mich, ob Nicholas wohl schon zu Hause ist. Ich hoffe inständig, dass dem nicht so ist. Der Junk Yard, wo ich arbeite, öffnet täglich um zehn und schließt abends um sechs, außer samstags, da ist er von elf bis sieben geöffnet.

Nicholas ist Zahnarzt und arbeitet in der Praxis Rise and Smile in der Hauptstraße, der Langley Road, auf der wir uns gerade befinden. Er hat um sechs Feierabend. Normalerweise bin ich vor ihm zu Hause, da er immer noch bei seinen Eltern vorbeischaut, um seiner Mutter Kaffee zu bringen oder um sich einen unverständlichen Brief durchzulesen oder wegen was auch immer, über das sie sich täglich bei ihm beschwert. Wenn sie ihn über vierundzwanzig Stunden nicht sieht, funktioniert ihr Betriebssystem nicht mehr.

An diesem Morgen habe ich festgestellt, dass mein Auto einen Platten hat. Während ich dastand und den Reifen anstarrte, erinnerte ich mich an eine Szene aus dem letzten Jahr. Nicholas sagte mir damals, er müsse mir mal zeigen, wie man einen Reifen wechselt. Ich fühlte mich in meinem Stolz verletzt. Wieso ging er davon aus, dass ich das nicht schon längst wusste? Also habe ich erst mal klargestellt, dass ich mich seit Jahren mit der Materie auskenne. Ich bin eine moderne, verantwortungsbewusste und selbstständige Frau. Ich brauche keinen Mann, der mir bei Wartungsarbeiten an meinem Auto hilft.

Nun ist es aber so, dass ich in Wahrheit nicht weiß, wie man einen Reifen wechselt. Heute Morgen war gutes Wetter, und ich hatte keine Ahnung, dass es abends regnen würde, also beschloss ich, zu Fuß zur Arbeit zu gehen – das erklärt meine aktuelle Notlage in Leons Auto. Nach Hause zu laufen, war nicht im Entferntesten eine Option. Der Pulli, den ich anhabe, ist aus Kaschmir.

Meine kleine Lüge übers Reifenwechseln wuchs mir etwas über den Kopf, als Nicholas' Vater, der leider sehr veraltete Ansichten hat, einen Kommentar darüber abließ, dass Frauen nicht wüssten, wie man Öl wechselt. Ich erwiderte: »Wie bitte? Ich wechsle mein Öl ständig selbst.« Ich habe das aus feministischen Gründen gesagt. Daraus kann mir keiner einen Strick drehen. Und dann habe ich mich damit gerühmt, dass ich schon Stoßdämpfer und Bremsbelege selbst ausgewechselt habe und nie die Hilfe eines Automechanikers brauche. Ich weiß, dass Nicholas misstrauisch ist und versucht, mich zu beobachten, wann immer es etwas an meinem Auto zu tun gibt. Zum Glück erledige ich das immer dann, wenn er in der Arbeit ist, so kann er mich nie in Aktion sehen. Ich schleiche mich dann nämlich wie ein Dieb in die Werkstatt Morris Auto und bezahle Dave immer in bar. Dave ist ein guter Typ. Er hat versprochen, mich niemals zu verpfeifen, und lässt mich die Lorbeeren für seine Arbeit einheimsen.

Jedes Gebäude auf der Langley Road sieht in diesem Regen bläulich und verschmiert aus. Wir fahren an einer Monet-Version von Rise and Smile vorbei, und ich bete, dass Nicholas mich nicht wie durch ein Wunder auf dem Beifahrersitz eines fremden Wagens erkennt. Wenn er davon erfährt, dass ich heute nicht selbst gefahren bin, wird er wissen wollen, warum. Und ich habe keine plausible Erklärung. Er wird herausfinden, dass ich ihn über meine Automechanik-Kenntnisse angelogen habe, und sein süffisantes *Wusst ich's doch*-Gesicht wird mich so sehr ärgern, dass ich ganz viele Pickel bekommen werde. Dabei ist es eine Unverschämtheit, dass er meine Reparaturkenntnisse überhaupt so kritisch hinterfragt. Es ist sexistisch, davon auszugehen, dass ich nicht weiß, wie man undichte Schläuche und Schleifbänder repariert und was auch immer ein Auto sonst noch dazu bringt, *brruummm* zu machen. Er soll weiterhin an meine Lügen glauben.

Ich will, dass Leon sich beeilt, auch wenn er kaum etwas sieht, und ich würde es sehr begrüßen, wenn ich in diesem Auto, das so riecht, als hätte es einen ganzen Wald auf dem Gewissen, nicht sterben würde. Ich frage mich, wie ich ihn darum bitten kann, sein Leben in Gefahr zu bringen, damit ich Zeit habe, mir YouTube-Tutorials anzugucken, bevor Nicholas nach Hause kommt. Lohnt es sich, dafür von der Straße abzurutschen? Ja, definitiv, das tut es. Ich habe dieses Geheimnis nicht so lange gehegt und gepflegt, dass es jetzt wegen ein bisschen Regen platzt.

Ich hebe einen To-go-Becher vom Boden und drehe ihn um. »Huch, Dunkin' Donuts? Den sollte Brandy besser nicht sehen.«

Brandys Schwester betreibt ein Café, das Blue Tulip Café, und Brandy akzeptiert nicht, dass einer ihrer Junk-Yard-Kollegen große Café-Ketten besucht.

Leon kichert. »Oh, ich weiß. Das ist mein schmutziges kleines Geheimnis. Aber der Kaffee bei Dunkin' Donuts schmeckt einfach besser. Und dann habe ich auch noch eine direkte Verbindung zu diesem Laden. Wenn man denselben Nachnamen hat, dann ist die Loyalität anderen gegenüber futsch.«

»Dein Nachname ist Donuts?«, erwidere ich völlig bescheuert, bemerke meinen Fehler aber sofort.

»Mein Nachname ist Duncan, Naomi.« Leon wirft mir einen Blick zu, und sein Gesichtsausdruck müsste sagen *Im Ernst jetzt?*, denn das ist etwas, das ich mittlerweile wissen sollte, da ich doch seit Februar mit ihm im Junk Yard arbeite. Der Junk Yard ist kein Schrottplatz im eigentlichen Wortsinn, es ist so was wie ein Ramschladen. Aber Leons Manieren sind den meinen weit überlegen, in seinem Gesicht steht nur *Oh, das ist total nachvollziehbar, dass du das sagst, vermute ich mal* geschrieben.

Ich will die Tür öffnen und mich hinausrollen lassen, aber ich reiße mich zusammen. Da draußen ist ein Monsun, und mir würde nur mein Kupferschimmer-Lidschatten über die Wangen laufen. Bei der Sicht würde ich außerdem auf der Straße herumirren und angefahren werden. Mein Schwarz-Weiß-Verlobungsfoto käme in die Zeitung mit dem Hinweis, dass sich die Familie des Verlobten anstelle von Blumen über Spenden freuen würde. Und zwar an ihren Wohlfahrtsverband, Rows of Books, der Zahnhygienebücher an benachteiligte Schulen verschickt.

Ich koche innerlich für einen Moment vor Wut, denn genau das würde passieren, und ich bin gehässig genug, um zu denken, dass ich lieber die Blumen nehmen würde.

Endlich biegen wir in unsere Straße ein. Ich schnalle mich schon ab, während ich auf das kleine weiße Haus zeige, vor dem mein solider alter Saturn und ein goldener Maserati parken. Sie passen zueinander wie Tag und Nacht.

Verdammter Mist, Nicholas ist zu Hause!

Er steht mit der heutigen Post und seiner Ledermappe unterm Arm auf der Veranda und schließt gerade die Eingangstür auf. Dieses eine Mal, da es mir verdammt noch mal wichtig ist, dass er nach der Arbeit an seiner Mutter herumdoktert, kommt er direkt nach Hause. Ich schaue auf mein Auto und seufze. Der Reifen ist so platt, dass das ganze Ding schief steht. Es wäre ein Wunder, wenn Nicholas es nicht bemerkt hätte. Neben Nicholas' glitzerndem Auto sieht der Saturn erbärmlich aus. Der Maserati ist so auffällig in Morris, dass jeder weiß, wem er gehört, wann immer er über die dunkelorange Ampel surrt.

Leons Auto hingegen ist ein Frankenstein-Monster aus japanischen Teilen. Er ist hauptsächlich stumpf grau-blau, bis auf die Tür an der Fahrerseite, die ist rot und verrostet, und die Heckklappe ist weiß und schließt nicht richtig. Sie hat die ganze Fahrt über gepoltert, was meiner Vermutung, jemand sei dort drin gefesselt und geknebelt, nur noch mehr Nahrung gegeben hat. Armer Leon. Ich weiß, dass es heißt, es seien gerade die Stillen, bei denen man aufpassen muss, aber er war immer nett zu mir, und er verdient diesen Seitenblick nicht. Er ist *wahrscheinlich* nicht Jack the Ripper.

»Bis später«, sagt er.

Brandy veranstaltet an den meisten Freitagabenden Spieleabende. Sie lädt Zach, Melissa, Leon und mich ein, unsere besseren Hälften können auch jederzeit mitkommen. Nicholas ist bisher zu keinem von Brandys Spieleabenden, Zachs Grillabenden oder Melissas Minigolf-Ausflügen mitgekommen, was für mich okay ist. Er kann seine eigenen Sachen mit seinen eigenen Freunden machen, die er nicht einmal mag, mit denen er aber trotzdem abhängt, denn es ist nicht leicht, neue Freunde zu finden, wenn man zweiunddreißig ist.

Ich bin die Auffahrt schon zur Hälfte hochgelaufen, als Leon unerwarteterweise ruft: »Hey, Nicholas!«

Nicholas winkt ihm leicht verwirrt zu. Meine Kollegen neigen dazu, ihn zu ignorieren, wann immer sie sich sehen und umgekehrt. »Hey?!«

»Kommst du mit zum Spieleabend?«, fragt Leon.

Mir entfährt ein Lachen, das klingt wie ein *Bah*, denn selbstverständlich kommt er nicht mit. Niemand dort mag ihn, und er wäre die ganze Zeit über nur schlecht gelaunt und in Abwehrhaltung, was mir den ganzen Abend verderben würde. Wenn er mitkäme, würden meine Freunde merken (ich zähle Melissa immer noch zu meinen Freunden, denn ich habe die Hoffnung noch nicht aufgegeben, dass sie eines Tages wieder nett zu mir sein wird), dass wir nicht das Yin-und-Yang-Liebesgespann sind, als das ich uns in meinen Instagram-Posts inszeniere. In gewisser Weise ist es sehr passend, dass Nicholas meinen Freunden aus dem Weg geht und sich nicht in ihre Nähe verirrt, damit sie ihn genauer inspizieren können. Zu wissen, dass unsere Beziehung, von außen betrachtet, beneidenswert aussieht, ist die einzige Sache, die das zwischen uns noch am Laufen hält, denn in Wahrheit ist das, was wir haben, überhaupt nicht beneidenswert.

»Wieso lachst du?«, fragt Nicholas und guckt beleidigt.

»Du kommst nie mit zum Spieleabend. Warum fragt er überhaupt?« Und zu Leon sage ich: »Nein, er hat schon was vor.«

»Das ist aber schade«, antwortet Leon. »Du kannst jederzeit dazustoßen, falls du doch Zeit haben solltest, Nicholas.«

Nicholas hat seine Augen zu Schlitzen zusammengekniffen und lässt mich nicht aus dem Blick, während er antwortet: »Weißt du, was? Ich denke, ich komme.«

Leon winkt fröhlich, was überhaupt nicht zu dem Schock passt, den ich zu verbergen versuche. »Cool! Bis später, Naomi.« Dann fährt er los.

Jemand hat etwas ganz Simples gesagt: *Bis später, Naomi,* und mir kommt ein seltsamer Gedanke. Es ist schon sehr lange her, dass mich jemand wirklich *gesehen* hat, seitdem ich so viel von mir verberge. Von meinem Ich, von der, die ich wirklich bin, ein achtundzwanzigjähriges Individuum, das sechsundzwanzig Jahre lang nicht wusste, dass es einen Nicholas Rose gibt. Ich habe nach und nach die Westfield-Seiten in mir abgelegt und bin in das Vorstadium der Naomi Rose getreten. Seit einem ganzen Jahr bin ich nun die Hälfte von einem Ganzen, aber in letzter Zeit weiß ich nicht, ob ich überhaupt als Hälfte durchgehe.

Aber wenn mich jemand mit netter Stimme Naomi ruft, fühle ich mich wie diejenige, die ich früher mal war. Während der kurzen Zeit, die es dauert, bis Leons Auto am Ende der Straße verschwindet, bin ich wieder Naomi Westfield.

»Du möchtest nicht, dass ich mitkomme«, sagt Nicholas anklagend.

»Was? Quatsch! Natürlich möchte ich das.«

Ich schenke ihm mein breitestes Lächeln. Um überzeugend zu sein, muss ich auch mit den Augen lächeln. Es muss ein richtiges Lächeln sein. Das gelingt mir, indem ich mir vorstelle, wie ich Nicholas im Rückspiegel sehe, während ich aus Morris herausfahre, um nie wiederzukommen.

* Kapitel 2 *

Ich liege auf dem Sofa und sehe mir eine Sendung an, die mein Gehirn zersetzt. Ich höre Nicholas nur halb zu. Er beschwert sich über einen Freund, der ein paar Mal im Monat mit zum Fußball im Park kommt. Es ist der Typ, der denkt, er spiele besser als Nicholas, der denkt, er wisse mehr über das Spiel als Nicholas, und Nicholas wird ihm demnächst mal gehörig die Meinung geigen. Das sagt er schon, seit ich ihn kenne. Wenigstens hat er mir die Story abgenommen, warum ich zu Fuß zur Arbeit gegangen bin: Ich habe mir im Sinne eines gesünderen Lebensstils vorgenommen, mich mehr zu bewegen, und Gehen ist mein neuestes Hobby. Nicholas sollte sich an mir ein Beispiel nehmen und ebenfalls zu Fuß zur Arbeit gehen, statt unseren Planeten mit Treibhausgasen zu zerstören. Ehrlich, ein bis zwei Sachen könnte er von mir lernen.

Ich beobachte ihn weiter dabei, wie er Dampf ablässt. Ich nicke und bin mit ihm einverstanden, wie die kleine brave Verlobte, die ich bin, dabei bin ich aber überhaupt keine gute Verlobte, denn ich habe das Gefühl, ich breche jeden Moment zusammen.

Ich bin eine gute Schauspielerin. Darauf bin ich stolz. Nicholas ist darauf stolz, dass er jede kleinste Kleinigkeit weiß, die es über mich zu wissen gibt. Er sagt anderen gegenüber ständig, dass ich nichts vor ihm geheim halten könne. Ich sei durchsichtig wie Luft und intellektuell genauso solide. Dass er mir in die Augen schauen und glauben kann, dass ich total in ihn verliebt bin, bestätigt mir aber, dass ich eine fantastische Schauspielerin bin und er nicht alles über mich weiß, das meiste jedenfalls nicht.

Ich würde sagen, dass ich zu vierzig Prozent in Nicholas verliebt bin. Vielleicht sollte ich nicht *verliebt* sagen. Denn das ist anders. Verliebt sein ist wild. Da ist ein Flattern und Flirren und Fliegen. Da sind nervöse Schweißausbrüche und Herzpochen, und es fühlt sich groß und richtig an. So wurde es mir jedenfalls erzählt. All das ist bei mir nicht der Fall. Ich liebe ihn zu vierzig Prozent.

Das ist nicht so schlecht, wie es klingt, wenn man es mit anderen Paaren vergleicht. Wenn die ehrlich wären, würden viele eine niedrigere Prozentzahl angeben als die, die sie laut aussprechen. Ich bin davon überzeugt, dass zwei Menschen nicht den jeweils anderen zur gleichen Zeit und ständig zu einhundert Prozent lieben. Das persönliche Hochgefühl der einen Person kann sich nach Aufs und Abs bei fünfundsiebzig Prozent einpendeln, bei der anderen kommt es nur auf sechzig Prozent.

Ich bin eine elende Zynikerin (das ist eine neuere Entwicklung) und eine verträumte Romantikerin (das war ich schon immer), und diese Kombination ist so beschissen, dass ich gar nicht weiß, wie ich mich selbst aushalten soll. Wenn ich nur das eine wäre, würde ich vielleicht nicken und mit Nicholas fühlen, ich würde breit lächeln, statt einen meiner liebsten Tagträume herbeizutrommeln, um mich in ihn zu flüchten, weil ich die Realität nicht wahrhaben will. Dieser Traum spielt an meinem Hochzeitstag, und ich stehe neben Nicholas vor dem Altar. Der Pfarrer fragt, ob jemand etwas gegen diese Verbindung einzuwenden hat, und unter den Gästen steht jemand auf und erhebt mutig die Stimme: *Ja, ich.* Alle anderen schnappen nach Luft. Es ist Jake Pavelka, der Star der aufsehenerregenden vierzehnten Staffel von *The Bachelor.*

Im echten Leben wird Jake Pavelka mein Gelübde selbstverständlich nicht unterbrechen, und Nicholas und ich werden auf Gedeih und Verderb miteinander verbunden sein. Ich gehe den Kalender im Kopf durch, und mir wird schlecht bei dem Gedanken, wie wenig Zeit mir noch bleibt. In diesem Moment feuert die Vorstellung, *Ja, ich will* zu sagen, meinen Puls an wie eine beschleunigende Dampflok.

Und Nicholas merkt nicht einmal, was gerade mit mir geschieht.

Das passiert in schöner Regelmäßigkeit. Immer, wenn ich denke, das blöde Gefühl ist jetzt weg, ich bin glücklich, kehrt die ganze unterdrückte Unzufriedenheit mit Wucht zurück. Manchmal überkommt es mich kurz vor dem Einschlafen. Oder wenn ich von der Arbeit nach Hause fahre. Oder während des Abendessens. Dann vergeht mir von einer Sekunde auf die andere der Appetit, und ich muss für Nicholas eine akzeptable Erklärung finden, was mit mir los ist.

Angesichts all dieser Erklärungen und Entschuldigungen denkt Nicholas, dass ich einen sehr empfindlichen Magen habe und mein PMS sich drei Wochen hinzieht. Wir besprechen häufig, wie viel Gluten ich zu mir nehme, und ich gebe vor, darüber nachzudenken, Zucker komplett von meinem Speiseplan zu streichen. Das hat man davon, wenn man mit einem Typen elf Monate zusammen ist und sich, sechs Stunden bevor man mit ihm zusammenzieht und ihn ihm Alltagsleben wirklich kennenlernt, mit ihm verlobt. Ich hatte auf den Freund Nicholas gesetzt, und als ich plötzlich den Verlobten Nicholas vor mir hatte, wurde mir klar, dass ich kein gutes Geschäft eingegangen war. Als ich mit ihm zusammenkam, dachte ich, ich hätte ein Ass gezogen, aber nachdem er mir einen Ring an den Finger gesteckt hatte, hat er mich zur ewigen Nummer zwei degradiert.

Wenn ich allein oder so gut wie allein bin, weil er mich ignoriert, um Quality Time mit seinem Computer zu verbringen, kann ich wenigstens mein Lächeln für kurze Zeit ablegen. Ich muss dann keine Energie darauf vergeuden, so zu tun, als wäre alles in Ordnung. Ich gebe mich aber nicht allzu lang meinen dunklen, sich aufdrängenden Gedanken hin, auch wenn ich es eigentlich möchte, denn ich befürchte, dass es mir, wenn ich so richtig damit anfange, einen auf Morrissey zu machen, die Wand anzustarren und darüber nachzudenken, was genau mich unglücklich macht, unmöglich wird, diese Gedanken jemals wieder zusammenzufalten und im Schrank zu verstauen, um sie erst an einem anderen Tag wieder herauszuholen.

Ich klinke mich wieder in Nicholas' ausschweifendes Gelaber ein, ein paar Stichworte genügen, und ich bin wieder voll im Thema: *Stacy, Verbannung der khakifarbenen Hosen, Tankanzeige.* Er hat seine drei Lieblingsthemen zu einer stürmischen Schimpftirade verknüpft. Er verabscheut die neue Arbeitskleidungsvorschrift, die seine Kollegin, Dr. Stacy Mootispaw, einzuführen versucht: Es sollen nur noch schwarze Hosen getragen werden, seine Lieblingshosen in Khaki sind verboten. Er hasst Stacy. Er hasst die Tankanzeige seines schicken Autos, die er fälschlicherweise beschuldigt, ihn letzte Woche, als er aus der Stadt rausgefahren ist, im Stich gelassen zu haben. Er meint, sie habe ihm nicht angezeigt, dass sich das Benzin dem Ende zuneigt.

Ich mache ein mitfühlendes Gesicht und versichere ihm, dass Stacy der Abschaum auf Erden ist und das Verbot der Khakihosen Diskriminierung. Ich bin eine loyale Verlobte, empört ob dessen, was ihm widerfährt, und bereit, gegen den Missstand in den Kampf zu ziehen.

»Schauspielerin« ist ein Synonym für »professionelle Lügnerin«, geht mir durch den Kopf.

Mittlerweile lüge ich uns beide die ganze Zeit über an, und ich weiß nicht, wie ich damit aufhören soll. In drei Monaten heiraten wir. Wenn ich Nicholas ehrlich von meinen kleinen Panikattacken erzählen würde, würde er sagen, ich hätte einfach nur kalte Füße und das sei ja wohl normal. Er würde für alles, was ich fühle, diese eine Erklärung haben. Dabei bin ich schon längst nicht mehr wegen der Hochzeit aufgeregt. Seit sie mir weggenommen wurde, seit mir alle Entscheidungen abgenommen wurden, bin ich nicht mehr aufgeregt – aber gerade das macht mir Angst. Wenn ich nicht aufgeregt bin, weil ich heirate, warum zum Teufel tue ich es dann?

Mein Problem ist mittlerweile größer als seine sich ständig einmischende Mutter, größer als der uralte Zwist, wo die Hochzeitsreise hingehen und wie groß die Hochzeitstorte sein soll. Letztere interessiert mich eh nicht mehr, seit feststeht, dass es keine Zitronentorte sein wird. *Niemand mag Zitrone, Naomi.* Ich habe so viel hinuntergeschluckt, ich wurde so oft verletzt, dass mein schwelender Groll so stark angewachsen ist, dass ich Nicholas nur noch durch die negative Brille sehe, auch die Bereiche, in denen er eigentlich nichts falsch macht. Und trotz allem bin ich so nachsichtig, dass ich meine negativen Gefühle unterdrücke und sie nicht mit ihm teile. Er würde es sowieso nicht verstehen.

Wenn er mich fragt, was los ist, und er mein Problem nicht durch ein paar beruhigende Worte lösen kann, ist Nicholas frustriert. Das erinnert mich daran, dass meine Mutter mir mal gesagt hat, dass man Männer nicht in unlösbare Probleme einweihen könne, denn ihre Unfähigkeit, diese zu lösen, blockiere sie.

Ist mein Problem unlösbar? Ich weiß gar nicht, was mein Problem ist. Wahrscheinlich bin ich das Problem. Es gibt viele gute Seiten an Nicholas, ich habe sie alle in einer passwortgeschützten Datei auf meinem Laptop festgehalten. Ich öffne sie jedes Mal, wenn ich daran erinnert werden muss, dass alles in Ordnung ist.

Ich möchte eine magische Pille schlucken, die mich rundum zufrieden sein lässt. Ich möchte liebevoll auf Nicholas blicken, während er erfolglos unsere Küchenschränke durchsucht. Seit zehn Monaten wohnen wir zusammen, und er weiß immer noch nicht, wo sich was befindet.

Auf Papier sehen unsere Namen so romantisch aus.

Nicholas und Naomi Rose. Gibt es etwas Entzückenderes? Unseren Kindern werden wir auch romantische N-Namen geben und daraus ein Leitmotiv machen. Ein Sohn namens Nathaniel. Seine Großeltern werden ihn Nat nennen, was mir überhaupt nicht gefallen wird. Eine Tochter namens Noelle. Ihr zweiter Name wird Deborah lauten müssen, nach Mrs Rose, denn das ist eine Familientradition, die genau eine Generation zurückgeht. Nicholas' Schwester wurde das ebenfalls eingebläut, und wenn wir uns alle fügen, wird es eines Tages eine Dynastie kleiner Deborahs geben.

Ich schließe die Augen und versuche mir vorzustellen, wie es ist, als biologische Tochter dieser Frau aufzuwachsen. Das Bild, das entsteht, ist so schrecklich, dass ich es mit schönen Gedanken an einen anderen Herzblattkandidaten übermalen muss – Rupert Everett als Dr. Claw in dem Film *Inspector Gadget* von 1999. Er platzt durch die Türen der Kirche St. Mary und kämpft mit Jake Pavelka – um mich. Einer von ihnen hat eine Roboterklaue, sodass es kein fairer Kampf wird. *Nicht so schnell!*, ruft eine andere Stimme. Ich blicke hoch und sehe Cal Hockley, den unverstandenen Helden aus *Titanic*, wie er sich von der Decke abseilt. Das *Herz des Ozeans* klemmt zwischen seinen Zähnen. »Das ist für dich, Naomi! Die einzige Frau, die es verdient!« Nicholas protestiert, dreht sich vom Altar weg und fällt prompt durch eine Falltür.

Mit bewusster Anstrengung schaue ich zu Nicholas und versuche, Schmetterlinge im Bauch zu spüren. Er ist verantwortungsbewusst. Wir mögen dieselben Filme. Er kann gut kochen. Diese Dinge liebe ich an diesem Mann.

»Naomi«, sagt er und knallt mit den Schranktüren. »Wo bewahren wir die Tupperware auf? Ich werde zum Supermarkt fahren und Cookies kaufen, die ich morgen im Büro vorbeibringe. Ist das nicht nett von mir? Dabei habe ich morgen frei. Niemand sonst kommt einfach so vorbei, um Süßkram für die Kollegen dazulassen.« Rise and Smile hat am Wochenende normalerweise geschlossen, aber einmal im Monat, an einem bestimmten Samstag, müssen einige von ihnen reinkommen. Um die Situation zu entschärfen, dass sie an ihrem eigentlich freien Tag arbeiten müssen, bringen sie alle Snacks mit. »Ich möchte, dass sie aussehen, als hätte ich sie selbst gebacken«, fährt er fort, »sonst hört das nie auf. Stacy sagt, dass ich mich nicht genug reinhänge. Ich werde es ihr verdammt noch mal zeigen.«

Ich tue hier etwas Unverzeihliches und stimme Stacy im Stillen zu. Nicholas hängt sich nie wirklich rein, vor allem dann nicht, wenn es um mich geht. Er hat mir keine Blumen zum Valentinstag geschenkt, und das ist okay, weil Blumen blöd sind, vermute ich mal. Er hat mich darauf aufmerksam gemacht, dass sie doch eh verwelken. Am Valentinstag saßen wir in getrennten Zimmern und haben uns gegenseitig in überschwänglichen Facebook-Posts getaggt. Wir müssen uns schöne Worte nicht direkt sagen, denn wir wissen, was #RealLove ist.

Wir haben Besseres vor mit unserem Geld, als es für überteuerten Schmuck auszugeben (wenn es um Schmuck für mich geht) oder für Blumen, die eine Woche lang langsam welken, bevor sie dahin sind (auch hier: wenn es sich um Blumen für mich handelt). Wir können dieses

Geld anders und besser investieren, zum Beispiel in ein Armband oder einen ganzen Garten für seine Mutter.

Zu unserem Jahrestag hat er mir ebenfalls keine Blumen geschenkt, und das ist okay, denn wir wissen, was #RealLove ist, wir müssen es uns nicht gegenseitig beweisen. Seiner Mutter kauft er Blumen, wenn sie sich von einem Facelifting erholt, weil sie es erwartet, aber ich bin vernünftig. Ich bin verständnisvoll. Ich weiß, dass ich keine Blumen brauche, während Mrs Rose sie *braucht.* Er ist so froh, dass wir nie so werden wie seine Eltern.

Zu unserem Jahrestag müssen wir auch nicht ausgehen oder uns den Tag freinehmen, um ihn gemeinsam zu verbringen. Wir müssen den Anlass nicht überstrapazieren. Wir sind locker und entspannt und somit überhaupt nicht wie seine Eltern. Unsere Liebe ist so #real, dass wir auf dem Sofa sitzen und Fußball schauen können, als wäre dieser Tag nichts Besonderes, als wäre es ein Tag wie jeder andere. Jeder Tag ist gleich. Wir feiern an jedem Tag Jahrestag.

Wörter blubbern mir die Kehle hoch. Ich schlucke sie herunter, kämpfe darum, neue zu finden. »Der Schrank über der Mikrowelle.«

»Danke. Übrigens, hast du Zeit, heute Abend Cookies zu backen? Stacy wird merken, wenn es keine selbstgebackenen sind. Ich will nicht, dass sie über mich herzieht.«

Ich werfe ihm einen verächtlichen Blick zu, was er nicht sieht. »Nein. Ich gehe zu Brandy.«

»Ich auch, aber wir haben doch noch ganz viel Zeit bis dahin. Und ich muss noch unter die Dusche, während du nichts anderes tust, als auf dem Sofa zu lümmeln. Kannst du nicht ganz schnell ein paar Cookies zusammenschustern?«

»Kannst du sie nicht einfach morgen backen? Warum brauchst du sie denn genau jetzt?«

Er heizt den Ofen vor. Er weiß nicht einmal, ob wir alle Zutaten im Haus haben. Er geht davon aus, dass ich sie einfach zaubern werde. »Ich stehe nicht in der Morgendämmerung auf, um drei Dutzend Cookies zu backen. Es ist einfacher, sie heute zu machen.« Seine Stimme wird zu einem Murren. »Stacy kann sich glücklich schätzen, dass ich überhaupt so viel tue, obwohl ich morgen nicht einmal Dienst habe … wir werden sehen, wie sie es findet, *auch mal* am Samstag dran zu sein.«

Ich starre Nicholas an, und meine Eingeweide kochen, denn er denkt, dass ich nicht weiß, was er tut. Der einzige Grund, warum er *jetzt* duschen muss, ist, damit er eine Ausrede hat und mich fragen kann, ob ich das Backen übernehme. Es ist, wie wenn wir vom Einkaufen nach Hause kommen und er so tut, als bekäme er einen wichtigen Anruf, und mir beim Einräumen der Lebensmittel leider nicht helfen kann.

Er holt Rührschüsseln aus dem Schrank. Dieser Mann macht sich ja noch viel mehr vor als ich selbst, wenn er denkt, dass ich die Spüle mit Rührschüsseln fülle, die ich dann auch noch abwaschen muss, um jemanden zu verwöhnen, den er verachtet, während er die Lorbeeren erntet. Stacy kann an den trockenen Cookies aus dem Supermarkt ersticken wie wir anderen auch. Warum bringt er überhaupt welche hin? Sie sind Zahnärzte. Sie müssten Sellerie-Sticks essen.

Ich denke darüber nach, wie ich ihn dazu überreden könnte, heute Abend zu Hause zu bleiben, aber da fällt mir ein, dass ich ihn brauche – er muss mich zu Brandy fahren. Ich werde den Reifen erst wechseln lassen, wenn er das Haus für längere Zeit verlässt. Ich bin sauer auf ihn, dass er so ein *Ich hab's dir ja gesagt*-Typ ist, was mich davon abhält, ihm die Wahrheit zu sagen. Ich bin gezwungen, so stur zu sein, weil er so unglaublich nervig ist.

»Ich wette, wenn du deiner Mom sagen würdest, du bräuchtest Cookies, sie hätte sie in zwanzig Minuten fertig«, antworte ich faul. »In der Form großer roter Herzen, mit deinen Initialen auf der Glasur.«

»Apropos Mom«, sagt er und räuspert sich. »Sie hat mir gesagt, dass sie mit der Schneiderin über das Kleid des Blumenmädchens gesprochen hat, um sich zu vergewissern, dass die Maße stimmen. Es ist doch wirklich so eine Erleichterung, wie sie uns hilft. In jeder Hinsicht.« Ich fühle, wie meine Seele in sich zusammenfällt und dann *puff* macht. »Jeder weiß, dass es normalerweise die Brauteltern sind, die für alles bezahlen. Wir haben wirklich sehr viel Glück, dass Mom und Dad uns so unterstützen.«

Ja, sie helfen uns so viel. Mein Brautkleid ploppt vor meinem inneren Auge auf, eine Größe zu klein, weil meine zukünftige Schwiegermutter möchte, dass ich ehrgeizig bin. Es hat eine steife A-Linie und ist weißer als die neuen Zähne ihres Mannes. Ich war für cremefarben und rosa in einem Empire-Schnitt, aber sie hat gesagt, darin sähe ich aus, als sei ich im vierten Monat schwanger. Nicholas hat ihr versichert, dass wir uns bis zur Hochzeit zurückhalten, weil sie so lächerlich altmodisch ist und man sie ständig verhätscheln und anlügen muss. Als sie meinte, ich sähe schwanger aus, war ich kurz davor zu sagen: *Ja, mit Zwillingen.*

An jenem Tag habe ich den Brautmodenladen traumatisiert und gebrochen verlassen, meine Kreditkarte war mit dreitausend Dollar belastet. Um meine Integrität zu bewahren, habe ich darauf bestanden, dass wir die Kosten teilen, Mrs Rose hat die anderen dreitausend bezahlt. *Sechstausend Dollar für ein Kleid.* Seitdem verfolgt mich der fette rote Aufdruck auf der Plastiktüte, die ein Stück Stoff im Wert von sechstausend Dollar enthält, und der es mir unmöglich machen wird, während der Hochzeitsfeier auch nur einen Bissen zu essen (worauf ich mich am meisten gefreut hatte): *Kein Umtausch möglich.*

Darüber hinaus haben sie ihrer Tochter Heather, die in einem anderen Bundesstaat lebt und die ich erst an meinem Hochzeitstag kennenlernen werde, die Rolle der Trauzeugin angeboten. Als ich mich darüber betrübt gezeigt habe, hieß es, sie werde meine Schwägerin werden, wer sonst sollte also diese Rolle übernehmen? Brandy, meine beste Freundin, war am Boden zerstört, als ich ihr die Nachricht überbracht habe.

Zu meiner Hochzeit bekommt Heather auch ein creme-und-rosafarbenes Empirekleid wie alle anderen Brautjungfern, die es vonseiten seiner Familie hageln wird.

Nicholas möchte, dass ich mich damit abfinde und es aushalte, dass auf mir herumgetrampelt wird, schließlich habe er auch gelernt, damit umzugehen. Seine Stimme zu erheben, um mich zu verteidigen, sei ihm sehr unangenehm. Ich habe so viel Schreckliches erduldet, nur um den

Frieden zu wahren, dass ich mich als Heilige qualifiziert habe. Auch wenn ich nicht ausgesprochen habe, wie sehr mich viele Dinge verärgern, weiß ich, dass er fühlt, wie es mir geht, denn in den letzten Tagen versucht er mich zu meiden, wo es nur geht. Er trödelt stundenlang auf der Arbeit herum. Er hält sich länger bei seinen Eltern auf als zu Hause. Wenn er zu Hause *ist,* ist es so, als ob er es kaum erwarten kann, dass unsere minimale gemeinsame Zeit zu Ende ist, damit er sich in sein Arbeitszimmer verdrücken und über den Computer beugen kann, bis es Zeit ist, ins Bett zu gehen. Ich habe seinen Computer Karen getauft, nach Planktons Computerfrau in *SpongeBob.*

Nicholas' Eltern haben Kohle im Überfluss, und sie haben bereits eine Menge für diese Hochzeit ausgegeben. Es ist mir egal, was Nicholas sagt, denn sie tun es nicht, um nett zu sein oder weil sie mich mögen. Ich bin die Gebärmutter, die zukünftige Roses austragen wird, und ich bin austauschbar wie alle Ex-Freundinnen von Nicholas.

Bei jedem Schritt haben seine Eltern mich darauf aufmerksam gemacht, wie glücklich ich mich schätzen kann, von ihrer Hilfe profitieren zu können und wie viel Geld sie für uns ausgeben. Aber ich brauche auf meiner Hochzeit nicht den besten Champagner im ganzen Land. Für mich wäre Wein aus Tetrapaks auch okay. Aber nein, für ihren Nicky nur das Beste.

Keine Sorge, Nicky. Mommy und Daddy kümmern sich drum. Ich weiß, Naomis Eltern können es nicht. Mr Westfield hat seinen Job verloren, nicht wahr? Und Mrs Westfield ist bloß Lehrerin! Wie urig. Die armen Mr und Mrs Westfield können sich kaum die Benzinkosten und das Essen leisten. Naomi, denk an deine Körperhaltung. Bitte, mach doch ein anderes Gesicht. Wie wäre es, wenn du dein Gesicht insgesamt änderst? Ist das die Augenfarbe, mit der du zur Hochzeit gehen wirst? Bist du dir sicher? Du wirst Absätze tragen, nicht wahr? Nein, nicht *diese* Absätze. Das sind Stripperinnen-Absätze. Du wirst eine Rose, Liebes. Dieser Name bedeutet etwas. Setz dich gerade hin. Fummel nicht an dem Ring rum. Du bist wie eine Tochter für uns, wir lieben dich sehr. Komm und setz dich fürs Familienfoto hinter uns, und zieh deinen Bauch ein.

Da kommt ein riesiger Haufen an verachtenswertem Bullshit zusammen, aber am meisten verabscheue ich an Mr und Mrs Rose, dass sie ihren Sohn immer noch Nicky nennen. Mir erlaubt er es nicht einmal, Nick zu sagen. Wenn sie ihn nicht Nicky nennen und seine Wangen küssen, als wäre er fünf Jahre alt, nennen sie ihn Dr. Rose. Sie haben seine Diplome kopiert und in ihrem Arbeitszimmer aufgehängt. Sie sind indirekt auch Zahnärzte und belehren ihre Freunde über Zahnfleischprobleme.

Ich kann jetzt unmöglich aussteigen. Alle würden über mich reden und Gerüchte verbreiten. Ich würde wie eine Versagerin und vollkommen idiotisch dastehen. Tausende Dollar wären weg. Es gibt keine Exit-Strategie, also atme ich tief ein und lasse diese Idee ziehen.

Ich schaue Nicholas an und realisiere, dass ich diesen Mann tatsächlich heiraten werde. Zu vierzig Prozent, weil ich ihn liebe, und zu sechzig Prozent, weil ich zu viel Angst habe, um die Hochzeit abzusagen. Alle, sogar seine Eltern, haben uns prognostiziert, dass wir es nie bis vor den Traualtar schaffen würden. Mein Stolz ist aber so groß, dass ich es durchziehen werde, nur um ihnen allen zu zeigen, dass sie sich geirrt haben.

»Gut, dann hilfst du mir eben nicht«, sagt Nicholas eingeschnappt und wirft mir einen verärgerten Blick zu. Ich habe seinen Abend ruiniert. Großartig! »Ich werde total in Zeitnot geraten und bin jetzt schon völlig gestresst, aber egal.«

»Heiliger Strohsack«, murmele ich. Er murrt und schlägt weitere Schranktüren auf und zu, was mir merkwürdigerweise Befriedigung verschafft. Wenn ich schon die ganze Nacht über finstere Gedanken wälzen werde, kann ich ihn genauso gut mit hineinziehen.

Kapitel 3

Als wir vor Brandys Haus parken, sieht Nicholas Zach auf der Veranda stehen und wirft mir einen schrägen Seitenblick zu.

»Na toll! Der Typ ist auch hier«, brummelt er. Er kennt seinen Namen, tut aber so, als würde er es nicht tun. Heute Abend wird er, als Rache dafür, dass sie ihn nicht mögen, vorgeben, keinen ihrer Namen zu kennen, so als wären sie unwürdig, dass er Notiz von ihnen nimmt.

Zach tut nichts weiter, als eine Katze zu streicheln, die auf dem Geländer der Veranda sitzt. Ich habe mich schon sehr oft bei Nicholas über ihn beschwert, weil er mir bei der Arbeit Essen klaut und regelmäßig seine Schichten schwänzt. Aber sosehr ich in dieser Sache mit allem einverstanden sein mag, was Nicholas sagt, werfe ich einen Blick auf mein Kartenblatt und entscheide, nicht mitzuziehen.

»Wie lange müssen wir bleiben?«, grummelt er. »Wird es was zu essen geben? Ich habe nichts gegessen, bevor wir losgefahren sind. Und ich will nicht allzu spät zurück sein. Ich muss morgen Sachen erledigen.« Man könnte meinen, ich hätte ihn gezwungen mitzukommen. Ich versuche mich daran zu erinnern, wie es sich angefühlt hat, verliebt zu sein, und es gelingt mir nicht. Es muss sehr schnell verflogen sein.

Ich denke, er spürt, dass ich meine Geduld verliere, denn er sagt nichts, als ich die Autotür fest zuknalle. Er steckt nur seine Hände in die Taschen und folgt mir langsam, als wäre er auf dem Weg zum elektrischen Stuhl.

Wenn es andersherum ist und wir Zeit mit Nicholas' Freunden verbringen, verhalte ich mich nie so. Ich neige zu lila Augenringen, und jedes Mal, wenn sie mich sehen, fragen sie mich, ob ich krank bin. Jedes. Verdammte. Mal. Unter diesen Freunden ist auch eine Ex von Nicholas, sodass ich weiß, dass sie das tut, um mich zu ärgern.

Zach fixiert Nicholas, der mit einem missmutigen Gesicht die Auffahrt entlangstapft. Er hört auf, die Katze zu streicheln, und nimmt einen großen Schluck Bier, sein Finger ist dabei um den Flaschenhals gewunden. Er wendet den Blick nicht von Nicholas ab, während er die ganze Flasche leert. »Soso«, sagt er mit einem Grinsen. »Sieh an, wer uns mit seiner Anwesenheit beehrt.«

Nicholas versucht, den Blick nicht als Erster abzuwenden, weil sie so eine Art männliches Dominanzspiel spielen, aber er sieht leicht genervt aus. Zach hält mir die Tür auf – es ist seine erste Kavaliersgeste überhaupt – und schlüpft direkt hinter mir durch die Tür. Nicholas hat zu dem Zeitpunkt noch nicht die letzte Treppenstufe genommen, sodass ihm die Tür vor der Nase zufällt.

Ich starre Zach an und öffne meinem leidgeprüften Verlobten die Tür. In seinem ganzen Leben wurde er noch nie so unhöflich behandelt. Er wird später sicher seine Mutter anrufen und ihr davon erzählen. Zach sieht mich mit seinem patentierten, reglosen Ausdruck an, zuckt mit den Achseln und geht in die Küche, ohne sich umzudrehen.

Nicholas gehört nicht zu diesem Teil meines Lebens, und wir wissen es beide. Er ist hier, weil er mein Lachen als eine Mutprobe genommen hat und weil er genauso gemein ist wie ich. Der Spieleabend hat für mich seinen Reiz verloren, und tief in meinem Inneren weiß ich, dass er böse enden wird.

* * *

Hau jetzt ab, schreibe ich Nicholas. Es ist erst eine halbe Stunde vergangen, und er war schon fünfmal auf der Toilette, um Brandys Katze zu streicheln. Sie hat sie dort wegen meiner Katzenhaarallergie eingesperrt. Seine exzessive Badezimmer-Verdrückerei nimmt dem Spiel *Cards Against Humanity* den Flow, und die anderen sind schon leicht angepisst. Als er mal wieder aus seinem Versteck herauskommt, ist er so sehr damit beschäftigt, mich finster anzusehen, dass er aus Versehen auf eine von Brandys Masken tritt, die von der Wand gefallen war, und diese zerbricht.

Sie hat eine Reihe von hübsch geschnitzten Holzmasken mit Tiergesichtern in ihrem Flur hängen, eine Hommage an ihre Yupik-Wurzeln. Viele stellen Tiere dar, die in Alaska zu Hause sind – Bären, Robben und Wölfe. Es ist ihr größter Traum, im Südwesten Alaskas zu leben, in der Gegend, aus der ihre Eltern stammen. Regelmäßig durchforsten wir Immobilienseiten auf der Suche nach einem passenden Haus. Gleichzeitig versucht sie mit Zedernholzmöbeln und einem falschen Kamin ihrem aktuellen Haus ein Alaska-Feeling zu geben.

»Gut gemacht«, sagt Zach.

Nicholas errötet, fährt sich durchs Haar und legt die Hand in den Nacken. »Es tut mir leid. Was, ähm … Was ist das? Ich werde dir ein neues kaufen.«

Sollte Brandy verärgert sein, versteckt sie es gut. »Keine Sorge. Mit ein wenig Holzkleber wird sie wieder wie neu!« Sie sammelt die Maskenteile ein und verschwindet schnell in der Küche.

»Ich übernehme gerne die Kosten für einen Ersatz. Wie teuer ist so was?«

»Lass ihn bezahlen«, sagt Zach ermutigend. »Es ist das Mindeste, was er tun kann. Wow, Doc, du willst wirklich rausgeschmissen werden, was? Kommst hierher und zerstörst Sachen.«

»Es war ein Unfall«, zische ich und streiche über Nicholas' Schulter. Nicholas spannt sich an und weicht zurück. Ich bemerke, dass Melissa das gesehen hat, und rücke wieder näher an Nicholas heran.

»Macht euch keinen Kopf!«, beteuert Brandy erneut und sieht dabei ein bisschen verzweifelt aus. »Es ist alles in Ordnung, lasst uns weiterspielen.« Sie nimmt ihre Rolle als Gastgeberin sehr ernst, deshalb will sie so schnell wie möglich über diese Sache hinweggehen. Nicholas könnte auf jede einzelne ihrer Masken treten, und sie würde lächeln und sich dafür entschuldigen, dass sie sie offen an den Wänden hängen hat, wo sie jederzeit herunterfallen und zertreten werden können. »Geht's allen gut? Habt ihr alle Spaß? Ja? Super!«

Nicholas blickt von Zach zu Melissa und wieder zurück. Die beiden tuscheln und grinsen. Ich bin nicht nah genug dran, um zu hören, was sie sagen, aber Nicholas schon. Er beißt die Zähne zusammen.

Melissa kichert. Ihr Blick fällt auf Nicholas' gewienerte Halbschuhe, und sie flüstert Zach etwas zu. Ich kann nicht seine ganze Antwort verstehen, aber er achtet darauf, dass alle die letzten Wörter hören. *So bemüht.*

»Wie geht's deinem Zahn?«, fragt ihn Nicholas in einem Ton, der überhaupt nicht nett klingt. Zach ist einmal mit Zahnschmerzen zu Nicholas in die Praxis gegangen, und als dieser ihm gesagt hat, dass eine Wurzelbehandlung nötig sei, mündete das Ganze in Schimpftiraden wie *Zahnärzte wollen nur an das Geld der Leute ran!* und *Zahnärzte bauschen kleine Probleme auf, um Versicherungen abzuzocken.* Jemand im Wartezimmer hat die ganze Tirade gefilmt, ins Netz gestellt und dann zur Yelp-Seite von Rise and Smile verlinkt. Mein Verlobter und seine Kollegen sind jetzt die mit der schlechtesten Gesamtbewertung.

Zach schenkt ihm ein falsches Lächeln. »Viel besser.« Was nicht stimmt. Zach ist zu keinem anderen Zahnarzt gegangen und kann nun auf der rechten Seite nicht mehr kauen. »Ich bin zu Turpin gegangen, und ich empfehle jedem, dorthin zu gehen.«

»Hey, ich habe eine Idee«, sage ich. »Lasst uns das Spiel weiterspielen.«

Melissa ignoriert mich. »Die Leute bei Turpin sind viel professioneller«, sagt sie.

Zach nickt. »Und keine selbstgefälligen Quacksalber.«

Brandy fängt an zu schwitzen. »Lasst uns … ähm … lasst uns alle weitermachen, okay? Es ist alles in Ordnung, ja? Wer ist dran?« Sie klingt wie eine gequälte Vorschullehrerin.

»Bei mir ist alles in Ordnung«, sagt Melissa in einem lieblichen Ton. Ihr Blick trifft Nicholas. »Hast du irgendein Problem?«

Zach sieht hocherfreut aus. Er liebt es, wenn es kracht.

Nicholas' Gesicht verdunkelt sich, er sagt aber nichts. Über meinem Kopf dreht eine Sturmwolke, die mir all meine Energie entzieht. Wenn ich ihn gerne um mich hätte, ist er nie da. Wenn ich ihn nicht dabeihaben will, ist er das Teufelchen, das auf meiner Schulter sitzt. Wenn er jetzt einen Streit mit meinen Arbeitskollegen anfängt, wird es für mich bei der Arbeit richtig beschissen. Kümmert ihn das? Nein.

Wir spielen *Cluedo* am Küchentisch, als Nicholas seinen nächsten Zug macht. Sein Ego ist nun ganz angeschlagen und weichgeprügelt, es war nur eine Frage der Zeit, bis er zurückschlagen würde.

Er wendet sich Melissa zu und legt den Kopf schief. »Warst du nicht mal mit Seth Walsh zusammen?«

Er weiß ganz genau, dass Melissa und Seth ein Paar waren. Er weiß auch, dass Seth sie mit einer verheirateten Zahnarzthelferin betrogen hat, einer Mitarbeiterin von Nicholas. Rise und Smile ist ein Nährboden für Skandale.

Melissa starrt ihn zornig an, dann mich. »Ja.«

»Hmm. Warum habt ihr euch noch mal getrennt?«

Cyclops aus *X-Men* ist nichts im Vergleich zur wütenden Melissa. »Wir haben uns getrennt«, sagt sie giftig, »weil ich eines Tages aus der West Towne Mall kam und Seths Auto auf dem Parkplatz entdeckt habe. Als ich hingegangen bin, habe ich gesehen, wie er auf dem Rücksitz mit einer Frau vögelt.« Sie fügt es nicht mehr hinzu, aber wir denken uns alle den Rest: *Auf Melissas Lawrence-University-Sweater.*

Ich erinnere mich noch sehr genau an diesen Tag. Damals war ich seit gerade einmal drei Monaten im Junk Yard, und Melissa und ich verstanden uns gut. Wir waren uns nähergekommen, weil wir beide Zachs Playlist verabscheuen, mit der er uns mittwochs quält, wenn er mit der Musikauswahl dran ist. Wir besitzen auch beide das gleiche karierte Shirt und eine rote Jeans, und wir fingen an, sie absichtlich gleichzeitig anzuziehen.

Seit wir uns verkracht haben, habe ich mein kariertes Shirt nicht mehr zusammen mit der roten Jeans angezogen, weil ich nicht möchte, dass sie denkt, dass ich mich nach den alten Zeiten sehne, in denen sie noch nicht wütend auf mich war. *Wie konntest du nichts davon wissen? Nicholas' bester Freund und Nicholas' Kollegin! Er muss davon gewusst und dir davon erzählt haben. Du hast zugelassen, dass ich mich mit dem Typen lächerlich mache, und hast nichts gesagt.* Ich wusste wirklich nicht, dass Seth sie betrügt, und ich fühle mich immer noch schuldig, dass ich die beiden einander vorgestellt habe. Nicholas sagt, er habe es auch nicht gewusst, aber an der Front kann ich für nichts garantieren.

»Seth ist ein Arschloch«, sagt Zach, würfelt und macht einen kleinen Schritt aus der Küchentür. Die Waffe des Mörders muss das Seil sein, das ist die einzige Spur, auf die ich gekommen bin. Zach wird alles richtig erraten. Er hat eine übermenschliche Gabe für dieses Spiel und hat die beiden vorhergehenden Runden schon gewonnen, sobald er seine kleine Oberst-Günther-von-Gatow-Figur in einen Raum gesetzt hat.

Nicholas, der nicht mitspielen wollte, wenn er nicht Professor Bloom sein durfte, wirft Zach einen bösen Blick zu. »Du kennst Seth nicht einmal, also sprich nicht so über ihn. Er ist mein Freund.«

»Das wirft kein gutes Licht auf dich.« Zach kennt wirklich nichts und sagt einem seine Meinung direkt ins Gesicht. Das ist eine Eigenschaft, die ich ätzend finde, wenn ich diejenige bin, die es abbekommt. Im Moment aber schwanke ich zwischen ausgelassener Freude darüber, wie sich jemand gegen Nicholas aufrichtet, und Verlegenheit, weil mein Anhängsel gerade diese Party ruiniert. Ich vergesse, die Schauspielerin zu mimen, die zu hundert Prozent verliebt ist, und Nicholas sieht mich an und bemerkt mein Schweigen, bevor er zu Zach schaut.

»Was meinst du damit?«

Zach ist ein Schlitzohr. »Ich will sagen, dass du dir Arschlochfreunde aussuchst und dass das ein schlechtes Licht auf dich wirft.«

Am anderen Ende des Tisches zappelt Brandy mit ihrer Fräulein-Gloria-Figur, und Leon wirft mir immer wieder Blicke zu.

»Offensichtlich ist Melissa noch immer sauer, dass Seth sie betrogen hat«, fährt Zach fort. »Du könntest einfach deinen Mund halten, weil du weißt, dass sie jeden Grund hat, angepisst zu sein, aber stattdessen verteidigst du ihn. Es gibt einen Grund, warum du mit dem Arschloch mitfühlst, und der lautet: Du siehst dich selbst in ihm. Ergo bist auch du ein Arschloch.«

Es ist so still, dass man eine Stecknadel fallen hören könnte.

Ich müsste nach der Hand meines Verlobten greifen. Zach sagen, dass er die Klappe halten soll. Sagen, dass wir gehen. Aber Nicholas' Gesichtsausdruck lässt mich innehalten.

Er schürzt die Lippen, während er seine Widerlegung vorbereitet, und blickt sich mit fühlbarer Verachtung im Raum um. Er sieht sich als erfolgreichen Sohn zweier reicher Tragsäulen dieser kleinen Gemeinde, der die überzuckerte Bevölkerung von Morris mit einer Zahnfüllung nach der nächsten rettet. Meine Kolleginnen und Kollegen gehören zur untersten Spezies, sie sind Maden, die auf dem Boden der Müllhalde durch den Abfall kriechen. Sie arbeiten im Junk Yard, wo Alligatorenköpfe und Furzkissen mit Whoopi Goldbergs Gesicht verkauft werden. Mexikanische Springbohnen und Tassen, die Schimpfwörter sagen, wenn man sie mit heißem Wasser befüllt. Wenn er über meine Kollegen urteilt und sie für mangelhaft befindet, vergisst er, dass ich eine von ihnen bin. Für Nicholas steht es *wir* gegen *die*.

Brandy sieht verängstigt aus. Sie ist so süß und nett, dass ich bezweifle, dass sie sich jemals in ihrem Leben ernsthaft mit jemandem gestritten hat. Menschen, die nicht miteinander klarkommen, sind das Schlimmste, was in ihrer Gegenwart passieren kann.

»Zach«, warne ich mit Verspätung und knirschenden Zähnen.

»Kannst du bitte versuchen, keinen Streit anzufangen?«, fleht Brandy ihn an. »Möchte jemand noch Pizzacracker?

Ich habe auch Cupcakes. Hat jeder, was er braucht?« Sie erhebt sich halb vom Stuhl. »Wasser? Limo?«

Zach legt ihr zwei Finger auf die Schultern und drückt sie zurück auf den Stuhl. »Ich fange keinen Streit an. Du bist dran.«

Brandys Hand zittert, als sie würfelt, und Nicholas hat nun endlich entschieden, welche Geschmacklosigkeit er Zach sagen will.

»Ich verstehe, warum du so emotional wirst. Keine Jobsicherheit zu haben, würde jeden nervös machen. Wie viele Kunden kommen pro Tag im Laden vorbei? Höchstens drei?« Er setzt ebenfalls ein falsches Lächeln auf, so wie Zach es schon den ganzen Abend über tut. »Wenn du so weit bist, sag Bescheid, ich kenne einen Typen in einer Zeitarbeitsfirma, der dir helfen kann.«

Zach blickt mich an und zieht beide Augenbrauen hoch, als würden ich und er ein Geheimnis teilen, von dem Nicholas nichts weiß. Dann erwidert er: »Dir ist schon klar, dass deine Freundin an demselben Ort arbeitet wie ich, oder? Wenn der Laden schließt, bin ich nicht der Einzige ohne Job.«

»Ich verdiene genug, Naomi braucht keinen Job.«

Aus mir strahlt Ärger wie radioaktive Strahlung aus einem explodierenden Atomkraftwerk.

»Dem Laden geht's gut«, sage ich, was eine große Lüge ist. Der Laden pfeift aus dem letzten Loch. Er existiert schon ewig, seit Mr und Mrs Howard in den Siebzigern geheiratet haben, und er war einst sehr beliebt, denn wir sind nicht nur auf Scherzartikel spezialisiert, sondern auch auf Kuriositäten. Früher war unser Shop ein Ausflugsziel.

Aber seit es Amazon und eBay gibt, muss man nicht mehr durch die Gegend fahren, um nach ulkigem Klimbim zu suchen. Per Mausklick wird er direkt ins Haus geliefert.

Mr und Mrs Howard wissen, dass sie nicht mit dem Onlinehandel mithalten können. Sie haben unsere Arbeitszeit peu à peu reduziert und sogar ihre geliebte Homer-Simpson-als-Elvis-Statue verkauft, die die Kunden seit 1997 an der Eingangstür begrüßt hat. Sie haben ein so gutes Herz, dass sie noch keine Mitarbeiter entlassen haben, obwohl statt fünf auch nur zwei von uns den Laden locker schmeißen könnten.

Es gibt nicht genug Arbeit für jeden, dabei würden wir alle sehr gerne mehr arbeiten. Der Satz *Wer zuletzt kommt, fliegt zuerst* verfolgt mich wie der Geist der zukünftigen Weihnacht in Charles Dickens' *Weihnachtsgeschichte.*

»Der Laden steht kurz vor der Schließung«, sagt Nicholas leichthin und winkt ab. »Für dich ist das nicht schlimm, Naomi. Dir wird es gut gehen.«

Brandy gibt einen erstickten Laut von sich. »Was meinst du mit *Für sie ist das nicht schlimm*? Naomi liebt den Junk Yard.«

Nicholas sagt nichts, er klopft nur seine Karten zu einem ordentlichen Stapel zusammen. Es ist der Tropfen, der das Fass zum Überlaufen bringt.

»Wenn der Junk Yard schließen sollte, werde ich die Howards fragen, ob sie mich in ihrem Restaurant einstellen.« Mr und Mrs Howard betreiben oben in Tenmouth eine Geisterbahn, die ganzjährig geöffnet ist, sowie ein Diner mit Speisen, die von Horrorfilmen inspiriert sind. Es heißt Eaten Alive.

Alle starren mich an. Auf Nicholas' Stirn pocht eine Ader. »Ist es nicht eine lange Fahrt bis dorthin?«

Es ist das perfekte Timing, dass ich mit dem Würfeln dran bin und ganz nebenbei dramatisch sagen kann: »Zwei Stunden.«

Seine Stimme klingt trocken. »Du würdest zwei Stunden Anfahrt in Kauf nehmen, um zu einem *Diner* zu fahren. Und dann zwei Stunden zurück nach Hause, jeden Tag.«

»Mhm.« Ich tue so, als würde ich darüber nachdenken. »Wenn ich nach Tenmouth ziehe, würde die Fahrt nur fünf Minuten dauern. Ich könnte sogar mit dem Fahrrad fahren.«

Ich habe den ganzen Raum in meinen Bann gezogen, und es ist großartig. Ein Hauch der alten Naomi Westfield ist wieder da und fegt zehn staubige Monate hinweg. Zumindest denke ich, dass sie es ist. Es ist schon so lange her, dass diese Naomi und ich zusammen in einem Raum waren, dass ich nicht weiß, ob ich sie erkennen würde, wenn wir uns auf der Straße begegnen würden.

Meine winzige Frau-Weiß-Figur befindet sich nun neben Leons Direktor Grün in der Bibliothek, und sie ist bereit, jemanden des Mordes anzuklagen. Sie hat ein Stück Seil, und ich gehe meine Optionen durch, um zu sehen, wen ich damit erhängen werde.

Meine Augen bleiben an dem aufgeblasenen kleinen Arschloch hängen, das im Billardzimmer rumlungert.

Bingo. Professor Bloom.

Dieser Professor Bloom ist eine besonders scheinheilige Figur. Sie warnt Kinder vor Süßigkeiten, stopft sich aber nachts im Bett mit Skittles voll und lässt zu, dass die Dinger auf meine Seite rüberrollen. Es ist ein aus dem Schlaraffenland geflüchteter Schurke. Er hat mein Glück gestohlen und wird dennoch der Vater meiner Kinder. Im Augenblick liebe ich ihn zu zwanzig Prozent.

Nicholas' Ton ist kühl und gefestigt. »Mein Leben ist hier. Ich gebe es nicht auf, Naomi. Ich ziehe nicht nach Tenmouth, damit du Lkw-Fahrern gegrillten Käse servierst.«

Wenn er mich Naomi nennt, meint er ganz klar Mrs Nicholas. Der Diamantring an meiner linken Hand ist zu eng, er schnürt die Blutzirkulation ab. Die zwanzig Prozent schrumpfen auf zehn, ein noch nie da gewesenes Tief, das meinen Selbsterhaltungstrieb entfacht. Die Alarmleuchten beginnen sich zu drehen. *Höchste Alarmstufe!*

»Ich möchte eine Klage erheben«, sage ich, genau in dem Moment, in dem Nicholas leicht autoritär sagt: »Ich denke, es ist Zeit zu gehen.« Aber meine bevorstehende Anschuldigung könnte das Spiel beenden, also wartet er und hört zu.

Ich ziehe meine Argumentation hinaus, nur um ihn zu ärgern. Er hasst es, wenn ich Sätze in die Länge ziehe. »Ich klage an …«

Nicholas beugt sich vor.

Ich hebe seine Spielfigur hoch und ziehe sie in die Bibliothek. Hier wird es ihm gefallen, hier kann er ganze Regale mit Büchern über das Zähneputzen mit kreisenden statt der verbreiteten Auf-und-ab-Bewegungen befüllen. »Professor Bloom.«

Brandy hält vor Schreck den Atem an. Melissa kritzelt

wütend auf ihrem Spielblock herum. Zachs Augen glänzen vor böswilliger Freude. Nicholas sieht nur verärgert aus. Aber Leon lächelt, zwar nur ein wenig, aber genug, dass ich merke, wie er mich interessiert ansieht.

Sein Blick sagt: *Hier warst du also.*

Mit einer kräftig-kecken Stimme fahre ich fort: »Ich beschuldige Professor Bloom des Mordes! Er hat es in der Bibliothek getan wie ein prätentiöser Scheißkerl, und er hat einen Kerzenständer benutzt.« Ich weiß, dass es nicht der Kerzenständer ist, weil ich die Karte selbst habe, aber ich sage es trotzdem: »Es ist die dämlichste Waffe überhaupt.«

Nicholas starrt mir eine Ewigkeit lang tief in die Augen, und es ist durchaus möglich, dass wir uns wegen eines Brettspiels trennen, was ungefähr der bescheuertste Grund wäre, den es gibt. Seine Mutter würde in eine regelrechte Goldgräberstimmung geraten wegen all der Anzahlungen, die sie zurückfordern würde. Die Chance, die Eigentümer kleiner Geschäfte anrufen zu können und sie anzuschreien, dass sie ihr die Rosen-Eisskulptur besser nicht in Rechnung stellen, wäre für sie das Fest des Jahres.

»Ja, mach weiter.« Er wendet den Blick nicht ab, als er mit dem Kinn aufs Spielbrett weist. Ich stelle fest, dass ich wegen Nicholas' Augenfarbe innegehalten habe, die ich, warum auch immer, für grau hielt. Von Nahem und unter dieser Anspannung hat sie aber die Farben des Regenbogens angenommen.

Ohne zu wissen, dass ich gerade eine regelrechte Erscheinung erlebe, starrt er mich wütend an, und seine Iriden verdunkeln sich. Wie bei einem Stimmungsring verfärben sie sich von blassem Silber zu Waldgrün. »Überprüfe die Karten.«

Das tue ich, so langsam und theatralisch wie möglich, und ich laufe dabei zur alten Naomi-Hochform auf. Er will so unbedingt seine Professor-Bloom-Figur umhauen und seine Arme verschränken, aber er bemüht sich, zivilisiert zu bleiben. Zahnärzte haben bereits einen schlechten Ruf, und er kann sich keine weiteren fragwürdigen Auftritte leisten, nicht einmal unter den herumkrabbelnden Maden des Junk-Yard-Personals.

Ich überprüfe die Karten und zische. Zach schaut mich wissend an.

Frau Weiß, in der Küche, mit dem Seil.

»Tja, wer hätte das gedacht! Es sieht aus, als wäre ich die Mörderin«, sage ich vergnügt. »Ich hätte nicht gedacht, dass ich dazu fähig bin.« Nicholas wirft mir einen argwöhnischen Blick zu. Ich denke, er wird heute Nacht mit einem offenen Auge schlafen.

* * *

Das Schlimmste an diesem ganzen Abend ist, wie schnell Nicholas vergisst, was vorgefallen ist.

Wir sind zu Hause, und ich bin immer noch durcheinander, er aber nicht. Der Mann backt Cookies, und er hat versprochen, das ganze Geschirr abzuwaschen. Ich kann meinen Ärger nun auf nichts richten, denn er ist *damit fertig*, was bedeutet, er hat gewonnen.

Er bietet mir einen Rührlöffel zum Ablecken an, und ich lehne ab, weil er vielleicht Salmonellen darauf verteilt hat, um mich zu töten. Er drückt mir einen flüchtigen Kuss aufs Haar und lächelt zu mir herunter, als wäre ich ein unschuldiges Kind.

Er weiß, dass ich mich nicht mit ihm streiten kann, denn wenn ich jetzt irgendetwas Negatives ausgrabe, würde es mich kleinlich wirken lassen. Also bleibe ich in meiner üblichen Haltung auf dem Sofa (ganz rechts) sitzen, wo ich bereits Tausende von Stunden verbracht und vorgegeben habe, fernzusehen oder Nicholas zuzuhören oder glücklich zu sein.

Ich fotografiere ihn, wie er mit dem Rücken zu mir steht, lege einen rosa Filter über das Foto und stelle es auf Instagram. Ich versehe es mit drei Herzchen und schreibe: *Spieleabend mit meinem Liebsten! Es gibt nichts Besseres, um einen großartigen Tag ausklingen zu lassen, und es gibt niemanden auf der Welt, mit dem ich den Tag lieber verbringen würde. xoxo #LivinTheLife #IchHeirateMeinenBestenFreund #TrueLovesKissFromARose*

#TrueLovesKissFromARose ist unser Hochzeits-Hashtag, und wenn man ihn auf Pinterest sucht, kann man eine Million Fotos von Brautsträußen, Tischdekorationen und Brautjungfernkleidern finden, die ich mag (aber nicht haben darf). Mein Dopaminspiegel steigt mit der ersten Reaktion auf den Post: *OMG, ihr seid so süß*. Aber das lockerflockige Gefühl ist futsch, als Zach schreibt: *LMAO. Ja, genau.* Ich lösche seinen Kommentar.

Es ist meine eigene Schuld, dass ich mich immer noch in dieser Misere befinde, und ich bin mir dessen bewusst. Ich bin der größte Feigling, der mir je begegnet ist. Ich tue keinem von uns einen Gefallen, indem ich die Sache mit der Hochzeit weiter durchziehe. Wenn Nicholas' Gehirn auch nur zur Hälfte funktionieren würde, würde er auch alles absagen, aber vielleicht befinden wir uns, ohne es auszusprechen, in einer Art Wettbewerb und warten darauf, wer zuerst einen Rückzieher macht.

Ich weiß, warum er es nicht sein wird. Seine Mutter liegt ihm ständig in den Ohren, endlich zu heiraten und ihr Enkelkinder zu schenken, damit sie sie innerhalb ihrer Zuneigungsskala sortieren kann, je nachdem, wessen physische Eigenschaften unsere unglücklichen Nachkommen erben werden. Wenn Nicholas jetzt aussteigt, wird Deborah ihn wieder damit nerven, sich mithilfe der eingefrorenen, zehn Jahre alten Eizellen ihrer Tennisfreundin Abigail zu vermehren. Abigail ist vor einem Jahr gestorben und hat der Rose-Family, aus welchem gottlosen Grund auch immer, ihre eingefrorenen Eizellen hinterlassen. Heather, Nicholas' Schwester, soll in dieser Vermehrungsvision als Inkubator für dieses Horrorkind dienen.

Ich kann aber genauso wenig aussteigen. Ich habe zu oft in die Welt hinausposaunt, dass ich in meiner perfekten Beziehung so glücklich bin – wenn ich jetzt weglaufe, wirke ich wie eine Betrügerin.

Abgesehen davon hat Mrs Rose mehr als einmal angedeutet, dass sie mich, wenn ich einen Rückzieher mache, für den Ärger blechen lassen wird. Wenn ich ihren Sohn verlasse, wird sie mich zweifellos für geringfügige Forderungen vor Gericht zerren, sie wird Entschädigung verlangen für die Swarovski-Kristallkerzenständer mit dem eingravierten *R* (*alles* wurde mit dem Buchstaben *R* personalisiert bestellt), die ich gar nicht ausgesucht habe. Ich habe zwar nur ein bisschen was zur Seite gelegt, aber diese kleine Summe werde ich auf Teufel komm raus verteidigen.

»Mom gibt keine Ruhe mit dem Ehevertrag«, sagt Nicholas aus dem anderen Raum. Vielleicht waren wir ja den ganzen Abend über hier, und ich habe mir den Spieleabend bei Brandy nur eingebildet. Ich bleibe unbewegt sitzen und starre geradeaus. Dieses nervöse Ziehen in meiner Magengegend ist ein dritter, unsichtbarer Teilnehmer dieser Veranstaltung hier. Er zeigt sich ganz verlässlich immer dann, wenn wir über die Hochzeit sprechen.

»Ich habe ihr gesagt, dass das nicht infrage kommt«, fährt er fort, als ich nicht antworte. »Sie und Dad haben keinen gemacht. Warum sollten wir es tun? Es ist ja nicht so, dass du mich jemals verlassen würdest.«

Nicholas ist so stolz darauf, dass er keinen Ehevertrag machen will. Er denkt die ganze Zeit darüber nach, das weiß ich, weil er ihn ständig erwähnt. Er wartet darauf, dass ich mit einsteige und ihm dafür auf die Schulter klopfe, aber ich lasse ihn hängen.

»Mandys Haarschnitt sieht furchtbar aus«, bemerkt Nicholas und wirft mir einen prüfenden Blick zu. »Diese Ponyfransen, bäh!«

Er weiß, dass sie Brandy heißt. Ich spreche mindestens einmal am Tag über sie. Meine Ohren rauchen, nicht nur wegen dieser Sache, sondern auch, weil ich einen Pony hatte, als Nicholas und ich uns kennengelernt haben. Er erwähnt immer wieder, wie hübsch ich gewesen sei und dass er sich sofort in mich verliebt habe, aber seit etwa einem Jahr erinnert er mich jedes Mal, wenn er eine Frau mit Pony sieht, daran, wie furchtbar er Ponys findet.

»Es sieht süß aus bei ihr«, sage ich verteidigend. Es stimmt. Brandy hat diesen lustigen zu einem Y geschnittenen Pony und einen Stufenschnitt, und sie stylt ihr Haar immer richtig gut. Ihre Frisur ist immer topp. Sie experimentiert viel mit Farben, in diesem Monat trägt sie eine hypnotisierende Mischung aus Schwarz und Granatrot. Im Freien ist der Effekt, den das Sonnenlicht auf ihr tolles Haar hat, eines Werbefilms würdig. Sie verlässt das Haus nie ohne ein einwandfreies Make-up, und sie ist die einzige Person, die ich kenne, die eine Kombination aus elektrisch-blauem Lidstrich, orange-umbra Lidschatten und fuchsia Lippenstift tragen kann.

Er pfeift eine leise, unschuldige Melodie. Es fühlt sich an wie *Wenn du meinst.*

Mir ist so zum Durchdrehen, dass ich fast gar nicht mehr da bin. In meinem Kopf gehe ich die Liste mit Nicholas' positiven Merkmalen durch – ich kann sie auswendig. Sie beeindruckt mich nicht mehr, wahrscheinlich, weil ich sie mir so oft durchgelesen habe, dass ich desensibilisiert bin.

Nicholas hält den Schirm und passt auf, dass ich nicht nass werde. Wenn es regnet, parkt er das Auto so, dass die Beifahrertür direkt über dem Gehsteig aufgeht und ich nicht in Matsch trete. Er hat sich gemerkt, was ich in all unseren Lieblingsrestaurants zu bestellen pflege, sodass er für mich mitbestellen kann, während ich auf Toilette bin.

Er hat dickes, hübsch zerzaustes schokobraunes Haar, und viele Frauen schauen ihn interessiert an, wenn wir ausgehen. Er sagt, meine Augen hätten die Farbe von Champagner, und das sei nun deshalb sein Lieblingsgetränk. Mich hat immer ein tolles, sprudelnd-spritziges Gefühl durchströmt, wenn er mich angelächelt hat.

Er mag Hunde. Nicht genug, um sich einen anzuschaffen, aber genug, um freudig zu lachen, wenn ich mich zu einem fremden Hund niederknie. Dann sagt er spaßeshalber: »Keine dummen Ideen.«

Er schaut unsere Lieblingsserien nicht heimlich ohne mich weiter. Wenn im Autoradio ein Lied kommt, das er nicht mag, wechselt er nicht automatisch den Sender, er fragt mich zuerst, ob ich es hören möchte. Er trägt immer noch die Socken mit dem Pudelmotiv, die ich ihm zu Beginn unserer Beziehung als Witzgeschenk geschenkt habe.

All diese Punkte klingen vielleicht wie Kleinigkeiten oder Selbstverständlichkeiten, aber ich halte mich an ihnen fest wie an einem Rettungsring.

Ich liebe diese Sachen an diesem Mann. Aber den Mann liebe ich nicht.

Ich bin mir all dessen genau bewusst, während ich in diesem Haus sitze, in dem wir zusammenleben, und der Countdown bis zu unserer Hochzeit mit jedem Tag, der vergeht, immer lauter tickt. Es ist die Uhr, die dem Jüngsten Tag entgegenläuft. Er und ich, das wird eine Vollkatastrophe, aber immer, wenn ich daran denke, irgendetwas zu machen, um das Desaster zu verhindern, rollt sich meine Zunge zusammen und meine Gliedmaßen erstarren. Ich kann es nicht aussprechen. Ich kann nicht diejenige sein, die es beendet.

Wenn er auch eine Liste mit meinen Eigenschaften zusammengestellt hat, bin ich mir sicher, dass sie viel kürzer ist. Ich habe keine Ahnung, was ich zu unserer Beziehung beisteuere, außer der Tatsache, dass die eingefrorenen Eizellen der toten Abigail immer noch eingefroren sind.

Diese Gedanken sind wie das Stochern in einer Wunde, die auf diese Art und Weise immer größer und schlimmer wird, weil sie mir die Vielseitigkeit meiner Angst bewusster machen und die Tiefe meiner Unzufriedenheit. Es ist beides: Therapie und Tortur. Etwas stimmt nicht. Etwas fehlt. Ich bin total verkrampft.

Ich habe überhaupt kein Recht, mich derart unglücklich zu fühlen, und ich wünschte, Nicholas wäre offenkundig fies, damit ich mein Fortgehen irgendwie begründen könnte. Ich stelle mir vor, ihn mit einer Zahnarzthelferin auf dem Rücksitz seines Autos auf dem Parkplatz einer Shopping Mall zu erwischen.

Er denkt, unsere Beziehung sei perfekt, jedenfalls sagt er das. Wir seien die Einzigen, die wüssten, was wahre Liebe sei.

»Was willst du morgen zu Abend essen?«, frage ich in einem Ton, der klingt, als würde ich ihn lieben. Es ist anstrengend, und ich bin erschöpft.

»Was möchtest du gern essen?«

»Chicken Tacos.«

»Ich hab an irgendwas Chinesisches gedacht«, antwortet er, und ich weiß, dass es unfair ist, aber meine zehn Prozent sinken auf neun. Er kann jetzt nur noch verlieren. Wenn er heute Nacht im Schlaf zu laut atmet, wird er morgen früh bei einem Punktestand von minus fünfzig aufwachen. Die Punkte so zu zählen ist furchtbar. Ich bin furchtbar. Es gibt Zeiten, da bin ich fest davon überzeugt, dass unsere Beziehung das Schlimmste ist, was mir je passiert ist, aber wenn ich sie in einer positiven Gemütsverfassung betrachte, sieht sie nicht so schlimm aus, und dann bin ich mir unsicher.

Wie habe ich mich in Nicholas verliebt? Wie sind wir uns überhaupt begegnet? Ich kann mich an nichts Positives erinnern, weil es überschattet wird von der starken Abneigung, die ich jetzt empfinde. Vielleicht haben wir uns über eine Dating-App kennengelernt. Vielleicht hat er mir einen Zahn überkront. Vielleicht sind wir beide, aus entgegengesetzten Richtungen kommend, rasch um eine Straßenecke gebogen und wie in einem Film zusammengestoßen. Wir haben Papiere und To-go-Becher verloren, und mein Portemonnaie ist in die Luft geflogen. Alles, was ich weiß, ist, dass ich vor einigen Monaten aus einem sehr langen Schlaf aufgewacht bin und festgestellt habe, dass ich mit jemandem verlobt bin, den ich gar nicht wirklich leiden kann.

»Süße«, sagt er, so nennt er mich, wenn Zahltag ist oder sein Lieblingsteam gewonnen hat, oder wenn er weiß, dass er Mist gebaut hat und zu Kreuze kriechen muss. »Ich hab etwas vergessen. Mom hatte heute einen Termin mit der Floristin, und ich soll dir sagen, dass sie die Blumen geändert hat, von Rittersporn zu Nelken oder irgend so was.« Er wedelt mit der Hand durch die Luft. »Du weißt das wahrscheinlich besser. Blumen sind für Frauen viel wichtiger.«

»Meinst du nicht, ich hätte bei der Blumenauswahl für unsere Hochzeit gern etwas mitzureden gehabt?«, frage ich. »Was ist mit dir? Willst du über nichts entscheiden?«

Nicholas blinzelt mich an. Da ist eine Gefühlsregung,

die sich in seinen Augen versteckt, und ich versuche sie zu deuten, bevor er seinen Kopf wegdreht und sie verschwindet.

»Es ist bereits geregelt. Sie hat Nelken gewählt, nachdem du dich auf so lächerliche Art gegen Rosen gewehrt hast. Denkst du nicht, dass es zu spät ist für Änderungen? Denke gut darüber nach, Naomi. Gibt es etwas, aus dem du aussteigen möchtest?«

»Was meinst du damit?«

»Was *denkst* du, was ich damit meine?«

Ich kneife meine Augen zusammen. »Spielst du darauf an, dass ich die Nelken tauschen würde, obwohl du gerade gesagt hast, dass sie feststehen?«

»Vielleicht spreche ich überhaupt nicht über Nelken.«

Mein Rückgrat ist plötzlich ganz gerade. Ich halte seinem Blick stand. Und dann verstehe ich.

Er spannt mich in einen Kampf ein.

»Oh …«

Nicholas hebt seine Schultern. Und lässt sie wieder fallen. »Wir können über alles reden. Was meinst du, Naomi? Gibt es etwas, das du loswerden willst?« Er wartet geduldig auf eine Antwort, aber alles, was ich tun kann, ist, ihn anzustarren. Mein Gehirn arbeitet auf Hochtouren, und ich komme von einer Offenbarung zur nächsten. Ich kann nicht glauben, dass ich so dumm war.

Ich dachte die ganze Zeit, dass Mrs Rose die Strippen gezogen hat, aber es war Nicholas, der Deborahs ätzende Art genutzt hat, um mich so weit zu bringen, dass ich alles absage. Ich würde als die verrückte Ex-Freundin dastehen, die ausgeflippt ist. Ich wäre schuld an allem und verantwortlich für die happigen Kosten einer gescheiterten Verlobung und einer verschwenderisch geplanten Hochzeit. Jeder wird Mitleid mit ihm haben, es muss ja so schlimm sein, vor dem Altar sitzen gelassen zu werden.

Ich sehe ihn vor mir, das Kinn hochgereckt. *Ich will nur, dass sie glücklich ist,* würde er sagen. Ein ganzer Garten voller Roses würde atemlos aufatmen und sich wundern, wie jemand in einer derart schrecklichen Situation so gefasst sein kann. Er würde die Augen zusammenkneifen und daran denken, wie ein Lkw-Fahrer einmal sein Auto gestreift hat, und sich eine Träne ausquetschen.

Innerhalb von Millisekunden sehe ich unsere Situation durch seine Augen. Wenn ich das hier beende und er so tun kann, als würde er das Ende unserer Beziehung betrauern, kann er das sicher ein Jahr lang ausnutzen. Ein Jahr, in dem Deborah ihn nicht damit nerven kann, dass sie Enkelkinder haben will, *die Wunden sind noch zu frisch.* Jeder würde alles Menschenmögliche tun, um ihm entgegenzukommen. Wenn *er* jedoch derjenige ist, der es beendet, komme ich aus der Sache ohne Kratzer raus. Mich träfe keine Schuld. Niemand würde mich als Schwindlerin bezeichnen. Ich könnte sogar Sympathiepunkte bekommen. Die Leute würden sagen: *Wie konnte er dich stehen lassen?* und *Wenn du darüber reden willst, bin ich für dich da.*

Wenn man zusammen mit jemandem ein Leben aufbaut, unterstützen so viele deiner Pfeiler deinen Partner, und du wirst durch die seinen unterstützt, bis die Fundamente zusammenwachsen. Dann birgt Weggehen das Risiko, beide zu destabilisieren. Wir haben unsere Giro- und Sparkonten zusammengelegt. Wir haben einen einzigen Vertrag für unsere beiden Telefone. Unsere Namen stehen gemeinsam im Mietvertrag, und es ist logisch, dass derjenige, der aussteigt, ausziehen muss. Seine Eltern haben in mich investiert, darin, mich zu striegeln, bis ich einer Mrs Rose würdig bin. Wir haben gemeinsame Verpflichtungen. Langzeitpläne. Ich kann nicht einfach einen Schlussstrich unter unsere Beziehung ziehen, nur weil wir gerade Schwierigkeiten haben.

Ja, genau. Ich blicke ihn an und kann aus meiner Unmutsblase lange genug herausschauen, um zu sehen, dass er seine eigene hat. Er ist scharfsinnig und weiß schon seit einiger Zeit, was ich fühle. Ich bin also doch keine so gute Schauspielerin.

Unsere Liebesprozentpunkte sinken auf null, und ein Beben erschüttert den Flur. Fliesen und Möbel fallen in einen Abgrund, der sich auftut bis zum Erdinneren. Er trennt die Küche vom Wohnzimmer, er trennt ihn und mich. Die Wahrheit ist offensichtlich, sie liegt klar vor uns, aber ich bin wie immer zu spät dran mit dem Durchblicken, weil ich alles in mir verschlossen gehalten habe und weil ich versucht habe, mein Bauchgefühl wegzurationalisieren. Auf mich selbst fokussiert, vollkommen verhüllt, in dem Versuch, mich zu verstecken, habe ich nicht einmal gemerkt, welche Züge er macht.

Meine Verlobung mit Nicholas Rose ist ein Angsthasenspiel. Wer zuerst zuckt, verliert.

* Kapitel 4 *

Tag eins, seit ich mir darüber im Klaren bin, dass das hier eine Kraftprobe ist und ich hinten liege. Nicholas hat es für geraume Zeit genossen, unser Schlachtfeld zu beobachten, während ich im Dunklen getappt bin wie eine Videospielfigur bei einer Computerpanne. Er ist herumspaziert, hat die Hände auf dem Rücken verschränkt und mit Finesse Landminen vergraben. Er wird dieses Spiel gewinnen, wie er sonst auch immer gewinnt. Ich denke an seinen goldenen Maserati und meinen Saturn, die sich einen Parkplatz teilen.

Ich seufze und gebe beinahe auf, als ich mich im Bett aufsetze und mir ein halb geschmolzenes Skittles-Dragee vom Arm abkratze, das bunte Flecken wie Sirenenschuppen hinterlässt. Nicholas arbeitet heute nicht, aber er muss irgendwo anders hingefahren sein, nachdem er diese dämlichen Cookies in der Praxis vorbeigebracht hat. Wahrscheinlich ist er bei seiner Mutter und hält ihr Händchen. Isst er diese Skittles überhaupt, oder lässt er sie mit Absicht ins Bett fallen, um mich zu ärgern?

Die Versuchung, meine Taschen zu packen und abzuhauen, ist groß, aber das würde bedeuten, dass ich ihm gebe, was er will. Wenn jemand Deborahs Kosten für dreihundert Champagnergläser, die mit den Initialen *N & N* personalisiert wurden, übernehmen muss, dann Nicholas. Aus schlechtem Gewissen, nachdem er mich fallen gelassen hat. Danach werde ich meinen Verlobungsring verhökern und verdientermaßen die Hochzeitsreise alleine antreten, um das zu feiern. Eine Singlereise.

Ich denke darüber nach, wie ich ihn dazu bringe, dass er Schluss macht. Ich könnte zum Beispiel den Sex verweigern. Nur wird ihn das kaum beeindrucken. Es sind schon neun Wochen vergangen, seit wir es das letzte Mal getan haben, und er war so gut wie nicht bei der Sache. Ich könnte die Pille genauso gut absetzen, wenn sie nicht meine Periode kürzer und regelmäßiger machen würde.

Vielleicht kann ich ein fake Online-Profil erstellen, um ihn in eine Falle zu locken. Wenn er darauf hereinfällt, kann ich ihm Beweise präsentieren und richtig wütend werden. Und dann abhauen. Seine Mutter wird in Tränen ausbrechen. Ich werde eine Momentaufnahme davon machen und sie einrahmen.

Ich werde den Skittles die Schuld geben für das, was als Nächstes passiert.

Ich marschiere mit einer Schere ins Badezimmer, ziehe ein paar Haarsträhnen über die Stirn und schneide sie ab, bevor ich einen Rückzieher machen kann. Meine Augen sind weit aufgerissen und sehen manisch aus. Das gefällt mir. Ich mag die Naomi, die spontan etwas tut und der die Konsequenzen scheißegal sind. Nicholas mag keinen Pony? Fantastisch. Ich mag Nicholas nicht.

Ich stelle fest, dass der Pony leicht schief geraten ist, also schneide ich noch einmal, um das auszubessern. Ich korrigiere zu viel, also schneide ich noch ein drittes Mal, und das, was dabei herauskommt, sieht überhaupt nicht aus wie Brandys süßer Haarschnitt.

Ich blicke in den Spiegel und knurre: »So ein Mist.«

Es sieht schlimmer aus als bei einem Kind, dessen sparsame Mutter ihm einen Topfschnitt verpasst hat. Ich sehe aus, als wäre mein Haar in einen Schredder gekommen. Und der Pony besteht irgendwie aus zwei Ebenen. Wenn ich weiter versuche, sie anzugleichen, wird er raspelkurz.

Ich stehe eine Weile da und horche nach draußen, wo die Autoreifen durch die Wasserpfützen spritzen, und versuche einzuschätzen, wie weit Nicholas mir voraus ist und wie viele Schritte ich machen muss, um aufzuholen. Ich schaue hinaus und stelle etwas Verdächtiges fest: Mein platter Reifen ist wieder in Ordnung. Entweder es hat ihn jemand für mich ausgewechselt oder ich habe mir das Ganze nur eingebildet. Im Moment erscheint mir Letzteres plausibler.

Ich stelle fest, dass Nicholas das Geschirr nicht wie versprochen abgewaschen hat, und ich bewundere beinahe diesen teuflischen Schritt. Das schmutzige Geschirr einfach zu ignorieren, ist eine Sache. Aber freiwillig anzukündigen, dass man abwaschen wird und es dann nicht zu tun, ist ein bösartiger Akt.

Er hat aber immerhin die Kaffeekanne ausgewaschen, weil er der Einzige ist, der sie benutzt. Das ist ein weiterer Beweis dafür, dass er sich absichtlich wie ein Arschloch verhalten hat. Ich stelle sie zurück ins Spülbecken und schütte Ahornsirup darüber. Dann hinterlasse ich ihm eine Nachricht auf dem Whiteboard: Ich könne es kaum erwarten, ihn zu heiraten. Ich nenne ihn Nicky, was ich bisher noch nie getan habe, und nachdem ich die dadurch ausgelöste Hitzewallung überstanden habe, male ich noch zwei miteinander verkettete Herzen dazu.

Mal sehen, wie du das findest.

Hämisch grinsend tauche ich ein in die Untiefen meines Schranks und befördere das prächtigste Anti-Nicholas-Kostüm ans Tageslicht, das ich finden kann: ein Steelers-Hoodie, der meinem Ex-Freund gehört hat. Ich habe ihn vor zwei Monaten in meinem Schrank wiedergefunden, und ich vermute, es war Nicholas' Bemerkung, dass ich nichts über Sport wisse und deshalb keinen Grund hätte, diesen Kapuzenpulli zu behalten, die mich dazu gebracht hat, ihn sorgfältig für einen regnerischen Nachmittag zu verstauen.

Der Hoodie für sich ist schon ein ausgestreckter Mittelfinger, aber um das Ganze noch schlimmer zu machen, quetsche ich mich in die Leggins, die er peinlich findet, weil sie so alt und abgetragen sind, dass man an manchen Stellen durch sie hindurchsehen kann. An einer Pobacke ist außerdem ein Loch. Diese Leggins und ich haben zusammen einiges durchgemacht. Trennungen. Furchtbare Dates. Den Moment, als Tyra Banks in *America's Next Top Model* Tiffany angeschrien hat. Meine Familie, die ihren Besuch aus Zeitgründen immer wieder aufschiebt, obwohl sie immer wieder Zeit erübrigen kann, um nach Florida zum NASCAR-Autorennen zu fahren. Diese Leggins sind wahre Trostspender, und ich werde mich nie von ihnen trennen.

Ich lege mit einem Make-up noch eins drauf. Seine Mutter würde es als »unangemessen« und »unpassend«

bezeichnen. Für die Lippen wähle ich die Farbe frischen Blutes, was meinen Mund noch auffälliger wirken lässt als den von Babadook. Mein Eyeliner ist ein dicker schwarzer Schwung, der sich weit hinauszieht, und meine Augenlider glitzern bis hoch zu den Augenbrauen wie bei einem barocken Schönheitswettbewerb. Aber es ist noch nicht genug. Ich gebe noch Unmengen an Rouge und Bronzer dazu, bis mein Gesicht aussieht, als würde ich bei einem Karnevalsumzug mitmachen. Ich habe »unpassend« übertroffen und mich in Deborahs Albtraum verwandelt. Ich sehe genauso aus wie die erste Ehefrau ihres Mannes, die berüchtigte Magnolia Rose.

Ich applaudiere mir selbst und sende einen Dankeskuss an Magnolia Rose, meine größte Heldin, da sie sich geweigert hat, nach der Scheidung den Namen Rose aufzugeben, obwohl ihre Ehe mit Harold nur ein Jahr lang gehalten hat und kinderlos geblieben ist. Zurzeit lebt sie in Key Largo mit Ehemann Nummer fünf. Er ist zwanzig Jahre jünger und der Enkel des Erfinders der Marshmallow Peeps. Sie hat fünfzehn Papageien, die in einer Voliere leben, die so groß ist wie mein Schlafzimmer, und sie heißen alle nach den Mördern aus der Serie *Law & Order*. Ich weiß das alles, weil sie mir eine Freundschaftsanfrage auf Facebook geschickt hat, wahrscheinlich, um Deborah eins auszuwischen. Die hat zweimal versucht, Magnolia zu verklagen, weil sie durch emotionalen Stress versucht habe, *Harold zu ruinieren*. Wenn ich groß bin, möchte ich Magnolia Rose sein.

Nicholas wird sich über dieses Make-up so lange ärgern, bis er ein Magengeschwür bekommt. Mein Spiegelbild lässt den Kopf in den Nacken fallen und lacht, als würden hundert fliegende Dämonen unter meiner Haut hervorbrechen.

Gestern war ich apathisch und habe mich in Selbstmitleid gesuhlt, aber heute knistere ich vor Energie. Alles hat sich verändert, nun, da ich einen Plan habe.

Unsere Hochzeit ist für den 26. Januar geplant, also habe ich noch drei Monate Zeit, um Nicholas komplett fertigzumachen. Ich werde zehn Hunde aus dem Tierheim holen und Nicholas' Zimmer in meinen Hunderaum verwandeln. Es ist gut, sich den Ärger zu ersparen, beim Postamt eine neue Adresse anzumelden oder eine neue Internetverbindung zu beantragen – Nicholas wird das alles für sich machen müssen. Ich möchte nicht mit ihm tauschen! Unser Vermieter hat uns ein sehr gutes Angebot gemacht, und die Miete ist niedrig genug, dass ich sie auch alleine stemmen kann, auch wenn der Junk Yard sauschlecht bezahlt.

In meinem Kopf höre ich ihn feixen: *Der Laden steht kurz vor der Pleite,* und ich kriege ein unangenehmes Flattern im Bauch. Er liegt falsch. Mein Job ist nicht in Gefahr, mir wird es gut gehen. Wenn hier jemand seinen Job verlieren wird, dann ist er das. Eine neue Zahnarztpraxis hat an der ersten Ampel eröffnet, Turpin Family Dentistry, und sie akzeptieren so viele verschiedene Versicherungen, dass Dr. Stacy Mootispaw es als *grotesk* bezeichnet hat.

Ich habe keine Krankenversicherung, aber es würde sich vielleicht lohnen, aus eigener Tasche zu bezahlen, damit Nicholas sieht, wie ich für eine Zahnreinigung zu Turpin gehe. Während ich seine angebrannten Veggie-Pasta-

Reste vom Topfboden abkratze, male ich mir dieses Szenario in den leuchtendsten Farben aus.

Um mir Mut zu machen für das, was ich als Nächstes vorhabe, höre ich drei wütende Eminem-Songs und wähle dann eine Nummer, die ich in meinen Kontakten unter 666 gespeichert habe. Ich rufe diese Nummer sonst nie an. Mein Telefon versucht mich davon abzubringen, indem es sich spontan ausschaltet und rebootet, aber nichts kann mich jetzt stoppen. Ich liege auf unserem Schlachtbrett mindestens hundert Züge hinter Nicholas. Ich bin umgeben von Landminen, und er tollt fröhlich und sorgenfrei über die Wildblumenwiese. Er hat mich so lange an der Nase herumgeführt, dass ich nicht weiß, wie viel von dem, was er tut, geplant ist und wie viel ungewollt. Ich bin mir nicht sicher, ob ich ihn überhaupt kenne. Aber ganz sicher kenne ich seine Mutter.

»Hallo?«, sagt Mrs Rose.

»Deborah!« Meine Stimme klingt zuckersüß, während ich in Nicholas' Drehstuhl herumschwinge. Ich bin in seinem Arbeitszimmer. Er mag es nicht, wenn ich mich hier aufhalte, denn er braucht seine Privatsphäre für seine Telefonate mit Mutti. Die beiden sollten gemeinsam ein Motel eröffnen.

»Naomi?« Sie klingt verunsichert. Die dritte Silbe meines Namens ist kaum hörbar, sie hat sicher aufs Display geguckt, um zu überprüfen, welche Nummer sie angerufen hat, und um sicher zu sein, dass meine Stimme keine Halluzination ist.

»Ich hoffe, ich störe dich gerade nicht«, sage ich mit einem breiten Grinsen. Es ist Samstagmorgen. Deborah hat einen volleren Terminkalender als der Präsident, und ich unterbreche sie ganz sicher bei irgendetwas. »Ich wollte mit dir über die Änderung der Blumendeko für meine Hochzeit sprechen, die ohne mein Einverständnis vorgenommen wurde.«

Ich merke, dass sie absolut nicht mit Gegenwind in dieser Sache gerechnet hat, aber sie fängt sich schnell. Ihre Stimme ist das besänftigende Wiegenlied, mit dem sie Harold daran erinnert, seine Fischöl-Tabletten einzunehmen. »Ich hoffe, es macht dir nichts aus, meine Liebe. Die Floristin konnte keinen anderen Termin anbieten, und ich wollte dich nicht damit belästigen. Ich weiß, wie beschäftigt du bist in dem … oh, ich kann mich nicht mehr erinnern, wo du den ganzen Tag verbringst. The Dump, heißt es so?«

»Ja, genau«, sage ich heiter. »The Dump.« Ich grabe in einem Müllabladeplatz herum wie ein Erdhörnchen. »Du hast mir die Nummer der neuen Floristin nie gegeben, nachdem du zum dritten oder vierten Mal den Laden gewechselt hast. Hast du sie zur Hand? Ich möchte ein paar kleine Änderungen vornehmen lassen.«

»Änderungen?« Sie klingt entsetzt. »Ich bin mir *sicher*, dafür ist es bereits viel zu spät. Es ist jetzt alles in Stein gemeißelt.«

»Deborah«, sage ich lachend. Deborah, Deborah, Deborah. »Du warst doch erst gestern dort! Ich bin mir *sicher*, dass die Floristin der Braut gerne zuhört. Und das bin ich. Ich bin die Braut.« Ich zwirbele meinen Schurkenschnurrbart. Ich war noch nie stärker dagegen, eine Braut zu sein. Sie werden meinen bewusstlosen Körper zum Altar tragen, eine Bauchrednerin wird mein Gelübde sprechen müssen. »Die Blumen, die du ausgewählt hast, sind einfach nicht mein Ding.«

»Es ist keine Saison für Rittersporn. Nelken werden auf einer Januarhochzeit so hübsch aussehen.«

»Nelken sind out.« Alle meine Instinkte sagen mir, dass Deborah und Harold bei ihrer eigenen Hochzeit Nelken hatten. »Ich denke an …« Ich sehe mein farbloses Gesicht, das sich in einem gerahmten Foto auf Nicholas' Schreibtisch spiegelt. Er ist auf dem Foto sechs Jahre alt, und an seiner Hand hängt ein kleiner Fisch, ein Barsch. Er lächelt so breit, dass seine Augen nur zwei Schlitze sind, der Haarwirbel ist voller, zwei Vorderzähne fehlen. Seine Mutter steht hinter ihm, ihre Hände mit langen melonenrosafarbenen Fingernägeln liegen auf seinen Schultern. Ich stelle mir vor, wie sie bei unserer Hochzeit das Gleiche tut, während sie ihm etwas ins Ohr flüstert.

»… Magnolien«, beende ich den Satz.

Schaum tropft von meinem blutroten Babadook-Mund, und ein Schwindelgefühl erfasst mich. Ich habe schon lange nichts mehr empfunden, das einem Gefühl der Freude so nahegekommen ist. Ich werde diesem Gefühl bis tief in den Abgrund folgen, bis in die Hölle.

Sie ist so still, ich muss überprüfen, dass sich die Leitung nicht unterbrochen hat.

»Deb?«, frage ich und beiße mir in die Fingerknöchel.

»Ich denke nicht, dass Nicky mit dieser Wahl einverstanden sein wird«, presst sie hervor.

»Nicky hat mir gesagt, dass er einverstanden ist.« Ich

drehe mich wieder im Stuhl, mein Kinn liegt auf meinen Knien. Der Stuhl ist aus luxuriösem Leder und unglaublich bequem. Sich in ihn zu setzen, ist wie in einer heißen Badewanne zu versinken. Mein Bürostuhl ist viel niedriger, als ich ihn gerne hätte, und aus Holz. Ich habe ihn auf einem Hofflohmarkt gekauft. Ich habe ein dickes Kissen draufgelegt, damit er bequemer ist, aber der Unterschied zu diesem Stuhl ist einfach skandalös. Dieser Lederstuhl gehört jetzt mir.

»Außerdem«, füge ich hinzu, »ist es meine Hochzeit, nicht wahr? Ich sollte das bekommen, was ich möchte.«

»Es ist auch Nickys Hochzeit.«

Was kümmert es Nicholas? Er wird mindestens dreimal in seinem Leben heiraten. Wenn ich sechzig bin, wird er mir auf der Straße begegnen. Mit zur Seite gekämmten Haaren und einer Frau in ihren Zwanzigern am Arm. Weil Männer furchtbar sind und weil sie damit durchkommen. »Du weißt doch, wie es heißt«, antworte ich mit vergnügter Stimme: »Happy wife, happy life! Er würde alles tun, um mich glücklich zu machen. Er hat von seinem Vorbild gelernt. Er hat genau beobachtet, wie gut dein Mann zu dir ist.«

Ich habe Deborahs Befehlen nie widersprochen, nicht einmal höflich. Es ist einfacher, wenn sie ihren Willen bekommt. Was gerade passiert, ist eine brandneue Erfahrung für Deborah und wahrscheinlich auch für ihren Buchclub, der mithört. Sie sitzt dem Bürgermeister gegenüber und der gesamten Schwesternschaft und bemüht sich zu lächeln, während sie mich in Gedanken erwürgt. Ihre dämliche Angewohnheit, beim Telefonieren immer auf den

Lautsprecher zu drücken, damit jeder, der anwesend ist, mitlachen kann, rächt sich nun.

»Gibst du mir die Nummer, Deb?«, bohre ich nach und lege meine Füße auf Nicholas' Schreibtisch. Ein Papierstapel fällt herunter und verteilt sich über dem Boden.

»Hm. Ja. Lass mich nachschauen.« Sie ist ins Schwimmen geraten. Sie kann mir keine falsche Nummer geben, aber die richtige kann sie mir auch nicht geben. Das ist kein Bluff, und ich werde auf jeden Fall eine Milliarde Magnolien bestellen, um die Kirche zu schmücken. Man stelle sich Harolds Gesichtsausdruck vor, wenn er die Rechnung zu Gesicht bekommt.

Deborah legt den Hörer beiseite, während sie ihr Notizbuch durchblättert. Ich höre, wie ihre Zähne klappern. Ich warte schweigend, bis sie den Hörer wieder aufnimmt und mir jede Ziffer einzeln ausspuckt.

»Danke!«, zwitschere ich. »Wenn ich dich schon am Apparat habe, macht es dir sicher nichts aus, mir auch die Nummer des Konditors zu geben. Ich weiß, ich habe ursprünglich Drury Lane in Hatterson vorgeschlagen, aber ich glaube, du bist woanders hingegangen, stimmt's? Ich bin mir sicher, du kennst dich bestens aus. Aber ich hätte bitte trotzdem gerne die Adresse.«

Säure tropft aus Deborahs Mund. »Warum denn das, meine Liebe? Ich habe mich bereits um die Torte gekümmert.«

»Dafür will ich dir auch danken. Du hast das alles wirklich toll gemacht! Du bist so großzügig. Mit deiner Zeit und deinem Geld. Aber ich möchte dir gerne ein bisschen was von der Last abnehmen. Du hast es verdient, dich zu entspannen und deine goldenen Jahre zu genießen. Sie vergehen so schnell. Ich werde nur ein paar Sachen hier und da übernehmen, sei ganz unbesorgt, Deb.«

»Aber …«

»Alles, was du tun musst, ist, zur Hochzeit zu kommen. Ich möchte, dass du die Feier genießt. Und das kannst du nicht, wenn du damit beschäftigt bist, alles zu organisieren!« Wenn meine Stimme noch schriller wird, ist sie bald nur noch ein Pfeifen.

»Ich denke nicht, dass Nicky …«

Ich unterbreche sie. »Die Nummer, Deb. Vielen Dank.« Niemand hat es je gewagt, ihren Namen mit *Deb* abzukürzen, und ich feiere diese Dreistigkeit mit etwas Schaum, der mir vom Kinn tropft und die Vorderseite meines Lieblings-Steelers-Hoodies einnässt.

Als Deborah wütend die Kontaktdaten des Konditors aufsagt, klingen jede Silbe und jede Ziffer wie ein Code für *Ich bringe dich um, wenn es nicht Vanille und Schoko* wird. Das inspiriert mich dazu, die Tortendeko, die ursprünglich aus Blütenblättern bestehen sollte, zu verändern. Nicholas' Bräutigamsfigur wird das billige Spider-Man-Imitat aus dem Ein-Dollar-Laden, Tarantula-Boy. Ich werde von einer halb geschmolzenen Kerze mit verdrehten Augen repräsentiert, und jeder, den Deborah kennt und mag, wird es sehen. Wenn Nicholas die Torte anschneidet, wird eines meiner verdrehten Augen wie ein Omen herausfallen. Ich werde ihn mit meinem roten Horrormund und einem wilden Blick anlächeln, was dazu führen wird, dass er die Farbe von Champagner für immer hassen und sein Blut gerinnen wird.

»Daaaanke«, trillere ich. »Deb, du bist die Beste.«

»Ich hoffe, Nicky ist mit all dem einverstanden«, sagt sie mit tiefer Stimme.

»Mach dir keine Sorgen um ihn. Ich kümmere mich bestens um unseren Nicky. Und bald wird er auch eine Schwiegermutter haben, die sich ebenfalls um ihn kümmert. Es war so süß, neulich hat er mir gesagt, dass er sie nach der Hochzeit *Mom* nennen wird. Meine Mutter wird begeistert sein.«

Eine Phantomhand greift durch den Telefonhörer und legt sich um meinen Hals. »Das ist schön«, krächzt sie.

»Nicht wahr? Wir werden Thanksgiving mit ihr verbringen. Und Weihnachten. Es gibt nichts Wichtigeres als die Familie, nicht wahr?«

Deborah ist erschüttert, aber sie ist ein Profi. Sie erinnert mich daran, dass sie das Diplom in *Die Kunst, eine Bitch zu sein* bereits Jahrzehnte vor meiner Geburt erhalten hat, indem sie antwortet: »Oh ja, das finde ich auch. Aber ich würde diese Pläne überdenken, denn an Thanksgiving wollte ich euch den Scheck für den Caterer ausstellen, und an Weihnachten hast du eine weitere Anprobe bei meiner Schneiderin. Ich würde mich *wahnsinnig schlecht* fühlen, wenn du in einem Kleid zum Altar gehst, das sich nicht richtig schließen lässt.«

Vor meinem inneren Auge sehe ich, wie der juwelengeschmückte große Leuchter im Saal für den Hochzeitsempfang zu feinstem Staub zerbirst. Ich ersetze die schwebenden Teilchen durch Alufolie-Konfetti und Plastiktauben. Jeder wird denken, die elegante Mrs Rose in Louis Vuitton und Marc Jacobs habe die Deko selbst ausgewählt, und sich wundern, warum sie aussieht wie die Valentinstagsdeko in einem Altenheim. Die Gäste werden das Gerücht in die Welt setzen, dass sie einen Insolvenzantrag gestellt hat.

Ein kurzes Lachen überkommt mich. »Das wäre ein Desaster! Wie gut, dass ich einen langen Schleier habe.« Dieser Schluss ist ja schon fast wieder brav geraten, also werfe ich zuletzt noch ein: »Wir sehen uns am Sonntag zum Abendessen, D.«

Ich lege auf und bewundere meine kaputten, ungleichmäßigen Fingernägel. Ich drehe mich noch einmal im Stuhl herum. Eine Landmine im hinteren Teil von Nicholas' Schlachtfeld explodiert.

* * *

Es ist Sonntag, und Nicholas kann es nicht fassen, dass ich mich für das Abendessen bei seinen Eltern immer noch nicht umgezogen habe. Ich habe immer noch meinen Lieblingshoodie an und blicke missbilligend zu ihm auf, als er irgendwas murmelt. Ich bin ein treuer Fan der Steelers. Sie sind mein Lieblingsteam, und ich würde für sie sterben.

Er ist immer noch wütend wegen der Magnolien. Mrs Rose hat mich verpetzt und ein ganzes Meer an Taschentüchern vollgeweint. Nicholas hat sie beruhigt, indem er ihr versprochen hat, dass es bei den Nelken bleibt. Magnolien seien völlig würdelos. Ich sei völlig würdelos. Er runzelt die Stirn, um mir zu sagen: *Du bist eine Zumutung*, aber ich weiß, dass sein Stirnrunzeln eigentlich durch das

Schrapnell in seinem Bein verursacht wird. Ich bin nun eine motivierte Soldatin in voller taktischer Montur. Ich habe seine ahnungslose Mutter als Waffe gegen ihn benutzt: Sie hat ihn den ganzen Tag über angerufen und erwartet, dass er sie tröstet, und jedes Mal, wenn das Telefon aufs Neue klingelt, sehe ich, wie die Blutvergiftung in seinem Körper ein bisschen weiter voranschreitet.

»Ich kann das nicht glauben«, sagt er.

»Ich schon.« Ich klinge viel glücklicher als er, obwohl das normalerweise der Teil ist, wo er sein Guter-kleiner-Junge-Grinsen auflegt und ich mental abschalte, damit die unhöflichen Bemerkungen seiner Familie an meine Adresse weniger Macht über mich haben.

Wir sind im Auto auf dem Weg zu Debberoni und Harry. Sie leben in einem abgelegenen, sozusagen exklusiven Viertel von Morris, große Fische in einem kleinen Teich, genau so, wie sie es mögen. Sie bewohnen keine Räume, in die sie *einfach jeden* hineinlassen würden. Sie beschäftigen *einen Mann*, der die Gartenarbeit macht, und *eine Frau*, die kocht. Mr und Mrs Rose erachten sie für nicht wichtig genug, um sie bei ihren Namen zu nennen. Als ich das erste Mal zu Besuch war, habe ich erwartet, dass sie Goldbarren als Türstopper verwenden. Man könnte meinen, Harold sei Minister gewesen und nicht Investmentbanker.

Ich höre das typische Knittern von Plastik. Ich schaue mich misstrauisch um und sehe einen Blumenstrauß auf dem Rücksitz liegen. Für einen dummen, kurzen Moment pocht mein Herz, weil ich denke, sie sind für mich – aber dann wird mir schnell alles klar.

Natürlich. Es sind Rosen.

Ich kann nicht anders. »Wow, danke für die Blumen. Du bist so süß.«

»Oh.« Er errötet. »Sie sind eigentlich für Mom.«

»Was ist denn der Anlass? Hat sie Geburtstag?« Ihr Geburtstag ist im Januar, genau wie Nicholas'. Er hat ihr ein Laufband gekauft, das sie für ihn in einem Katalog eingekreist hat, und dazu hat er ihr auch noch stolz diese kleine Papierrolle überreicht, auf der steht, dass er einen Stern nach ihr hat benennen lassen.

»Nein. Die Blumen sind … einfach so.«

Ich sollte mir das nicht zu Herzen nehmen, ich tue es aber. Dieser Mann ist ein sehr schlechter Verlobter. Wie schlimm wird er als Ehemann sein? »Es wäre schön, wenn du mich so behandeln würdest, wie du deine Mom behandelst«, sage ich in Richtung der Windschutzscheibe, weil ich nicht mutig genug bin, um es ihm ins Gesicht zu sagen. In meinem Kopf wiederhole ich noch einige Male, was ich ihm gerade gesagt habe, und meine Augen treten hervor.

»Du willst, dass ich dir aus Pflichtgefühl Sachen schenke und nicht, weil ich das gerne möchte?«

Ich denke darüber nach.

»Ja. So würde ich wenigstens Blumen bekommen. Wenn ich darauf warten soll, dass du mir von dir aus Blumen schenkst, weil du das schön findest, würde ich genauso viele kriegen wie jetzt. Nämlich gar keine.«

»Oh mein Gott, Naomi«, sprudelt es aus ihm heraus. »Du hast mir vor sehr langer Zeit gesagt, dass du keine Blumen willst. Du hast gesagt, du brauchst sie nicht.«

»Tja, ich hab es nicht so gemeint! Natürlich will ich

Blumen. Welche Frau will denn keine? Ich kann es kaum erwarten, einen erwachsenen Sohn zu haben, damit ich endlich welche bekomme.«

Ich kann seinen brennenden Blick auf mir spüren. »Wenn ich dir sagen würde, dass ich etwas nicht haben will, würdest du es mir dann trotzdem kaufen?«

Ich drehe mich zu ihm. »Warum solltest *du* dir Blumen wünschen?«

Sein Lachen lässt mich frösteln. »Ja, genau, warum sollte dir jemals der Gedanke kommen, *mir* irgendetwas zu geben? Zum Beispiel ein Zeichen der Zuneigung. Natürlich denkst du nicht daran.«

Ich gebe ihm *sehr wohl* etwas. Geduld. Sie ist ein Geschenk. Ich schenke ihm das Wunder, dass ich mich nicht auf seinen Sitz stürze und ihn erwürge, weil er darauf bestanden hat, dass wir an meinem Geburtstag mit seinen Freunden abhängen, um mit ihnen Chickenwings und Käse-Pommes zu essen. Weil er am 4. Juli bis spät abends in der Praxis geblieben ist, obwohl ich gerne zu einem Wasserpark gefahren wäre. Weil er seiner Mutter aber einen riesigen Feuerball gekauft hat – *er*, der König des Monologisierens darüber, dass Geschenke unnütz sind. Wenn das Universum morgen implodiert, wird mein letzter klarer Gedanke sein: *Hahaha, da geht er dahin, dein Scheißstern, du blöde Kuh!*

»Wie lange gärt das Ganze schon in dir?«, will er wissen.

Eine Ewigkeit.

»In mir gärt gar nichts. Alles in Ordnung.«

»Klar.« Ein weiteres humorloses Lachen folgt. »Du bist sauer auf mich, weil ich dir keine Geschenke mache. Dabei ignorierst du mich zu Hause völlig und starrst nur in die Glotze. Du sitzt da wie eine Puppe im Regal. Du ziehst ein Gesicht, wenn wir zu den Abendessen zu meinen Eltern fahren, aber deine Familie wohnt nun mal nicht in der Nähe, und ich bemühe mich darum, uns ein kleines familiäres Fundament zu schaffen. Es ist schon erstaunlich, dass wir überhaupt noch eingeladen werden, ehrlich, denn du bist die ganze Zeit wie eine wandelnde Leiche. Ab der Sekunde, in der wir das Haus betreten, stellst du alles Lebhafte in dir ab.« Er schüttelt den Kopf. »Ich könnte genauso gut alleine hingehen.«

Ich bin kurz verblüfft, denn eigentlich sollte er nicht wissen, dass ich während dieser Abendessen innerlich abschalte. Aus meiner Sicht gebe ich immer eine überzeugende Vorstellung von *Ich bin glücklich und zufrieden* ab. Wenn er schon die ganze Zeit über weiß, dass ich es nur vorspiele, warum hat er mich nicht schon früher darauf angesprochen?

Für den Rest der Fahrt in die Sycamore Lane stelle ich mir vor, dass mein nächster Verlobter das totale Gegenteil von Nicholas sein wird. Er wird lange blonde Hippiehaare haben und einen Bart, es wird ein Künstler, der sich die Zähne mit Center Shocks putzt. Er heißt Anthony, schreibt sich aber *&thony*. Er ist ganz sicher Waise.

Und dann schwenken wir in die Einfahrt ein und fahren die letzten Meter auf das zu, was sicherlich zwei schreckliche Stunden sein werden. Ich kann mich nicht erinnern, wann Nicholas und ich das letzte Mal Spaß miteinander hatten. Wir üben unser Vor-anderen-Leuten-Lächeln, und er eilt ums Auto herum und erinnert mich dabei an seine einzige rettende Eigenschaft: Seine Art, sich zu bewegen, hat etwas faszinierend Fließendes – wenn er nicht gerade aufstampft, um seinen Punkt zu machen.

Durch das Fenster schnellen seine Augen zu meinen, und seine Hand greift zur Beifahrertür.

Dann grinst er und entscheidet sich, stattdessen doch lieber die hintere Wagentür zu öffnen und die Rosen herauszunehmen. Er geht allein auf die Veranda zu. Ich folge ihm wie ein Straßenköter und wünsche mir, ich könnte bellen und knurren.

Ein Schild mit einem Shakespeare-Zitat ist an der Ziegelverkleidung des Hauses angebracht: *A rose by any other name would still smell as sweet.* Das Wort *still* ist zu viel, im Original steht es nicht. Ich hab das überprüft, um sicher zu sein, dass ich mich nicht täusche, habe es Mr und Mrs Rose aber nicht gesagt, weil ich nicht möchte, dass sie sich ein neues korrektes Schild anfertigen lassen. Es bereitet mir sehr viel Genugtuung zu wissen, dass ihr Schild fehlerhaft ist.

Ich erinnere mich an das erste Mal, als ich vor dieser Türschwelle stand, aufgeregt und optimistisch, ich habe so sehr gehofft, dass ich nahtlos in ihre Welt passen würde und sie mich wie ein Familienmitglied behandeln würden. Nicholas hatte seinen Arm um meine Schultern gelegt und mich auf die Wange geküsst, und er grinste von einem Ohr zum anderen. *Sie werden dich lieben,* hat er gesagt.

Die Tür geht auf. Mit einem falschen Lächeln zeigt mir Deborah all ihre Zähne, und ich möchte mir direkt vor ihr den Finger in den Hals stecken.

Nicholas und ich tauschen einen letzten Blick der gegenseitigen Abscheu aus, bevor wir ein falsches Grinsen aufsetzen und Händchen halten. Er drückt meine Hand. Ich drücke fester zurück, tue mir dabei aber nur selbst weh.

* Kapitel 5 *

Ihr Fuchsbau riecht postapokalyptisch nach einer zehn Jahre alten Mischung aus Staub, Bath & Body Works und einem Hauch Haarspray. Der verstaubte Geruch hat mich schon immer verwirrt, weil man nirgends Staub sieht. Jeder Raum verströmt Schwere und Reichtum. Die Louis-XV-Stühle sollen an französische Schlösser erinnern und vom fleckigen rosa Teppich ablenken. Wenn man unter zwanzig Jahre alt ist, muss man seine Schuhe ausziehen. Es gibt nur ein Fernsehgerät im *Salon* – ein Relikt aus den Siebzigern, das nie eingeschaltet wird. Seine einzige Rolle besteht darin, einen Schockmoment über sein Vorhandensein zu verursachen.

Sobald man die Türschwelle überschritten hat und sich in einem Agatha-Christie-Mord-Setting wiederfindet, überfällt einen absolute Stille. Das führt dazu, dass man automatisch leiser spricht, was Mrs Rose wiederum als Zeichen der Bewunderung deutet.

Die komplette Einrichtung ist ihre Ode an ein vergangenes goldenes Zeitalter, als Kinder all ihre Gedanken und Gefühle unterdrückten, um ihren versoffenen Eltern das Leben zu erleichtern. Kirschholz, dicke Stoffe, onyxfarbener und anthrazitgrauer Damast. Ungeöffnete Tausend-Dollar-Bourbonflaschen, leere Kristallbonbonnieren.

Verzierte goldene Rahmen und in beleuchteten Vitrinen präsentierte Aschenbecher aus dem 18. Jahrhundert, *die man ansehen, aber nicht anfassen darf.* Ein Museum der Geschichte der Roses, für das sich niemand interessiert, außer die verdorrten alten Rosen, die dort wachsen, und vielleicht ich, das unwillkommene und nicht vorzeigbare Unkraut, wenn es tatsächlich dazu kommen sollte, dass ich in diesen Klüngel einheirate.

Nicholas' Ehrenabzeichen aus der Highschool hängen eingerahmt im Speisesaal. Hinweise, dass sie auch eine Tochter haben, gibt es nirgends, außer in einem kleinen Raum, in dem sich ein großes Klavier, eine Horde Katzenporzellanfiguren und ein aktuelleres Porträtfoto von Heather befinden. Im Hintergrund erkennt man Stroboskoplicht, und Heather trägt eine Zahnspange mit schwarzen Gummibändern. Manchmal spricht ihre Mutter über sie, als wäre sie tot. Nicholas hat mir erzählt, dass sie Elektro-DJane ist – schon allein deshalb ist sie mein Lieblingsfamilienmitglied.

»Naomi! Meine Liebe! Wie schön, dich zu sehen«, schreit Deborah und beugt sich vor, um mir Luftküsse auf die Wangen zu hauchen. Sie hat von ihrer eigenen Schwiegermutter (eine wirklich schreckliche Person, die ich nur einmal getroffen habe, bevor Satan sie nach Hause geholt hat) gelernt, wie man kühl und passiv-aggressiv ist.

Bereits meine erste persönliche Begegnung mit Deborah war irritierend. Gehört hatte ich bereits von ihr. Sie hatte in der Vergangenheit so viele Leserbriefe an die *Beaufort Gazette* geschickt und sich darin ganz allgemein über das Leben beschwert, dass ihr die Ratgeber-Kolumne

Liebe Deborah angeboten worden war. Hier verteilt sie nun Perlen der Weisheit an loyale Leser im ganzen Landkreis. Aus meiner heutigen Sicht sind Deborahs Weisheiten offensichtliche Lügen, denn es gab noch kein Problem, bei dem sie sich nicht an Nicholas gewandt hätte, damit er es löst. Das Porträtfoto, das ihre Kolumne schmückt, ist übrigens mindestens fünfzehn Jahre alt. Ihr gefiederter Bob ist immer noch der gleiche, nur mit mittlerweile mehr hellen Strähnchen. Die Haut rund um ihre Augen ist straff gespannt, obwohl die Augen selbst auf die Hälfte ihrer ursprünglichen Größe geschrumpft zu sein scheinen. Die Ohrringe, die sie trägt, sind so schwer, dass sie die Ohrläppchen fünf Zentimeter in die Länge ziehen.

Sie umschließt mein Gesicht mit ihren weichen, kühlen Händen. Ich bin mir nicht sicher, ob in ihren Adern Blut fließt. Manchmal wirkt ihre Haut zart gerötet, aber das liegt nur daran, dass sie zu lange auf der Sonnenbank gelegen hat.

»Meine Güte, Naomi, du hast dir die Haare schneiden lassen! Und das so kurz vor der Hochzeit! Was hast du dir nur dabei gedacht? Gib mir den Namen deiner Friseurin, und ich sorge dafür, dass sie sofort entlassen wird.«

Ich schüttle meinen kläglichen kurzen Pony, und Nicholas versteckt sein Lächeln. Er freut sich, dass seine Mutter mich an seiner Stelle zurechtweist. »Das ist ein bestimmter Stil. Wie bei Amélie«, gebe ich zurück. Amélie wird meine Referenz für diesen abgehackten Pony. Ich werde bei jeder Gelegenheit Vergleiche zu ihr ziehen.

Deb sieht aus, als würde sie einen Mund voller böser Wörter zurückhalten. »Er passt wirklich nicht zu deiner

Gesichtsform. Obwohl ich sicher bin, dass du das schon weißt und bereits einen Termin zur Haarverlängerung ausgemacht hast.« Sie wartet nicht ab, dass ich das bestätige, denn sie ist ungeduldig, weiter in die Analyse meines Aussehens einzutauchen. Das tut sie jedes Mal, wenn sie mich sieht. »Du siehst irgendwie elend aus, meine Liebe. So abgespannt und verquollen. Bist du krank?«

»Ja«, antworte ich fröhlich. Ich umarme sie, was ich noch nie zuvor getan habe *(Hach, Kinder, macht das Spaß, all diese lustigen neuen Dinge auszuprobieren!)*, und ihre Knochen verziehen sich und knirschen unter ihrer pedantisch sauberen Kleidung. Ihr Schlüsselbein ragt so weit hervor, dass es aussieht, als hätte man ihre Knochen nicht tief genug in der Erde vergraben.

Sie weicht zurück, vollkommen besudelt mit meinen imaginären Krankheitskeimen.

»Naomi macht nur Spaß«, sagt Nicholas mit anklagender Stimme. »Im Auto hat sie gesagt, dass es ihr gut geht.«

Deborah klopft sich auf die Brust, als ob sie Herzrasen hätte, und wir folgen ihr ins Haus, wo wir die neue Garderobe (Mammutbaumholz, 1200 Dollar) bestaunen und loben sollen. Essensgeruch steigt mir in die Nase. Das Versprechen auf eine kostenlose Mahlzeit ist der einzige Grund, warum ich mich nicht sofort auf die Garderobe spieße.

Als Mrs Rose kurz *zur Frau* geht, um nach dem Abendessen zu sehen, ziehe ich mein Handy heraus und fange an zu tippen. »Potpourri«, sage ich laut. »Kritzelige Zeichnungen. Gruselige Hummelfiguren/werkelnde Bauernkinder.«

Nicholas wirft mir einen aufmerksamen Blick zu. »Was machst du da?«

»Ich mache mir Notizen, wie ich unser Haus hübscher gestalten kann. Du verehrst dieses hier ja so sehr, dass dir das Aufbrechen immer so schwerfällt, also überlege ich, wie ich diesen Zauber nachahmen kann.« Ich tippe weiter. »Getrocknete Blumensträuße von geliebten Menschen. Hmm, ich muss ein paar geliebte Menschen finden.«

Er zeigt auf einen bräunlichen Strauß, ein *Einfach nur so*-Geschenk von letzter Woche. »So was willst du?«, flüstert er sarkastisch. »Eine hässliche Handvoll vierzig Dollar?« Als Nächstes zeigt er auf eine knallige Smaragdbrosche in einer Glasvitrine. »Und was ist damit? Würde dich unpraktischer Schmuck glücklich machen, *Liebling*?« Wenn ich noch einmal etwas über *Unpraktisches* höre, stecke ich ihn in den Kofferraum.

»Klau sie, und wir reden weiter.«

Er presst seine Lippen zusammen. Zu wissen, dass ich ihm einen Treffer verpasst habe, lässt mein Herz frohlocken.

Mrs Rose ist wieder in Hörweite, also nehme ich eine Vase, die Harolds Mutter gehört hat, und sage: »Ich mag diese Urne.«

»Das ist eine Vase, meine Liebe.« Es kann nicht sein, dass sie diese Vase nicht hasst, denn die Legende besagt, dass sie und ihre Schwiegermutter einmal in eine körperliche Auseinandersetzung darüber geraten sind, wo Harold begraben werden sollte – neben seiner Frau oder neben seiner lieben Mutti. Nicholas' genetisches Erbe ist nicht ohne.

»Ich bin überrascht, dass eine so schöne Urne nicht

schon besetzt ist«, sage ich, als hätte ich nicht gehört, was sie gesagt hat. »Obwohl ich davon ausgehe, dass sie es eines Tages sein wird.« Ich schaue Deborah nachdenklich an, von oben bis unten, ganz langsam, vom Haaransatz bis zu den Spitzen ihrer makellosen weißen Schuhe. »Ihr habt die schönsten Erbstücke. Es erfüllt mich mit Demut, wenn ich daran denke, dass ich sie eines Tages alle in meinem eigenen Haus haben werde. Nick, kannst du dir nicht auch gut vorstellen, dass diese hübsche Urne eines Tages auf unserem Kühlschrank steht?«

Er kneift die Augen zusammen, wenn ich ihn Nick nenne, aber er kann gar nicht antworten, weil Mrs Rose sagt: »Nicky, was hältst du denn von Naomis neuer Frisur?«

Der einzige Grund, warum er einen ernsten Gesichtsausdruck beibehält, ist, weil er direkt vor einem Fenster steht. Es wäre für mich ein Einfaches, ihn einfach hinauszustoßen. »Naomi sieht immer toll aus.« Dann tritt er drei Schritte zur Seite und fügt hinzu: »Ihre Stirn ist hoch genug für einen kurzen Pony.«

Sie verstecken beide ihr boshaftes Grinsen mit einer identischen Handbewegung. Nicholas bemerkt es und lässt seine Hand fallen. Er sieht ein wenig erschrocken aus. Ich grinse ihn an, um seine schlimmsten Befürchtungen zu bestätigen. *Ja, Nicky, du verwandelst dich in deine Mutter.*

»Sind diese Rosen nicht wunderschön?«, sage ich zu Deborah und zeige auf die verdorrten von letzter Woche. »Sehr rücksichtsvoll von deinem erwachsenen Sohn, dir ständig Blumen mitzubringen.«

»Ja, nicht wahr?«, schmachtet sie. »Nicky verwöhnt mich so. Er ist so ein wunderbarer Junge. Ich bin mir sicher, dass er dich auch so verwöhnt.«

Mein Lächeln vergeht, und Nicholas hat etwas sehr Fesselndes auf dem Teppich gefunden.

»Komm und schau dir die frischen an«, sagt sie und winkt uns zu, ihr in den *Salon* zu folgen. Weitere vierzig Dollar *Mitleid mit Mom* starren mich spöttisch von einem kleinen Tisch an. Er hat den Tankstellenaufkleber von der Plastikfolie abgepult, und ich denke daran, dass es mit dem Kälteeinbruch schwerer sein wird, Rosen zu finden. Er wird für 08/15-Blumen hundert Dollar pro Woche ausgeben.

»Sind sie nicht edel?« Deborah schiebt mir den Strauß unter die Nase. Ich beuge mich vor und rieche.

»*So* riechen Blumen also! Ich habe nie die Gelegenheit, sie aus der Nähe zu sehen, also hatte ich keine Ahnung.«

Nicholas seufzt zur Decke.

»Sieh mal, was mein Nicky mir noch besorgt hat.« Deborah öffnet den Deckel einer kleinen schwarzen Samtdose, in der sich ein glitzerndes Band aus Schokoladendiamanten befindet. Ich habe den Reiz brauner Diamanten nie verstanden. Solch eine Monstrosität würde ich nicht haben wollen. Wenn sie mir jemand schenken würde, würde ich sie nie tragen. Und dennoch ist mir vor lauter Eifersucht fast schon übel.

»Du Glückliche!« Ich richte meinen Blick auf Nicholas. Mein Ton klingt so falsch, dass ich weiß, dass wir es alle hören. »Was war der Anlass?«

»Harolds und mein Hochzeitstag.« Harold döst auf einem Stuhl, gebückt und schief. Sie weckt ihn, indem sie an seinem Kragen zieht, bis er gerade sitzt. »Und was hat er dir geschenkt, Liebster? Golfschläger?«

Harold springt hoch und schnaubt bejahend. Er ist ein Meister im Durch-die-Nase-Sprechen.

»Ihr habt so ein Glück«, tröte ich. »So ein Glück, dass euch euer erwachsener Sohn Diamanten und Golfschläger zum Hochzeitstag schenkt. Denn das ist ja eigentlich ein Ereignis, mit dem er nichts zu tun hat. Ich mag mir kaum ausmalen, wie sehr er sich für seinen *eigenen* Hochzeitstag ins Zeug legen wird.« Diesmal wage ich es nicht, Nicholas anzuschauen. Er würde wollen, dass ich ihn anschaue, um mir zu verstehen geben zu können, dass er innerlich kocht, und ihn nicht anzuschauen heißt, ihm das vorzuenthalten.

Ein Gespräch mit Mrs Rose zu führen bedeutet, dass man zuhört, wie sie in der einen Hälfte der Zeit von Nicholas schwärmt und in der anderen über ihn meckert. Nun ist es also Zeit, dass sie die andere Richtung einschlägt. Sie fragt, warum wir die Hochzeitseinladungen noch nicht verschickt haben, obwohl sie sowohl das Motiv als auch den Text bereits ausgesucht hat. Ich schweige, während Nicholas eine reichlich fadenscheinige Antwort zusammenbastelt.

Die Wahrheit ist, dass Nicholas und ich uns nicht darauf einigen können, welches Verlobungsfoto wir der Einladung beifügen sollen. Die meisten Paare verschicken das Verlobungsfoto bereits mit der Save-the-date-Karte, aber da wir gar keine verschickt haben, sagt Deborah, dass wir das Foto nun unbedingt der Einladung beifügen müssen.

Auf dem Foto, das ich gut finde, bin ich in einem magischen Moment eingefangen. Meine Wimpern wirken länger und meine Lippen voller. Mein Busen größer. Ich habe die komplette fotogene Magie absorbiert und für Nicholas nichts übrig gelassen – sein rechtes Auge ist ganz geschlossen und das linke zur Hälfte. Wir haben die Fotos an einem kühlen Tag machen lassen, und das Erste, was auffällt, sind Nicholas' Brustwarzen, die sich durch sein Shirt durchdrücken. Ich lache jedes Mal, wenn ich es sehe.

Auf dem Foto, das Nicholas gut findet, sieht er aus wie ein *GQ*-Model, während mir die Haare ins Gesicht wehen. Nicholas sagt zu seiner Mutter: »Oh, ich dachte, wir hätten sie schon verschickt. Mein Fehler.«

»Das solltet ihr mal schnell tun«, sagt Deborah warnend. »Sonst kommt niemand.«

Nicholas spitzt die Ohren. Der Gedanke scheint ihn zu beleben. Ich habe kein Recht, beleidigt zu sein, weil er mich nicht heiraten will, denn ich will ihn ja auch nicht heiraten, aber ich bin es. Ich tröste mich mit dem Wissen, dass ich ihn noch weniger heiraten will als er mich.

Aber als wir kurz allein sind, verschwindet das Lächeln aus seinem Gesicht, und er murmelt mir ins Ohr: »Warum stärkst du mir nie den Rücken? Du lässt mich immer im Stich.«

»Du lässt mich immer zuerst im Stich«, zische ich.

* * *

Die Frau hat Kalbfleisch zubereitet. Kalbfleisch lässt mich erschaudern, und Mrs Rose weiß das, deshalb gab es bisher auch immer noch ein zusätzliches Gericht. Aber nicht heute Abend. Es ist ein kreativer Vergeltungsschlag, das muss ich ihr lassen.

Sie beobachtet mich genau und erwartet eine Reaktion, also schaue ich ihr direkt in die Augen und nehme einen riesigen Bissen Fleisch. Meine moralischen Überzeugungen sind mir heute Abend egal. Ich würde einen blutigen Kuhfötus mit den bloßen Händen essen, wenn es Nicholas dazu bringt, mich vor seiner Mutter herabsetzend zu behandeln. Was ist aus meinem Leben geworden, wenn so etwas mittlerweile meine oberste Priorität geworden ist?

Nicholas schaut mich wütend an. Je wütender er wird, desto mehr ist mir nach Tanzen zumute. Er gibt mir so viele nonverbale Hinweise – sie sind eine Ermutigung und zugleich der Fingerzeig, dass ich mich auf dem richtigen Weg befinde. Seine Muskeln zucken. Der Kiefer ist angespannt. Die Hände zu Fäusten geballt. Jemand muss diesem Mann etwas in Sachen Pokerface beibringen, sonst werden seine Taschen im Nu geleert. Wahrscheinlich von mir bei der unvermeidlichen Scheidung. Mein brillanter Anwalt und ich werden mit allem, was er hat, in den Sonnenuntergang reiten.

»Nicky liebt Kalbfleisch«, schnurrt Mrs Rose.

Nicky tut es nicht, aber er wird sich nicht mit ihr streiten. »Was liebt dein erwachsener Sohn noch?«, frage ich. »Du verbringst mehr Zeit mit ihm als jeder andere Mensch, also bist du diejenige, die man fragen muss.« Ich seufze dramatisch. »Selbst nach all der Zeit, die wir zusammen verbracht haben, gibt es immer noch so viel, das ich nicht weiß. Unser Nicky ist ziemlich geheimniskrämerisch.«

Er schaut mich an und sieht leicht belustigt aus. »Verkauf dich nicht unter Wert, Naomi«, antwortet er. »Ich glaube, du fängst an, mich zu durchschauen.«

»Ja, das glaube ich auch. Es hat ein bisschen gedauert.«

»Wir können nicht alle Blitzmerker sein.«

Ich schwenke mein Glas mit dem Cranberrysaft, während wir uns gegenseitig fixieren. »Du solltest deinen Eltern unsere besonderen Neuigkeiten mitteilen«, sage ich schließlich.

Seine Stirn legt sich in Falten, und seine Mutter wird ganz nervös. Sie kann wahrscheinlich nicht glauben, dass in seinem Leben etwas passiert ist, von dem sie nicht als Erste erfahren hat. »Neuigkeiten? Was für Neuigkeiten? Sag es uns, Nicky.«

»Sag's ihnen, Nicky«, plappere ich ihr nach.

Deborah schaut entsetzt von ihm zu mir und wieder zurück. Offensichtlich hat sie Angst, dass ich schwanger bin. Ein uneheliches Baby! Was würde Pastor Thomas sagen? Um ihr noch mehr Angst einzujagen, lege ich wie selbstvergessen eine Hand auf meinen Bauch. Sie gibt ein trockenes, kratziges Geräusch von sich, wie ein Stuhlbein, das über den Holzboden scharrt.

Nicholas sieht, was ich spiele.

»Liebling, ich glaube, ich weiß nicht, welche Neuigkeiten du meinst.«

»Es sind unerwartete Neuigkeiten.« Ich genieße das. »Wir hatten es noch nicht ganz geplant, aber so ist das Leben nun mal.«

»Vielleicht hast du ja Neuigkeiten«, sagt er, »ich habe jedenfalls keine.«

Ich neige den Kopf zur Seite. »Es ist schon eine ganze Weile nichts mehr bei uns passiert, nicht wahr?«

»Apropos Nachrichten!« Deborah unterbricht mich, um sich selbst wieder in den Mittelpunkt zu schieben. »Bald ist mein fünfter Jahrestag bei der Zeitung.«

»Das wissen wir«, murmelt Harold und breitet eine Stoffserviette über seinem Schoß aus. Deborah starrt ihn spitz an, bis er sich eine zweite Serviette in den Kragen steckt. Ich gebe ihr noch ein Jahr, bis sie ihn dazu bringt, ein Lätzchen zu tragen. »Wir *alle* wissen es.«

Deborah löffelt zu seiner Bestürzung weitere Artischockenherzen auf seinen Teller. »Aber *sie* wissen es vielleicht nicht.«

Sie hat Nicholas diese Woche drei SMS zu diesem Thema geschrieben und angedeutet, dass sie, sollte er sie zu einem feierlichen Mittagessen ausführen wollen, die Restaurants Ruby Tuesday, Walk the Plank und Applebee's boykottiert, weil sie sich mit dem jeweiligen Personal zerstritten hat.

»Herzlichen Glückwunsch«, sagt Nicholas automatisch.

»Ja, das ist eine tolle Leistung, nicht wahr? Ich glaube, ich habe mehr Probleme gelöst als der Bürgermeister! In letzter Zeit habe ich sehr viele Ehen gekittet, aber wenn ihr die morgige Kolumne lest, werdet ihr sehen, dass nicht einmal ich die Dame retten kann, die mir vor Kurzem geschrieben und um meine Hilfe gebeten hat.« Deborah lächelt schadenfroh. »Sie hat eine Affäre mit dem Handwerker.«

»Ich wünschte, Nicholas würde öfter Hand anlegen, ich meine, ich wünschte, er wäre handwerklich begabter«, sage ich und dränge meine zukünftige Schwiegermutter wieder aus dem Scheinwerferlicht. »Ich habe die Instandhaltungsarbeiten selbst durchgeführt. Und habe interessanterweise bessere Ergebnisse erzielt.«

Nicholas schaut entsetzt. »Klingt unwahrscheinlich.«

»Instandhaltungsarbeiten?«, wiederholt Deborah und wendet sich an ihn. »Ist etwas kaputtgegangen? Naomi sollte nicht versuchen, irgendetwas zu reparieren. Sie könnte es noch schlimmer machen.«

»Ich habe keine Wahl«, sage ich mit leiser, konspirativer Stimme. »Es ist eine verzwickte Lage, und Nicholas will seine Werkzeuge nicht benutzen.« Ich klopfe mir mit der Fingerspitze auf den Mund und beobachte, wie er erstarrt.

»Nicholas muss keine Werkzeuge benutzen«, sagt Deborah mit Nachdruck, ohne zu verstehen, worüber wir eigentlich sprechen. »Wenn etwas nicht funktioniert, ruft doch einen Fachmann.«

»Guter Tipp. Weißt du, welchen Handwerker die Dame meinte, die dir geschrieben hat?«

Nicholas reicht's. »Es ist unbefriedigend, *handwerklich begabt* zu sein, wenn deine Verlobte so offensichtlich abgelenkt ist und kaum mitspielt«, sagt er, und ich sehe, wie Gewitterwolken über sein Gesicht hinwegfegen.

Seine Hände sind heiß und schwitzig. Ich kann es daran erkennen, dass die Gabel, die er fest umklammert hält, beschlägt. Das hat er davon, dass er mich im Auto eine *Puppe im Regal* genannt hat. Ich betreibe beim Abendessen nicht genug Konversation mit seinen Eltern? Er wird bereuen, *so etwas* gesagt zu haben.

»Harold«, bellt Deborah.

Harold zuckt auf.
»Was?«
»Die Kinder leben in einer heruntergekommenen Hütte. Sie sollen einen Handwerker rufen.«
Die Idee, dass Harold Nicholas oder mich zu irgendetwas zwingen kann, ist lächerlich. Er ist nicht einmal in der Lage, für die Dauer eines Werbespots wach zu bleiben. Harold steht nur dann von seinem Stuhl auf, wenn er zu einem anderen Stuhl gehen muss. Er und seine Frau tragen heute zueinander passende burgunderrote Pullover. Seine Schulterhaare kriechen unter dem Kragen hervor, sodass ich einen Eindruck davon bekomme, wie Nicholas altern wird. Harold hat seit 1995 keine eigene Meinung mehr und lebt für den Moment, an dem man ihm sagt, er dürfe jetzt ins Bett gehen.
Eins ist klar: Viel mehr will man über Harold nicht wissen. Er ist wie eine im untersten Kühlschrankfach vergessene, drei Monate alte Lasagne. Mit jeder Schicht wird es schlimmer.
Zum Abendessen trinkt er Selters, weißes Deckhaar bedeckt seinen Kopf wie feiner Baumwollflaum, die wilden Augenbrauen sind ebenfalls schneeweiß. Wenn man ihm direkt gegenübersitzt, wirkt sein Haar durchsichtig und lässt alles, was sich dahinter befindet, ganz leicht verschwimmen. Er kommuniziert vor allem durch Schnauben, Grunzen und Rülpsen. Einmal, als ich ihn dabei überrascht habe, wie er einen *Playboy* durchgeblättert hat, hat er gesagt: »Warst du jemals mit einem älteren Mann zusammen, Nina?«
Mein Chef, Mr Howard, sagt, er habe Harold gekannt,

als sie noch jünger waren, und Harolds *Geschäftsreisen* in den Achtzigerjahren nach Nevada seien in Wirklichkeit Aufenthalte in Bellas Gentleman's Club gewesen. Unschuldig und naiv, wie ich bin, haben die Wörter *Gentleman's Club* in meiner Fantasie vornehme Bilder heraufbeschworen: Männer, die Karten spielen und Zigarren rauchen. Zach hat mich aber recht bald darüber aufgeklärt, was es wirklich damit auf sich hat, und das hat mich zugleich traumatisiert und begeistert.

Ich habe Nicholas noch immer nichts von dieser Entdeckung erzählt. Ich spare mir diesen Schritt für den Zeitpunkt auf, wenn er bereits am Boden liegt und ich sicherstellen muss, dass er nicht wieder hochkommt. *Ich bekomme meinen gottverdammten Zitronenkuchen, und deine Mutter ist nicht zur Hochzeit eingeladen.* Roundhouse-Kick. *Ich trage einen Smoking, und wir brennen durch.* Kehlkopfschlag. *Wir werden unsere Tochter niemals Deborah nennen.* High Kick. *Ich habe seit einem Jahr keine Zahnseide benutzt.* Aufwärtshaken. *Dein Vater geht ins Bordell.*

»Ruf den Handwerker an«, rät Harold. »Sag ihm, er darf nichts mitnehmen, außer er hat einen Durchsuchungsbefehl. Und dann versteckst du es in deinem Ferienhaus.«

Ich wünschte, ich könnte auch in der Welt sein, in der sich Harold gerade befindet, und parallel zu unserem ein völlig anderes Gespräch führen. »Eigentlich«, sage ich, »ist unsere Neuigkeit, dass wir darüber nachdenken, uns einen Hund anzuschaffen.«

»Das tun wir nicht.« Nicholas umklammert die Gabel noch fester.

Ich nippe an meinem Cranberrysaft. Er schmeckt ekelhaft. »Einen kleinen, der viel bellt. Vielleicht einen Terrier oder einen Chihuahua.«

Einer seiner Backenmuskeln zuckt.

»Vielleicht holen wir uns auch eine Katze«, schlägt er vor.

Deborah schaut mich stirnrunzelnd an. »Ist Naomi nicht allergisch auf Katzen?«

»Ist sie das?« Er lächelt seinen leer gegessenen Teller an. Er hat alles aufgegessen, sogar die glibberigen Pilze, von denen ich weiß, dass er sie nicht mag. Was für ein braver kleiner Junge. Ich wette, sein Schwanz wedelt bereits in der Erwartung, dass ihm über den Kopf gestreichelt wird.

Nicholas tut so, als würde er nachdenken. »Vielleicht zwei Katzen, damit sich eine allein nicht einsam fühlt.«

»Ich habe nachgedacht«, unterbreche ich. Es wird immer offensichtlicher, dass zwischen uns gerade etwas gewaltig aus dem Ruder läuft. Sogar Harold wendet uns jetzt seine Aufmerksamkeit zu. »Ich habe darüber nachgedacht, meinen Mädchennamen zu behalten. Das tun jetzt viele Frauen.«

Das stört Deborah nicht im Geringsten. Sie ist sicher froh darüber. Das bedeutet eine Frau weniger, mit der sie ihren Nachnamen teilen muss. Unbeeindruckt ändere ich den Kurs.

»Eigentlich …«, ich ziehe das Wort in die Länge, »ist es heutzutage ja manchmal der Mann, der seinen Namen ablegt. *Nicholas Westfield* hat einen gewissen Charme.«

»Er kann seinen Namen nicht ändern!«, schreit Deborah.

»Warum nicht? Frauen machen das ständig. Was gut für Frauen ist, kann für Männer doch nicht schlecht sein.«

Nicholas schüttelt den Kopf. »Das ist doch lächerlich«, sagt seine Mutter wütend. »Er hat einen wunderschönen Nachnamen. Nicht, dass deiner nicht … nett wäre … aber er ist nicht ganz so besonders wie *Rose*, nicht wahr? Er ist hier als *Dr. Rose* bekannt. Er kann den Namen nicht ändern. Und ich bin mir sicher, dass er auch will, dass seine Kinder den Namen der Familie weiterführen.«

»Wir bekommen keine Kinder«, erkläre ich. »Ich bin unfruchtbar. Ich habe meine Gebärmutter an einen Betrügerring verloren.«

Nicholas wirft seine Gabel mit einem Klirren hin und steht auf. Er bewegt sich zwar sehr laut, aber nicht laut genug, um den Schreckensschrei seiner Mutter vollständig zu übertönen. »Es ist schon spät.« Er schaut mich missmutig an. »Komm, Naomi.«

Ich zeige auf meinen Teller und tue so, als ob ich nicht verstehe, was er will. »Aber ich bin doch noch nicht fertig.«

Er nimmt meine Hand. »Oh doch, du bist fertig.«

Nicholas ist kurz davor, mich über seine Schulter zu werfen, um mich aus dem Haus zu tragen. Ich spüre, dass mein Gesicht triumphrot ist, und ich weiß, dass meine Augen hell und glänzend sind. Ein Nervenbündel. So möchte ich auf dem Foto aussehen, das wir für die Einladungen verwenden. Ich wünschte, ich könnte hinfallen und lachen, bis meine Rippen brechen, aber er zieht mich zur Tür hinaus. Jeder Muskel in seinem Körper ist angespannt.

»Danke für das Abendessen!«, krähe ich nach hinten. »Dein erwachsener Sohn und ich sind so dankbar!«

»Hör auf«, knurrt er und zerrt an meinem Arm, während ich versuche, meinen Absatz in einen der Blumentöpfe im Hof zu graben.

»Aufhören, ihnen für das Abendessen zu danken? Das sind keine guten Manieren, Nicky.«

Auf der Heimfahrt schweigen wir und bereiten in Gedanken unsere Argumente vor. Sobald wir unter unserer Straßenlaterne anhalten, steigen wir aus und schlagen die Türen mit Orkanstärke zu.

»Knall meine Autotür nicht so heftig zu.« Als ob er nicht das Gleiche getan hätte.

Er liebt sein Statussymbol-Auto und würde es wahrscheinlich heiraten, wenn das sozial akzeptiert wäre. »Dein Auto sieht gar nicht so gut aus und wurde noch nicht einmal als Auto des Jahres ausgezeichnet. Ich hoffe, ein Vogel kackt jeden Tag bis in alle Ewigkeit darauf.« Direkt vor seinem Gesicht klatscht ein großes weißes Etwas auf die Windschutzscheibe.

»Du bist nur sauer, weil du ein wolliges Mammut fährst.«

»Mit meinem Auto ist alles in Ordnung.«

»Sicher, es war mal in Topform. Im Jahr 1999.«

Was für ein verzogener Kerl. Er hat wahrscheinlich noch nie ein Auto gefahren, das älter als zwei Jahre war. »Ich kaufe, was ich mir leisten kann. Nicht alle haben reiche Eltern, die Schulgeld für protzige Schulen in Neuengland bezahlen können.«

»Du willst aufs College gehen? Dann geh aufs College! Bestraf mich nicht dafür, dass ich erfolgreich genug bin, um mir ein schönes Auto zu kaufen.«

Und so sind wir zu Pudels Kern gekommen. Naomi hat

keinen College-Abschluss. Naomi hat kein schickes Auto. Wie kann man ihren Wert ohne diese Kriterien messen? Ich denke daran, dass meine Eltern gesagt haben, ich hätte mehr lernen sollen. Ich denke an Nicholas' Bemerkung am Spieleabend, dass ich keinen Job brauche. Niemand glaubt an mich. Ich wünschte, ich könnte in der Zeit zurückgehen und seine Autotür zweimal zuschlagen.

Ich lasse ihn vor, damit ich das Haus als Zweite betrete. So kann ich die Tür so fest zuschlagen, wie ich will. Die Wände vibrieren, die Bodenbretter verschieben sich wie tektonische Platten. Die Decke zersplittert in eine Straßenkarte aus gezackten schwarzen Linien. Er und ich ziehen los, kampfbereit, der Raum ist purpurrot und pulsiert vor Feindseligkeit.

»Mit deiner Tankanzeige ist übrigens alles in Ordnung«, sage ich. Das ist eines der gemeinsten Dinge, die ich in diesem Augenblick hätte sagen können. »Du kannst nur nicht zugeben, dass du nicht gemerkt hast, dass dein Tank fast leer ist.«

Er reißt die Augen weit auf. Beim Spieleabend habe ich bemerkt, dass sie ihre Farbe wechseln, und gerade jetzt haben sie die Farbe von vier Reitern, die den Jüngsten Tag ankündigen und auf von Sturmwolken gepeitschten Pferden vorwärts reiten. Ich kann regelrecht den Blitz sehen, der den Heuschreckenregen beleuchtet. Nicholas fährt sich durchs Haar und bringt alles durcheinander. Ein buntes Rad an Beleidigungen kreist durch seinen Kopf und bleibt bei einer stehen, die ich nicht erwartet hätte.

»Ich mag deine Spaghetti nicht. Sie schmecken nach nichts.«

Wie auch immer. Er schenkt mir damit nur eine Ausrede, nicht mehr zu kochen. »Ich mag deine dumme *Drachenzähmen leicht gemacht*-Krawatte nicht.«

Er ist so stolz auf diese Krawatte mit dem Drachen Ohnezahn. Ein cleveres Wortspiel, wenn man Zahnarzt ist.

Die Wut brennt ihm wie ein roter Ausschlag über den Wangen. »Das nimmst du zurück.«

Ich zucke mit den Achseln und lächle innerlich. Es ist ein fieses, verstecktes Lächeln, aber ich kann an seiner Miene erkennen, dass er es sieht.

»Manchmal weiß ich nicht, warum ich mir überhaupt so viel Mühe mit dir gebe.«

Das sehe ich genauso. »Warum tust du es?«

Er brennt. »Ständig schimpfst du über meine Mutter, als wüsste ich nicht selbst, wie schwer sie uns das Leben macht. Dass du ständig auf mir herumtrampelst und mich den Löwen zum Fraß vorwirfst, macht es nicht besser! Du bist auch nicht so toll, Naomi. Denkst du, es gibt nicht auch Dinge an dir, die mich wahnsinnig machen? Denkst du, ich habe nicht das Gefühl, davon abgehalten zu werden, die Dinge zu tun, die ich wirklich will?«

Seine Brust hebt sich, und es sieht so aus, als wäre er dazu fähig, zur Tür hinauszurennen und nie mehr zurückzukommen. Um ihn noch wütender zu machen, lache ich laut los. »Bitte, kläre mich darüber auf, Nicholas. Wovon halte *ich dich* denn ab?«

Oh, er ist verärgert. Er hat die Hände in die Hüften gestemmt und die Krawatte losgerissen, er ist so aufgebracht, dass ich aus der Entfernung sehen kann, wie Bartstoppeln seine Haut durchbrechen. Sein Mund ist ein Schlitz der Verachtung. Sein Blick senkt sich zu dem Steelers-Logo auf meinem Kapuzenpullover, und er presst die Zähne so fest zusammen, dass ich weiß, dass sich in seinem Kiefer nun eine Knochenfissur mit der Buchstabenfolge meines Namens befindet. Ein Röntgentechniker wird erstaunt sein, wenn er eines Tages das Wort *Naomi* dort entdeckt.

»Zum Beispiel hasse ich dieses Haus.«

Meine Augenbrauen schnellen in die Höhe, sodass sie fast meinen Pony berühren. »Du hast es ausgesucht.«

Als wir elf Monate zusammen waren, haben wir unsere Sololeben zusammengepackt und sind hierhergezogen, um eine Einheit zu bilden. Es war das erste Haus zur Miete, das wir besichtigt haben. Wir waren voller Lebensfreude, hatten Schmetterlinge im Bauch und schmiedeten große Pläne. *Wir werden Regale bauen. Vielleicht lässt uns der Vermieter das Badezimmer neu fliesen. Es wird so viel Spaß machen, gemeinsam am Haus zu werkeln!* Sich an glücklichere Zeiten zu erinnern ist wie der Versuch, sich einen hundert Jahre alten Traum wieder ins Gedächtnis zu rufen – es ist alles verzerrt und unscharf und macht keinen Sinn mehr.

Als wir uns das Haus zum ersten Mal angeschaut haben, hatten wir einen so verträumten Blick auf unser Liebesnest, dass wir nicht bedacht haben, dass es schwierig sein würde, zwei Autos in dem kleinen Parkabschnitt auf der Straße unterzubringen. Wir haben nicht bemerkt, dass die Böden schief sind, was bedeutet, dass ich jedes Mal, wenn ich meinen Labello fallen lasse, ihm sofort hinterherjagen muss, damit er nicht unter die Möbel rollt. Wir haben auch nicht bedacht, dass es nur einen Raum gibt, aus dem man ein Büro machen konnte.

Und es wurde natürlich seins.

»Manchmal bin ich ein wenig voreilig«, schießt er zurück und macht damit deutlich, dass er auf seinen Heiratsantrag anspielt. »Mir gefällt weder die Straße, in der wir wohnen, noch diese Nachbarschaft. Morris ist eigentlich eine malerische Stadt, wenn man sich im richtigen Viertel befindet, und wir sind dahin gezogen, wo es am hässlichsten ist. Hier gibt es nichts.«

Er kann das Fragezeichen in meinem Gesicht sehen. »Ich würde lieber näher an der Natur wohnen!«, sagt er. »Die Wälder, die Landschaften um uns herum sind so toll, und wir wohnen hier mit einem Hinterhof, der so klein ist, dass man problemlos bis an sein anderes Ende spucken kann.«

»Na und? Willst du wie einer dieser Typen aus einer Naturerlebnis-Werbung sein? Mit deinem Labrador auf einem Berg sitzen und vom Geruch der Bäume einen Steifen kriegen?«

»Ja!«, schreit er fast. »Das will ich. Ich glaube, so würde ich aufblühen. Aber mit dir wird das nicht klappen, Naomi. Du bist in diesem Gefängnis aus Beton zufrieden …«

»Oh Gott.« Ich rolle so stark mit den Augen, dass ich das Geisterreich sehe. »Dann fang doch an zu wandern.«

»… du bettelst darum, depressiv zu werden, indem du dich in einem dunklen Raum einschließt und nie rausgehst. Der Weg zur Arbeit zählt nicht, weil du während der Fahrt im Auto sitzt. Und ich beobachte dich, Naomi.

Ich sehe, dass du nie in den Himmel schaust oder dir die Zeit nimmst, anzuhalten und die Luft zu riechen …« Er sieht, wie ungeduldig ich bin, dass er endlich fertig ist, also endet er abrupt: »Du bist kaum noch am Leben.«

»Ich hatte keine Ahnung, dass es dich so danach dürstet, eins mit der Natur zu sein.« Ich male Anführungszeichen in die Luft bei *eins mit der Natur*. Er hasst es, wenn Menschen Anführungszeichen in die Luft malen. »Was für YouTube-Videos hast du dir auf deiner Computerfrau angesehen? Im Ernst, wo kommt das jetzt alles so plötzlich her?«

»Aus meinem Herzen«, brüllt er und ist dabei so aufrichtig und aufgeregt, dass ich mich vor Lachen krümme. »Halt die Klappe! Hör auf zu lachen.« Er läuft jetzt auf und ab. Er hat sich ziemlich viele Gedanken über all das hier gemacht. Wer ist dieser Mann in meinem Wohnzimmer mit den Armageddon-Augen und dem sehnsüchtigen Wunsch, Steine über einen See springen zu lassen?

»Ich will einen Helm mit Stirnlampe«, schwärmt er. »Ich will eine Feuerstelle. Eine Schrotflinte, für den Fall, dass sich Kojoten nähern. Ich will Schaufeln und einen Schuppen, in dem ich sie aufbewahren kann. Ich will ein Kanu.«

»Lass dich nicht von mir davon abhalten, ein Kanu zu kaufen«, sage ich todernst. »Nicholas, ich bin hier, um all deine Träume zu unterstützen. Bitte, geh und hol ein Kanu. Ich würde dir so gerne zusehen, wie du in die Mitte eines Sees paddelst.«

»Ich muss das Gefühl haben, *lebendig* zu sein!«

»Ich glaube, was du brauchst, ist ein Müsliriegel und vielleicht einen Waldlauf mit den Pfadfindern.«

»Ich wusste, dass du mich nicht ernst nehmen würdest. Deshalb habe ich auch nichts gesagt. Aber ich halte mich nicht mehr zurück, Naomi, das schwöre ich. Ich werde anfangen, so zu leben, wie ich will. Ich werde das Leben haben, das ich führen will, ich werde alles haben, was ich will, egal, was es kostet. Ich habe nicht ewig Zeit, ich bin schon in meinen Dreißigern.«

»Du hast recht, du bist praktisch ein alter Mann. Deine Zeit ist jetzt! Fang jetzt damit an, das Beste aus deinem Leben zu machen.«

»Ich meine es ernst.« Er nimmt ein Fünf-Cent-Stück, das auf dem Fernsehtisch liegt. »Kopf bedeutet, wir fangen damit an, die Dinge auf meine Art zu machen. Zahl, es bleibt alles, wie es ist.«

»Du möchtest unser Leben auf der Grundlage eines Münzwurfs planen? Das klingt total vernünftig.« Wenn er schon dabei ist, wünschte ich, er würde eine Münze werfen, um über die Zukunft unserer Beziehung zu entscheiden. Kopf: Wir trennen uns. Zahl: Wir werfen die Münze noch einmal. Wir könnten uns sofort trennen und alles auf die Münze schieben.

Er wirft die Münze. Sie landet auf seinem Handrücken. Nicholas starrt auf den Silberglanz.

»Und?«

»Du wirst es erfahren.«

»Fabelhaft, halt mich auf dem Laufenden.« Ich breite mich auf dem Sofa aus und lächle ihn träge an. »Gute Nacht.«

»Gute Nacht? Wenn ich ins Bett gehen soll, dann musst du umziehen. Ich nehme heute Nacht das Sofa.«

»Nein, du kannst das Bett haben. Da liegen sowieso nur lauter Skittles rum. Ich bleibe genau hier.«

Er stürmt zurück ins Schlafzimmer und schließt die Tür kaum hörbar, was irgendwie noch schlimmer ist, als wenn er sie zugeschlagen hätte. Ich höre, wie sich der Schlüssel im Schloss dreht, und dann bin ich allein in der Stille.

Wir haben uns bisher noch nie angeschrien. Wir sind normalerweise so darauf bedacht, dass alles im Lot bleibt, dass wir allenfalls zu achtzig Prozent ehrlich zueinander sind. Nun haben wir beide mal ausnahmsweise auf hundert Prozent Ehrlichkeit gesetzt, und auch wenn ich mich jetzt nicht besser fühlen sollte, tue ich es. Während die Minuten vergehen und ich höre, wie er den Schrank öffnet und schließt, wie sich unsere Matratzenfedern zusammendrücken, während er sich so wütend wie möglich über sie rollt, habe ich eine faszinierende Offenbarung.

Wir sind seit fast zwei Jahren zusammen, und das ist unser erster richtiger Streit.

* Kapitel 6 *

Es braucht acht strategisch platzierte Haarspangen, um meinen verunstalteten Pony zu verstecken. Das macht sechsundzwanzig Minuten, bis ich perfekt getarnt bin, bevor ich am Montag in den Junk Yard schleiche.

Brandy merkt es sofort. »Du hast dir einen Pony verpasst.«

»Ist's zu Hause so schlimm?«, fügt Zach hinzu.

»Ich hatte früher immer einen Pony.« Ich berühre selbstbewusst meine Stirn. Meine Stirn ist nun das Erste, woran ich etwas zu kritteln habe, wenn ich in den Spiegel schaue. Ist sie normal groß? Ist sie öliger als die der anderen? Ich sehe jetzt überall nur noch Stirnen. Am Wochenende bin ich im Netz nur auf Fotos von schönen Frauen gestoßen, die keinen Pony hatten. Fotos von schönen Frauen mit Pony sehe ich nur, wenn ich keinen habe.

Ich habe gegoogelt, wie man sein Haar schneller zum Wachsen bringt, und habe eine Notfalllieferung Shampoo und Pflegespülung für schnelleres Wachstum bestellt. Ich nehme Vitamine ein, die eigentlich für Schwangere gedacht sind, weil das in einem Forum für einen schnellen Haarwuchs empfohlen wurde.

»Ich mag meinen Pony«, verkünde ich. »Das ist mein neues Ich.«

»Pass auf, Welt«, sagt Brandy, meine Co-Pilotin bei diesem Abenteuer der Selbsttäuschung.

Melissa sieht mich an und beißt sich auf die Unterlippe, um ein Grinsen zu unterdrücken. Zach stupst sie an, und sie kichern unisono. Zum tausendsten Mal wünsche ich mir, dass Melissa und ich noch Freundinnen wären. Ich arbeite sehr gerne hier, aber mir gefiel es noch besser, als ich Melissa noch nicht dem Mann vorgestellt hatte, der ihr das Herz gebrochen hat. Sie wird nie aufhören, mich dafür zu hassen.

Dennoch bin ich immer noch glücklich, diesen Job ergattert zu haben. Ich habe wirklich überall Bewerbungen hingeschickt, im ganzen Landkreis, aber niemand hat auch nur geantwortet – außer Mr und Mrs Howard. Nicholas hat immer wieder gesagt, dass ich nicht arbeiten muss, aber als ich meinen alten Job im Baumarkt (der geschlossen wurde) verloren habe, wurde mir den ganzen Tag allein zu Hause langweilig, ich brauchte eine Aufgabe. Ich wollte all meine freischwebende Energie kanalisieren, bevor sie wahllos gegen Wände knallte und zurückprallte, um mich zu zerfetzen.

Mr und Mrs Howard waren an meinem ersten Tag beide im Laden und beaufsichtigten meine Einarbeitung. Ich dachte damals, dass sie jeden Tag reinkommen würden, und als sie dann kaum noch auftauchten, war ich verwirrt, an wen ich eigentlich berichten sollte. Also fragte ich Zach, der nett zu sein *schien,* und geschlagene drei Wochen lang glaubte ich ihm tatsächlich, dass er mein Chef sei. Das Arschloch hat mich Toiletten schrubben lassen – zu seiner eigenen perversen Unterhaltung.

Da uns die Besitzer im Alltag nicht kontrollieren, ist die Atmosphäre locker und unbeschwert. Auch wenn Melissa manchmal sehr kühl sein kann, hat unsere sonderbare Truppe viel Spaß miteinander, wir albern herum und tun nichts. Und ich meine wirklich *nichts,* denn das Geschäft geht den Bach runter. Immer wenn Kunden hereinkommen, beobachten wir sie so intensiv, dass sie sich unwohl fühlen und gehen. Eine einzige Woche lang hatten wir einmal so viel zu tun, dass wir uns gegenseitig abklatschten, als wir am Ende der Schicht eine gut gefüllte Kasse hatten, weil wir dachten, der Wind würde sich nun drehen. Aber nein, wo ich auch hinsehe, überall sind Eisberge. Das Schiff hat Löcher. Wir sinken.

Ich weiß, dass die Howards den Laden nicht mehr lange halten können. Sie werden sich verschulden, nur um dafür zu sorgen, dass wir fünf Mitarbeiter weiterhin einen Gehaltsscheck bekommen. Wir haben alle ein schlechtes Gewissen, aber wir wollen auch unsere Arbeitsplätze so lange wie möglich behalten. Keiner von uns ist bereit zu kündigen, selbst wenn das bedeuten würde, vier weitere Arbeitsplätze für einen gewissen Zeitraum zu sichern. Dieses Thema ist schon ein paar Mal angesprochen worden, meistens von Brandy, wir drucksen dann aber nur rum und vermeiden es, uns direkt in die Augen zu schauen.

Für heute sind Zach, Melissa, Brandy und ich eingeteilt. Leon arbeitet morgen allein, da er der Einzige ist, der lieber allein arbeitet. Er ist nicht sehr gesprächig und wird leicht verlegen. Ich denke, wir überfordern ihn vielleicht, indem wir mit präparierten Tieren, die bei Verkehrsunfällen getötet wurden, herumalbern und gemeinsam Online-

Tests ausfüllen, um herauszufinden, welche Sexstellung am besten zu uns passt.

Etwa dreißig Minuten nach meiner Ankunft stelle ich meine herausragende Bedeutung für diese Firma unter Beweis, indem ich Büroklammer-Halsketten für alle bastle (ich bastle hier viel Schmuck aus eigenartigen Kleinigkeiten, um mir die Zeit zu vertreiben) und Melissa und Brandy zuhöre, die den Musikplan aushandeln. Brandy wählt die Musik normalerweise montags aus, aber Melissa wird am Freitag nicht hier sein, wenn sie eigentlich dran ist, also versucht sie, Brandy dazu zu bringen, mit ihr zu tauschen. Brandy gibt aber nicht nach. Ich denke, dass ich genau die richtige Art schlechten Einfluss auf sie hatte.

Die Türglocke schellt, und wir stellen uns alle im Kreis auf, um die Person anzugaffen, die hereinkommt. Es wird ein exzentrischer Milliardär sein, der uns rettet. Er wird unsere Regale leerkaufen und die Howards anhalten, sie wieder aufzufüllen. Er wird das Doppelte des verlangten Preises bezahlen.

Es ist ein schlaksiger, pickeliger Junge, nicht älter als zwanzig, der einen Karren voller Blumen schiebt. Es sind mindestens zehn Sträuße, eine hauchdünne rote Frischhaltefolie schützt sie vor dem Regen.

»Naomi Westfield?«, fragt er und schaut auf sein Klemmbrett.

Brandy nimmt meine Hand und hält sie in die Höhe. Ich kann nicht sprechen. Ich habe ein dumpfes Gefühl in der Magengrube und weiß nicht, warum.

»Die sind für Sie.«

Da ich mich nicht bewege, beginnt er nach kurzem

Zögern, die Blumensträuße auf den Tresen zu legen. Melissas Gesicht verschwindet hinter einem Wald aus grünem Gefieder und weißen Blütenblättern.

Der Blumenlieferant geht, und noch immer hat sich keiner von uns gerührt. Ich entdecke eine weiße Karte, die aus einem der Sträuße herausragt, und nehme sie in Augenschein. Darauf sollte eigentlich eine Botschaft stehen wie *Ich liebe dich* oder *Tut mir leid, dass ich so dämlich war.*

Die Karte ist unbeschrieben. Ich weiß aber, wer die Blumen geschickt hat, und ich habe die Message kapiert, alles klar. Er hätte sie auch auf ein Neonschild kleben können. *Hier sind die verdammten Blumen, die du so dringend brauchst. Viel Spaß damit.*

»Was ist der Anlass?«, fragt Zach.

Mein Mund ist trocken. »Die sind … einfach nur so.«

»Das ist … äh …«, Melissa sucht nach Worten.

»… übertrieben«, beendet Zach den Satz. »Für *einfach nur so*.«

»Wie schön! Was sind das für welche?« Brandy fragt mich so, als ob es meine Lieblingsblumen wären. Ich habe keine Lieblingsblumen. Aber es gibt definitiv eine Art, die ich am wenigsten mag.

»Keine Ahnung.«

Wir machen eine Safari durch unseren neuen botanischen Garten, aber wir finden nichts. Nicht einmal eins der kleinen Schildchen, die sonst im Strauß stecken und die darüber informieren, wie man mit den Blumen umgehen soll.

»Sieht ein bisschen aus wie Oleander«, sagt Melissa vorsichtig.

Zach schlägt sich mit der Hand an die Stirn. »Ist Oleander nicht giftig?«

Plötzlich machen die Blumen Sinn. Es ist ein Attentatsversuch. Wir alle zücken unsere Handys und suchen nach Oleanderbildern, und es stimmt, ich kann eine Ähnlichkeit erkennen. Fünf weiße Blütenblätter, leicht gerollt, in Büscheln von Grün.

»Warum sollte ein Blumenladen giftige Pflanzen verkaufen?«, frage ich. »Ist das legal?«

Melissa weist darauf hin, dass wir nicht sicher wissen, ob sie überhaupt aus einem regulären Blumenladen stammen. Keiner von uns kann sich daran erinnern, ob der Lieferant bestimmte Firmenkleidung getragen hat. Es könnte irgendjemand gewesen sein. Vielleicht hat Nicholas ihn mithilfe einer Onlineanzeige gefunden. *Gesucht: Mordkomplize.*

Wir googeln wie die Irren weiter. Die ominöse Lieferung an mich sieht zwar aus wie Oleander, aber es könnte auch eine Million anderer Blumenarten sein. Sie sehen alle gleich aus. Wir finden heraus, dass es wirklich sehr einfach ist, jemanden mit Oleander zu töten, und laut der Filmdatenbank IMDb ist genau das in einem Film mit Michelle Pfeiffer geschehen. Die von Pfeiffer gespielte Figur benutzte diese Pflanze, um ihren Liebhaber, einen Mann namens Barry, zu töten.

Oh Gott. Ich erkenne die Parallele und werde fast ohnmächtig.

»Jemandem Oleander zu schenken, bedeutet in der Sprache der Blumen, ihm zu sagen, dass er *aufpassen* soll. Es ist eine Drohgebärde«, sagt Melissa.

»*Aufpassen* im Sinne von *Vorsicht, du könntest sterben*?« Meine Stimme ist außergewöhnlich hoch.

»Ich flippe aus«, schreit Brandy und fuchtelt mit den Händen herum. »Ich flippe aus, Leute. Sind wir sicher, dass sie von Nicholas sind? Ich meine, er scheint …« Sie schaut mich schüchtern an. »Ich bin mir sicher, er ist nett.«

»Natürlich sind sie von Nicholas«, bellt Zach, »und nein, er ist nicht nett. Zahnärzte sind Monster. Er ist wahrscheinlich immer noch sauer, dass ich jede Spielrunde *Cluedo* gewonnen habe. Wenn jemand ein Monster ist, braucht es überhaupt nicht viel, um seine dunkle Seite zu triggern.«

»Dass du ihn damals in der Zahnarztpraxis angeschrien hast, das könnte der Auslöser gewesen sein«, sagt Melissa, die nicht lange braucht, um überzeugt zu werden. »Deshalb stehst du auf seiner Liste.«

»Und du bist die Ex seines Freundes. Du weißt, wie die Leute über die Ex-Partner ihrer Freunde denken.« Er zeigt auf mich. »Und mit dir hat er offenbar auch noch eine Rechnung offen. Vielleicht hat er eine Affäre.«

»Was ist mit mir?«, fragt Brandy.

»Seine Mordlust ist mittlerweile unersättlich. Du bist ein Kollateralschaden.«

Brandy sieht ein wenig enttäuscht aus, dass ihr Ableben keine persönlicheren Gründe hat.

Ich sollte beunruhigt sein, dass wir so schnell auf *Nicholas ist ein kaltblütiger Killer* gekommen sind, aber seltsame, melodramatische Nachmittage sind bei uns der Normalfall. Wenn nie Kundschaft vorbeikommt, schleicht sich Langeweile ein, und Verschwörungstheorien keimen aus jeder noch so kleinen Sache, die wir so lange durchkauen, bis die Hysterie die Oberhand gewinnt. Zach ist dabei in der Regel die treibende Kraft, und es stellt sich jedes Mal heraus, dass er sich irrt, aber die Hysterie verfängt trotzdem immer wieder aufs Neue. Wenn er wild gestikuliert, dabei große Augen macht und voll Leidenschaft spricht, klingt jede verrückte Theorie plausibel.

»Der Oleander«, flüstere ich. »Im Junk Yard. Von Dr. Rose. Das ist es! Es ist eine Art Visitenkarte, wie sie alle Serienmörder verwenden, die in der großen Liga spielen. Er ist der *Cluedo*-Killer.« Ich inspiziere die leere Karte noch einmal. Kein Floristenlogo. Nur weiß, weiß, weiß – was genauso gut ein Sinnbild für das verrückte Lächeln von Professor Bloom sein könnte.

»Er will uns alle umbringen, weil er beim *Cluedo*-Spielen verloren hat?«, zweifelt Brandy. »Das kann nicht sein.«

Wir recherchieren weiter.

Auf einer anderen Webseite steht, dass Oleander bedeutet, *dass man das genießen soll, was man vor sich hat, und die Vergangenheit ruhen lassen soll,* was eine schönere Alternative ist zu *Sei auf der Hut*, aber dann findet Zach eine Seite, die ziemlich glaubwürdig aussieht. Sie informiert darüber, dass Oleander in der Welt der Blumensprache allgemein als *Vorsicht* interpretiert wird. Ich höre die langsamen, düsteren Glocken, die bei meiner Beerdigung läuten, und hoffe, dass sich eine kompetente Person meines Make-ups annimmt, wenn es ein offener Sarg sein sollte. Mir fällt auf, dass ich leicht morbide bin.

»Kann man schon sterben, wenn man sich in einem Raum mit dem Oleander befindet und die Luft einatmet?«, frage ich. »Muss man ihn anfassen oder reicht es schon, in seiner Nähe zu stehen?«

Zach ist in sein Handy vertieft und murmelt: »Der Yahoo-Suchdienst ist der totale Scheiß.«

»Hatte der Lieferant Handschuhe an?«, fragt Melissa. Keiner von uns kann sich daran erinnern. Zu diesem Zeitpunkt erinnere ich mich in Sachen Lieferant an kein einziges Detail mehr. Vielleicht war es eine Frau. Ein Hirngespinst meiner Fantasie. Ich halluziniere in der Notaufnahme.

»Dein Verlobter könnte ein Verrückter sein«, sagt Brandy. »Komm heute Abend lieber mit zu mir nach Hause. Moment, nee, Mist, ich habe heute ein Date.« Sie hält inne. »Du könntest bei meiner Schwester übernachten! Sie hat allerdings fünf Katzen, sodass du viel niesen würdest.«

Das ist ein nettes Angebot, aber ich schlafe auf keinen Fall in einem Haus voller Katzen. Ihre Haare heften sich an alles, und ich bekomme rote Augen und sehe aus, als hätte ich spezielle Brownies gegessen. Ich will auch nicht zu meiner eigenen Schwester fahren, die fünfundvierzig Minuten in Richtung Osten wohnt. Wir haben festgestellt, dass das ein ganz guter Abstand für uns ist, weshalb mein Bruder fünfundvierzig Minuten in Richtung Westen wohnt. Meine Geschwister und ich haben uns nicht viel zu sagen und tauschen uns vor allem in den Ferien in unserem Elternhaus aus, das etwa eine Stunde in Richtung Norden liegt.

»Eigentlich denke ich, ich sollte ihn damit konfrontieren.« Ich bin so mutig, dass ich mich selbst beeindrucke.

»Ja, das ist es, was ich tun muss. Ich kann es nicht zulassen, dass er mich so einschüchtert.«

Brandy keucht. »Nein!«

»Du musst Schluss machen.« Melissas Augen sind schwarz und listig. Sie lehnt sich so nah an mich heran, dass ich die Grapefruit, die sie zum Mittagessen gegessen hat, riechen kann. »Naomi. Du musst mit ihm Schluss machen. Es gibt keine andere Möglichkeit. Mach es jetzt. Schick ihm eine SMS.«

»Ja, mach es bloß nicht von Angesicht zu Angesicht«, rät Zach. »Ich habe mal einen Chirurgen gedatet und bin erst mal über die Bundesstaatsgrenze gefahren, bevor ich per Textnachricht mit ihm Schluss gemacht habe. Das ist bei dir ganz ähnlich, Nicholas hat scharfes Werkzeug im Haus. Diese Zahnkratzer-Dinger haben auf die Halsschlagader denselben Effekt wie ein Skalpell, wenn man weiß, was man tut. Er könnte sich als der Sweeney Todd unter den Zahnärzten entpuppen.«

Ich weiß, dass Zach kein Wort von dem glaubt, was er sagt, aber vor meinen Augen flimmert ein Slasherfilm-Nicholas in seinem weißen Laborkittel über die Leinwand, er hat rotglühende Augen und einen Mundschutz und schwingt puppengroße Waffen. Er ist high von Lachgas mit Kaugummigeschmack, und in seinem vernebelten Zombiegehirn kann er sich nur noch daran erinnern, dass ich seine Krawatte beleidigt habe.

»Wenn ich morgen nicht auftauche, dann weil ich tot bin«, sage ich.

Zach erinnert mich daran, dass wir morgen nicht arbeiten müssen, weil Leon Dienst hat.

»Wenn ich am Mittwoch nicht auftauche, liegt es daran, dass ich tot bin.«

»Okay. Dann warten wir bis Mittwoch, bis wir die Polizei rufen.«

Ich kaue auf meinen Fingernägeln. Ein bisschen zu viel Aufhebens nur wegen ein paar Blumen, auch wenn sie giftig sein könnten. Sie sind so hübsch, dass es fast unmöglich ist, dass sie nicht giftig sind. Nicholas ist auch hübsch. Sein hübsches Gesicht wird das Letzte sein, was ich sehe, bevor ich aus dem Leben scheide. Ich bin erst achtundzwanzig und habe kaum etwas erlebt oder gesehen. Ich höre seine Stimme, sein Hohn drängt sich in meine Erinnerung. *Du bist kaum noch am Leben.*

Ich muss diese mörderischen Blumen zerstören.

Wir rennen herum wie Tiere, die aus dem Zoo geflohen sind, und versuchen herauszufinden, wie wir die Blumen aus dem Laden herauskriegen, ohne sie zu berühren. Melissa, Brandy und ich sind überzeugte Feministinnen, aber heute kehren wir der Gleichberechtigung den Rücken zu, indem wir die *Hilf mir ich bin ein Mädchen*-Karte ausspielen und per Abstimmung beschließen, dass Zach die Drecksarbeit übernehmen muss.

Er guckt düster drein und gibt alles wie ein Soldat. Wir verpacken seine Arme in Plastiktüten, bis zu den Schultern, und sichern sie mit Gummibändern. Wir ziehen den Kragen seines Pullis hoch, damit er Nase und Mund bedeckt.

Zach rennt mehrmals vom Tresen in den Hof, dort steht ein Fass, in dem Mr Howard manchmal Blätter und Zweige verbrennt. Er hat was von einem Pyromanen, als er eine ganze Flasche Brennflüssigkeit über die Blumen kippt und ein brennendes Streichholz hineinwirft. Er steht da und beobachtet die Flammen wie hypnotisiert, während Melissa ihm zuschreit, dass die Dämpfe auch giftig sein könnten.

Da er sie ignoriert und anfängt, andere Sachen ins Fass zu werfen, um zu sehen, wie sie brennen, ist mir klar, dass er nicht an die giftigen Blumen, die zerstört werden müssen, glaubt. Er schmeißt alte Zeitungen ins Fass. Eine Dr.-Pepper-Flasche. Quittungen aus seiner Jackentasche. Als er anfängt, Pennys zu schmelzen, geben wir ihn auf und gehen wieder rein.

Brandy und ich schrubben den Tresen und den Boden mit Bleichmittel und halten ab und zu inne, um uns gegenseitig die Pupillen und die Herzfrequenz zu überprüfen. Schade, dass ich die Blumen nicht behalten konnte. Sie haben herrlich gerochen, fast wie Bodylotion oder Parfüm. Sogar beim Brennen haben sie ganz süß geduftet – bevor Zach angefangen hat, Müll dazuzuwerfen.

Nach einer Stunde hat er genug. Er gießt Wasser in das rauchende Fass und schiebt es mit einem Hockeyschläger ans andere Ende des Parkplatzes. Den Rest unserer Schicht verbringen wir mit Tic-Tac-Toe-Spielen, die wir in den Sand eines Miniatur-Zen-Gartens zeichnen. Wir machen auch ein paar Online-Tests, und ich finde heraus, dass ich, wenn ich ein übernatürliches Wesen wäre, ein Poltergeist wäre. Brandy wäre ein Phönix. Ich mache den Test noch ein paar Mal und experimentiere mit meinen Antworten, bis auch ich bei Phönix lande. Bis zum Feierabend haben wir vergessen, dass wir heute dem Tod gerade noch so von der Schippe gesprungen sind.

Dann piept mein Handy.

> Hast du die Blumen nicht bekommen?

Nicholas' Nachricht erinnert mich daran, dass er der Bösewicht in meiner Geschichte ist und dass ich fünfundvierzig Minuten nach Westen oder Osten fahren sollte, um mich bei einem meiner Geschwister von meinem Trauma zu erholen. Ich spitze meine Lippen und antworte.

> Wenn du nachfragst, ob ich noch lebe – ja.
> Netter Versuch! Ich habe sie eingeäschert.

Er schreibt sofort zurück.

> WTF, du hast sie verbrannt?

»Natürlich«, sage ich zu mir selbst, denn ich sitze allein in meinem Auto. Die Belüftungsöffnungen pusten immer noch kalte Luft rein, obwohl die Heizung schon seit zehn Minuten läuft. Sein verdammter Maserati hat beheizte Sitze, die einem das Gefühl geben, im Schoß des Teufels zu sitzen.

> Was sollte ich denn sonst mit Oleander machen?

Seine Antwort kommt sofort.

> Du hast nichts mit Oleander gemacht, da ich dir
> Jasmin geschenkt habe.

Ich schiele auf mein Display und überlege, ob ich ihm glauben kann. Ich wusste bis vor Kurzem nicht, dass Nicholas ein talentierter Schauspieler ist, also ist es schwer zu sagen.

Nach etwa zwei Minuten folgt die nächste Nachricht.

> Wäre es Oleander gewesen, wäre verbrennen eine wirklich dumme Idee gewesen. Oleander ist giftig.

Er hat es auch gegoogelt. Er kann das nicht einfach so gewusst haben. Nicholas recherchiert gern irgendwelche Sachen und tut dann so, als ob die obskuren Belanglosigkeiten, die er ausgräbt, Allgemeinwissen wären. Er guckt *Jeopardy!*, um anzugeben (und weil er ein achtzigjähriger Mann ist, gefangen im Körper eines Disney-Prinzen), und flippt jedes Mal aus, wenn er vor einem der Kandidaten auf die richtige Antwort kommt. Dann schaut er mich von der Seite an, um sicherzustellen, dass ich beeindruckt bin. Wenn ich aufstehe und den Raum verlasse, hält er die Show an, bis ich zurückkomme, damit ich keinen Moment seiner Genialität verpasse.

Eine weitere Nachricht trudelt ein.

> Es ist völlig verrückt, selbst für jemanden wie dich, von *Oh, mein Freund hat mir Blumen geschickt* auf *Oh, mein Freund versucht mich zu vergiften* zu kommen. Hätte ich dich tatsächlich vergiften wollen, hätte ich eine billigere Methode gefunden. JSYK.

JSYK, ist seine Art, den Leuten *Ha!* zu sagen, ohne dabei verprügelt zu werden. Wenn ich ihn vernichte, bevor er mich vernichtet, sorge ich dafür, dass auf seinem Grabstein steht *JSYK, ihr Dummköpfe, es ist ein Mythos, dass Haare und Nägel nach dem Tod weiterwachsen.*

Ich bin die Einzige, die noch auf dem Parkplatz des Junk Yard steht. Ich betrachte meine Atemwolken in diesem metallenen Eisschrank und habe Angst, nach Hause zu fahren. Um Zeit zu gewinnen, schaue ich nach der Bedeutung von Jasmin in der Sprache der Blumen und suche wie eine sentimentale viktorianische Geliebte nach dem verborgenen Subtext.

Es gibt viele verschiedene Arten von Jasmin. Ich weiß nicht genau, welche Sorte er für mich ausgesucht hat. Der Großteil der Symbolik ist typisch romantisch. Ich bezweifle, dass Nicholas sich darüber bewusst ist, dass Blumen überhaupt eine Bedeutung haben, geschweige denn, dass er eine Blume wegen ihrer symbolischen Botschaft ausgewählt hat, die ich erst durch Nachlesen erfahren würde. Wahrscheinlich hat er die Empfangsmitarbeiter von Rise and Smile gebeten, den nächstgelegenen Floristen zu finden, und hat ihnen gesagt, sie sollen das bestellen, was gerade im Angebot ist.

Ich kann sein Stirnrunzeln sehen. Ein Kopfschütteln. *Unpraktisch.* Er weiß genau, wie viel Benzin er von dem Geld, das für den Jasmin draufgegangen ist, in seinen Tank hätte füllen können. Er weiß, wie viel sie in Lebensmitteln oder in Handygebühren umgerechnet wert waren.

Ich ertappe mich dabei, dass es mir leidtut, nicht einmal einen Blumenstiel behalten zu haben, bevor ich mich daran erinnere, dass es keinen Sinn macht. Ich hätte mich nie darüber beklagen sollen, dass ich keine Blumen von ihm bekomme. Über den Jasmin konnte ich mich überhaupt nicht freuen, weil ich meckern musste, um ihn zu bekommen, er hat ihn nicht aus Liebe geschickt. Er hat ihn geschickt, weil er sich verpflichtet gefühlt hat, genau wie bei seiner Mutter. Aber im Gegensatz zu Deborah, die dennoch eine Befriedigung daraus ziehen kann, kann ich es nicht.

Es ist eine leere Geste, sie hat einen bitteren Beigeschmack. Überall dort, wo sie Freude machen sollte, sticht sie ins Herz.

* * *

Es ist Dienstag, und mit Nicholas stimmt etwas nicht. Er hat bei der Arbeit angerufen, um zu sagen, dass er heute nicht kommt, dann hat er das Haus verlassen, ohne zu sagen, wo er hinwill. Nun ist er schon den ganzen Tag unterwegs.

Während ich mein Handy auf Anrufe oder SMS überprüfe und darauf warte, dass er nach Hause kommt, laufe ich von einem Zimmer ins andere. Es ist ein kurzer Rundgang, denn unser Haus ist klein. Der Platz reicht für zwei Menschen, wenn sie sich lieben und es ihnen nichts ausmacht, einander nahe zu sein. Es ist perfekt geeignet für einen Einpersonenhaushalt.

Mein Telefon klingelt, und ich schrecke kurz freudig auf, denn ich erwarte, dass Nicholas sagt, dass er aufgibt und nie mehr zurückkommt, aber es ist Mrs Howard.

Ich versuche mich ein bisschen zu sammeln, bevor ich drangehe. Ich liebe Mrs Howard, aber nachdem sie fünfzig Jahre lang Virginia-Slims-Zigaretten Kette geraucht hat, gleicht ihre Stimme zwei Ziegelsteinen, die sich aneinanderreiben.

»Hi, hier ist Naomi.«

Ich sage das absichtlich, weil sie immer nachfragt, wer dran ist – und dann tut sie es trotzdem: »Ist da Naomi?«

»Ja.«

»Meine Liebe, hier ist Goldie Howard.«

Ich lächle. »Hallo. Wie geht es Ihnen?«

»Liebes, mir geht es gut. Nun ja, eigentlich nicht so besonders. Hast du eine Minute?«

Mir ist ganz flau im Magen. *Wer zuletzt kommt, fliegt zuerst.* Ich bin raus. »Ähh, ja. Nur, ähh …« Ich greife aus irgendeinem Grund nach einem Notizblock und einem Stift. Mein Kopf brummt. Paranoia, Angst und Übelkeit verengen meine Brust. »Ja, was gibt es denn?«

Sie kommt gleich zum Thema. »Ich bin sicher, dass du weißt, dass es im Junk Yard nicht mehr so läuft wie vor zwanzig Jahren.«

»Das ist … nicht schlimm«, quieke ich.

»Liebes, es ist schlimm. Melvin und ich sind die Bücher durchgegangen, und es sieht so aus, dass wir keine andere Wahl haben, als das Geschäft zu schließen.«

Ich kann nicht weinen. Mrs Howard war so gut zu mir, und ich werde ihr kein schlechtes Gewissen machen, weil sie tut, was sie tun muss. »Sie kündigen mir.«

»Ich kündige allen. Wir werden ein paar Sachen hin- und herschieben und das, was noch in den Regalen steht, auf unsere anderen Geschäfte verteilen. Mitte November werden wir schließen. Ich will den Junk Yard, so wie es ist, an einen neuen Eigentümer verkaufen, nur steckt der Immobilienmarkt in Morris in der Krise.«

Sie hat recht. Wenn sie den Laden geschlossen hat, wird er wahrscheinlich für eine Ewigkeit leer stehen, bevor irgendein optimistischer Trottel darin eine Bäckerei eröffnet, die kein halbes Jahr überstehen wird. Alle unsere kleinen Geschäfte schließen, in zehn Jahren wird Morris eine Geisterstadt sein.

»Wir werden sehen, was wir für euch tun können«, sagt Mrs Howard freundlich. »Wir haben immer verschiedene Eisen im Feuer. Ich mache Burleske-Shows, Melvin ist ein ordinierter Pfarrer. Wir fahren im Sommer zu einigen Jahrmärkten im Mittleren Westen und treten auf. Und dann gibt es noch das Eaten Alive und die Geisterbahn.« Sie räuspert sich, was in mir die Assoziation von Ziegelmehl weckt, das durch den Kamin rieselt. »Ich weiß, dass Tenmouth für deinen Freund nicht infrage kommt, aber wenn du hierherziehen willst, finden wir einen Job für dich.«

Ich stelle mir vor, wie ich mit Maske und Kettensäge in einer Geisterbahn auf die Gäste losspringe. Oder mit Maske und Kettensäge bei Eaten Alive Gelatine-Desserts nach dem Vorbild von *Blob – Schrecken ohne Namen* ausweide. Ich denke über meine Entscheidung nach, keinen College-Abschluss zu machen und über Nicholas' Worte, ich müsse nicht arbeiten.

So weit ist es mit mir gekommen.

»Danke, Mrs Howard. Das ist ein wirklich großzügiges Angebot.«

»Denk darüber nach, ja? Du musst dich ja nicht jetzt entscheiden. Lass dir Zeit, sprich mit deinem Freund. Wenn du dich jetzt dagegen entscheidest, es dir aber irgendwann anders überlegst, ruf mich gerne an. Ich glaube, Melissa wäre interessiert, als Küchenhilfe im Eaten Alive zu arbeiten, also wird jemand da sein, den du kennst.«

Die Option, im Diner zu arbeiten, fällt damit schon mal weg. Dann also die Geisterbahn.

»Es tut mir so leid«, sagt sie. Ihre Stimme ist noch tiefer als sonst, es kann gut sein, dass sie weint. »Wir haben alles getan, was wir konnten. Es ist schwer da draußen. Es gibt nicht viele feste, gut bezahlte Arbeitsplätze, und ich weiß, dass wir euch keine Vergünstigungen oder Überstunden anbieten konnten, aber zumindest gab es *etwas*. Ihr hättet sehen sollen, wie es vor zwanzig Jahren lief. Der Parkplatz war voll, jeden Tag.«

Ich versuche, mir das vorzustellen, aber es gelingt mir nicht. Ich habe die zweite Parkplatzreihe noch nie besetzt gesehen. Die vier oder fünf Mitarbeiterfahrzeuge, die auf dem Parkplatz stehen, haben zumindest den Eindruck vermittelt, dass wir halbwegs beschäftigt sind.

»Ist schon gut, ich verstehe«, sage ich eilig. »Ich bin dankbar, dass Sie mich überhaupt eingestellt haben. Ich hatte eine tolle Zeit im Junk Yard.« Die Nostalgie schlägt über mir zusammen, und meine Stimme bröckelt wie die von Mrs Howard. »Danke für den Anruf.«

»Mach's gut, meine Liebe.«

Wir legen auf, und ich habe keine Ahnung, was ich jetzt tun soll. Ich habe noch einen, vielleicht zwei Gehaltsschecks – davon werde ich lange zehren müssen. Ich weiß, was ich tun würde, wenn es Nicholas in diesem Szenario nicht gäbe: Ich würde anfangen zu packen, nach Tenmouth ziehen und mich einer Karriere mit falschem Blut, Schrei-Soundtracks und Stroboskoplichtern im Dunkeln widmen. Ich würde Kotze aufwischen und Graffiti wegschrubben. Es ist eine deprimierende Aussicht, aber ich kann es mir nicht leisten, wählerisch zu sein.

Selbst wenn es mir gelingt, Nicholas dazu zu bringen, mich zu verlassen, und selbst wenn ich das Haus bekomme, werde ich die Miete ohne ein regelmäßiges Einkommen nicht stemmen können. Ich muss dringend einen Job in der Umgebung von Morris finden. Und einen Mitbewohner. Zwei Mitbewohner. Wir werden beste Freunde, und alles wird gut. Das ist Plan A.

Der Umzug nach Tenmouth ist Plan B. Plan C ist unmöglich, da meine Beziehung zu Nicholas in einem schlechten Zustand ist, daher ziehe ich ihn nicht einmal in Betracht. Plan D ist ein Identitätsraub: Ich verbringe ein paar erholsame Wochen unter dem Namen Deborah Rose in meinem Strandhaus in Malibu, bevor die Polizei mich aufspürt.

Ich suhle mich immer noch in meinem Elend, als Nicholas mit einem strahlenden Lächeln im Gesicht ins Haus platzt. Wenn ich ihn nicht schon hassen würde, würde mich dieses Lächeln endgültig dazu bringen.

»Hallo, Naomi«, sagt er schadenfroh. Vielleicht weiß er schon über den Junk Yard Bescheid.

Ich wende mich ab. Er geht zum Kühlschrank, öffnet ihn und pfeift. Ich denke darüber nach, ihn hineinzuschieben. Er schließt den Kühlschrank wieder, ohne etwas herausgenommen zu haben, und starrt in meine Richtung. Ich weiß das, weil ich ihn aus dem Augenwinkel sehen kann. Er wartet, bis ich ihn ansehe, dann fängt er an zu lachen.

»Was?«, fauche ich.

Mein Verhalten gefällt ihm. Er lächelt mich an, und das ist unerträglich. Er weiß etwas, was ich nicht weiß. Ich weiß aber auch etwas, was er nicht weiß. Ich habe einen Spritzer Sriracha-Soße in seinen Rasierschaum gegeben.

»Was?«, wiederhole ich, diesmal mit einem Knurren. Er lacht lauter und stützt sich mit einer Hand am Türrahmen, als ob ich so lustig wäre, dass er sich kaum aufrecht halten kann. Dieser Typ ist verrückt. *Wie bin ich bloß in dieser Situation gelandet?*

Der Gedanke ist so laut in meinem Kopf, dass er schließlich aus meinem Mund platzt. Nicholas denkt einen Moment lang darüber nach. »Wenn ich mich recht erinnere, habe ich eine Frage gestellt, und du hast Ja gesagt.«

Der Beginn meiner Leidensgeschichte. Offenbar funktioniert nur bei einem von uns das Gedächtnis – zum Glück ist meine Erinnerung einer Amnesie zum Opfer gefallen.

»Wie haben wir uns überhaupt kennengelernt?«, wundere ich mich.

Er reibt sich ein Auge und grinst dabei schief. »Ich habe dich auf einem Bauernmarkt aufgelesen. Auf der Spitze des Heuhaufens stehend, sahst du schön aus. Erst als ich dich nach Hause gebracht habe, habe ich festgestellt, dass du innerlich völlig verrottet bist.«

Ich mache unwillentlich einen Kussmund, was die falsche Botschaft vermittelt. Ich runzle die Stirn und sage: »Ich sage deiner Mutter, dass du das F-Wort sagst. Sie wird dich dazu verdonnern, in die Kirche zu gehen.«

Er wirft den Kopf zurück und lacht wieder.

»Wo *warst* du den ganzen Tag?«

Er zwinkert. »Hast du mich vermisst?«

»Überhaupt nicht.« Mein Blick gleitet zum Fenster, wo ich einen Jeep Grand Cherokee auf seinem Parkplatz stehen sehe. »Die Besucher der Nachbarn stehen wieder auf deinem Parkplatz. Wie schade.« Ich kann sein Auto nicht sehen, also muss er es weit unten auf der Straße geparkt haben. Der arme Dr. Rose musste durch den Regen laufen.

Er kommt ganz nah an mich ran, um rauszuschauen. Sein Haar ist ein wenig feucht und riecht fruchtig – nach meiner Haarspülung. Ich werde meine Toilettenartikel verstecken.

»Nein«, sagt er.

»Hm?«

Mit einem Finger hebt er mein Kinn an, mein Mund schließt sich dabei. »So schön«, flüstert er, und seine Augen glitzern. Sie haben die Farbe des morgendlichen Frosts und lachen auf meine Kosten.

Weil er mich so ansieht, beginnt mein Herz unregelmäßig zu klopfen. Seine Anziehungskraft auf mich war so gut wie nicht mehr vorhanden, und nun schlägt sie plötzlich mit voller Wucht zurück. Ich nehme nur noch seine zauberhaften Locken, die sinnliche Kurve seines lächelnden Mundes und den herrlichen Duft seines Parfüms wahr. Er ist umwerfend, und ich hasse ihn dafür, dass er durch seine Persönlichkeit alles kaputtgemacht hat.

Er fügt hinzu: »Genauso schön wie damals, als wir uns zum ersten Mal gegenüberstanden. Am Besuchertag im Gefängnis.«

Ich schlucke. »Ich werde sicher bald wieder ins Gefängnis gehen.«

»Ich habe gehört, dass sie nun Kurse anbieten. Du könntest dort endlich lernen, was das Wort *rücksichtslos* bedeutet.«

»Das wird sehr praktisch, das Klo direkt neben dem Bett zu haben und zu wissen, dass du nicht da bist, um das Leben anderer – rücksichtslos – zu ruinieren.« Ich mache eine Pause. Eigentlich will ich mir den Rest verkneifen, aber ich kann nicht. »Wo warst du den ganzen Tag?«

»Rate mal.«

»Bei deiner Geliebten. Hoffentlich. Achte darauf, dass du Spuren hinterlässt, die ich finden kann.«

Sein Lächeln erlischt. Ich nehme einen Stapel Werbepost in die Hand und blättere mich nickend und zustimmend durch Rabattankündigungen und -coupons. Meine Lieblingsseife ist diese Woche im Angebot: *Zwei zum Preis von einer! Fünf Tiefkühlpizzas für zehn Dollar!* Nicholas wird mich gleich mit seiner Ohnezahn-Krawatte erwürgen.

»Was kochst du zum Abendessen?«, fragt er. Nicht *Was werden wir essen?*, sondern *Was kochst du?* Das Lachen ist endgültig aus seiner Stimme gewichen.

Ich schaue nicht hoch. »Das Essen ist im Ofen.«

Ich höre, wie er sich umdreht. Der Timer ist nicht

eingeschaltet, das rote Lämpchen brennt nicht. Er reißt die Ofentür auf und sieht, was er vermutet hat. »Hier ist nichts drin.«

Ich erlaube mir ein leichtes Lächeln. Nach dem Tag, den ich hatte, verdiene ich es. Ich wusste nicht, was mein Verlobter treibt. Dann habe ich den besten Job, den ich je hatte, verloren. Und diese schreckliche Ponyfrisur sieht nicht annähernd so aus wie die von Amélie. »Das ist es, was ich gemacht habe. Ein ganzes Festmahl aus nichts nur für dich.«

Er bewegt sich in Richtung Arbeitszimmer und meckert dabei. Der Schlüssel dreht sich im Schloss. Eine halbe Stunde später taucht er wieder auf und stellt sich an die Eingangstür.

»Was machst du da?«

Nicholas wirft mir einen verächtlichen Blick zu, als hätte ich gerade eine impertinente Frage gestellt. Ich höre, wie eine Autotür zufällt, und Sekunden später hat er eine Pizzaschachtel in der Hand. Pizza für eine Person. Gut gespielt, Nick.

Er wirft die Haustür zu. Ich beeile mich, alle Pappteller zu verstecken, in der Hoffnung, ihm Unannehmlichkeiten zu bereiten, aber es ist ihm egal. Er nimmt einen der guten Teller aus dem Schrank und lächelt mich an, während er ein Stück Pizza zusammenrollt und sich die Hälfte in den Mund steckt.

Als er fertig ist, lässt er seinen unbenutzten Teller in der Spüle stehen, damit ich ihn abwaschen kann.

Kapitel 7

Zwischen Nicholas und mir steht es eins zu zwei. Ich habe am Sonntag gewonnen, das Abendessen bei den Roses. Er hat am Montag gewonnen, weil er mich dazu gebracht hat zu glauben, ich könnte sterben, auch wenn es nicht seine eigentliche Absicht war. Gestern hat wieder gewonnen – er hat mich gezwungen, seine Pizza durch die Wand zu riechen, ohne mir einen Bissen abzugeben.

Passenderweise ist heute Halloween. Ich bin so sehr darauf aus, den Geist dieses Mannes zu brechen, dass meine furchterregenden Augen den kleinen Strombällen aus den Wissenschaftszentren ähneln. Jeder, der sich in einem Umkreis von fünfzig Metern befindet, bekommt statisch aufgeladene Haare.

Als wieder der Jeep Grand Cherokee in Nicholas' Parklücke fährt, sitze ich mit einem großen Korb voller kleiner Süßigkeitentüten auf der Veranda und warte auf die Süßes-oder-Saures-Invasion. Nicholas steigt aus dem Jeep und trabt mit einem süffisanten Lächeln auf mich zu. Er hofft, dass ich ihn frage, was zum Teufel er vorhat, aber ich bin fest entschlossen, es alleine herauszufinden. Gestern Abend habe ich seinen Schlüsselbund gefunden und bemerkt, dass der Maserati-Schlüssel fehlt. Ich habe versuchsweise einen unbekannten Schlüssel in den Jeep gesteckt und weiß nun, dass es ganz sicher Nicholas' Auto ist. Für seine Verhältnisse eine geradezu groteske Anschaffung. Dem Fahrzeugschein im Handschuhfach zufolge ist der Jeep nicht einmal neu – er ist etwa zehn Jahre alt und hatte zwei Vorbesitzer. Wenn Harold das wüsste, würde er sich schmerzverzerrt auf seiner Sonnenbank umdrehen.

Wo ist der Maserati? Ich habe keine Ahnung. Ich kann es kaum erwarten, die Wahrheit zu erfahren, aber lieber würde ich Bertie Botts Bohnen mit Ohrenschmalzgeschmack essen, als ihn zu fragen und ihm die Genugtuung zu geben, es mir nicht zu sagen.

Es gibt heute ein paar Dinge, die an Nicholas nicht stimmen. Zum einen trägt er seine alte Brille statt der Kontaktlinsen. Ich mag die Brille, weil sie gut zu seiner Gesichtsform passt und ihn zugleich intellektuell und bodenständig wirken lässt. Immer wenn ich ihm das sage, rümpft er die Nase und schüttelt selbstbewusst den Kopf. Außerdem trägt er Jeans und Turnschuhe, was bei Rise and Smile verboten ist.

»Schon wieder die Arbeit geschwänzt?«, vermute ich.

Er tätschelt schweigend meinen Kopf und geht um mich herum ins Haus. Na toll! Ich habe keine Ahnung, was mein Verlobter in den letzten Tagen gemacht hat. Er hütet seine Geheimnisse wie der Geizhals Ebenezer Scrooge aus Dickens' *Weihnachtsgeschichte*. Wir führen eine ganz normale, funktionale Beziehung.

Ich denke an Seth und die Zahnarzthelferin, wie sie es auf der Rückbank seines Autos treiben und kneife meine Augen zusammen.

Nicholas setzt sich zu mir auf die Veranda, als die Kinder kommen und »Süßes oder Saures« rufen, und sagt kein einziges Wort zu meinem letzten Versuch, ihn zu ärgern: Ich habe jede Süßigkeitentüte so zuckrig wie nur möglich gemacht und seine Visitenkarte beigelegt.

Das Konzept eines Zahnarztes, der an Kinder zahnzersetzende Substanzen verteilt, wird den Eltern, die heute Abend die Taschen und Eimer ihrer Kinder durchwühlen, sehr anstößig erscheinen. *Wie plump*, werden sie murmeln. *Turpin Family Dentistry, wir kommen.*

Aber Nicholas macht sich deswegen überhaupt keine Sorgen. Er legt Süßigkeiten in winzige Hände, verbeugt sich vor den Prinzessinnen und tut so, als hätte er Angst vor den Monstern. Vielleicht hat er die Visitenkarten nicht gesehen, weil er zu sehr damit beschäftigt ist, sich an das Stelldichein mit der Zahnarzthelferin auf seinem Rücksitz zu erinnern. In meiner Vorstellung sieht sie aus wie die heiße Krankenschwester auf dem alten Blink-182-Albumcover.

Ich sehe ihn an und denke: *Ich werde dich umbringen.* Man kann meine Gedanken lesen.

Er hebt die Augenbrauen und lächelt. Ich erkenne es sofort als das höfliche Lügenlächeln, das er aufsetzt, wenn wir meine Eltern zweimal im Jahr besuchen und sie fragen, wie es uns gefällt, in Sünde zu leben. Das Lächeln, das er meinem Bruder schenkt, wenn Aaron ihn zu sehr nervt. Das Lächeln, das er meiner Schwester Kelly schenkt, wenn sie zu nah an ihm dransteht und ihn zu lange anstarrt, während sie sich eine Haarsträhne um den Finger wickelt, in der Annahme, es wäre verführerisch.

Ich möchte zischen: *Wo warst du den ganzen Tag?* Ich knirsche mit den Zähnen, um die Wörter nicht rauszulassen. *Frag nicht, frag nicht, frag nicht.* Genau darauf wartet er, in Jeans und mit Brille, die Hände im Nacken verschränkt. Das ist genau das, worauf er sich konzentriert: *Frag, frag, frag.* Ich höre den telepathischen Gesang.

Die Kinder kommen und gehen in kleinen Gruppen, die Schminke verschmiert, die Hälfte ihrer Kostüme wird von ihren Jacken und Mützen verdeckt. Je tiefer die Sonne steht, desto kälter wird es, und ich gehe hinein, um mir eine Decke zu holen. Als ich an Nicholas vorbeigehe, kitzelt mich ein bekannter Duft in der Nase. Die Antwort auf mein Geruchs-Déjà-vu liegt in einer verschlossenen Schublade meines Gedächtnisses, sodass ich nicht genau sagen kann, wo mir dieser Duft in der Vergangenheit schon mal begegnet ist. Selbst unter Folter würde ich Nicholas nicht danach fragen. Als ich zurückkomme, atmet er laut aus und geht auch ins Haus, um sich eine Decke zu holen.

Was hast du mit dem Maserati gemacht?

Wo zum Teufel warst du?

Wir reden kein Wort. Ich schaue mir jeden besonders männlich wirkenden Mann, der vorbeikommt, genau an und frage mich, was es da draußen noch so zu entdecken gibt.

Vielleicht habe ich diese Runde gewonnen, denn ich habe beschlossen, auf eigene Faust zu Hause Süßigkeiten zu verteilen, statt Nicholas zu fragen, ob er zur Party seiner Freunde gehen will. Aber er sitzt hier so friedlich neben mir, sagt jedem Kind, dass er sein Kostüm toll findet, und erhöht die Chancen, dass seine Eltern ihn dafür bezahlen, dass er Löcher in ihre kleinen Zähne bohrt – man könnte meinen, dass das hier sein Plan war und nicht meiner. Er hat so eine Art, mir das Gefühl zu geben, ich würde bei seiner Sache einfach nur mitmachen.

»Ich habe eine Überraschung für dich«, sagt er schließlich. Ich schaue zu ihm rüber und sehe, dass seine Augen geschlossen sind. Seine Ohren und seine Nasenspitze sind rot von der Kälte, und ich sehe, wie sich sein Adamsapfel bewegt, während er schluckt.

Als Nächstes kommt bestimmt etwas Böses, also sage ich nichts.

»Hast du mich gehört?«

»Mm-hmm.« Ich stehe auf. Ich will nicht wissen, was seine Überraschung ist. Ein in Laken gewickelter Pferdekopf. Er hat Asbest in das Sandwich getan, das ich morgen mit zur Arbeit nehme. Er hat die Zahnarzthelferin geschwängert. Er macht mit mir Schluss. Ich habe gewonnen, aber er schmeißt mich dennoch aus dem Haus. Ich habe fünf Minuten, um meine Sachen zu packen, dann ruft er die Polizei.

»Ich werde dir die Überraschung Freitag nach der Arbeit zeigen.«

Ich gehe rein, ohne zu antworten. Am Freitag werde ich nach der Arbeit auf gar keinen Fall nach Hause kommen.

* * *

Es ist Freitag, der 2. November. »Schreib mir stündlich eine SMS«, drängt Brandy. »Wenn ich nichts von dir höre, gehe ich vom Schlimmsten aus, also tu es. Vergiss es nicht.«

Heute sind nur Brandy, Leon und ich im Laden. Zach hat gekündigt. Er hat vor Wochen in seine Kristallkugel geschaut und gesehen, dass das Ende naht, und sich einen neuen Job besorgt. Melissa hat heute frei, und ich wette, es ist wegen eines Vorstellungsgesprächs. Es war sehr dumm von mir, keine Vorsichtsmaßnahmen zu treffen.

Die Stimmung ist gedrückt. Wir durchforsten die Stellenanzeigen und versprechen uns, uns unseren potenziellen neuen Chef gegenseitig zu empfehlen. Morris ist wirtschaftlich gesehen eine tote Stadt. Nicht schlecht zum Leben, aber man muss in eine bessere Stadt pendeln, um seinen Lebensunterhalt zu verdienen. Die Hälfte von uns wird sicher nach Beaufort ziehen, in die nächstgelegene Stadt, um in der Hundefutterfabrik zu arbeiten. Die andere Hälfte wird wieder bei den Eltern einziehen. Keiner von uns kann sich entscheiden, was schlimmer ist.

Brandy ist sehr emotional. Sie macht sich Sorgen, dass wir uns alle auseinanderleben werden, und sie hat wahrscheinlich recht. Ich werde den Kontakt zu Brandy halten, aber ich bin nicht traurig darüber, Melissa zu verlieren, jetzt, da wir keine Freundinnen mehr sind. Zach wird wahrscheinlich weiter so voranstürmen und vergessen, dass es uns jemals gegeben hat. Er ist witzig und schlau, aber die Hälfte der Zeit ist er ein Arschloch und setzt seine besten Eigenschaften dafür ein, gemein zu sein. Er hat mein Portemonnaie versteckt und stundenlang alles nachgeahmt, was ich gesagt habe, selbst wenn ich ihn etwas Wichtiges fragen musste. Wenn ich mein Telefon ungesichert auf dem Tresen liegen ließ, hat er jedes Mal meiner Mutter Nachrichten geschickt, ich sei zur Armee gegangen oder schwanger und wisse nicht, von wem.

Leon hat sein Interesse bekundet, den Howards den Laden abzukaufen und ihn in ein Restaurant zu verwandeln. Er will einen ausgestopften Grizzlybären in die Eingangstür stellen, dort, wo früher Homer-Elvis Wache stand. »Wenn einer von euch einen Job will, stelle ich ihn ein«, sagt er. »Ich will das Restaurant bis zum Frühling fertig haben.« Wir nicken, sagen: *Na klar* und wissen, dass das nicht der Fall sein wird.

»Wenn ich es mir leisten könnte, würde ich jetzt den Sprung wagen und wegziehen«, klagt Brandy und spielt mit ihrer Halskette. »Ich würde nicht einmal etwas mitnehmen. Ich würde einfach gehen.«

»Wenn ich in der Lotterie gewinne, kaufe ich dir eine Insel vor der Küste Alaskas«, verspreche ich ihr. »Mit einer Gästesuite, in der ich wohnen kann, wenn ich dich besuche.«

»Bitte, beeile dich mit dem Lottogewinn. Die Hälfte meiner Ersparnisse ist in diesem Sommer für einen neuen Kühlschrank draufgegangen, und dann musste ich meiner Schwester auch noch Geld für ihre Schulbücher leihen.«

Ich lege meinen Kopf auf ihre Schulter. »Du wirst es schaffen. Ehe du dich versiehst, wirst du bei minus fünfzig Grad zittern, Schneeschuhe tragen und mit mir telefonieren, während du von Schlittenhunden gezogen zum Supermarkt fährst.«

»Ich habe gehört, dass ihr am Montag alle geglaubt habt, ihr würdet sterben«, verkündet Leon und stapelt Gläser mit eingelegten Klapperschlangeneiern und Grillkäferlarven in Kisten, die Mr Howard später abholen will. Mr Howard wird die Hälfte der Waren nach Tenmouth bringen und den Rest entsorgen. An jedem Telefonmast in der Langley Road hängen fluoreszierende blaue Schilder: *Ausverkauf. Im Junk Yard muss alles raus!* Einschließlich der Menschen, die hier ihr Geld verdient haben.

»Es war knapp«, schniefe ich.

»Tod durch Jasmin.«

Brandy und ich schauen ihn fragend an – woher weiß er, dass es Jasmin war? –, aber er zuckt nur mit den Achseln und lächelt. Verdammt, Zach! Das ist typisch für ihn. Ich wünschte, er wäre hier, damit ich ihn anschreien könnte, weil er wusste, dass es Jasmin war und uns das Gegenteil hat glauben lassen. Stattdessen ist er aber wer weiß wo und kümmert sich wie ein Assi nur um seine eigene finanzielle Sicherheit.

Ich denke über meine Optionen nach. Ein Umzug nach Tenmouth wäre ätzend. In Morris zu bleiben und keinen neuen Job zu finden, wäre ätzend. Ich schaue miesepetrig auf Leons Grizzly-Rettungsboot, in das bereits Wasser gelaufen ist. Das Einzige, was diesen Tag noch schlimmer machen könnte, wäre, wenn ich jetzt spontan meine Tage bekommen würde. Also passiert genau das.

»Ich werde euch so sehr vermissen«, schnieft Brandy in ein Taschentuch. »Ich hasse diese Situation.«

»Es ist das Ende einer Ära«, sage ich ernst. Die Lampen sind vor zwei Tagen durchgebrannt, aber wir machen uns nicht mehr die Mühe, die Glühbirnen zu wechseln. Es gibt kaum noch etwas zu verkaufen, also wäre es ein

Wunder, wenn der Laden noch eine ganze Woche lang geöffnet bliebe. Ich schaue mich um und hoffe, dass ich aus diesem Albtraum erwache. Die leeren Regale sind besonders deprimierend.

Eine meiner Lieblingsbeschäftigungen war es, die Auslagen immer wieder neu zu gestalten. In aufwendiger Detailarbeit habe ich Frisbee spielende Marionetten inszeniert oder ikonische Filmszenen mit Popkultur-Figuren nachgestellt. Ich habe unserem treuen alten ausgestopften Waschbär Toby Hundepullover und Baskenmützen angezogen und ihn jeden Tag in einer neuen Position woanders hingestellt: an die Kasse, beim Lesen einer Zeitschrift, beim Pfeiferauchen auf der Jukebox, mit einem kleinen Fernglas aufs Fensterbrett. Brandy und Leon haben es geliebt nachzuschauen, wo Toby ist, und sie haben mir immer wieder gesagt, dass mein Talent, ganze Szenerien mithilfe einfachster Mittel zu entwerfen, eine wahre Verschwendung ist, da keine Kunden kommen, um sie zu sehen. Dieses Talent ist jetzt erst recht nutzlos, da die ganze Ware weg ist.

»Ich glaube, ich bin noch nicht bereit für die nächste Ära«, seufzt Brandy.

Ich auch nicht.

»Du wirst mich bis Januar vergessen und mich nicht zur Hochzeit einladen.«

»Natürlich bist du zur Hochzeit eingeladen!« Es wird nie eine Hochzeit geben.

Sie schnäuzt sich wieder. Ihr Haar sieht fantastisch aus, und ich hasse mich dafür, dass ich sie vor einer Woche nicht gefragt habe, zu welchem Friseur sie geht. Ohne meine Impulsivität hätte ich jetzt einen süßen Pony wie Brandy haben können.

»Ich habe keine Einladung bekommen«, sagt sie, als wir unsere Jacken anziehen. Es ist zwar noch nicht sechs Uhr, aber es bringt nichts, noch länger zu bleiben. »Vielleicht ist sie in der Post verloren gegangen?«

»Oh.« Ich winde mich innerlich. »Wir haben sie noch nicht verschickt.«

»Aber müsst ihr das denn nicht tun? Damit die Gäste Zeit zum Antworten haben? Und der Caterer wird doch wissen wollen, wie viele Leute kommen.«

Leon rettet mich vor einer Antwort. »Sie hat noch Zeit. Aber sag mal, Naomi, was denkst du, was ist die Überraschung?«

Ich öffne den Mund und kann mir keine einzige schöne Sache vorstellen. Was auch immer es ist, Nicholas ist mir immer einen Schritt voraus. Ich bin mit meinen Nerven am Ende.

»Ein Abendessen«, sage ich. »Er wird mich an einen Puma verfüttern.« In einem kochenden Kessel mit Salat und Karotten wie bei *Bugs Bunny.*

Leon lacht. »Ich glaube, das ist ein wenig übertrieben.«

Vielleicht, aber Nicholas hat auch eine dramatische Ader. Die reicht bis in die Grundschule zurück, als er sich krank stellte, um zu Hause bleiben zu können und so den Hänseleien der anderen zu entgehen, die ihn Vierauge nannten und ihn wegen seiner breiten Krawatte aufzogen, die ihm seine Mutter umband. Nicholas weiß genau, was er den Mobbern aus Kindertagen heute sagen würde, wenn er einem von ihnen begegnen würde. Er hat seine Rede unter der Dusche perfektioniert (in der Annahme, die Dusche sei schalldicht). Zu viele Folgen der Serie *Liebe, Lüge, Leidenschaft* in seinen prägenden Jahren haben eine rachsüchtige Diva aus ihm gemacht.

Um ehrlich zu sein, hoffe ich, dass er eines Tages die Gelegenheit bekommt, diese Rede zu halten. Sie ist unglaublich.

»Ich werde es so lange wie möglich aufschieben, nach Hause zu fahren«, sage ich. Brandy nickt zustimmend. »Vielleicht gehe ich ins Kino. Dann hole ich mir etwas zu essen. Und dann schaue ich mir vielleicht noch einen Film an. Wenn ich nach Hause komme, wird der Puma so ungeduldig geworden sein, dass er Nicholas schon längst gefressen hat. Wir werden dann zusammen auf dem Sofa liegen und Netflix schauen. Eine Tier-Doku.«

Ich lache über meinen eigenen Witz, aber das Lachen bleibt mir im Hals stecken, als die Tür aufgeht und eine völlig andere Version von Nicholas in den Junk Yard spaziert. Er trägt Wanderstiefel und eine abgewetzte, grün gefleckte Jacke. Das sieht an ihm alles so falsch aus, dass ich ganze zehn Sekunden brauche, um zu verarbeiten, dass es Tarnfarben sind. Nicholas Rose trägt Tarnfarben.

Noch erstaunter bin ich, als ich sehe, was er auf dem Kopf hat: eine dieser altmodischen Wintermützen mit vliesgefütterten Ohrenklappen. Sie hat ein hässliches orange-braunes Karomuster. Sie ist furchtbar. Das ganze Ensemble hat eine verheerende Wirkung auf einige meiner Gehirnzellen und vielleicht auch auf meine Netzhaut.

»Oh mein Gott«, sage ich in einem heiseren Flüsterton.

»Du bringst mich in den Wald und erschießt mich dort, stimmt's?«

Nicholas rollt mit den Augen, aber ich spüre, dass seine Grundstimmung verändert ist. Ihn umgibt eine Aura der Ruhe, die mich beunruhigt. »Ich komme, um dich abzuholen. Erinnerst du dich an die Überraschung, von der ich erzählt habe?«

Brandy umklammert meinen Arm, und ich kann fast hören, dass sie denkt: *Noch mehr Oleander!*

Ich weiß nicht, warum ich es tue, aber ich lüge. »Nein. Welche Überraschung?«

Er runzelt die Stirn – deshalb habe ich wohl gelogen. Mein Unterbewusstsein ist grausam und will, dass er denkt, dass ich ihm nicht zuhöre. Das gilt aber nur für die Hälfte dessen, was er sagt. Ich habe ein schlechtes Gewissen, bis ich mich wieder daran erinnere, dass er komplett aus der Hochzeitsplanung ausgestiegen ist in dem Moment, als seine Mutter ihre störende Nase hineingesteckt hat. Und dass er sie nicht davon abgehalten hat, meine sämtlichen Ideen mit Füßen zu treten. Es ist Deborahs Hochzeit, zu der wir im Januar alle eingeladen sind.

Man hat mir beigebracht, nicht zu Fremden ins Auto zu steigen, deshalb sage ich: »Ich habe mein Auto hier. Ich fahre einfach nach Hause.«

»Nein.« Er fasst mich am Arm und führt mich nach draußen, bevor ich einen SOS-Hilferuf in Morsezeichen an Brandy und Leon blinzeln kann. Ich bewege meine Füße absichtlich nicht, aber er drückt mich an seine Seite, hebt mich halb hoch und kann mich so irgendwie über den Asphalt ziehen. Ich lasse meine Füße schleifen, damit sie Spuren hinterlassen. So werde ich sterben: unwillig, aber faul.

Ich werfe einen flehenden Blick zu meinem Auto, aber es springt nicht von alleine an, um mich zu retten. Bald schon bin ich auf dem Beifahrersitz seines Jeeps gefangen, und er hat immer noch nicht gesagt, warum. Ich schwanke zwischen Neugier, Angst und Genervtheit.

»Du bist echt penetrant.«

Er schnallt mich an und startet den Motor. Der Jeep riecht wie der verrückte Onkel seines Maserati. Er trinkt zu viel und pflügt Briefkästen um. Zum Mittagessen gab es Fastfood.

»Was ist mit meinem Auto?«

Die Frage klingt wie ein Jammern, und er belohnt die Tatsache, dass ich meine Würde abgelegt habe, mit einem nachsichtigen kurzen Lächeln. »Wir kommen später zurück und holen es.«

»Aber warum kann ich nicht einfach …«

Es hat keinen Sinn, meinen Satz zu beenden. Er ist jetzt knallhart und wird mir keine klare Antwort geben. Seine seltsame Kleidung verwirrt mich weiterhin. Ich kenne diesen Mann nicht. Ich bin schwer im Nachteil. Wenn dieses Outfit eine Vergeltung für mein schlimmes Make-up und den Steelers-Hoodie sein soll, dann funktioniert es.

»Hast du eine Midlife-Crisis?« Er ist zwar ein bisschen jung dafür, aber andererseits liest er all die langweiligen Teile der Zeitung und hat meistens Werther's-Bonbons in seinen Taschen. Und er erwähnt seine private Altersvorsorge sehr oft.

Sein Lächeln vergeht. »Vielleicht.«

Wir passieren die Abzweigung zu unserer Straße und fahren weiter. Ich hoffe verzweifelt, dass Deborah uns begegnet und einen Blick darauf werfen kann, was ihr Sohn anhat. Aber vermutlich würde sie ihn jetzt so nicht erkennen. Sie würde annehmen, dass ich eine Affäre habe, was sich, ich muss es zugeben, langsam auch so anfühlt. Das hier ist auf keinen Fall Nicholas. Eine tausend Jahre alte Hexe ist in seinen Körper gefahren.

Die Ruhe, die Nicholas ausstrahlt, ist neben der Besorgnis, die mir aus allen Poren sickert, total schräg. Ich kenne dieses Auto überhaupt nicht. Im Maserati wusste ich, wo sich alles befand, Taschentücher, Sonnenbrillen, eine kleine Packung Schmerztabletten. Aus welchem Grund auch immer bleibt mein Blick an einer Eistee-Flasche hängen, die im Becherhalter steckt. Er trinkt nie kalten Tee. Nur heißen.

Ich klopfe auf den Deckel. »Von wem ist die?«

»Das ist meine.«

Ich verliere die Geduld. Er fühlt, wie ich ihn anstarre, und kann sein Grinsen nicht zurückhalten, versucht jedoch, sich auf die Unterlippe zu beißen.

Auf dem Boden liegt ein Regenschirm, den ich noch nie zuvor gesehen habe. Ich öffne das Ablagefach und finde Tic Tacs, eine Hülle mit alten CDs und eine noch eingepackte Plastikgabel von Jackie's. Jackie's ist ein winziger Burger-Laden ohne Drive-in und mit nur sehr wenigen Tischen, sodass die Kunden hineingehen und ihr Essen zum Mitnehmen bestellen. Der einzige Punkt auf der Speisekarte, der eines zweiten Blicks wert ist, sind die

Pommes – die sind nämlich legendär. Wirklich die besten, die ich je gegessen habe. Früher haben wir öfter dort vorbeigeschaut und Essen bestellt, bevor wir ins Autokino gefahren sind. Ich habe seit fast einem Jahr nichts mehr von Jackie's gegessen. Ungefähr seit Nicholas und ich nicht mehr das perfekte Paar sind. Es ist unanständig, dass er immer noch in unser ehemaliges Lieblingsrestaurant geht und das dortige Essen ohne mich genießen kann.

Der andere Becherhalter, in dem kein dubioser Tee steckt, enthält einen wattierten Briefumschlag, der fälschlicherweise an uns beide adressiert ist: Nicholas und Naomi Rose. Ich würde ihn gerne aus dem Fenster werfen. Seine normale Jacke liegt als ein elfenbeinfarbener Klumpen auf der Rückbank, sie hat die gleiche Farbe wie seine Haut. Das erinnert mich wieder an die Hexe, die unter seine Haut gekrochen ist.

Er hat dieses Auto erst seit Kurzem, und schon hat er hier ein Leben gelebt, an dem ich nicht teilgenommen habe. Ich glaube nicht, dass mir das gefällt.

Ich unterdrücke weiterhin die Frage, wohin wir fahren. Die Straßen sind nicht mehr von dicht an dicht stehenden Häusern gesäumt, nur hin und wieder taucht eines auf. Immer weitere und wildere braune Felder dehnen sich rechts und links von uns aus. Der Himmel ist ein weißer Nebel, der sich ewig entlangzieht, er ist unnatürlich hell, dafür, dass schon Abend ist. Dann biegen wir irgendwann rechts ab und befinden uns zwischen Wänden aus hoch aufragendem Ahorn mit brennend scharlachroten Blättern. Wir rumpeln über eine löchrige Brücke, und meine Zähne klappern.

Das war's dann. Wir werden im Jeep von der Brücke in den Tod stürzen. Mir fällt Lord Voldemorts und Harry Potters Dilemma ein, sie konnten nur entweder beide leben oder beide sterben.

Nicholas fährt langsamer, beugt sich ein bisschen vor und schaut ganz aufmerksam auf die Straße. Ich sehe die Einfahrt erst nach der Kurve, weil sie so zwischen den Bäumen versteckt ist. Der Kies knirscht unter den Autoreifen dieses völlig veränderten Nicholas. Auf einem gewundenen Pfad fahren wir zu einem Haus auf einem Hügel.

Das Haus ist von einem Wald aus Blaufichte und Weymouthskiefer umgeben, bei Schnee sieht es hier sicher wie in einem Weihnachtswunderland aus. Der Vorgarten wurde seit einem Jahrhundert nicht mehr vom Laub befreit, viele Schichten von abgefallenen Ahornblättern liegen so hoch wie das sorgfältig gestapelte gehackte Holz. Unter einer Plane steht ein altes Auto, die Reifen sind zur Hälfte vergraben.

»Das kommt in ein paar Tagen weg«, sagt Nicholas, als er sieht, wohin ich schaue. »Er muss jemanden finden, der ihm hilft, es wegzubringen.«

»Wer?«

Ich glaube, er hört mich wegen des Knirschens der Blätter unter unseren Schuhsohlen nicht. An manchen Stellen ist der Boden fest und an anderen locker, ich muss meine Schritte vorsichtig setzen, sonst breche ich mir noch einen Knöchel. Ich halte mich an einem kleinen immergrünen Bäumchen fest. Es ist sehr klein, unterernährt und krumm. »Ahh …« Ich streiche über die Nadeln. »Das ist ein Charlie-Brown-Baum!«

Nicholas gibt einen nachsichtigen Ton von sich. »Hmm.« Ich möchte ihn kneifen. Er macht es schon wieder, er setzt das, was ich sage, herab, auch wenn ich recht habe.

»Bevor wir reingehen«, sagt er und hält mich am Ärmel fest, »wie findest du es von außen?«

»Was?« Ich blinzle ihn an.

Er zeigt auf das Haus. Ich folge dem Schwung seines Arms. Es ist … ein Haus. Wahrscheinlich alt. Dunkelbraune Holzverschalungen und frühlingsgrün gestrichene Fensterläden. Einer hängt schief. Eine Veranda mit wackeligen Treppenstufen und eine leuchtende Türklingel. Eine Säule aus unregelmäßigen klobigen Steinkugeln bildet den Schornstein, die Fenster erinnern an eine Tiffany-Lampe. Ein hoher Blätterhaufen lehnt an der Ostseite des Hauses, bis hoch zu einem breiten Bleiglasfenster, das zum Wohnzimmer gehören muss.

»Es passt schon. Wem gehört es?«

»Uns.«

Uns. Das Wort hallt in meinem Kopf wider. Was für ein Nonsens. Das klingt eindeutig falsch.

Ich schnippe mit den Fingern, um die Zeit anzuhalten. Ich stelle mich Nicholas direkt gegenüber. Die Kreatur, die in seinem Körper wohnt, schaut auf mich herab, mit der eigentümlichsten Mischung aus Freude und Feierlichkeit, und ich habe das Gefühl, dass er hellwach ist, während ich gerade erst aus meinem Winterschlaf erwache. Er hat seine Kontaktlinsen wieder nicht drin, seine Augen funkeln intensiv, umrandet von dem schiefergrauen Gestell. Die Haarspitzen, die sich unter seiner Mütze hervorkräuseln, sehen so weich aus, dass ich sie fast berühren möchte, aber ich ziehe meine Hand zurück, bevor sie Dummheiten macht. Er ist mein Verlobter, aber er ist es auch nicht. Ich weiß nicht, was wir sind. Wer wir sind.

Ich lasse die Zeit wieder laufen, und er lächelt.

»Willkommen zu Hause.«

* Kapitel 8 *

In der Luft entsteht ein Renaissance-Gemälde von uns – es fängt meine Verblüffung und Nicholas' Triumph ein. Die Zeit steht wieder still, der Sekundenzeiger ist eingefroren und dann …

»Was meinst du mit *unser*?«

»Ich habe es gekauft.« Er schaut mir weiterhin in die Augen.

Dieses …

Aber …

Ich …

!!!

Die Erde wackelt, während Nicholas unser Spiel auf den Kopf stellt. Ich bin verloren. Es macht überhaupt keinen Sinn, dass er ein Haus kauft und erwartet, dass ich hier einziehe. Wir haben darum gekämpft, wer im alten Haus bleiben kann. Wir haben miteinander gekämpft, damit einer von uns die weiße Flagge schwenkt und für immer verschwindet.

»Stimmt etwas nicht mit dir?«, fragt er leicht amüsiert.

Er ist mir zwölf Schritte voraus. Er ist zwölf Schritte über mir. Hinter mir. Überall. Ich weiß nicht, wohin ich mich wenden soll und was sein Ziel ist. Ja, mit mir stimmt etwas nicht. Meine Festplatte raucht. Ich habe ein *Haus.*

Nein, ich habe kein Haus. Ich erinnere mich schnell daran, dass mir nichts gehört, was in Teilen Nicholas gehört. Er gehört nicht zu mir, also tut es das Haus hier auch nicht. Er ist eine Termite. Alles, was er anfasst, fällt in sich zusammen.

Das Einzige, was mir einfällt, ist: »Ich nehme an, das ist die Folge des Münzwurfs.«

»Ja.«

»Aber …«, das Sprechen fällt mir schwer. Meine Augen und Ohren schicken zwar ständig Botschaften an mein Gehirn, das lehnt sie jedoch immer wieder ab. »Ein ganzes Haus?«

»Ich habe versucht, nur eine Hälfte zu kaufen, konnte aber keins finden, das an der Seite offen steht oder bei dem das Dach fehlt.«

Der Witz dringt kaum zu mir durch. »Wie. Warum. Ich weiß nicht …«

»Ich habe es von einem der Jungs gekauft, mit denen du arbeitest. Leon. Ich habe ihn vor ein paar Tagen zufällig getroffen und ihm erzählt, wo und wie ich gerne leben würde, und er hat mir gesagt, dass er aus seinem Haus ausziehen will, und da haben wir gemerkt, dass wir uns gegenseitig helfen können. Er ist eigentlich ziemlich cool. Ich durfte seine Bogensäge ausprobieren, und wir wollen zusammen ein paar Stühle bauen.«

»Leon?« Bei diesem Namen bin ich stecken geblieben. »Du hast dieses Haus von Leon gekauft? Leon *Duncan*?«

Er kichert. »Ich lasse ihn wissen, dass du seinen Nachnamen noch nicht vergessen hast. Er wird beeindruckt sein.«

Toll, sie haben sich darüber ausgetauscht, wie unhöflich ich sein kann. Meine Ungläubigkeit ist auch deshalb so groß, weil Leon den ganzen Tag über nichts gesagt hat. Was für ein verräterischer Judas.

»Er kannte die Überraschung, und er hat mich glauben lassen, ich würde ermordet werden!«

»Du musst wirklich aufhören, deine Kollegen denken zu lassen, dass ich dich umbringen will.« Eine Spur von Irritation huscht über sein Gesicht. »Das ist nicht gut für meinen Ruf.«

»Wir haben nie darüber gesprochen, was für ein Haus wir zusammen kaufen wollen«, stottere ich. »Ich war in diese Sache hier überhaupt nicht involviert.«

»Ich wollte, dass es eine Überraschung ist.«

»*Du* wolltest.« Er starrt mich nur an und versteht es nicht. »Das ist nicht die Art von Überraschung, mit der man seine Verlobte überrumpelt! Normalerweise machen Paare so was zusammen, Nicholas! Etwas in dieser Größenordnung macht man nicht hinter dem Rücken des anderen. Zuerst hast du dein Auto verkauft und hast dieses *Ungetüm* da nach Hause gebracht.« Er lacht, was mich noch mehr verärgert, aber ich mache weiter: »Ich habe dich gefragt, wo du warst. Du hast dich geweigert, es mir zu sagen. Hast du eine Ahnung, wie das ist?«

»Ja!«, schreit er. »Die habe ich. Ich weiß nicht, wo du das ganze Jahr über warst, Naomi. Dein Körper ist hier, aber dein Geist ist irgendwo anders. Du bist gegangen und hast mich allein zurückgelassen.«

Wenn jemand alleingelassen wurde, dann bin ich das, schließlich kämpfe ich unseren Rosenkrieg ganz alleine.

Aber ich werde auf keinen Fall in *diesen* Lavakrater springen, also wähle ich stattdessen etwas Kleineres, über das ich mich beschweren kann. »Wir sind hier mitten im Nirgendwo.«

Er zuckt die Achseln. »Und?«

Ich schaue mich um, um etwas anderes zu finden, über das ich mich beschweren kann. Was aus meinem Mund kommt, macht selbst mich sprachlos. »Ich wollte schon immer eine lilafarbene Haustür. Lila ist die Farbe der Magie.«

»Das ist ein dämlicher Grund, ein Haus abzulehnen. Naomi, ich habe uns ein *Haus* gekauft! Nimm das auf und lass es sich setzen. Wie viele deiner Freundinnen können sagen, dass ihr Freund ihnen ein Haus gekauft hat?«

1. Er ist nicht mein Freund, er ist mein Verlobter. (Irgendwie.)

2. Er hat dieses Haus nicht für mich gekauft. Er hat es für sich selbst gekauft, ohne mich zu fragen, ohne zu wollen, dass ich ein Teil dieses Prozesses bin. Soll ich etwa dankbar sein, dass er mich mitmachen lässt, *nachdem* er alle Entscheidungen getroffen hat? Wenn es darum geht, dass wir unser Leben als gleichberechtigte Partner verbringen sollen, dann verheißt das nichts Gutes.

3. Meine einzige echte Freundin ist Brandy, und im Moment denkt sie, ich verblute in einem Graben.

Das ist völlig verrückt. Ich sollte mich in unser bisheriges Haus zurückziehen, da er anscheinend jetzt hier lebt, aber ich kann noch nicht nachgeben. Der Krieg ist noch nicht zu Ende. Er versucht, mich für dumm zu verkaufen, aber ich weiß, dass wir einfach nur auf ein anderes

Schlachtfeld umgezogen sind. Ich werde weiterkämpfen. Ich werde mir nicht sagen, was ich monatelang innerlich mantraartig wiederholt habe: Es könnte schlimmer sein.

Genau das habe ich getan. Um zu rechtfertigen, warum ich bei ihm bleibe, habe ich mir gesagt, es könnte schlimmer sein. *Schau sie dir an. Und ihn. All diese Leute. Sie sind allein und haben niemanden. Sie führen schreckliche Beziehungen. Sie sind so unglücklich. Es könnte schlimmer sein. Das könnte ich sein.*

Nur dass *ich* es tatsächlich bin. Ich bin unglücklich.

»Okay«, schnauft er. »Abgesehen von der Haustür, die nicht lila ist, was denkst du?«

Ehrlich? Es liegt viel schmutziges Laub herum, das Haus befindet sich mitten im Nirgendwo, und ich möchte so sehr, dass es mir gehört. Als wir angekommen sind, habe ich kaum wahrgenommen, dass hier überhaupt ein Haus *steht*, aber nachdem er das Wort *unser* ausgesprochen hat, war es, als ob Bühnenlichter diese Szene beleuchten und alles so schön machen würden, dass ich weinen könnte.

Es ist der Ort, an dem ich mich gerne mit meiner einzig wahren Liebe niederlassen würde – also mit jemandem, der nicht Nicholas ist. Ich möchte, dass Leon das Haus zurücknimmt und es für mich aufhebt, damit ich es mir eines Tages selbst kaufen kann, wenn ich in einer liebevollen und gesunden Beziehung bin. Mit einem Mann, den ich *mindestens* zu achtzig Prozent liebe. Wenn ich es jetzt mit Nicholas teile, wird er es verderben. So wie einige meiner Lieblingsfilme, die wir zusammen geguckt haben, jetzt verdorben sind, und auch die Band, die wir früher zusammen gehört haben, Generationals. Eines ihrer Lieder lief während unseres ersten Kusses im Radio, und danach wurde es *unsere Band.* Wir sind sogar auf einem ihrer Konzerte gewesen. Jetzt kann ich es kaum noch ertragen, ihre Musik zu hören, tausend unwillkommene Gefühle kommen in mir hoch.

Dieses Anwesen wird sich für immer in meine Erinnerung einbrennen als jenes, das mein Ex-Verlobter ohne meine Beteiligung gekauft hat. Es ist das Haus der zukünftigen Mrs Rose, nicht meins. Das nervt ziemlich.

»Ich will hier nicht leben.«

Er verliert die Geduld. »Um ehrlich zu sein, ist mir egal, was du willst. Ich kann noch nicht sagen, dass ich dich wieder mag. Aber ich werde es tun. Und du wirst mich auch wieder mögen. Dieses Haus wird uns retten.«

»Uns retten?« Ich mache mir keine Mühe herunterzuspielen, dass mich seine Aussage schockiert. »Ich dachte, wir wollten dem Ganzen ein Ende setzen?«

Er sieht mich mit so viel Verachtung an, dass ich zusammenzucke. »Naomi, wenn es darum ginge, dass ein Meteor auf die Erde fällt und die Kraft hat, uns alle zu vernichten, du würdest es trotzdem nicht mitbekommen.« Er dreht mir den Rücken zu und marschiert entschlossen ins Haus. Was auch immer kommt, er wird ein Naturbursche sein – und ich, ich sitze nur daneben.

Ich glaube, ich verstehe jetzt, was er Neues im Schilde führt. Und das ist noch beunruhigender, als mich dazu zu bringen, ihn zu verlassen.

Es ist billiger und einfacher für ihn, mich zu einer Frau zu formen, die er heiraten kann, als mit mir Schluss zu machen. Wenn er nämlich Letzteres tut, muss er hundert Überraschungsdates über sich ergehen lassen, die seine Mutter arrangiert, um die nächste Zuchtstute zu rekrutieren.

Mein Baby-Backrohr und ich sind schon vorbereitet und überprüft. Ich habe seine grässlichen Eltern kennengelernt, und sie haben es noch nicht geschafft, mich zu verjagen. In einer Abteilung meines Gehirns ist ganz gegen meinen Willen ein Glossar mit zahnmedizinischen Fachbegriffen entstanden. Ich toleriere sein satanisches Ritual, eine Banane ganz zu schälen, sie direkt auf die Tischplatte zu legen, alles Mögliche mit den Bananenfingern zu berühren und zwischen den Bissen die Banane immer wieder abzulegen.

Er hat einiges in mich investiert. Wenn er jetzt einen Rückzieher macht, wird er Geld bluten und insgesamt viel Zeit verlieren. Er müsste wieder von vorne anfangen, zwei Jahre seiner Jugend wären futsch. Aber ich habe Neuigkeiten für Nicholas Benjamin Rose: Wenn er noch nicht denkt, dass ich die größte Zeitverschwendung seines Lebens bin, dann liefere ich ihm noch einiges zum Nachdenken.

Ich starre eine Zeit lang nur auf den Teil des Hauses, in dem er verschwunden ist. Details, die mir bisher noch nicht aufgefallen sind, schieben sich jetzt in den Vordergrund. Die hölzernen Dachschindeln sind alle in der Mitte gebogen. Auf der schmuddeligen Begrüßungsmatte ist ein Scotchterrier abgebildet. Hinter dem breiten Bleifenster bewegt sich eine Silhouette. Er wollte Natur? Er hat sie bekommen. Efeu rankt den Schornstein empor und versucht, sich ins Innere des Hauses zu arbeiten.

Die Luft ist frisch und klar. Ich höre keinen Verkehrslärm, keine Geräusche menschlicher Zivilisation.

Das Haus, das er allein gekauft hat, wodurch er sichergestellt hat, dass es sich nie wie *unseres* anfühlen wird, sitzt auf einem Kamm zwischen zwei sanft abfallenden Tälern, und ich glaube, er hat sich einen Wahnsinnshügel zum Sterben ausgesucht. Wir werden beide hier begraben sein. Unsere Geister werden hier spuken und sich gegenseitig quälen, genauso wie alle fehlgeleiteten Hauskäufer, die darauf gehofft haben, in der Natur sich selbst zu finden.

Während ich immer noch dabei bin, Plan A umzusetzen, untergräbt Nicholas meine Bemühungen mit Plan C. Nur einer von uns kann gewinnen, aber ich bin mir nicht mehr sicher, was der Gewinner bekommt und was er verliert.

* * *

An dem Haus, das mir gehört, mir aber doch nicht gehört, gefällt mir, dass es schummrig, klein und gemütlich ist. Das hört sich zunächst nicht gerade ansprechend an, wenn man es so in Worte fasst, aber jedes Zimmer hat eine ganz besondere Ausstrahlung, die meine Fantasie wahnsinnig anregt.

Das Wohnzimmer ist genau der Ort, an dem du dich in einem bequemen Sessel entspannen möchtest, während deine Enkelkinder im Halbkreis um dich herumliegen und alten Geschichten aus fernen Ländern lauschen. Verwegene Piraten und fliegende Züge, maskierte Banditen und Königshäuser aus dem Elfenreich. Die Bücher sind ledergebunden, und die Buchrücken knarzen in deinen gealterten Händen. In absoluter Stille sitzt du später mit deinem Seelenverwandten vor dem flackernden Kaminfeuer, während Regentropfen gegen die Fensterscheibe trommeln. Du bist zufriedener als die Katze, die ausgestreckt auf dem Fensterbrett liegt. Dieses Wohnzimmer ist der Ort, an dem die schönsten Erinnerungen deiner Enkelkinder an dich entstehen. Dort werden sie sich immer an dich erinnern, auch lange nachdem du nicht mehr da sein wirst. Jedes Mal, wenn sie den Duft von Holzrauch oder heißer Schokolade riechen, werden sie sich in der Zeit zurückversetzt fühlen und die auf- und absteigende Melodie deiner Vorlesestimme hören.

»Was denkst du?«, fragt Nicholas.

»Hm.« Ich schlendere an ihm vorbei in die Küche und lasse ihn kraft meines Geistes verschwinden, damit ich alles aufnehmen kann, ohne dass er stört.

Die Küche ist luftig und leicht, mit freiliegenden Deckenholzbalken. Kupfertöpfe und -pfannen sowie Kannen baumeln an ihnen herunter wie ein Windspiel. Blätterranken in verschiedenen Gefäßen sorgen für kleine grüne Farbexplosionen. Der Duft von frisch gebackenem Brot und sonnengeküsster Wäsche, die an einer Wäscheleine baumelt, liegt in der Luft. Im Sommer beißt man hier in eine Brombeere und spürt, wie sich die reifen Aromen auf der Zunge verteilen. Im Frühling lehnt man sich über das Waschbecken, um die Tulpen zu gießen, die auf der Fensterbank stehen.

Hier lebt eine Küchenhexe. Sie kocht auf dem Herd in einem Kessel, und auf die Holzbalken legt sie Bündel getrockneter Kräuter. Um einen ausgeblichenen Holztisch herum stehen ungleiche bunte Stühle. Sie sind in allen Farben der Basilius-Kathedrale bemalt. Die Zehennägel des Familienhundes klackern auf dem Dielenboden. Alles in diesem Raum lässt das Herz strahlen.

»Es gibt keine elektrischen Geräte«, sagt Nicholas, »aber das ist schon in Ordnung.« Ich bleibe stehen, und er rempelt mich aus Versehen an. »Upps. Tschuldigung.«

»Lässt du mir ein wenig Raum?«

»Du sagst ja gar nichts.«

»Ich führe gerade Selbstgespräche. Gib uns eine Minute.«

Jetzt ist er an der Reihe, »Hmm« zu murmeln. Ich bin froh, wenn er sich ins (einzige) Bad verzieht und mir eine Pause von seiner Anwesenheit verschafft.

Der Salon hat drei hohe prächtige Fenster, die auf den Wald zeigen. Da das Anwesen auf einer leichten Anhöhe liegt, bietet es eine ausgezeichnete Aussicht auf einen kleinen See mit einem langen Steg. Aus diesem Zimmer kann man die Sterne am besten beobachten. Du ziehst die luxuriösen roten Samtvorhänge auf und beobachtest den Sichelmond über dem Wald, der sich im Wasser reflektiert. Hier bietet sich auch der beste Platz für den Weihnachtsbaum an – und für die Nussknackerfamilie auf dem Kaminsims. Die Wände sind mitternachtsblau gestrichen und haben ein Sternen- und Birkenmuster aus Silberfolie. Wenn das Kaminfeuer brennt, legt sich ein Goldschimmer über den ganzen Raum.

Eine Nachbildung der Grand-Central-Station-Uhr ist im Treppenhaus direkt vor dem Salon angebracht, und mitten in der Nacht, wenn du durchs stille Haus tapst, um dich in einem Schaukelstuhl auf einem dicken Teppich zusammenzurollen, gehst du an dem strahlend weißen Zifferblatt vorbei und hörst die Zeiger ticken. Die Welt ist still, du hörst nur diese Uhr, das leise Schnarchen deiner großen Liebe, die oben schläft, das leichte Knarren, wenn sich deine Kinder in ihren Bettchen umdrehen, und das Flüstern der Äste im Wald.

Es.

Ist.

Magisch.

Ich kann mir das alles so lebhaft vorstellen, und ich will es haben. Ich will es unbedingt.

Nicholas betritt den Salon, während ich darüber nachdenke, wo ich meine Vorräte an Zuckerkeksen und Kerzen mit Pfefferminzduft aufbewahren werde. Er reißt mich mit seiner Stimme aus meiner eigenen kleinen Traumwelt. »Ich glaube, aus diesem Raum mache ich mein Büro.« Er spreizt seine Finger auf der Fensterbank. »Genau hier werde ich einen Großbildfernseher aufstellen, damit ich, während ich arbeite, Fußball gucken kann.«

Die Nussknacker in meiner Fantasie stürzen vom Kaminsims ins Feuer.

»Uff.«

»Was?« Er schaut mich zweimal an und dann zum Kaminsims, auf den mein Blick fixiert war. »Du magst die Kamine nicht? Ich hätte gedacht, sie würden dir am allermeisten gefallen. Es gibt auch eine Heizung. Wir müssen kein echtes Feuer anzünden, damit es warm wird.«

»Die Kamine sind okay«, antworte ich desinteressiert.

Ich bin überrascht, dass meine Nase nicht durch den Raum schießt wie bei Pinocchio. Ich liebe diese Kamine mehr als meine Blutsverwandten. Ich möchte zwei große Weihnachtsstrümpfe an ihnen anbringen für Mutter und Vater und daneben zwei kleine für die Kinder. Ich möchte eine ganze Kiste voller Kerzen kaufen und sie drei Stunden lang mühsam arrangieren, während Nicholas genervt zuschaut.

Nicholas beobachtet mich, und was immer er in meinem Gesicht liest, lässt ihn weich werden. »Kommst du mit nach oben?«

»Sicher, warum nicht?«

Im Obergeschoss gibt es drei Schlafzimmer, die in Größe und Aufteilung weitgehend gleich sind. Glatte Wände, Holzböden. Das mittlere ist etwas schmaler als die beiden anderen, und in meinem Kopf verfestigt sich sofort ein Bild, bevor ich es vertreiben kann: *ein Kinderzimmer.*

Ich werde mir diesen Gedanken nie verzeihen.

»Welches Zimmer ist meins?«, frage ich, vor allem, um ihn zu provozieren. Er hat das ganze Haus schon einmal gesehen, ihm geht es jetzt vor allem darum, noch die kleinste meiner Reaktionen zu beobachten. Deshalb versuche ich, nicht zu reagieren: Ich will nicht, dass er sieht, wie sehr mir dieses Haus gefällt. Wenn ich einen Raum betrete, denke ich, dass er okay ist. Wenn ich ihn wieder verlasse, ist er das Beste geworden, das ich je gesehen habe. Ich werde am Boden zerstört sein, wenn ich das Haus unweigerlich verlassen muss. In unserem seelenlosen alten Haus zur Miete zu leben, ist völlige Lebenszeitverschwendung.

»Such dir eins aus.«

Ich kann an seinem Tonfall nicht erkennen, ob er damit einverstanden ist, in getrennten Schlafzimmern zu schlafen. Ich habe, seit er die Münze geworfen hat, nicht mehr in unserem gemeinsamen Bett geschlafen, und ich werde das jetzt nicht ändern. Ich weiß nicht, was schlimmer wäre: mit ihm zu schlafen, obwohl ich mich so sehr bemühe, ihn wegzustoßen, oder mich an ihn ranzumachen und mich dann von ihm zurückweisen zu lassen. Ich bin immer noch verwirrt über dieses Endspiel, in dem wir uns hier befinden. Mir ist seine Strategie nicht klar.

»Ein Haus wie dieses ist voller Geschichten. Es sollte einen Namen haben.«

Er schenkt mir ein entzücktes Lächeln. »Gib ihm einen Namen.«

Der Wind schlägt auf das Dach ein, als wären wir im Auge eines Tornados. Wir sind so weit von allem entfernt, was wir als Paar erlebt haben. Es dürfte mir nicht gefallen. Wir sind die Geister von Heathcliff und Catherine, die in der Wildnis von Morris gestrandet sind. Ich spreche das einzige Wort aus, das mir einfällt: »Katastrophe.«

Sein Lächeln vergeht. »Ich lebe nicht in einem Haus, das *Katastrophe* heißt. Das öffnet dem Unglück das Tor.«

»Mein Lieber, das Tor ist schon längst geöffnet.«

Er schnaubt, eine Eigenschaft, die er von Harold übernommen hat. Ich fand zunächst all seine kleinen Ticks niedlich, bis ich ihren Ursprung entdeckt habe … Wenn Nicholas sein Trinkglas exakt sieben Zentimeter vom Teller wegschiebt, wirkt er dabei nicht mehr so liebenswert schrullig, sobald man erst einmal gesehen hat, wie seine Mutter genau das Gleiche tut. Die Bekanntschaft mit

Deborah hat so viel von dem zerstört, was ich an ihrem Sohn geliebt habe.

»Ich habe für morgen einen Umzugswagen bestellt.«

»Für morgen?«

»Yep.« Er sieht sehr zufrieden aus.

Ich glaube, er stellt mich auf die Probe. Vielleicht versucht er mich mit all diesen unerwarteten plötzlichen Veränderungen zu brechen. Ich beschließe, ihn auch zu testen. »Und wenn ich nicht umziehen will?«

»Die Autovermietung hat sonntags geschlossen, aber wenn du einen Umzugswagen für Montag mieten möchtest, bitte. Und bis dahin: Sei mein Gast. Unsere Sachen kommen morgen erst mal alle hierher.«

Da ist wieder dieses irreführende Wort – *unsere.*

Leider hat keiner von uns besonders viele seiner Habseligkeiten aus Single-Tagen behalten. Meine alten Möbel sind längst weg, seine ebenso. Wir wollten für unser gemeinsames Leben alles zusammen aussuchen, wir haben jedes Sofa im Möbel-Outlet ausprobiert und auf Matratzen probegelegen, bis wir *die eine* gefunden haben. Es gibt Ausnahmen – seinen Schreibtisch, meinen Toaster –, aber im Großen und Ganzen wurde unsere Habseligkeitensammlung als Paar kuratiert. Es wird schwierig werden, die Sachen aufzuteilen.

Ich kann es mir nicht leisten, viel Neues zu kaufen. Er schon. Oder er könnte es zumindest. Ich weiß nicht, wie die Situation ist, jetzt, da er ein verdammtes Haus gekauft hat.

»Und wenn ich bleibe?«, fordere ich ihn heraus. »Steht mein Name dann auch auf der Kaufurkunde? Oder wird das das Haus, das du mit deiner jeweils aktuellen Partnerin bewohnen wirst? Ich habe keinerlei Sicherheit, dass du mich nicht in einem Monat rauswirfst.«

»Dieses Haus gehört *uns,* Naomi. Warum sollte ich dich rauswerfen?«

»Warum denn nicht? Ich würde es tun, wenn ich an deiner Stelle wäre. Ich würde dich im alten Haus zurücklassen und *Adios* sagen.«

Nicholas starrt mich schweigend an. Dann dreht er sich um und stampft die Treppe hinunter. Ich stehe immer noch im Schlafzimmer, als er wieder auftaucht, sein Gesicht ist nun etwas röter. »Wenn du im alten Haus bleiben willst, okay. Ich werde dich nicht zwingen, hier zu wohnen. Aber ich weiß, dass der Junk Yard schließt. Leon hat es mir erzählt. Also viel Glück beim Bezahlen deiner Miete, Schatz.«

»Ich will dein Geld nicht. Da verkaufe ich lieber eine Niere. Oder arbeite in einem der Bordelle, die dein Vater so gern aufgesucht hat, bevor deine Mutter sein Gehirn mit Dr.-Oz-Nahrungsergänzungsmitteln gegrillt hat.«

Es war eigentlich der Todesschuss, aber er lacht, als hätte er ein Schild hochgehalten, an dem meine Kugel abgeprallt ist. »Sollte mich diese Info jetzt schockieren? Das weiß ich schon seit Jahren.«

Das ist zwar albern, aber ich bin wütend, dass er Bescheid wusste und es mir nicht gesagt hat. Dieser Leckerbissen war zu saftig, um ihn alleine zu genießen. Angeblich bin ich seine Verlobte! Ich habe ein Anrecht darauf, dass er diese demütigenden Geschichten über seine Eltern mit mir teilt.

»Du bist der Grund, warum wir noch in Morris leben«, schimpft er. »Wenn du nicht so lächerlich sentimental an einem Geschenkladen mit Tankstellenaura hängen würdest, dann hätte ich im Juni, ob du's glaubst oder nicht, dieses Jobangebot in Madison angenommen. Größere Stadt, bessere Bezahlung. Mehr Möglichkeiten für uns beide. Aber *nei-iii-n,* du *wolltest* nicht umziehen. Du hast gesagt, dein Mindestlohnjob sei genauso *wichtig* wie meiner. Du hast dich geweigert, einen Umzug auch nur in Betracht zu ziehen. Das hat mich dazu gebracht, meinen Traumjob aufzugeben, und jetzt sitze ich hier für immer fest. Ich wusste zu der Zeit schon, dass es der Junk Yard nicht mehr lange macht, und trotzdem habe ich alles für dich hingeschmissen. Nun wirst du auch etwas für mich aufgeben. Du wirst ein bisschen von deinem Stolz abschütteln und diesem Haus für eine gottverdammte Minute eine Chance geben, bevor du entscheidest, ob du bleiben oder gehen willst. Du wirst mir wenigstens *das* geben.«

Das letzte Kettenglied zivilisierter Gefühle zwischen uns reißt.

»Dann bist du also seit Juni sauer, dass du diesen Job nicht angenommen hast?«, schieße ich zurück. »Ich hatte erst im Februar im Junk Yard angefangen und gerade das Gefühl, angekommen zu sein. Ich habe meinen Job geliebt. Warum sollte ich diejenige sein, die Opfer bringt?«

Er spuckt Feuer. »Warum *ich*?«

»Ich verstehe nicht, was du tust.« Ich reiße meine Arme in die Höhe. »Warum hast du mich hierhergebracht?«

»Ich dachte, das wäre eine schöne Überraschung. Ich dachte, es würde dir gefallen. Genau wie bei den Blumen.

Du hast dich beschwert, dass ich dir nie welche schenke. Und dann schenke ich dir welche, und du *verbrennst* sie.«

»Das ist eine alte Geschichte! Wie kannst du es wagen, das jetzt zu erwähnen? Du hast bereits zugegeben, dass es dir egal ist, was ich will.«

Er stößt ein wildes, animalisches Gebrüll aus und stampft wieder die Treppe hinunter. Ich höre, wie er mit den Türen knallt, und schreie ihn fast an, er solle nicht mit den schönen Türen in meinem schönen neuen Haus knallen. Nach ein paar Minuten ruft er: »Lass uns gehen! Wir müssen dein Auto holen! Was zum Teufel willst du zum Abendessen?!«

»Pizza, verdammt noch mal!«, brülle ich zurück. Ich will schon welche, seit der Hurensohn sie sich nach Hause hat liefern lassen.

»Schön! Ich habe einen Scheißgutschein für Benigno's!«

»Großartig! Ich liebe das verdammte Benigno's!«

Wir stürzen uns wütend auf sein Auto und sprechen erst im Eingangsbereich der Pizzeria wieder miteinander. Als eine Dame kommt, um uns zu unseren Plätzen zu führen, lächeln eine andere Naomi und ein anderer Nicholas unser *Vor den Anderen*-Lächeln, und unser Tonfall ist beängstigend ruhig. Aber im Inneren kochen wir immer noch.

Während ich auf der Toilette bin, bestellt er für mich eine Dr Pepper, da er weiß, dass ich die am liebsten mag.

Bevor wir gehen, wische ich alle Krümel zusammen, lege unsere benutzten Servietten auf die Teller und stapele sie, weil ich weiß, dass er der Bedienung gerne ein bisschen zuvorkommt.

Während wir wieder zum Auto gehen, überlegen wir uns, wie wir uns gegenseitig das Leben versauen können.

* * *

Ich weiß nicht, wie Nicholas von mir erwarten kann, dass ich ihn ernst nehme.

Ich meine.

Es ist nur.

Ein Lacher platzt aus mir heraus, bevor ich ihn unterdrücken kann.

Als ich heute Morgen aufgewacht bin, standen drei fremde Männer im Wohnzimmer. Ich habe geschrien und mit den Armen gerudert, um mich zu bedecken, aber zum Glück war meine Schlafdecke so über mich gelegt, dass niemand meine nackten Beine in den Boxershorts gesehen hat. Um aufstehen zu können, habe ich mir die Decke umgewickelt und bin fast darüber gestolpert. Als Nicholas mir einen unerwartet verspielten Klaps auf den Hintern gegeben hat, damit ich mich in Bewegung setze, habe ich ihn angekläfft.

»Beeil dich!«, sagte er fröhlich. »Es gibt viel zu tun heute!«

Das ist nun ein paar Stunden her, und ich weiß immer noch nicht, in welcher Stimmung ich sein soll. Umziehen ist einfach megaanstrengend, deshalb vermeide ich es, so gut es geht, mich besonders einzubringen. Ich habe viel Zeit damit verbracht, mich im Badezimmer zu verstecken und so zu tun, als würde es zehn Minuten dauern, um einen Tampon zu wechseln. Nach meinem dritten gefakten Tamponwechsel innerhalb einer Stunde stelle ich fest, dass Nicholas einen gewagten Klamottenwechsel vorgenommen hat. Als er das böse Lächeln in meinem Gesicht sieht, wird er reizbar und defensiv, aber dieses Outfit war *seine* Entscheidung.

Nicholas trägt diesen lächerlich sackartigen … Ich weiß nicht einmal, wie ich es nennen soll. Overall? Er ist von Kopf bis Fuß khakifarben, was ihm anscheinend sehr *gefällt,* und seine nagelneuen Arbeitsstiefel müssen jeweils an die zehn Kilo wiegen. Ich glaube, er will unbedingt den *gesunden, starken Mann, der auch wirklich anpacken kann* geben, sieht aber aus wie ein Ghostbuster.

Die karierte Mütze mit Ohrenklappen ist auch wieder da, dabei muss ihm durch das Heben des Kühlschranks, das Wegtragen der Regale und des ganzen anderen Zeugs sehr warm sein. Währenddessen tue ich so, als könne ich nicht mit anpacken, da ich eine zierliche Frau mit zerbrechlichen Knochen und zarten Knien bin, die beim Tragen einer Kiste Taschentücher zusammenbricht. Wenn er ein Haus ohne meine Unterstützung gekauft hat, dann kann er sehr wohl auch alle Möbel und Kisten ohne meine Unterstützung hineintragen. Ich glaube, er wartet darauf, dass ich ihm das ins Gesicht sage, weshalb er sich auf die Zunge beißt und es sich verkneift, mein Nichtstun zu kommentieren.

Dieser neue Nicholas-Look sieht unnatürlich aus. Er bemüht sich so sehr, gegen seine eigenen Gene anzukämpfen. Der arme Kerl.

Egal, was er trägt, um es zu verbergen, Nicholas ist eigentlich dafür gemacht, Bälle auf Pemberley zu veranstalten. Er hat ein aristokratisch anmutendes, hübsches Gesicht, ein kantiges Kinn, eine ruhige Ausstrahlung und blasse Haut, leicht zerzauste dunkle Schokohaare und einen spitzen Haaransatz. Sein Blick müsste verrucht sein, um den Typ Mann widerzuspiegeln, der in ihm schlummert, aber stattdessen mimt er mit weit aufgerissenen Augen die Unschuld vom Lande. Das macht ihn zu einem besonders perfiden Raubtier – genau so kann sich der Wolf unbemerkt unter den Schafen aufhalten.

Sein Gesicht ist faszinierend, wenn er lächelt: Er hat beneidenswerte Wangenknochen und Grübchen, die aussehen, als würde er ständig seine Wangen einsaugen. Es ist eine träge, sensible Art von Schönheit, sie ruft: *Bette mich auf eine Chaiselongue, damit ich mich dem Ennui hingeben kann.* Der Gedanke, dass er in einen Wald geht, um Brennholz zu hacken, erfüllt mich fast mit Sorge. Dieser Mann ist alles andere als robust.

»Bist du Nicholas' böser Zwilling?«, frage ich. »Oder bist du der gute?«

Er blickt finster drein.

»Ernsthaft, warum bist du so angezogen?«

»Psst.« Er schaut auf die Tür zum angrenzenden Raum, wo die Umzugsleute die Waschmaschine und den Trockner auf Rollwagen laden. Ihre Arbeitsstiefel sind zerkratzt und schmutzig, während Nicholas' glänzende Stiefel einen frischen chemischen Geruch ausströmen. »Kannst du nicht einfach mal Ruhe geben, Mann?!«

»Nein. Versuchst du, diese Typen zu beeindrucken oder so was?«

Er wechselt das Thema, bevor die coolen Kids uns

hören können. »Warum rennst du eigentlich ständig ins Bad?«

Ich schwanke zwischen zwei ekligen Erklärungen und überlege, welche er abstoßender finden würde. »Frauenkram.«

Er schaut skeptisch.

»Willst du Einzelheiten? Wenn du es vorziehst, werde ich das nächste Mal nicht spülen, und du kannst dich selbst davon überzeugen, was ich da drin mache.«

»Was stimmt nicht mit dir?«

»Du. Du bist das, was mit mir nicht stimmt.«

Er stapft davon, und ich fühle mich ziemlich gut, muss ich sagen. Einer der Umzugsleute kommt mit schweren Schritten auf mich zu, und ich überdenke meine Strategie, mich zu verstecken. Die Luft ist voller Testosteron, und ich bin ziemlich ausgehungert. Habe ich schon erwähnt, wie aufregend es ist, wenn professionelle virile Männer direkt vor deinen Augen körperliche Arbeit verrichten? Männer mit Sonnenbrand, großen, groben Händen und behaarten Unterarmen, an denen die Adern hervortreten. Einer hat eine Tätowierung auf seinem ledernen Bizeps, ein Pin-up-Girl, das sich auf einem Cabrio rekelt.

Die Aufsicht zu machen ist ein harter Job, aber jemand muss ihn ja übernehmen. Ich stelle mich so hin, dass ich das Heben, Beugen und Stöhnen am besten sehen kann, und beobachte, wie sich ihre Muskeln dehnen und anspannen. Und die Rückenmuskeln erst! Wow, wer hätte gedacht, dass ein Mensch so viele Rückenmuskeln haben kann?! Jetzt weiß ich es. Vergesst Tinder! Wenn Nicholas das Handtuch wirft, werde ich eine Reihe von Umzugshelfern engagieren und so meinen nächsten Freund finden.

Nicholas hat einen schönen Körper. Er ist geschmeidig und kräftig – die Art von Körper, der sich sowohl beim Klavierspielen als auch beim Laufen über ein Rugby-Feld gut blicken lassen kann. Da ich aber derzeit nicht das Privileg habe, die Vorzüge seines schönen, eleganten Körpers zu genießen, kommen mir Männer, die früher nicht mein Typ waren, sehr heiß vor. Ich bin wirklich in einer schlechten Verfassung. Männer wie Felsbrocken, mit ZZ-Top-Bärten und Gesichtstätowierungen. Verrückte Wissenschaftler mit beginnender Glatze. Graf Chocula. Die Silhouette aus dem Vorspann von *Mad Men*. Wenn diese Durststrecke noch länger andauert, wird mich sogar das Schild an der Herrentoilette in Wallung versetzen.

Ich beobachte einen der Männer ein wenig zu genau und spüre, wie mich Nicholas finster anschaut. Ich räuspere mich, murmele eine Entschuldigung und gehe aus dem Raum.

Kurz danach spürt er mich auf und wirft mir böse Blicke zu, bis ich nachgebe und seufze. »Was?!«

»Könntest du bitte etwas weniger auffällig sein? Wie würdest du dich fühlen, wenn du sehen würdest, dass ich andere Frauen angaffe?«

Ich nehme an, dass er täglich andere Frauen angafft. Ich weiß, dass sie ihm schöne Augen machen.

»Ich habe niemanden angegafft. Ich weiß nicht, wovon du sprichst.«

Er rollt mit den Augen. »Naomi, bitte … Ich habe noch

nie einen Menschen gesehen, der so lange Zeit nicht geblinzelt hat.«

»Ich habe … beobachtet«, sage ich affektiert. »Mach aus einer Mücke keinen Elefanten. Jedenfalls könnte mir niemand einen Vorwurf machen, selbst wenn ich gegafft hätte, was ich definitiv nicht getan habe. Es fühlt sich an, als hätte ich schon seit Ewigkeiten nicht mehr richtig gebumst, nicht mit jemandem, der es *will*.«

Nicholas ist verstummt, sein Blick ganz starr. Ich fange an, mir leichte Sorgen zu machen, und breche das Schweigen mit einem weiteren »Was?!«.

Er schüttelt nur knapp den Kopf. »Nichts.«

Nicholas lügt. Wenn er *nichts* sagt, meint er in Wirklichkeit: *Ich brauche Zeit, um mit etwas richtig Krassem um die Ecke zu kommen.*

Ich erwarte es, sobald die Umzugsleute weg sind und wir vor unserem neuen Haus stehen, das eigentlich sein Haus ist und das ich immer noch *Katastrophe* nenne.

Ich gieße den Charlie-Brown-Baum, weil ich Liebe zu geben habe und sie nirgendwo sonst loswerden kann. Dieser Baum braucht mich. Ich werde ihn füttern und seine abgefallenen Nadeln wegfegen, und er wird zum schönsten und größten Baum heranwachsen. Er wird bestäuben, hundert neue Bäume gebären, die ich mit Lametta bespannen werde. Er wird der Patriarch und General meiner neuen Baumarmee sein.

Sein Name ist Jason. Im Moment ist er meine oberste Priorität auf dieser Erde.

Nicholas beobachtet mich genau, während ich Jason streichle und ihm Ermutigungen zuflüstere. Ich habe gehört, dass es wissenschaftlich erwiesen ist, dass Pflanzen besser gedeihen, wenn man mit ihnen spricht.

Sobald ich mir sicher bin, dass ich mich ausreichend um Jason gekümmert habe, marschiere ich wieder zum Haus. Ich habe noch nicht einmal meine Schuhe richtig ausgezogen, als Nicholas loslegt.

»Es gibt einen Unterschied zwischen gebraucht und gewollt werden. In manchen Dingen werde ich gerne gebraucht. Beim Sex will ich gewollt werden. Ich kann nicht einfach irgendein Kerl in deinem Bett sein, der die Sache erledigt. Ich will keinen unverbindlichen, emotionslosen Sex mit dir. Nicht mit dir. Du solltest die Person sein, mit der ich mich am stärksten verbunden fühle.«

»Wir sind verbunden.« Oh Gott, ist das meine Stimme? Sie klingt so dünn. Meine Lügenkünste lassen nach all der brutalen Ehrlichkeit, die in den letzten Tagen aus uns herausgebrochen ist, nach.

»Du siehst mich nicht mehr, Naomi. Du hast aufgehört, mich zu wollen. Du wirst in den nächsten Tagen feststellen, dass ich sofort merke, wenn du dich aus dem Hier und Jetzt entfernst, und das ist die schmerzlichste Erfahrung, die ich je gemacht habe. Du machst es ständig. Pausenlos. Ich werde jetzt versuchen, dich jedes Mal zu mir zurückzuholen, wenn du dich aufmachst und verschwindest, wenn du zumachst und dich in deinen Kopf zurückziehst, wo ich nicht reindarf.«

»Ich weiß nicht, wovon du sprichst.« Ich fühle mich zutiefst unwohl, und die Intensität, mit der er spricht, lässt meine Wangen heiß brennen.

Nicholas macht weiter, als hätte ich ihn nie unterbrochen. »Ich kann nicht mit dir schlafen, wenn du von mir wegdriftest, ich kann nicht zulassen, dass das unsere neue Normalität wird. Aber es scheint dich nicht zu motivieren, etwas zu ändern, wenn ich dich damit bestrafe, dass ich auf Abstand bleibe, weil du dich von mir entfernt hast. Ich weiß also nicht, wo uns das hinführt. Ich weiß nur, dass es eine schlechte Idee ist, deine körperlichen Bedürfnisse zu erfüllen, wenn du meine emotionalen nicht erfüllen willst.«

Ich lasse mich auf keinen Fall auf das Thema *emotionale Bedürfnisse* ein. Ich verschränke meine Arme und gehe sofort in die Defensive. »Mich dazu motivieren, etwas zu ändern? Was genau soll ich an mir ändern, Nicholas?«

Ich kann sehen, dass er herunterfährt. Natürlich will er, jetzt, da er seinen Teil gesagt hat, den Schwanz einziehen und fliehen, aber das lasse ich nicht zu.

»Ich will nur, dass ich dich etwas angehe«, sagt er beinahe flehend und gestikuliert mit beiden Händen. »Ich möchte, dass du mir zuhörst, dass du dich für meine Gefühle interessierst.«

Das Schuldbewusstsein klopft an meine Tür, ein einziges Mal, dann erinnere ich mich daran, worüber wir ursprünglich gestritten haben: dass er hinter meinem Rücken ein Haus gekauft hat. Dass er mir übel genommen hat, dass wir nicht wegen seines Jobangebots nach Madison umgezogen sind, in der Annahme, es sei kein Problem, wenn ich meinen Job aus Respekt vor seinem überlegenen Beruf und seinen überlegenen Zielen aufgebe. Dass er seine schreckliche Mutter mit Geschenken überhäuft, während er mich vernachlässigt, meinen Job oder meine

Freunde nie ernst nimmt und sich nicht für mich einsetzt, wenn seine Freunde und seine Familie mich herabsetzen. Dieser Mann, der mir jetzt so gequält in die Augen schaut, der so aufrichtig bekümmert aussieht, drängt mich seit Monaten dazu, ihn zu verlassen.

Er hat unser Gespräch neu ausgerichtet, um mich als die Böse hinzustellen, und beinahe wäre ich darauf hereingefallen.

»Da sind aber schon zwei im Spiel«, zische ich. »Meinst du, ich würde nicht wollen, dass du Sachen an dir änderst?«

Er zuckt zusammen. »Was denn?«

»Finde es heraus«, sage ich, drehe mich um und gehe die Treppe zu meinem Zimmer hinauf. Ich habe ihm das Bett überlassen und die Matratze in das rechte Schlafzimmer bringen lassen. Das ist für die Dauer meines Besuchs hier meins. »Du hast bis zum 26. Januar Zeit.«

* Kapitel 9 *

Es ist Sonntag, der schlimmste Tag der Woche. Nein, früher war es der schlimmste Tag der Woche, mittlerweile sind die Sonntage die perfekte Gelegenheit, mich auszutoben und zu sehen, wie weit ich die Roses treiben kann. Sonntag ist jetzt wie mein neuer Geburtstag.

Ich prahle keineswegs, wenn ich behaupte, dass mein nächster Schritt ein Meisterwerk sein wird. Ich schaue auf die Uhr, es sind noch fünfundvierzig Minuten bis zu meinem großen Auftritt. Fünfundvierzig lange, quälende Minuten des längsten Tages der Woche überhaupt. Es wird schwer, ihn zu überstehen, zumal es kein Zufall ist, dass mein Steelers-Hoodie seit dem Umzug »verschwunden« ist.

Ich will nicht, dass Nicholas ahnt, was kommt, also lächle ich heute mehr als sonst. Ich stelle ihm höfliche Fragen, sage: *Freut mich* und *Dankeschön*, alles kleine Trojanische Pferde. Das könnte fast nach hinten losgehen, denn er sieht mich misstrauisch an, und dieses Misstrauen verursacht ihm schlechte Laune.

»Du bist immer noch im Schlafanzug«, stellt er fest. Ich schaue noch einmal auf die Uhr. Noch dreiundvierzig Minuten. Würde die Zeit noch langsamer vergehen, würde sie sich rückwärts bewegen.

»Na und? Ich hab noch Zeit.«

»Wir treffen meine Eltern in fünfundvierzig Minuten im Restaurant.«

»Dreiundvierzig.«

»Und es dauert normalerweise eine Stunde, bis du fertig bist. Es ist einfache Mathematik, Naomi.«

Ich brauche eine Viertelstunde, um mich anzuziehen, wenn ich nicht schon ein Outfit ausgesucht habe. Eine weitere Viertelstunde benötige ich für die Haare, gefolgt von einer Viertelstunde fürs Schminken. Dann muss ich noch Zeit einplanen für weitere In-letzter-Minute-Dinge. Augenbrauen zupfen oder Nägel schneiden. Die Strumpfhose mit der Laufmasche wechseln. Den fehlenden Schuh suchen. *Fertig* zu werden dauert eine Stunde. Es umfasst mehr als nur das einfache Anziehen.

Nicholas hat also mit seiner Zeitangabe recht. Ich beschließe dennoch, beleidigt zu sein. Es ist schon eine Weile her, dass ich das war, und es macht so viel Spaß. Also lenke ich ihn in die richtige Richtung, damit er mir Material gibt, das ich falsch auslegen kann. »Ist schon gut, ich ziehe mir nur kurz einen Pullover und eine Hose an, bevor wir aufbrechen.«

»Du wirst nicht noch ewig an deinen Haaren und dem Make-up sitzen?«

Perfekt. Danke, Nicholas, du bist so ein Täubchen. »Du denkst also, ich brauche Make-up?«

»Das ist nicht das, was ich gesagt habe.«

»Du deutest an, dass ich in der Öffentlichkeit nicht vorzeigbar bin, wenn ich nicht geschminkt bin.«

»Nein. Das habe ich *überhaupt nicht* angedeutet.«

»Ich nehme an, ich sollte mir auch noch drei Stunden Zeit nehmen, um mir Locken zu machen, oder?« Ich schaffe es, meine Stimme zum Zittern zu bringen. Ich bin das Opfer einer furchtbaren patriarchalen Anspruchshaltung. »Weil ich nicht hübsch genug bin, so wie ich bin? Ich nehme an, es ist dir peinlich, mich mit deiner Familie zusammenzubringen, wenn ich mich nicht an die unmöglichen gesellschaftlichen Schönheitsstandards für Frauen halte.«

Er kneift die Augen zusammen. »Du hast recht. Dein Haar ist in seinem natürlichen Zustand total peinlich, und dein Gesicht entspricht dem Frauenideal so was von gar nicht, dass ich darauf bestehe, dass du auf der Straße drei Meter hinter mir gehst. Ich möchte, dass du sofort nach oben gehst und dich unkenntlich machst.« Er hebt seine Augenbrauen. »Habe ich das richtig gemacht? Sind das die Worte, die du mir in den Mund legen wolltest?«

Mir klappt die Kinnlade herunter. Er schaut wieder in seine Zeitung und blättert um. Das tut er nur für den dramatischen Effekt. Ich weiß, dass er keine Gelegenheit hatte, den angefangenen Artikel zu Ende zu lesen.

»Eigentlich würde ich dir gerne einen Apfel in den Mund stecken und dich am Spieß rösten«, sage ich.

»Behalte für das Abendessen den Schlafanzug an, Naomi. Glaubst du, das würde mich stören? Du kannst auch als Weihnachtsmann verkleidet rausgehen, es wäre mir egal.«

Jetzt bin ich wirklich beleidigt. »Warum denn das?«

Er schaut mich an. »Weil ich dich schön finde, egal was du anhast.«

Pfui Teufel. Das ist selbst für ihn richtig billig. Ich entferne mich schnell von dem Lügner und gehe eine weitere Ladung Bettwäsche waschen. Unsere Bettdecken und Kissen sind beim Umzug schrecklich schmutzig geworden, sodass Nicholas schon den ganzen Tag damit verbracht hat, alles zu waschen, während ich den Rest des Hauses geschrubbt habe. Ich habe nichts gegen Leon, und er hat reinlich gelebt, aber ich habe das Gefühl, dass ich ihn ein wenig aus dem Haus schrubben muss. Seine Augen sind in den Wänden und folgen uns auf Schritt und Tritt.

Ich schaue in den Trockner und – och nee! –, wegen diesem Mann wird das Haus noch bis auf seine Grundmauern niederbrennen. »Du musst das Fusselsieb auswaschen! Es so voll zu lassen ist eine Brandgefahr.«

»Du bist eine Brandgefahr«, höre ich ihn deutlich vor sich hin murmeln.

»Ich weiß, dass du es gewohnt bist, dass eine Frau die ganze Hausarbeit erledigt, aber ich werde vielleicht nicht immer da sein. Du solltest auf mich hören. Ich versuche, dich zu erziehen und dir zu helfen, als Person zu wachsen.«

»Wie wäre es, wenn du deine Tipps aufschreibst, dann kann ich sie mir durchlesen, wenn du endlich weg bist«, antwortet er.

Ich gehe die Treppen hoch und mache dabei so viel Krach wie möglich. Vielleicht übertreibe ich ein wenig, denn ich rutsche auf einer Stufe aus und kann mich nur dadurch vor einem fiesen Treppensturz retten, indem ich das Geländer umarme. Ich schaue nach unten und hoffe, dass er es nicht mitbekommen hat, aber natürlich hat er das. Sein leises Lachen verkürzt meine Lebensdauer um ein Jahr. »Geht es dir gut, Schatz?«, ruft er in einem Ton, süß wie Zuckerwatte.

»Halt die Klappe! Geh und lass deiner Mutter ein Schaumbad ein.«

»Du bist besessen von meiner Mutter.«

Ich bin sicher, dass wir das Haus traumatisieren. Es ist an den ruhigen, sensiblen Leon gewöhnt. Es war wahrscheinlich noch nie mit so viel hoch dosiertem Gift konfrontiert. Nicholas und ich sind mittlerweile Monster, und ich mag keinen von uns, aber ich mag definitiv auch nicht, wer ich vorher war. Die Naomi, die den Mund gehalten und nicht die Wahrheit gesagt hat. Es gibt also kein Zurück mehr. Nicholas und ich befinden uns im freien Fall.

Ich knurre Obszönitäten in meinen Schrank, ziehe meinen Snoopy-und-Woodstock-Pyjama aus und werfe ihn mir über die Schulter. Ich bin versucht, ihn anzubehalten, aber ich habe ein paar Bewerbungen losgeschickt, und da ich mein Glück kenne, könnte ich mit großer Wahrscheinlichkeit dem Manager einer Firma, bei der ich mich beworben habe, im Restaurant oder auf dem Parkplatz begegnen. Niemand trägt einen Snoopy- und Woodstock-Pyjama in einem Steakhaus, es sei denn, es geht ihm gerade so richtig mies.

Mit großer Sorgfalt suche ich mir ein hummelgelbes Hemd aus, das mich blass wirken lässt. Die Haare binde ich zu einem wenig schmeichelhaften, tiefsitzenden Pferdeschwanz, bei dem der Pony absteht, als hätte ich einen Stromschlag abbekommen. Ich mache mir keine Mühe, meine Augenringe abzudecken. Ich gebe stattdessen sogar noch ein wenig von dem lila Lidschatten drauf. Ich sehe aus wie eine Wallfahrerin mit Cholera. Mrs Rose wird sehr viel Spaß mit meinem Aussehen haben, und dafür werde ich anschließend ihren Sohn bestrafen. Meine Gefühle sind bereits so verletzt, dass ich gar nicht anders kann, als mein Spiegelbild anzulächeln.

»Beeil dich!«, beschwert sich Nicholas vor meiner Tür. Er rüttelt am Türknauf, aber ich habe selbstverständlich abgeschlossen. Nach einem Jahr des Teilens habe ich den Luxus zurückgewonnen, ein Schlafzimmer ganz für mich allein zu haben, und er wird nicht hereingebeten. »Du hast wieder bis zur letzten Minute gewartet, ich wusste es. Es ist unverantwortlich, zu spät zu kommen! Ich muss meiner Mutter eine SMS schreiben und ihr sagen, was für Getränke wir haben wollen, denn du hast den ganzen Tag nur herumgegammelt, hast nicht geduscht und dich bis zum Abend nicht richtig angezogen!«

»Ich bin so gut wie fertig!«, schreie ich zurück. »Ich muss nur meine Schuhe anziehen und…« Den Rest des Satzes fülle ich leise mit Unsinn.

»Und was?«

»Lass mich in Ruhe. Wir werden ankommen, wenn wir eben ankommen.«

»So funktioniert die bürgerliche Gesellschaft nicht. Wie wär's, wenn du deine Schminktasche einpackst und dir das ganze Zeug im Auto ins Gesicht knallst?« Es ist bezaubernd, dass er davon ausgeht, dass ich mich hier drin hübsch mache und nicht mit meinem eigenen Blut ein Pentagramm auf den Boden male und Flüche über ihn verhänge.

Ich drehe mich ganz zur Tür. »Wie wär's, wenn du deine Socken bügeln gehst wie ein echter Psychopath? Ach, was auch immer, fahr doch schon mal los, wenn du willst. Wir treffen uns dann dort.«

Das war die ganze Zeit über das Ziel. Ich will, dass er ohne mich losfährt.

»Wenn wir in getrennten Autos ankommen, werden Mom und Dad sich ihre Gedanken machen.«

»Dein Vater weiß wahrscheinlich nicht einmal, welches Jahr wir haben. Deine Mutter wird dankbar sein, wenn es etwas Neues gibt, über das sie reden kann. Seit Ewigkeiten reitet sie schon darauf herum, dass Heather ihr keine Karte zum Muttertag geschickt hat.«

Er zögert. »Bist du sicher?«

Es ist Sonntagabend. Auf einen Tisch zu warten wird irre lang dauern. Ich stelle mir vor, wie sich die Warteschlange aus der Tür heraus und um das Gebäude schlängelt. Zwei der Wartenden in einer aufeinander abgestimmten Pullover-Weste-Kombination werden sich über die mysteriöse Absage ihrer Reservierung wundern.

»Fahr los.«

Ich sehe zu, wie sich sein Jeep langsam entfernt, bevor ich nach unten stürme und mir meine Schlüssel schnappe. Leon hat gesagt, er trifft mich auf dem Parkplatz vor dem Junk Yard. Danach habe ich eine Viertelstunde Zeit, um nach Beaufort zu gelangen, wo wir uns zum Essen treffen wollen, und dort mein kleines Theaterstück aufzuführen. Nicholas ist ein zu braver Soldat, um sich meinem Plan A zu beugen und seinen eigenen Plan aufzugeben. Er wird sich nicht unterwerfen, es sei denn, seine Feldherrin gibt den Befehl. Bis jetzt konnte ich Deborah immer dazu bringen, Nicholas zu ärgern. Ich weiß, dass sie ihn ständig meinetwegen volljammert. Jammern reicht jetzt aber nicht mehr. Zum Glück kann ich noch viel schlimmer sein! Ich werde mich so offensichtlich untauglich machen, dass Mrs Rose droht, Nicholas zu enterben, wenn er die Hochzeit nicht absagt.

Mein Trick ist eine schöne siebenschichtige Torte. Ich muss die Hochzeit nicht absagen und mein geliebter Verlobter auch nicht. Wir lassen seine Eltern die Drecksarbeit für uns erledigen: Plan D. Ich setze ganz nebenbei alles in Brand, und es fühlt sich toll an.

* * *

Etwa auf halbem Weg nach Beaufort erkenne ich, dass Plan D das Dümmste ist, was ich je getan habe. Als ich mir vorgestellt habe, wie ich mit diesem frankensteinartigen Automonster auf den Restaurantparkplatz rolle, habe ich nicht bedacht, dass das Fahrzeug, das ich jetzt fahre, keine automatische Gangschaltung hat.

Das konnte ich Leon gegenüber natürlich nicht zugeben, denn da hatte er bereits die Schlüssel für meinen Saturn und war sehr begeistert über das Tauschgeschäft. (»Bist du sicher? Dein Auto ist in einem viel besseren Zustand als meines. Warum willst du überhaupt tauschen? Bist du dir wirklich sicher?«) Die Gleichung in meinem Kopf sah folgendermaßen aus: Nicholas hat Leons Haus gekauft, ohne mich zu fragen, also gehe ich los und kaufe Leons Auto, ohne ihn zu fragen. Ich würde Mr und

Mrs Rose völlig schockieren, denn sie sind so versnobt, dass sie den Landschaftsgärtner angewiesen haben, seinen rostigen Pick-up in der Garage zu parken, damit die Nachbarn ihn nicht sehen.

Sie werden Nicholas' Jeep sehen und wissen, dass etwas mit seinem Gehirn nicht stimmt. Wenn sie dann *mein* Auto sehen, werden sie glauben, dass *ich* das bin, was mit seinem Gehirn nicht stimmt. Ich bin ein Nichts aus der Unterschicht, das ihren Sohn nicht verdient hat. Ich bin verrückt, und ich werde ihn mit der Zeit immer mehr auf mein Niveau herunterziehen. Kein Country-Club in Wisconsin wird ihren kostbaren Sohn aufnehmen, wenn sie sehen, an was für eine Frau er geraten ist.

Ich habe während Leons Minifahrstunde gut aufgepasst, aber obwohl er mir gesagt hat, dass ich gleichzeitig Gas geben und die Kupplung loslassen muss, habe ich beim ersten Versuch loszufahren die Kupplung offenbar zu schnell losgelassen, das Auto ist vorgeschossen und hat einen Müllcontainer auf dem Parkplatz des Junk Yards umgeworfen.

Ich gebe zu, dass mich mein Fehlstart verunsichert hat. Während ich in kleinen Hopsern die Straße entlangfahre, in einem Auto, das immer noch nach Kiefernwald riecht, und dabei mit einer Hand das Lenkrad und mit der anderen den Schalthebel umklammere, kollidiert meine Nervosität mit dem Endorphinrausch, der in mir aufkommt, wenn ich mir Deborahs Gesicht vorstelle.

Mir wird langsam klar, dass ich einen schweren Fehler gemacht habe.

Eindeutig weiß ich es, als ich klappernd und rasselnd

in Beaufort einfahre und das Auto an einer Ampel abwürge. Ich habe vergessen, entweder die Kupplung getreten zu halten oder beim Bremsen in den Leerlauf zu schalten. Irgend so was. Ich kann mich nicht mehr an Leons Anweisungen erinnern, weil sich hinter mir eine Schlange von etwa zwanzig Autos gebildet hat. Die Ampel hat auf Grün umgeschaltet, aber ich kann nicht losfahren. Ich trete auf die Kupplung und schalte in den Leerlauf, aber ich bin gestresst, sodass mein anderer Fuß aufs Gas drückt. Ich mache alles falsch. Mich überkommt Panik. Kampf oder Flucht.

Ich lasse das Auto einfach stehen, die Fahrertür weit geöffnet. Die Leute hupen. Jemand kurbelt das Fenster herunter und schreit. Ich möchte zurückgehen und die Tür schließen, aber das Adrenalin brennt in meinen Adern, und ich kann nicht zurück. Ich werde nie wieder zu diesem Auto oder nach Morris zurückgehen, solange ich lebe, alles, was ich jetzt tun kann, ist laufen. Geradewegs hinunter in einen Graben und auf der anderen Seite wieder hinauf auf den Parkplatz eines geschlossenen Kmarts. Ich renne und renne, mein Nervensystem brennt. Ich werde den ganzen Weg bis nach Kalifornien weiterlaufen. Ich werde meinen Namen ändern und ein neues Leben beginnen. Das ist die schönste Aussicht, die ich seit Langem hatte.

Ich halte nicht inne, um Luft zu holen, bis ich auf der anderen Seite des Supermarkts bin. Die Novemberluft hat meine Lunge zum Eiswürfel verklumpen lassen. Ich bin so dankbar für das große, leere Gebäude, das mich von all meinen Problemen abschirmt. Einer von den Fahrern, die mich angehupt haben, hat zweifellos die Polizei verständigt. Die Situation wird einem Beamten, der keine Zeit für einen solchen Mist hat, von zehn Umstehenden eifrig beschrieben werden, und jeder am Tatort wird daraus schließen, dass ich high von Badesalz bin. Sie werden einen Abschleppwagen rufen, während ein Polizist sich mit einer Elektroschockpistole auf die Jagd nach mir machen wird.

Das Frankensteinauto ist immer noch auf den armen, gut meinenden Leon zugelassen, und er wird für mich den Kopf hinhalten. Ich muss wieder zurück. Ich gehe nie wieder zurück.

Meine Oberschenkel sind ganz wund vor Kälte, weshalb ich das Summen in meiner Tasche erst beim vierten Mal richtig wahrnehme. Klar, es ist Nicholas.

> Du bist SEHR spät dran. Wo bist du??

Ich bin außerhalb deiner Reichweite, Dr. Rose. Ich bin im Niemandsland. Viel Glück beim Versuch, mich hinter der verrottenden Hülle eines Supermarkts zu finden.

Das ist es, was ich antworten will. Aber mein Handy hat mir elf Grad angezeigt, gefühlt sind es sowieso nur acht, und ich bin Ausdauerläufe nicht gewohnt. Ich bin dermaßen unfit, dass ich immer noch keuche und von Kalifornien träume. Ich werde hier draußen abgestochen werden. Ich bin so froh, dass ich echte Kleidung anstelle eines Schlafanzugs trage.

Ich antworte ihm.

Rette mich.

Im Grunde winsele ich.

Wovor?

Vor dir. Vor deiner Mutter. Vor Frostbeulen.

Ich mache ein Foto vom Parkplatz und schicke es ihm.

Das Auto hatte eine Panne. Ich komme hier nicht weg.

Sein Anruf unterbricht mich mitten im Satz: *Ich habe Bonbons in meiner Manteltasche. Ich werde eine Spur hinterlassen wie Hänsel und …*

»Naomi?« Er klingt besorgt. »Wie nah an der Stadt bist du? Was ist passiert?«

»Das Auto ist Schrott!«, rufe ich. »Es hat versucht, mich zu töten.«

»Ich habe dir schon vor x-tausend Kilometern gesagt, dass du das Öl wechseln sollst, und du hast gesagt, dass mich das nichts angeht.« In seinem Kopf fegt er durch ein Feld von *Ich habe dir gesagt*-Sätzen. So stellt er sich den Himmel vor.

»Nicht *das* Auto. Ich habe es gegen Leons Schrottauto eingetauscht. Es hat ein Schaltgetriebe, Nicholas. Ich weiß nicht, wie man eine verdammte Gangschaltung bedient! Schlimme Dinge sind passiert, und ich habe es mitten auf der Straße stehen lassen. Jetzt stehe ich auf einem Kmart-Parkplatz.« Ich trete gegen einen Stein, schiele auf das graue Gebäude und dann auf die anderen dunklen Gebäude mit leeren Parkplätzen, die sich in der Nähe befinden. Ich bin auf einem Einzelhandelsfriedhof. »Hier ist auch ein Toys R Us.«

»Großer Gott.« Ich höre Autos am Ende seiner Leitung vorbeirauschen. Er steht auf dem Bürgersteig.

»Lass mich hier nicht sterben. Ich möchte an einem warmen Ort sein, wenn ich gehe.«

»Ja, wärmere Temperaturen sind schon besser zum Entspannen. Es wird noch viel heißer werden, wenn du an deinem Zielort angekommen bist.« Ich fange an zu heulen. »Du musst mir genau sagen, wo du bist.«

Ich verdrehe meine freie Hand in einer Art spastischem Anfall. Nicholas ist am Telefon. Ich habe das Gefühl, ihm nahe zu sein, es ist also okay, wenn ich jetzt ausflippe. Er wird ruhig bleiben, egal was passiert. Wir hatten schon immer diese Balance: Wenn einer von uns durchdreht, bleibt der andere bei sich. Wer nicht auf die Sofort-Hysterie gesetzt hat, hat keine andere Wahl, als sich zusammenzureißen.

»Die erste Ampel, wenn man in die Stadt kommt. Ich bin dann zur Seite ausgebrochen. Nicht mit dem Auto, meine ich. Ich bin zu Fuß gegangen.«

»Warum hast du das Auto stehen lassen?«

»Ich weiß es nicht! Es ging alles so schnell. Gib mir Zeit, mir eine bessere Ausrede zu überlegen.«

»Ich bin gleich da. Geh zurück zum Auto.«

Ich gehe nicht zum Auto zurück, aber ich trete auf Zehenspitzen hinter dem Gebäude hervor und stelle mich an den Straßenrand. Ich sehe blinkende Lichter – ein

Polizist und ein Abschleppwagen. Oh Gott, ich komme ins Gefängnis.

Jemand sieht mich und zeigt auf mich, und mein Instinkt rät mir, mich hinzuhocken. Es gibt nichts, wohinter man sich verstecken könnte, also kauere ich mich einfach so hin. Vergiss das Gefängnis. Ich komme in eine Gummizelle.

Aus Gewohnheit suche ich die Straße nach einem goldenen Maserati ab, und als Nicholas aus einem Jeep aussteigt, brauche ich eine Sekunde, um mich neu zu sammeln.

»Nicholas!«, zische ich im lauten Flüsterton. Es ist sinnlos. Ich werde von den vorbeirauschenden Autos übertönt. Ich schwinge meine Arme wie ein Fluglotse. Er sieht mich nicht, während er mitten ins Chaos schreitet, um das Kommando zu übernehmen.

Er sieht sich das verlassene Fahrzeug an und schüttelt den Kopf. Er hebt meine Tasche vom Beifahrersitz, bevor er die Fahrertür schließt. Heiliger Strohsack, ich habe meine Handtasche vergessen.

Männer in Uniformen laufen auf ihn zu. Jemand nickt in meine Richtung, und Nicholas wirbelt zu mir herum. Sogar aus dieser Entfernung erkenne ich das seltsame Funkeln in seinen Augen und lese seine Gedanken, als ob sie in einer Sprechblase über seinem Kopf erscheinen würden.

Sieh an, sieh an. Wie fühlen wir uns jetzt angesichts unserer Entscheidungen, Naomi?

Nicht gut, so fühle ich mich. Aber zumindest stehe ich auf der Straßenseite, auf der weniger Polizisten stehen.

Er sagt etwas zu einem Beamten, der dann zu mir schaut. Identität bestätigt. Ich werde hier in Handschellen weggeführt werden, aber dann wäre mein Ziel, Mrs Rose dazu zu bringen, mich aus dem Stammbaum zu tilgen, erreicht.

Nicholas ruft jemanden an und redet eine Weile, bevor er das Telefon dem Beamten übergibt. Der Beamte spricht ins Telefon, und Nicholas schaut mich nur an und schaut mich an, und ich kann mich nirgends vor ihm verstecken. Er ist mein einziger Verbündeter. Er ist mein schlimmster Feind.

Er geht über die Straße direkt auf mich zu. Er trägt den Mantel, den ich seinen Sherlock-Holmes-Mantel nenne. Er war teuer und das schönste Geschenk, das ich ihm je gemacht habe. Er trägt ihn vom Anfang des Herbstes bis zum Ende des Frühlings, mit einem Schal, der unter dem breiten Kragen gewunden ist. Die Tatsache, dass er ihn noch nicht verbrannt und um seine Asche herumgetanzt hat, wirkt in meiner derzeitigen Verfassung aggressiv-freundlich auf mich.

Sein Gesichtsausdruck ist weder grimmig noch selbstgefällig, bis auf die winzige Falte zwischen seinen Augenbrauen ist er fast neutral. Besorgnis.

»Was ist passiert?«, fragt er, als er sich nähert.

Ich schüttle den Kopf. Ich kann nicht darüber reden. Ich tue einfach so, als wäre es nie passiert. »Muss ich ins Gefängnis?«

»Nein.« Er schaut auf meine Handtasche. »Musst du noch etwas aus dem Auto holen?«

»Nein.«

Ich kann erkennen, dass er noch mehr Fragen stellen will. Nicholas wirft mir einen langen, fragenden Blick zu, dann zieht er seinen Mantel aus und legt ihn mir um die Schultern. Seine Finger spielen mit dem oberen Knopf, als ob sie ihn schließen wollten, aber dann lässt er seine Hand fallen.

Er dirigiert mich, ohne etwas Weiteres zu sagen, zum Jeep. Als wir auf der Höhe des Polizeiautos und des Abschleppwagens ankommen, gehe ich zügiger, rechne aber eigentlich damit, dass jemand eine Hand ausstreckt und mich schnappt. Nachdem ich zum x-ten Mal einen paranoiden Blick über meine Schulter geworfen habe, schmunzelt Nicholas. »Entspann dich.«

Diese zwei Wörter bringen mir meine Fähigkeit zurück, zusammenhängend zu sprechen. »Wird Leon in Schwierigkeiten geraten? Das Auto ist noch nicht auf meinen Namen gemeldet. Was wird mit dem Auto passieren? Es ist nicht wirklich kaputt, oder?«

»Natürlich nicht. Wenn es kaputt wäre, würdest du es einfach selbst reparieren«, sagt er und wirft mir einen listigen Seitenblick zu.

»Äh …«

»Oder vielleicht auch nicht. Ich würde nicht wollen, dass Dave von Morris-Auto anfängt, dich zu vermissen.« Er beobachtet mein betroffenes Gesicht und wendet sich ab, damit ich sein Lächeln nicht sehe, aber ich höre es in seiner Stimme nachhallen. »Als ich Dave die Weisheitszähne gezogen habe, war das Erste, was er gesagt hat, als er aus der Narkose erwacht ist: *Erzähl dem Zahnarzt nichts von Naomis Auto.*« Er hält inne, damit ich es sacken lassen kann, zusammen mit dem, was heute noch war, und mein Kummer droht mich zu einer Naomi in Taschenformat zusammenzuschrumpfen. Dave werde ich was erzählen, wenn ich das nächste Mal eine Werbe-Mail von Morris-Auto bekomme. »Wie auch immer, eine Abschleppfirma bringt das Auto zu uns nach Hause. Ich hätte es selbst fahren können und du den Jeep, aber du siehst etwas benommen aus.«

Mein Mund ist ganz trocken. »Es hat ein Schaltgetriebe.«

»Ich weiß. Ich kann mit Gangschaltung fahren.«

Der Boden wackelt. »Was? Wirklich?«

»Mm-hmm.« Er klingt leicht belustigt.

Ich lasse mich in den Beifahrersitz gleiten und ziehe die Tür zu, um Polizisten, die in letzter Minute ihre Meinung ändern könnten, fernzuhalten. »Ich vermisse beheizte Sitze.«

»Ich dachte, du hasst den Maserati.«

»Das tue ich auch. Habe ich getan. Aber die Sitzheizung mochte ich trotzdem. Es ist wie …«

»… im Schoß des Teufels zu sitzen«, sagt er, bevor ich fertig bin, und legt einen Arm hinter meine Kopfstütze, während er sich für den Rückwärtsblick umdreht. Er ist so nah, dass ich sein Aftershave riechen kann, und in meinem Herzen spüre ich so etwas wie Heimweh. Es ist nicht dasselbe Aftershave, das er in letzter Zeit getragen hat. Es ist Stetson, das habe ich ihm zu Weihnachten geschenkt. Eingepackt in Goldfolienpapier, das er so lange aufbewahrt hat, dass ich immer noch das Knittern hören kann.

Ich liebe es, hat er mit einem breiten Lächeln gesagt. Der

Duft von Stetson wird für mich für immer mit diesem Lächeln verbunden sein und mit der Erinnerung daran, wie ich ihn angebetet habe. Was ist, wenn jemand, mit dem ich in Zukunft mal ausgehe, Stetson trägt und ich jedes Mal an Nicholas und sein Lächeln denken muss, wenn ich das Gesicht des anderen vor mir habe? Er ist auf so vielen Ebenen in mir präsent, dass ich ihn nicht mehr loswerde.

Später, nachdem er sein Geschenk ausgepackt hatte, habe ich die Pflegeprodukte gesehen, die er in seinem Medizinschrank aufbewahrt hat, und ich wurde rot, als mir klar wurde, wie schön und teuer sie waren. Der Preis des von mir ausgesuchten Parfüms ließ mein Geschenk peinlich wirken. Aber er trug von da an jeden Tag Stetson, auch als sein Lächeln nach und nach verblasste und unsere Beziehung von einem Vorher auf ein Nachher überging. Er hat jeden Tropfen aufgebraucht und die Flasche nicht weggeworfen.

»Konntet ihr zu Ende essen?«, frage ich zaghaft.

»Wir hatten uns gerade erst hingesetzt, als ich dir eine SMS geschrieben habe, um zu fragen, wo du bleibst. Sie haben unsere Reservierung verbaselt, und Mom ist durchgedreht. Sie hat den Manager zum Weinen gebracht.«

Das kann ich mir gut vorstellen. Deborah Rose hat noch nie ein Restaurant verlassen, ohne sich dem Manager vorzustellen.

»Was hast du deiner Mutter erzählt?«

»Dass du Probleme mit dem Auto hattest und ich dich abholen muss.«

Oh nein. Ich schüttle den Kopf. »Ich will nicht ins Restaurant gehen. Bitte zwing mich nicht dazu. Ich habe

Kopfschmerzen. Ich habe Krämpfe. Und Blutgerinnsel. Sie sind so groß wie Golfbälle.« Ich fange an, noch mehr Beschwerden aufzuzählen, aber er tätschelt mir das Knie.

»Schon gut.«

Ich richte mich auf meinem Sitz auf. »Wirklich?«

»Ja, ich will auch nicht zurück. Dad hat uns in der Schlange stehen lassen, um sich an die Bar zu setzen. Und Mom …« Sein Blick verdunkelt sich. »Es ist besser, wenn ihr beide euch heute Abend nicht mehr begegnet. Sie hatte zu viel Zeit, um sich über deine Bemerkung, keine Kinder bekommen zu können, aufzuregen.«

Die Tatsache, dass ich bei ihr einen Nerv getroffen habe, verursacht mir ein ganz warmes und flauschiges inneres Gefühl. Egal, ich bleibe dabei. Nicholas' und meine DNA sind nicht fortpflanzungskompatibel. Mutter Natur würde das nie zulassen.

Ich antworte mit einem unverbindlichen »Mhm«.

Er wirft mir noch einen Blick zu. Einen flüchtigen Blick. Im Auto ist es so dunkel, dass ich mir nicht sicher sein kann, aber ich glaube, er ist ein bisschen traurig. Dieser Gedanke macht mich unruhig.

»Wir sprechen nie über Kinder«, sagt er. »Das hätten wir wahrscheinlich schon vor unserer Verlobung tun sollen.«

»Als wir uns verlobt haben, war nur einer von uns auf diesen Schritt vorbereitet, also nimm die Schuld auf dich.«

Er lacht auf. »Das ist nur fair, denke ich.«

Ich möchte nicht darüber sprechen. Es wird uns beide nur noch trauriger machen, denn wir werden auf keinen Fall zusammen Kinder bekommen. Eine Schwangerschaft würde für mich an diesem Punkt auf eine unbefleckte Empfängnis hindeuten. »Ich wusste nicht, dass du mit Gangschaltung fahren kannst.«

»Ich habe es dir schon einmal gesagt. Du hast wahrscheinlich nicht zugehört.«

Ich will auch keine Belehrung. *Du hörst nie zu* ist der Titel einer langen Geschichte über meine vielen Fehler und Schwächen. Bei uns gibt es keine unverfänglichen Themen.

Ich versuche es noch einmal. »Es fühlt sich gut an, vor dem Sonntagsessen wegzulaufen, das muss ich ehrlich zugeben.«

Er lächelt fast. Ich kann es an seinem Mund sehen. »Es ist schade, dass wir meinen Eltern nicht dein neues Auto zeigen konnten.«

»Das würde dir *nicht gefallen*.«

»Ich würde ihre Reaktion mit dem Handy filmen. Es könnte richtig Spaß machen, sich mit ihnen anzulegen, Naomi, wenn ich mit von der Partie wäre. Du vergisst, dass ich besser als jeder andere weiß, wie es sich anfühlt, von Deborah Rose untergebuttert zu werden.«

Ich studiere sein Profil. Er schaut weiterhin auf die Straße, aber er muss sich meines eindringlichen Blicks bewusst sein. »Du würdest dich mit ihnen anlegen?«

»Natürlich. Sie haben es verdient. Ich meine, sie sind meine Eltern, und ich liebe sie. Ich bin ihnen für vieles dankbar, aber sie sind auch totale Nervensägen. Als ich um deine Hand angehalten habe, habe ich irgendwie …«

Er presst seine Lippen zusammen.

»Was?«, hake ich nach.

Nicholas schluckt. »Ich hatte irgendwie gehofft, wir würden so etwas wie Komplizen werden. Wenn Mom versucht, ihre Krallen nach mir auszufahren, und ich ihr nicht alleine entkomme, würde es mir helfen, wenn du mir den Rücken stärkst. Wenn wir beide ein Team wären.«

»Das wollte ich auch«, erwidere ich leise. Vergangenheitsform. »Ich wusste nicht, dass du das wolltest. Ich habe mich für eine sehr lange Zeit immer nur an zweiter Stelle gefühlt.«

»Ich wollte nie, dass du dich so fühlst. Aber … du hast nicht den Schritt auf mich zugemacht. Du bist nicht meine Komplizin geworden. Du hast mich allein gelassen.«

»Ja, so wie du nichts sagst, wenn deine Mutter mich ganz offen beleidigt«, sage ich wehmütig. »Dieses Geräusch, das sie macht, wenn ich Ja zum Dessert sage. *Ts, ts.* Und wie sie auf mich herabschaut wegen meines Jobs und weil ich nur einen Highschool-Abschluss habe. Und wegen so vieler anderer Sachen.«

Ich blicke mit einem elenden Gefühl aus dem Fenster, aber alles, was ich sehe, ist Nicholas' Spiegelbild. Die Lichter von Beaufort liegen hinter uns, und nun fahren wir durch ein weites schwarzes Nichts, bis wir Morris erreichen.

Das Reden hat meinen Körper allmählich entspannt. Nachdem ich von dem Trip runtergekommen bin, einen auf Ricky Bobby zu machen und vor dem nicht vorhandenen Feuer davonzulaufen, sind Kopfschmerzen zurückgeblieben, die ich diesmal nicht vortäusche.

»Meine Mutter ist schwierig«, sagt Nicholas. »Es ist

schwer, ihr die Stirn zu bieten. Seit meiner Kindheit macht sie mich fertig. Ich weiß nicht, wie ich es alleine schaffen soll.«

Er tut mir leid, wirklich, also streichle ich mit dem Daumen über seinen Handrücken. Nur einmal. »Ich weiß, dass es manchmal schwer sein muss, sie als Mutter zu haben. Sie putzt alle deine Freundinnen runter und meckert dann an dir rum, dass du noch nicht verheiratet und fünffacher Vater bist. Damit bist du nicht allein. Aber stell dir doch auch mal vor, wie es ist, die arme Schwiegertochter zu sein, die diese fünf Kinder liefern soll.«

Die Scheinwerfer eines vorbeifahrenden Autos erhellen Nicholas' Lächeln. Ein weiteres Auto folgt direkt danach, aber bis dahin ist sein Lächeln wieder verschwunden. Ich weiß, dass er sich fragt, ob ich jemals Deborahs Schwiegertochter sein werde. Ich müsste verrückt sein, um freiwillig in diesen Zirkus einzuheiraten – und er weiß es. Wenn das hier so schiefgeht, wie wir es beide erwarten, braucht er eine Katalogbraut. Ich bin die einzige Frau im Land, die dumm genug ist, ihr Glück mit Deborahs Sohn zu versuchen.

Meine Gedanken wandern immer wieder zu dem Vorfall an der Ampel zurück. Ich sehe mich selbst durch Nicholas' Augen, wie ich hilflos auf der anderen Straßenseite kauere. Ein komplettes Desaster. Ich höre so genau, was er bei unserem nächsten Streit sagen wird, als wäre es schon passiert.

Du wolltest austeilen und hast dir ins eigene Fleisch geschnitten. Hast ein anständiges Auto ohne Not gegen diese Schrottkarre getauscht, die du nicht einmal fahren kannst. Du stehst so kopf, du würdest versuchen, mit Fliegen Honig zu fangen. Wow, du hast es mir aber gezeigt, was?

Der echte Nicholas hat nichts davon gesagt. Aber der imaginäre stützt sich auf realistische Vorhersagen, die auf gefühllosen Dingen basieren, die er in der Vergangenheit zu mir gesagt hat, und so kann ich mir leicht vorstellen, wie er auch diese Worte zu mir sagen wird. Es ist nicht fair, wegen etwas, das er nicht einmal gesagt hat, verletzt oder wütend zu sein, zumal die Worte, die ich mir selbst in den Kopf gesetzt habe, alle wahr sind. Aber zu wissen, dass er es möglicherweise sagen könnte – und wahrscheinlich auch tun wird –, reicht aus, um mich in eine dunkle Stille zu versetzen, in der ich für den Rest der Fahrt verharre.

Kapitel 10

Da keiner von uns beiden zu Abend gegessen hat, gehen wir, sobald wir zu Hause angekommen sind, direkt zum Kühlschrank. Beziehungsweise ist das ja nicht wirklich unser Zuhause, es ist irgendeine Version von Zuhause. Ich habe immer noch das Gefühl, dass es Leons Haus ist, nur mit unseren Sachen drin.

Die leeren Kühlschrankfächer zwinkern uns zu.

Wir preschen vor, um dem jeweils anderen die Schuld daran zu geben.

»Warst du nicht einkaufen?«, fragt er, als wäre das meine Pflicht.

»Du hast vergessen, einkaufen zu gehen«, sage ich im selben Augenblick, als hätten wir abgemacht, dass er einkaufen geht, und als hätte er es vergessen.

Dann runzeln wir beide die Stirn. Unsere perfiden Methoden treten offen zutage. Unsere Bullshit-Radare sind fein eingestellt.

Er überprüft die Mikrowellenuhr. »Du kannst immer noch zur Tankstelle fahren und Tiefkühlpizza kaufen, es ist noch nicht zu spät.« Er reicht mir seine Autoschlüssel.

»Ich habe keine Lust auf Pizza.« Ich gebe ihm die Schlüssel zurück. »Fahr du doch los und hol Burritos, ich will Hühnchen mit Käse, bitte nicht Rindfleisch mit Käse.«

Wir starren beide auf den Boden. Ich tue ihm einen großen Gefallen, indem ich mit ihm hier in diesem Haus wohne, wo es wahrscheinlich spukt, und indem ich ihn vor den schrecklichen Abendessen mit seiner Mutter bewahre, bei denen sie jeden einzelnen Restaurantangestellten auf die schlimmste persönliche Weise kritisiert. »Hol Burritos, und ich werde für immer nett zu dir sein«, sage ich.

»Hol du sie, und ich werde für immer nett zu *dir* sein.«

Das ist es nicht wert. »Nö.«

»Willst du nicht sehen, wie sich der Jeep fährt? Er wird dir besser gefallen als der Saturn. Und viel, *viel* besser als der … äh … was für ein Auto hast du dafür bekommen?«

»Es ist ein Monster, und ich liebe es, als wäre es mein Kind. Aber ich kann nirgendwo hinfahren, weil ich immer noch aufgewühlt bin.«

Das bin ich nicht, denn es hat mich wiederbelebt zu wissen, dass ich heute nicht mehr in Deborahs Nähe komme. Das weiß er natürlich.

»Gut.« Er gibt nach und führt eine weitere Bestandsaufnahme unseres Kühlschranks durch. »Dann koche ich etwas für mich allein.«

»Gut, das werde ich auch.« Ich öffne die Schränke und hoffe bei Gott, dass sich darin ein ganzes Thanksgiving-Essen verbirgt. »Nur für mich.«

Er holt Semmelbrösel und Eier heraus. Diese Kombi kenne ich: Er macht Mozzarella-Sticks. Fantastisch!

Mein erster Gedanke ist: Spaghetti. Er mag meine Spaghetti nicht? Dann koche ich genug für eine ganze Armee und lasse sie aus jedem Tupperware-Behälter, den wir besitzen, überlaufen.

Nicholas sieht mir dabei zu, wie ich eine Packung Spaghetti hervorhole. »Wie ich sehe, bist du immer noch sauer wegen der Spaghetti-Sache.«

»Ich bin nicht sauer.« Ich werde es nur einfach nie vergessen.

»Ja, klar.« Er lächelt, denn der Gedanke, mich erfolgreich zu ärgern, macht ihn genauso fröhlich, wie ich mich fühlen werde, wenn er merkt, dass ich den ganzen Mozzarella längst aufgegessen habe.

Ich will nach einem Glas Tomatensoße greifen und finde keins. Ich finde noch eine Plastikdose mit Marinara-Soße von Benigno's und reichlich Ketchup, also sage ich mir: *Warum zum Teufel nicht*, und schütte alles in einen Topf. Ich stelle fest, dass in der Spaghetti-Box nur noch vier Nudeln sind, also muss ich aus anderen halb leeren Schachteln glutenfreie Fettuccine und braune Bioreis-Farfalle dazugeben. Ich bringe alles zum Kochen und wünschte, ich würde mit jemandem zusammenleben, der weniger ernährungsbewusst ist, wenn es um Kohlenhydrate geht.

»Was machst du da?«, kichert er.

»Farfaccine.«

»Das gibt's nicht.«

»Das ist mein absolutes Lieblingsessen. Ich spreche ständig darüber. Ist nicht mein Problem, wenn du mir nicht zuhörst.«

Er rollt mit den Augen und dreht sich um, um im Kühlschrank zu wühlen. Ich spanne meinen Körper fest an und warte. Dann: »Hast du den Mozzarella gesehen?«

»Nö.«

Sein Blick fällt auf den Mülleimer. Er lässt den Deckel aufspringen und sieht die zerknitterte Mozzarellaverpackung. Erwischt.

»Verdammter Leon«, sage ich. »Ich wette, er hat einen Ersatzschlüssel und hat sich letzte Nacht ins Haus geschlichen. Wir sollten die Schlösser austauschen.«

Nicholas schaut mich an und kippt dann seine Panade in meinen Kochtopf.

»Hey!«

»Es wird sowieso scheiße schmecken.«

»Das wird es nicht.«

»Deine Pasta ist verkocht. Und du hast vergessen umzurühren.«

»Mist.« Ich beeile mich, das Wasser abzugießen. Am Boden des Topfes kleben Klumpen. Glutenfrei an sich ist schon scheußlich. Und durchs Kochen wird es nicht besser. Während ich mich mit den Nudeln abrackere, fängt die Marinara-Ketchup-Mischung an, spritzend zu blubbern. Ich eile zurück an den Topf und rühre um, dann gebe ich ein paar Gewürze hinzu. Ich bin eine wahre Alex Guarnaschelli.

»Interessante Wahl.«

»Was?«

Nicholas tippt auf eine der Gewürzflaschen, die ich gerade benutzt habe. Zimt.

»Oh. Ja.« Ich mache einen ganz geraden Rücken. »Das ist die geheime Zutat.«

Nicholas sucht immer noch nach einem Mozzarellaersatz. Es ist sinnlos. Wir haben nichts. Er gibt auf und schaut resigniert auf meine Nudeln. »Farfaccine, was?«

»Ein traditionelles italienisches Gericht, das von Großmutter zu Großmutter weitergegeben wird.« Es riecht nach Abwasser.

»Vielleicht wäre es gut, wenn es cremiger wäre?«, sagt er hilfsbereit. »Sieht ein wenig trocken aus.«

Wir haben keine Milch mehr, also kippen wir Kaffeesahne hinein. Danach sieht die Soße zwar besser aus, der üble Geruch verstärkt sich allerdings. Nicholas wird übermütig und fügt eine Prise rosa Himalayasalz hinzu.

Unsere Mägen knurren. Wir kippen uns die Pampe auf unsere Teller und stupsen sie mit den Gabeln an, um sicherzugehen, dass sie nicht mehr lebt. Es sind so viele seltsame Texturen im Spiel. Unser spärliches Nahrungsangebot im Haus ist ein Spiegel der allgemeinen Unachtsamkeit in dieser Beziehung, und der einzige Ort in Morris, der Essen liefert, ist geschlossen. Ein Gedanke schmerzt mich: Benigno's liefert vielleicht sowieso nicht bis hierher. Ich glaube, sie fahren nur Kunden innerhalb der Stadtgrenzen an.

Morris ist scheiße. Nicholas hätte den Job in Madison annehmen sollen.

Wir zählen bis drei und beißen in die Nudeln. Ich möchte meine gleich wieder ausspucken, aber Nicholas kaut seinen Bissen mutig, also zwinge ich mich, es ihm gleichzutun.

Nicholas nimmt noch einen Bissen. »Das ist das Schlimmste, was ich je zwischen den Zähnen hatte.«

Nicholas hält Center-Shock-Süßigkeiten für Haute Cuisine, deshalb darf er kein Urteil über meine Farfaccine fällen. »Der Blumenkohl, über den du Büffelsoße gegossen hast und von dem du behauptet hast, es wäre Hühnchen«, sage ich, »das war das Schlimmste, was ich je zwischen den Zähnen hatte.«

»Beim nächsten Mal wird es eine Kariesbehandlung geben wegen all der Schokoriegel, die du isst. Du verstaust sie wie ein Streifenhörnchen in der Backe und lässt zu, dass sie deine Backenzähne langsam zerfressen. Du wirst vor deinem vierzigsten Lebensjahr ein Gebiss haben.«

»Du bist auch nicht besser, mein Freund. Du und deine Skittles.« Ich kann nicht glauben, dass wir tatsächlich weiteressen. Wir werden in der Notaufnahme landen. »Meine Zunge ist taub. Ist das normal?«

»Ich kann das Zeug in meinen Nebenhöhlen schmecken. *Schmecken.* Nicht riechen.«

Ich krame eine Dose Limonade hervor, und wir teilen sie uns. Die Geschmacksrichtungen passen furchtbar zusammen, also ist es genau richtig.

»Wir sollten den heutigen Tag im Kalender anstreichen und ihm ein Denkmal setzen, indem wir jedes Jahr dieses Zeug essen«, bemerkt er.

»Ich werde das Rezept aufschreiben. Zimt, Semmelbrösel mit Ei. Gott, haben wir wirklich Kaffeesahne benutzt?«

»Wir sind Künstler. Niemand versteht uns.« Er schlürft seine Soße, ein roter Ring bildet sich um seinen Mund.

Ich höre den Kies knirschen, und wir stecken unsere Köpfe ins Wohnzimmer, um durch das Fenster nach draußen zu blicken. Der Abschleppwagenfahrer ist da. Er muss

Schwierigkeiten gehabt haben, die Einfahrt zu finden, denn wir warten seit fast einer Stunde auf ihn. Ich muss nach oben rennen und mich verstecken, wenn ich mir weiter einreden will, dass das nie passiert ist.

»Bis später«, sage ich und verschwinde.

»Feigling!«, ruft er mir nach.

* * *

Als Nicholas am Montagmorgen in die Küche kommt, wärme ich gerade die Farfaccine in der Mikrowelle auf. Er wirft sich lachend gegen den Türrahmen und knöpft seine Manschetten zu. Er macht sich für die Arbeit fertig. Der Junk Yard öffnet heute nur von Mittag bis drei Uhr, und Brandy und ich sind die Einzigen, die für die Schicht eingeplant sind. Brandy hat mir heute Morgen in einer SMS geschrieben, dass Melissa gekündigt hat, und ich habe das Gefühl, wir sind die Kinder in *Charlie und die Schokoladenfabrik*, die nach und nach »gehen« müssen.

»Du isst eine Schüssel Lebensmittelvergiftung, Naomi.«

»Ich bin hungrig. Verurteile mich nicht.«

Er holt sich eine Schale aus dem Schrank, gibt einen gefrorenen Klumpen aus dem Eisschrank hinein und stellt sie in die Mikrowelle. Als die Mikrowelle piept, gebe ich noch drei Sekunden ein. Als sie wieder piept, mache ich es noch einmal. Nicholas steht da und lässt mich noch zwei Mal gewähren, bevor er mich mit der Hüfte wegschiebt.

»Wir müssen unbedingt einkaufen gehen«, informiere ich ihn. »Wir haben nichts für heute Abend.«

»Ich esse heute Abend wahrscheinlich bei Mom und

Dad.« Er bewundert sein Spiegelbild in der glänzenden Ofentür und glättet sein Haar. »Du musst nicht mitkommen.«

Diese Option ist ja ganz was Neues.

Ich versuche, nicht mürrisch zu wirken. »Okay.«

»Ich dachte, das ist es, was du willst.«

»Allein zu Abend zu essen? Hier ganz allein? Sicher, das ist der Traum.«

»Du *willst* nicht zu meinen Eltern gehen«, sagt er trocken.

»Nein, das will ich nicht. Aber ich denke, du könntest mal versuchen, drei Tage am Stück nicht hinzugehen.«

»Du weißt, wie meine Mutter sein kann. Besonders weil wir sie gestern Abend haben sitzen lassen. Ich möchte es allen recht machen, aber es funktioniert nicht. Eine Seite enttäusche ich immer. Bringe mich nicht in die Lage, in der ich mich entscheiden muss.«

Ich zwinge ihn nie, sich zu entscheiden, aber er tut es trotzdem immer wieder, und das wiederum zwingt mich, reizbar zu sein. Ich drücke den Mikrowellenknopf, um die Tür zu öffnen, dreißig Sekunden bevor sein Essen fertig ist, und gehe dann weg.

»Wirklich nett von dir.«

Ich husche in mein Schlafzimmer, damit ich mich nicht von ihm verabschieden muss, wenn er geht, und um darüber nachzudenken, was ich mit meinem Leben anfangen soll. Ich überprüfe mein Handy, ob potenzielle Arbeitgeber angerufen haben, aber ich habe keine Benachrichtigungen, weil mich niemand liebt und ich eine Versagerin bin. Ich habe nicht einmal Spam-Mails.

Ich scrolle fünf Minuten lang durch Instagram und muss dann das Handy ausschalten, weil das Leben aller anderen toll ist und meines ein schwarzes Loch. Ich habe null Jobangebote und einen Verlobten zu viel. Einen widerlichen Verlobten. Wie werde ich ihn los? Ich kann dieses Muttersöhnchen nicht heiraten.

Jedes Mal, wenn ich mir die Hochzeit vorstelle, kriege ich Pickel. Deborah wird mit uns in die Flitterwochen fahren wollen, und sie wird meine Antibabypillen durch Liebesperlen ersetzen. Wenn das Baby Nicholas Deborah junior kommt, werde ich eines Tages ins Haus gehen und all ihre Habseligkeiten im rechten Schlafzimmer finden. *Ich bin gekommen, um bei euch zu wohnen,* wird sie mit einem albtraumhaften Lächeln verkünden, das sich um den ganzen Kopf windet. *Für immer!*

Ich lege Plan D beiseite und nehme den abgelegten Faden von Plan A wieder auf. Ich kann das schaffen. Ich kann Nicholas davon überzeugen, Schluss zu machen, ohne seine Mutter einzubeziehen. Ich will sie nie wiedersehen. Ich denke darüber nach, wie ich heute Abend in diesem leeren Haus allein zu Abend essen werde, während Nicholas ein von *der Frau* gekochtes Drei-Gänge-Menü verschlingt und Deborah ihm den Kopf tätschelt und sagt, dass er etwas ganz Besonderes sei. Ich habe keinen Zweifel daran, dass sie ihn zu seinen Teenagerzeiten zu einem öffentlichen Mutter-Sohn-Tanz gezwungen hat.

Man kann sich nicht die eigenen Eltern oder Großeltern aussuchen, aber man *kann* die Eltern und Großeltern der eigenen Kinder aussuchen. Ich habe noch keine Kinder, aber wenn ich Deborah zu ihrer Großmutter mache, verhalte ich mich eindeutig unethisch. Es ist wichtig, dass meine Kinder nette, aufmerksame Verwandte auf der Seite ihres Vaters haben, denn von meiner Seite werden sie diese nicht bekommen. Meine Eltern sind so distanziert und zurückhaltend, wie Deborah erdrückend und allgegenwärtig ist, und sie haben kein großes Interesse an den neuesten Entwicklungen in meinem Leben gezeigt, abgesehen von der Frage: *Sollten Hochzeiten nicht im Frühjahr stattfinden?* Sie sind nicht einmal hergekommen, als Deborah und ihre vier engsten Freundinnen mich durch Brautboutiquen geschleppt haben, dabei sollte das Aussuchen des Brautkleids doch eine wichtige Mutter-Tochter-Erfahrung sein. Naiverweise hatte ich gehofft, eine enge Beziehung zu Nicholas' Familie aufzubauen, die mir dieses warme, unterstützende und geerdete Gefühl der Zugehörigkeit gibt, das mir so lange Zeit gefehlt hat. Ich habe so viel Liebe zu geben, die ich nirgendwo hinlenken kann.

Ich mag den Nicholas, der alles stehen und liegen lässt und losrennt, wenn ich am Straßenrand durchdrehe. Der mir seinen Mantel um die Schultern legt und mit mir eine Schüssel ekliges Essen isst. Aber dieser ganz andere Nicholas, der immer wieder auftaucht, den brauche ich nicht. Den Mann, der mich so oft links liegen lässt, um seine anspruchsvolle Mutter zu besänftigen.

Auf *diesen* Nicholas muss ich mich konzentrieren. Diese Züge darf ich nicht vergessen.

* * *

Es ist der 12. November, und ich muss es ihm lassen, Nicholas hat einen Zahn zugelegt. Ich habe inzwischen eine Datei erstellt, in der ich den Spielstand notiere. Manchmal ertappe ich mich dabei, dass ich unsere Situation zu objektiv betrachte. Von diesem Standpunkt aus gesehen, sind wir unreife Kinder, die gezwungen werden müssten, sich beieinander zu entschuldigen und sich die Hand zu geben. Aber es versteht sich von selbst, dass ich versuche, so unsachlich wie möglich zu bleiben.

Der Stand der letzten Woche sieht folgendermaßen aus:

Punkt für Naomi: Piratengeburtstag, LOL
Punkt für Nicholas: Instagram-Foto
Punkt für Naomi: Brownie
Punkt für Nicholas: Brownie
Punkt für Naomi: Zahnpasta
Punkt für Nicholas: Schuhe
Punkt für Naomi: Schuhe
Punkt für Nicholas: Unterwäsche

Genau genommen ist das alles Deborahs Schuld.

An dem Abend, an dem mich Nicholas allein gelassen hat, um Familienspaß mit den lieben alten Mr und Mrs Rose zu haben, ist er mit einem hässlichen Salz-und-Pfefferstreuer-Set zurückgekehrt. Ein Geschenk von Deborah. Porzellanbabys. Auf mittelalterlichen Porträts sehen Babys meist aus wie regelrechte Dämonen. Sie haben furchteinflößende, kleine, alte Männergesichter, und ihre Hälse sind auf ganz unnatürliche Weise verdreht. Deborahs Salz-und-Pfefferstreuer-Babys sehen genauso aus.

Mir ist ein Schauder über den Rücken gelaufen, als ich sie gesehen habe. Ich wollte ihr Geschenk in der hintersten Ecke in einem Schrank verstecken, aber Nicholas hat gesagt: »Das sind Familienerbstücke! Was, wenn Mom vorbeikommt und fragt, wo wir sie hingestellt haben? Wir müssen sie auf den Tisch stellen.« Und ich dachte nur: *Willst du mich verarschen? Diese Teile sind absolut abstoßend.*

Jedenfalls habe ich später ein Porzellanbaby unter Nicholas' Matratzenauflage gesteckt. Die Beule war gerade unauffällig genug, dass ich dachte, er würde sie *nicht* bemerken, sondern nur am Morgen feststellen, dass sein Rücken schmerzt. Hätte ich beide Streuer versteckt, hätte er gemerkt, dass etwas nicht stimmt, also habe ich das hässliche Pfefferbaby auf dem Küchentisch gelassen und einen Topflappen darüber geworfen.

Am nächsten Tag stand der Salzstreuer wieder auf dem Tisch, wo ich ihn eindeutig nicht haben wollte. Abends, als wir ins Meeresfrüchte-Restaurant Walk the Plank gingen, schmollte ich noch immer. Ich gab vor, auf die Toilette zu müssen, und sagte einem Kellner, dass Nicholas Geburtstag habe. Ich fragte ihn, ob das Personal für ihn singen könne, was sie auch taten. Ihm wurde ein Piraten-Dreispitz-Ehrenhut aufgesetzt, und er fühlte sich so gedemütigt, dass er beinahe umgekippt wäre. Er war live auf Facebook. (Es war *unglaublich*! Sie haben ihm ein Hummerlätzchen mit einem kleinen Plastikpapagei an der Schulter umgebunden, und als er die Kerze auf seinem Törtchen ausgeblasen hat, haben alle gerufen: *Wal in Sicht!* LMAO in alle Ewigkeit.)

Ich dachte: *Okay, jetzt sind wir quitt.* Aber dem war

nicht so! Ich bin durch eine Benachrichtigung auf Instagram aufgewacht. Er hatte ein Bild von mir gepostet, während ich auf dem Sofa schlief. Es ist brutal herangezoomt, sodass man jede meiner Poren sehen kann, und ich sehe nicht im Entferntesten niedlich aus. Aus meinem offenen Mund hängt ein langer Sabberfaden, der im Halbdunkel glitzert. Er hat das Foto in Schwarzweiß hochgeladen und mit drei Herzen markiert. *Was für ein Glückspilz ich doch bin! Ich darf dieses unglaubliche Meisterwerk jeden Tag bestaunen. #LivinTheLife #IchHeirateMeineBesteFreundin #TrueLovesKissFromARose*

Dieses Foto wurde öfter kommentiert als alles, was ich je gepostet habe, und wenn ich darüber nachdenke, entwickle ich den starken Wunsch, dabei zuzusehen, wie sein Blut in eine Bettpfanne tropft. Ich möchte, dass es zu Gelatine gerinnt, die ich über einen Zitronenkuchen gieße, den ich mithilfe von Utensilien essen werde, die aus dem Stein gefertigt sind, der sich an der Stelle seines Herzens befindet.

Mein nächster Schritt war nicht geplant. Ich war auf dem Heimweg von der Arbeit, als ich einen kleinen braunen Hund im Straßengraben entdeckt habe. Er leckte gerade eine Whopper-junior-Verpackung ab. Er trug kein Halsband, und es gab keine Häuser in der Nähe, also nahm ich an, dass er ein Streuner ist. Das würde jeder denken! Als ich ihn aufhob und ihn knuddelte und streichelte, ging mir Nicholas' Stimme durch den Kopf: *Komm nicht auf dumme Gedanken.*

Ich kam auf sehr viele Gedanken. Und meine Gedanken kamen wieder auf Gedanken.

Ich brachte den Hund mit nach Hause und bereitete ihm einen gefrorenen Hamburger-Fleischrohling zu, da wir kein Hundefutter hatten und er offenbar Burger mochte. Er schlief auf meinem Schoß ein. Dem Internet zufolge ist er wahrscheinlich eine Mischung aus einem Jack-Russell-Terrier und einem Beagle. Ich beschloss, ihn Whopper Junior zu taufen, und ich liebte ihn mehr als jedes menschliche Wesen, das ich je kennengelernt habe. Als Nicholas nach Hause kam, trug ich Whopper junior in einem Baby-Tragetuch, das ich aus einem seiner schönen Arbeitshemden gebastelt hatte. Er sagte: »Oh mein Gott, wo hast du den her?!«, und ich sagte: »Du bist ein Daddy! Er sieht genauso aus wie du«, und Whopper junior nieste auf das Nadelstreifen-Hemdtragetuch. Es war so süß.

Nicholas war es egal, wie niedlich Whopper junior war. Alles, was ihn interessierte, war, dass wir ihn kastrieren und impfen und chippen lassen mussten, und *Hundefutter ist nicht billig, nur damit du es weißt,* bla, bla, bla. Whopper junior pinkelte auf Nicholas' Sherlock-Holmes-Mantel (es war seine eigene Schuld, weil er ihn auf dem Boden liegen gelassen hat), und Nicholas drehte durch.

Leider stellte sich bald heraus, dass Whopper junior eigentlich Brownie heißt und aus einem Hinterhof entwischt war. Am nächsten Tag (nachdem der Hund und ich die ganze Nacht aneinandergeklebt hatten und ich über hundert Fotos von ihm gemacht hatte, mit Hut und Sonnenbrille und in Körben sitzend und so weiter) brachte Nicholas einen Zettel mit, den er von einem Telefonmast abgerissen hatte. Darauf sah man das bezaubernde Gesicht meines neuen Hundes. Es war umgeben von drei strahlenden Kindergesichtern. Nicholas brachte an meiner Stelle Brownie zu seinen Besitzern zurück, ich hätte es nicht geschafft. Als er wieder zum Auto kam, waren seine Augen gerötet. Er hatte sich bereits in den Hund verliebt.

»Wir sollten einen Hund aus einem Tierheim adoptieren«, sagte ich.

»Das ist jetzt nicht der richtige Zeitpunkt, um sich ein Haustier zuzulegen.«

Eine Sache, die total nervt, wenn man ein Paar ist: Dein Partner hat ein Vetorecht, und du kannst dich nicht einfach treiben lassen, wohin der Wind dich trägt. Du darfst keine Kinder oder Haustiere haben, solange ihr es nicht beide wollt. Du kannst dir mehr als alles andere auf der Welt einen Hund wünschen – wenn dein Partner Nein sagt, hast du eben Pech gehabt.

Damit wären wir beim kleinlicheren Part der Punktestandliste angelangt.

Ich habe unsere von Zahnärzten empfohlene Sensodyne-Zahnpasta durch Aktivkohle-Zahnpasta ersetzt, was mir eine unglaublich befriedigende Tirade von Nicholas eingebracht hat. Nicholas kam an diesem Tag zehn Minuten zu spät zur Arbeit, weil er mir einen Vortrag darüber halten musste, dass er nicht an Aktivkohle-Zahnpasta glaube. So drückt er es aus: *Daran glaube ich nicht.* Als wäre es der Osterhase. Als ich anfing zu lachen, wurde er noch wütender. *Zahnhygiene ist kein Witz, Naomi!!*

Um sich zu rächen, versteckte er alle meine Schuhe, was zur Folge hatte, dass ich in Hauspantoffeln mit Brandy brunchen gehen musste. Um es ihm heimzuzahlen, band ich die Schnürsenkel der Schuhe, die er jeden Tag in der Arbeit trägt, zu einer engen Schleife zusammen, dann tupfte ich in die Mitte jeder Schleife Sekundenkleber. Ihm dabei zuzusehen, wie er versucht, seine Schnürsenkel aufzubinden, und wie er immer wütender wird, rangiert nun in den Top Fünf der Highlights in Naomi Westfields Leben. Ich bereue es nicht, auch wenn er deswegen meine ganze Unterwäsche an die Schlafzimmerdecke getackert hat.

Der Junk Yard ist offiziell geschlossen, und ich bin damit offiziell arbeitslos, also gibt es für mich morgens keinen anderen Grund aufzustehen, als Nicholas zu ärgern. Meine Aufmerksamkeit ist zu hundert Prozent darauf fokussiert. Ehrlich gesagt, wenn ich nicht die Aussicht hätte, ihn zu ärgern, würde ich jetzt wahrscheinlich in eine tiefe Depression fallen.

Ich denke darüber nach, während ich die Hand meines schlafenden Verlobten in eine Schüssel mit warmem Wasser lege und auf Zehenspitzen aus seinem Schlafzimmer schleiche.

Zehn Minuten später höre ich einen fabelhaften Schrei. Ich lächle und rühre meine Cornflakes um. Das wird ein großartiger Tag! Ich überprüfe mein Handy zum fünfzigsten Mal innerhalb einer Stunde, in der Hoffnung, ich hätte einen verpassten Anruf oder eine Nachricht der Druckerei in Fairview, die eine Empfangsdame für vier Tage in der Woche und sechs Stunden am Tag sucht. Die Bezahlung ist ein Witz, aber wenigstens wird nicht erwartet, dass ich über fünfzehn Jahre Sekretariatserfahrung und einen Bachelor-Abschluss verfüge. Ich kann gar nicht mehr sagen, wie viele Stellenanzeigen für Berufseinsteiger ich in der Zeitung eingekreist habe und dann voller Hoffnung angerufen habe, um nach Details zu fragen. Nur um zu erfahren, dass ich für diese Stellen einen Doktortitel und ein halbes Jahrhundert Erfahrung in ihrem speziellen Bereich brauche.

Es reicht also, wenn ich sage, dass die Jobsuche nicht so gut läuft. Hin und wieder macht Nicholas einen Kommentar über die unzähligen Jobmöglichkeiten in Madison und darüber, wie anders unser Leben hätte aussehen können, wenn er diesen Job angenommen hätte, und das führt nur dazu, dass ich ihm das Gegenteil beweisen will. Ich *werde* hier Arbeit finden. Ich werde Erfüllung finden. Ich werde so verdammt erfüllt sein, dass es ihn krank machen wird.

Nicholas kommt mit einer leeren Schüssel in die Küche. Er sieht völlig durch den Wind aus.

»Stimmt was nicht?«, schnurre ich.

»Ich habe nicht ins Bett gepinkelt, falls es das war, was du dir erhofft hast. Aber ich habe die Schüssel im Schlaf runtergestoßen, und sie ist auf mein Handy gefallen.« Er zeigt mir das Display, das von Rissen übersät ist.

Oh, shit!

»Damit habe ich nichts zu tun«, sage ich schnell.

»Ich hatte alles auf meinem Handy! Alle meine Fotos, meine Kontakte. Wichtige Infos.«

»Hast du nicht irgendwo noch eine Sicherheitskopie gemacht? Du solltest …«, fange ich an, aber sein wütender Blick bringt mich zum Schweigen.

»Das geht zu weit, Naomi.«

»*Das* geht zu weit? Ich denke, ganz ehrlich, das Haustier anderer Leute mit nach Hause gebracht zu haben, war schlimmer als das hier.«

Nicholas donnert wie eine Steinlawine durchs Haus. Er läuft nach oben und holt einige saubere Kleider aus dem Wäschekorb, die ich noch nicht gefaltet und weggeräumt habe, weil ich extrem damit beschäftigt bin, mein Handy auf verpasste Anrufe von potenziellen Arbeitgebern zu überprüfen. Ich habe keine Zeit, Socken zu sortieren. Meine Karriere steht auf dem Spiel.

Es ist übrigens sehr schade, dass aus dem Trick mit dem warmen Wasser nichts Lustiges geworden ist. Ich wollte das schon als Kind unbedingt mal ausprobieren, und ich muss sagen, ich bin enttäuscht.

Nicholas stürzt in die Dusche, und ich und all die Geister, die hier leben, können die Hälfte eines Streitgesprächs mithören, das er zu gewinnen glaubt. Einige der Punkte, die er vorbringt, sind berechtigt, aber ich rufe trotzdem zurück. Als er wieder auftaucht, ist er noch wütender.

»Ich kann es nicht glauben«, raunzt er mich an und schüttelt den Kopf.

»Du bist wirklich sauer, obwohl du dir nicht in die Hose gemacht hast? Was ist schon dabei?«

Er winkt mir mit seinem zerbrochenen Handybildschirm zu. Ach ja, richtig. Das hatte ich schon wieder vergessen. Die Tatsache, dass ich es vergessen habe und in aller Ruhe meine Cornflakes löffle, ist mehr, als er verkraften kann. Nicholas streckt die Hand aus und zerfetzt die Verpackung wie eine gehässige Katze. Cornflakes regnen vom Tisch.

»Hey!« Ich stehe auf. In der Küche herrscht jetzt totales Chaos (nachdem ich sie erst vor vier Tagen gefegt habe), und in der Cornflakespackung ist nur noch Regenbogenstaub. »Was ist mit meinem morgigen ausgewogenen Frühstück?«

»Du verdienst morgen kein ausgewogenes Frühstück! Du kannst trockenes Toastbrot essen und darüber nachdenken, was du getan hast.« Seine Füße sind wie Betonblöcke, als er losmarschiert, um seine Brieftasche und die Schlüssel zu holen.

Ich bin immer noch überrascht und leicht erstarrt. »Aber meine Nährstoffe!«

»Glaubst du, das interessiert mich?«, schreit er von nebenan. »Du hast meine Hand in eine Schüssel mit warmem Wasser gelegt.«

Das ist aber wirklich nicht so schlimm, wie jemandem den Hund wegzunehmen. Ich habe eine *lebende Kreatur* gestohlen. Die zu einer *Familie* gehört. Ich habe mich nicht so aufgeregt, als ich meine Unterwäsche von der Decke reißen musste, obwohl jetzt alle meine Lieblingsteile Löcher haben. Nicholas ist ein Riesenbaby.

»Aber es hat nicht einmal funktioniert!«, schreie ich zurück. Das sagt er jedenfalls. Wenn ich sehe, wie er reagiert, bin ich mir dessen aber nicht so sicher. Ich wende mich dem Berg schmutziger Wäsche zu, der sich neben der Waschmaschine türmt. Die Tür des Trockners schwingt weit auf, und alles ist voller Fusseln. Ich erkenne den türkisfarbenen Fussel eines Pullovers, den er nur bei Mama-Anlässen trägt.

Verdammte Scheiße. »Reinige das Fusselsieb, oder ich

bringe dich wirklich um«, drohe ich. »Mit einer Axt. Dein Blut wird die Wände vollspritzen. Hier draußen kann man eine Leiche perfekt verschwinden lassen.«

»Oh mein Gott, bitte tu das«, antwortet er. »Töte mich und erlöse mich von meinem Elend.«

»Mein Zorn ist viel berechtigter als deiner. Du bist nur wegen deines Handys wütend, und dafür kann ich nichts. Ich sage dir schon seit Ewigkeiten, wie dämlich es ist, das Telefon nachts auf dem Boden neben dem Bett liegen zu lassen.«

Nicholas kommt in die Küche und stellt sich einen Meter von mir entfernt hin. Er sieht aus, als wolle er mich eine sehr lange Treppe hinunterstoßen, und ich bin sicher, dass ich ein dazu passendes Gesicht mache. Ich fühle mich lebendig und wach, das Adrenalin strömt durch meine Adern. Alles fällt so wunderbar auseinander, das hoffe ich jedenfalls.

»Mein Ladekabel ist kurz! Deshalb muss ich das Handy auf dem Boden liegen lassen. Es reicht nicht bis zum Nachttisch, weil mein Kabel nicht lang genug ist.«

Ich brauche keinen unreifen Witz zu reißen, denn mein Grinsen sagt alles.

Er wirft die Arme in dic Höhe. »Mann! Manchmal habe ich den Eindruck, ich bin mit einer Zehnjährigen verlobt.«

»Was sagt das über dich aus?«, sinniere ich.

»Hör auf, mich abzulenken. Ich bin spät dran. Schon wieder.« Er schaut mich an, als wäre es meine Schuld, dass er meine Unterwäsche an die Decke getackert und mich somit gezwungen hat zurückzuschlagen. »Hör auf, mich davon abzuhalten, pünktlich zur Arbeit zu kommen. Ich verstehe, dass du verbittert bist, weil ich einen Job habe und du nicht mehr. Aber lass deine Aggressionen anders raus.«

Ich sorge dafür, dass er sieht, wie mein Blick über seine Lunchbox schweift, während ich antworte: »Darauf kannst du wetten.«

Zähnefletschend wirft er sein Essen (das ich nicht angerührt habe, aber die Tatsache, dass er sich nicht sicher sein kann, ergibt einen Punkt für Naomi) in den Müll und zieht seinen Mantel an. Er hat sich nicht rasiert, und seine Haare sehen aus wie ein Vogelnest, da er vergessen hat, sie nach dem Duschen mit Gel zu stylen. Die größte Hoffnung in meinem Leben ist nun, dass er es nicht merkt und erst nach dem Mittagessen einen Blick in den Spiegel wirft. Die beiden neugierigen Empfangsdamen von Rise and Smile, Nicole und Ashley, werden sich zuflüstern, dass es *Ärger im Paradies* gibt.

LOL.

Er schüttelt den Kopf und knöpft seinen Mantel zu. »Du bist…« Worte reichen nicht aus, um seine Gefühle auszudrücken, also knurrt er einfach nur noch. Er ist so wütend, dass er immer wieder Knöpfe überspringt, seine Haut brennt von den Haarwurzeln bis hinunter zum Kragen.

»Ich bin was?«

»Unglaublich selbstsüchtig.« Er geht rückwärts ins Wohnzimmer. Er hat immer noch nicht bemerkt, dass er vergessen hat, seine Haare zu machen, und seine Frisur, an der Luft getrocknet, wird aussehen wie in einem Musikvideo aus den Achtzigerjahren. Die kalte, trockene Luft wird nichts Gutes dazu beitragen. Ich blicke heimlich nach draußen. Es ist sehr windig. Jemand da oben liebt mich.

»Selbstsüchtig?«, wiederhole ich mit ganz hoher Stimme. Das ist eine absolute Unverschämtheit! »Hast du eine Ahnung, wie viele Livestrong-Armbänder ich schon hatte?! Ah, und ich habe aufgehört, Bienen zu töten! Was hast *du* jemals getan?«

Ich folge ihm bis zur Tür. Er knallt sie zu, aber ich öffne sie wieder und sende meine giftige Strahlung auf ihn aus, während er die arme Einfahrt in Angst und Schrecken versetzt. Noch nie wurde so hart auf die Blätter gestampft. Zu spät bemerkt er, dass sich unter einigen Blättern Pfützen verstecken, und er stößt eine Reihe von Flüchen aus, als er seinen durchweichten Hosensaum inspiziert.

»Hättest du deinen gesunden Menschenverstand eingesetzt, hättest du nicht ins Bett gemacht, oder?«

»Hätte ich meinen gesunden Menschenverstand eingesetzt«, ruft er und steigt ins Auto, »hätte ich dir nie einen Antrag gemacht!«

Die Bemerkung ist ein Volltreffer für meinen Stolz. Sie ist schärfer, als sie sich zunächst anhört, und überrascht mich, indem sie mitten ins Ziel trifft und ein paar Zentimeter tiefer eindringt. Ich verschränke meine Arme. »Oh, halt die Klappe. Jeder würde sich glücklich schätzen, mich zu haben. Ich bin ein Lottogewinn.«

»Du bist die Trophäe, die sie dem größten Loser aushändigen.«

Er merkt, dass er sich mit dieser Bemerkung selbst getroffen hat, und schlägt seinen Kopf gegen das Lenkrad.

»Viel Glück!«, schreie ich und versuche den Motor zu übertönen. »Schönen Tag, mein Schatz! Versuche die Blicke der anderen zu ignorieren, die auf deinen Pickel am Kinn starren.«

Durch die Windschutzscheibe tötet er mich mit seinem Blick. Seine ganze Seele wird in seinen Augen sichtbar, sie haben die Farbe des Hasses angenommen. Sie wünschen sich verzweifelt telekinetische Kräfte, damit sie mich erst in den Himmel und dann in ein anderes Universum schießen können. Ich hoffe, es ist ein Paralleluniversum mit parallelen Nicholas' und Naomis. Ich will ihn doppelt quälen.

Ich bin so sehr damit beschäftigt, davon zu träumen, wie ich mich mit meinem Paralleluniversums-Ich zu bösen Zwecken zusammenschließe, dass ich zunächst nicht bemerke, dass das Auto auf meinen schief aus der Erde ragenden Baum zuhält. Mein Charlie-Brown-Baum. Jason.

Er pflügt vorwärts über Jason und fährt wieder zurück. Schwächliche Äste knacken und knirschen. Es sind minus fünf Grad, und ich stehe in einem Tanktop und einem Paar alter Boxershorts von Nicholas, die ich vor langer Zeit konfisziert habe, vor dem Haus. Die Wimperntusche von gestern ist in meinen Wimpern verklumpt, auf meiner Wange sieht man den Abdruck meiner Armbanduhr. Ich atme die Hälfte des Sauerstoffs von Morris ein und brülle: »Nicholas Rose, du verdammter kleiner Scheißer!«

Er hebt eine Augenbraue. Dann, um meine Nerven zu testen, gibt er Standgas. Ich versuche, ihm mit meinem Blick genau zu vermitteln, wie tot er sein wird, wenn er noch einmal über Jason fährt. Armer Jason. Er steht so kläglich da, ein weiterer Schlag würde definitiv sein Ende bedeuten.

Nicholas lächelt. Dann stürzt sein Jeep nach vorne und zieht Jason an den Wurzeln hoch.

Nicholas und ich sind eine Parabel für unterdrückte Frustrationen. Wir haben unseren eigenen Gefühlen stumme Gewalt angetan, indem wir sie mit nur einem Teelöffel Sauerstoff auf winzige Räume beschränkt und sie zu einer hässlichen, mit der Liebe unvereinbaren Chemie vergoren haben. Wir spürten, wie das Glas durch den zunehmenden Druck anfing zu zittern, aber wir haben weiter gelächelt und gelitten.

Ich schaue auf sein selbstgefälliges, dumm grinsendes Gesicht und *BOOM*. Die Flasche brennt und setzt Wortschrapnelle in Form von geschrienem Unsinn frei.

»Was war das?« Er hält eine Hand hinters Ohr. »War das … *das, was du bekommst,* weil du mein Eigentum zerstört hast?«

»Ich habe dein Handy nicht absichtlich kaputt gemacht! Du weißt, wie sehr ich diesen Scheißbaum liebe.«

Er lässt den Kopf in den Nacken fallen und lacht, stärker, als er je über etwas gelacht hat: scharf und plötzlich und gespickt mit dem notwendigen Luftschnappen. Ich glaube, ich sehe eine Träne über sein rotes Gesicht laufen. Ich möchte einen Stein auf ihn werfen, aber ich kann mich nicht bewegen, ich bin so fasziniert von diesem seltsamen und unglaublichen neuen Lachen. Die Motorhaube des Jeeps glänzt in der Sonne, der Diamant an meiner linken Hand strahlt und blendet mich. Ich hasse diesen verdammten Ring. Er ist ein Symbol für Besitz, Liebe und

Ewigkeit, er soll der Welt verkünden, dass ich übernommen worden bin. Der Mann, der ihn mir geschenkt hat, lacht immer noch, ich sehe es im Seitenspiegel, während er sich aus meinem Blickfeld, aus unserem gesetzlosen Gebiet zurück in die reale Welt windet, von der wir so weit entfernt sind.

* Kapitel 11 *

Nicholas lacht nicht mehr, als er nach der Arbeit durch die Tür stürmt. Ich liege auf dem Sofa, habe ungleiche Socken an und einen Kirschlolli im Mund und schalte mich mit glasigen Augen durch die Fernsehprogramme. Er ist geladen und bereit für weitere Vergeltungsschläge, während ich kurz vor dem Einschlafen bin. Ich habe eine halbe Sekunde, um das Level zu erreichen, das er gewählt hat, wenn ich in diesem neuen Kampf einigermaßen bestehen will.

Ausgezeichnet. Es wurde langsam ein wenig langweilig hier.

Er nähert sich und stellt sich mit funkelnden Augen zwischen meine Füße. Seine Haare sollten schrecklich aussehen, aber es regnet draußen, also sind sie leider ziemlich sexy, sie hängen ihm in feuchten, schimmernden Wellen über die Stirn. Ich schließe meine Augen und beiße fest auf den Lolli. »Was gibt's?«, lalle ich.

»Gib mir dein Handy.«

Ich mache einen Ton wie *Pah!*: »Was? Nein.«

»Du hast meins kaputt gemacht, also ist es nur fair, dass ich deins bekomme.«

»Ich habe dein Handy nicht kaputt gemacht. Ich habe keine Ahnung, wie eine Schüssel drauffallen konnte. Vielleicht solltest du aufhören, Schüsseln in dein Bett zu stellen.«

Er tastet meine Hosentaschen ab, was mich zum Kichern bringt. »Wo ist es?«

Ich stoße ihn weg, aber er fängt einfach an, die Sofakissen hochzuheben. Ich habe mir ein nettes kleines Nest aus Erdnussbutter-Schokoladenbonbons, Decken, Kit-Kat-Verpackungen, dem Pappteller meines Fertiggerichts vom Mittag und zwei von Nicholas' Uhren gebaut. Ich habe die Armbänder enger gemacht, aber ich habe vergessen, sie wieder in sein Zimmer zu bringen.

»Den ganzen Tag über hat das Scheißtelefon geklingelt«, schreit er, »aber ich kann keine Anrufe annehmen. Meine Mutter kann mich nicht mehr auf meinem Handy erreichen, und wo ruft sie dann an?«

»Warte, lass mich raten.«

Er lässt mich nicht raten. Wie unhöflich. »Im Büro! Und zwar nicht unter meiner persönlichen Durchwahl, da ich mein Telefon auf den Anrufbeantworter umgeleitet habe. Sie hat pausenlos am Empfang angerufen, wegen jedes verdammten Gedankens, der ihr in den Kopf geschossen ist. War gar nicht so schlecht, als ich ein funktionierendes Handy hatte! Sie konnte auf die Mailbox sprechen, und ich konnte ihr meine Antworten per SMS schicken. Ganz einfach. Aber nun kommt Ashley alle fünf Minuten gerannt, um mich zu unterbrechen, weinend, weil sie weiß, dass sie mich nicht wegen so unwichtiger Sachen stören soll, aber meine Mutter lässt ihr keine Wahl. *Dr. Rose, Ihre Mutter möchte, dass ich ihr eine PDF-Datei Ihres Kalenders schicke, damit sie eintragen kann, wann Sie am Samstag mit ihr einkaufen gehen. – Dr. Rose, Ihre Mutter ist wieder in der Leitung. Sie möchte, dass Sie nach der Arbeit vorbeikommen und Ihrem Vater sagen, dass er wegen einer Zyste am Rücken zum Arzt gehen muss. – Dr. Rose, Ihre Mutter möchte wissen, ob Sie in Ihrer Mittagspause Zeit haben werden, diese Walnüsse zu besorgen, die Sie 2011 zu ihrer Weihnachtsfeier mitgebracht haben. Ihre Freundin Joyce braucht sie so schnell wie möglich.*

»Klingt nach einem anstrengenden Tag für Dr. Rose«, kichere ich.

»Ich habe mich vor allen Leuten blamiert! Ich könnte deswegen Patienten verlieren.«

»Und trotzdem schreist du mich an anstatt, sagen wir, die Person, die den ganzen Tag in deinem Büro anruft?« Ich stecke mir ein Bonbon in den Mund und schaue ihn an nach dem Motto *Ja, das macht ja wohl viel mehr Sinn.*

»Ich erwarte, dass du mehr Größe zeigst! Du weißt, dass Mom das nicht versteht. Ich habe versucht, ihr zu sagen, dass sie nur im Notfall am Empfang anrufen kann, aber für sie ist immer alles ein Notfall.«

Er knurrt und rauft sich die Haare. Er trägt heute seinen marineblauen Blazer, und wow, die Wirkung ist nicht schlecht. Seine Augen sind dämonisch-schwarz, und mir missfällt diese *Der ganze Tag war scheiße*-Sache nicht. Nicholas hat einen markanten Kiefer, und wenn er leicht im Dunklen steht wie jetzt, sieht er mit dem schiefergrauen Gestell seiner Brille aus wie ein gequälter Professor für englische Literatur, der gerade am Tiefpunkt angekommen ist.

Mir wird gerade bewusst, dass der *gequälte englische Lite-*

raturprofessor, der gerade am Tiefpunkt angekommen ist, genau mein Typ ist. Er bemerkt nicht einmal, dass ich ihn abchecke, weil er inmitten eines Meeres von Bonbonpapier und Verpackungen weiter nach meinem Handy sucht.

Dieses für eine derartige Erleuchtung unpassende Timing ist typisch Naomi Westfield. Wenn Nicholas wüsste, was ich jetzt gerade denke, wäre er so enttäuscht von mir, dass er wahrscheinlich in ein Flugzeug steigen und das Land verlassen würde.

»Dein erster Fehler war es, von mir zu erwarten, dass ich mehr Größe zeige«, antworte ich. »Deborah geht dir vierundzwanzig Stunden am Tag, jeden Tag des Jahres auf die Nerven, und du überhäufst sie mit Aufmerksamkeit. Ihr Verhalten hat also Erfolg! Weißt du, welches Verhalten keinen Erfolg hat? Die ganze Zeit verständnisvoll zu sein und zu sagen: *Wie auch immer du es für richtig hältst, Babe. Nimm keine Rücksicht auf mich! Vergiss, dass ich überhaupt existiere.* Wenn ich immer diejenige bin, die Größe zeigt, kannst du meine Gefühle jedes Mal an zweiter Stelle setzen. Ich muss *verständnisvoll* sein. Ich muss *geduldig* sein und meinen Mund halten, während du sie verwöhnst. Also werde ich meine Taktik ändern, denn so weiterzumachen wie bisher und abzuwarten, dass sich etwas ändert, wäre dumm. Debbies Spiel geht prima auf. Die weinerliche Nervensäge zu geben, funktioniert. Vielleicht sollte ich auch damit anfangen, am Empfang anzurufen.«

Hach, wie gut ich die Sache gedreht habe. Das war eine meiner besten Improvisationen! Ich glaube, die frische Waldluft und die zahlreichen Stunden, in denen ich seinen Niedergang geplant habe, haben meine Fähigkeit, böse zu sein, gestärkt. Ich fühle mich göttlich. So ein Leben in der Wildnis macht schon etwas mit einem.

Er öffnet den Mund, um etwas zu erwidern, aber er wird durch ein leises Piepsen unterbrochen. Ich habe gerade eine Nachricht aufs Handy erhalten. Wir schauen beide zum Kaminsims, wo es ans Ladegerät angeschlossen liegt, und stürzen uns in die Richtung.

Ich bin in Decken eingewickelt, und die zwei Sekunden, die ich zum Entwickeln brauche, sind entscheidend. Bis ich frei bin, ist er am Kamin, und seine Hand umschließt den dunklen Bildschirm. Ein kleines grünes Licht blinkt. Eine E-Mail? Eine SMS? Es könnte die Druckerei sein, die sich auf meine Bewerbung meldet, und mir wird ganz übel, wenn ich an meine bisherige Erfolgsbilanz denke. Ich stehe bei hundert Prozent Nein und null Prozent Ja. *Sie sind vielversprechend, aber Sie sind einfach nicht das, was wir im Moment suchen. Sie sind gut, aber nicht gut genug.*

Wenn man einen Millimeter davon entfernt ist, sein Ziel zu erreichen, ist Scheitern noch viel schlimmer. Ich würde lieber hören: *Sie waren nicht einmal nah dran. Wir haben Sie keine Sekunde lang in Betracht gezogen.* Die Angst setzt ein, und ich verliere mich, meine Gedanken springen in alle Richtungen. Ich habe das Gefühl zu ersticken, und mein Körper brennt heiß, eine körperliche Reaktion, die ich vor Nicholas verbergen muss. Es ist ein Nein. Es wird immer ein Nein sein.

Die Chancen sind nicht eins zu zehn oder fünfzig zu fünfzig, sie stehen in keinem Verhältnis, an das ich mich optimistisch klammern kann. Die Chancen stehen so: Ich habe ganz sicher gerade von jemandem eine Absage bekommen. Nicholas darf diese E-Mail nicht sehen. Ich kann nicht zulassen, dass er meine Misserfolge zählt und die Zahl laut aufsagt. Er versteht nicht, wie es ist, wenn man nicht das bekommt, was man will. Er ist einer dieser Menschen, die glauben, dass man alles haben kann, wenn man hart genug arbeitet.

Für ihn bin ich ein gedankenloser Faulpelz, der nicht genug Ehrgeiz hat, um loszulegen, und wenn ich doch einmal ehrgeizig bin, dann lasse ich mich unterkriegen, um den unvermeidlichen Enttäuschungen auszuweichen. *Unter seinem Niveau zurückbleiben.* Das ist eine Todsünde für eine Rose und die Wurzel all meiner Probleme. Ich bin sicher, dass sie sich das hinter meinem Rücken zuflüstern.

Was er nicht weiß, ist, dass ich es versuche und dann mein Scheitern verberge. Das ist einer der Gründe, warum ich ihn nicht vollends hassen kann, wenn er sich darüber auslässt, dass ich nicht aufs College gegangen bin: Er weiß nicht, dass ich es versucht habe. Er war nicht da, als ich die Ablehnungsschreiben vernichtet habe. Sie waren ein Beweis dafür, dass meine Eltern recht gehabt hatten und ich mehr dafür hätte lernen sollen.

Das war, bevor ich mir ein dickeres Fell zugelegt und meine Einstellung mit dem einzigen Bewältigungsmechanismus geändert habe, der mir zur Verfügung stand: Ablehnung. Wer will überhaupt einen College-Abschluss? Ich jedenfalls nicht. Ich bin froh, dass ich nicht hingegangen bin. Schaut euch nur all diese Trottel mit ihren Studienkrediten an, sie sind bis zum Hals verschuldet und niemand will sie einstellen.

»Gib es mir!« Ich schreie und trete ihm in die Kniekehlen.

Er hält das Handy außerhalb meiner Reichweite. Ich hasse es, wenn er das tut und ausnutzt, dass er größer ist als ich. »Ich leihe es mir aus, bis ich ein neues habe. Das ist nur fair.«

»Gib es zurück!« Ich springe auf und greife ohne Erfolg danach. »Das gehört mir!«

Er spitzt den Mund, seine Augen sind misstrauisch, er prüft kritisch mein gerötetes Gesicht und die hohe Stimme. »Warum hast du solche Angst, mir dein Handy zu zeigen?«

»Ich habe keine Angst.« Er hört, dass ich lüge, da bin ich mir sicher. »Gib es mir zurück.« Ich springe verzweifelt an ihm hoch, aber es hat keinen Sinn. Er ist zu groß, und ich bin in einer Art Benjamin-Button-Teufelskreis gefangen – ich habe das Gefühl, dass ich mit jedem Sprung kleiner werde. »Ich meine es ernst, Nicholas. Es tut mir leid, dass dein Bildschirm zerbrochen ist. Ich besorge dir ein neues Handy. Es tut mir leid, okay? Gib es mir einfach zurück.«

Sein Blick wird geradezu tödlich. Aus dieser Nähe sehe ich mein eigenes, verängstigtes Gesicht in seinen Pupillen, zwei schwarze Spiegel. Ich sehe, was er sieht, und ich weiß, wie das aussieht.

»Hast du gerade eine Nachricht von jemandem erhalten?« Seine Stimme klingt so scharf, man könnte sich daran aufschlitzen.

»Nein. Warum sagst du das? Gib mir mein Handy.« Ich strecke erwartungsvoll meine Hand aus und lege so viel Autorität wie möglich in die Aufforderung. »Jetzt.«

Seine Nasenlöcher weiten sich. »*Er* ist es, nicht wahr?«

»Wer? Wovon redest du?« Ich schüttle den Kopf und sage bestimmt: »Her damit! Ich meine es ernst. Das ist mein persönliches Eigentum, und es ist illegal, es mir vorzuenthalten.«

Nicholas' Blick gleitet zu meinem Handy, und sein Daumen bewegt sich, als ob er auf den Bildschirm tippen und die Nachricht anklicken wollte. Ich flippe viel mehr aus als nötig, und als Nächstes springe ich auf seinen Rücken. Meine Arme liegen um seinen Hals, was mich näher an mein Ziel bringt, aber er windet sich, um mich loszuwerden. »Gib's mir!«, schreie ich. »Das ist meins!« Ich verliere jedes Gefühl dafür, welche Wörter aus meinem Mund kommen und welche in meinem verzweifelten Gehirn explodieren. »Tu, was ich sage, sonst …!«

Nicholas lehnt sich mit dem Rücken gegen eine Wand und drückt mich ziemlich unsanft dagegen. Ich reiße an seinen Haaren, er dreht sich und fällt rückwärts auf das Sofa. Diese Bewegung hätte er nicht machen sollen, denn ich schließe meine Arme und Beine in einem eisernen Griff um ihn, und er ist jetzt eine Schildkröte, die auf dem Rücken liegt. Ich wende eine Ladung kostbarer Energie auf, indem ich ihn vom Sofa mit dem Gesicht nach unten auf den Boden werfe und meinen Moment des Triumphs genieße, bevor er sich wehrt.

»Runter von mir!« Er rollt uns hin und her, aber ich bin rauflustig und habe den ganzen Tag über Energie mit Süßigkeiten und *Real Housewives* aufgeladen. Er ist erschöpft. Seine Mutter hat fünfzigmal in der Praxis angerufen. Ich bin ihm gegenüber im Vorteil.

Ich sitze jetzt rittlings auf ihm und habe meine Hände an seiner Kehle. »Gib mir mein Handy!«

Er wirft es quer durch den Raum auf den Sessel. Ich überlege, ob ich hinterherstürzen soll, aber nachdem er mich gegen die Wand gequetscht hat, tut mir mein Ellbogen weh, also ziehe ich ihm wie ein Rüpel aus der fünften Klasse das Hemd über den Kopf und kneife ihm in die Brustwarzen. Nicholas schreit.

Mit einem dunklen Blick kämpft er unter dem Hemd und schlägt sich seine eigene Brille schief, bis ich es wieder runterziehe. »Bleib still!« Ich habe das Kommando. »Ich verdiene es, diese Runde zu gewinnen.«

»Du verdienst Bandwürmer.« Sein Gesicht ist rot, und er hat mehr zu kämpfen, als er zugeben möchte. Ich bin ganz berauscht von meiner Macht, dass ich eine ernst zu nehmende Gegnerin für ihn bin.

»Du hast mich absichtlich gegen die Wand gestoßen.«

»Das habe ich nicht, du kleiner Kobold.« Ich hüpfe auf ihm auf und ab, was ihn zusammenzucken lässt. »Du bist eigentlich kein Kobold. Du bist ein Wechselbalg. Du hast dich in dem Körper der netten Frau, die ich mal kennengelernt habe, eingenistet.«

»Ihr Name war Naomi, nicht wahr?«, sage ich und neige den Kopf. »Schade um sie.«

»Ja. Schade um uns beide.«

»Du wirst sie nie wiedersehen.« Ich bewege mich auf seinem sich windenden Schoß hin und her, bis ich plötzlich überrascht feststelle, dass er einen Steifen hat.

Ich stoße ganz viel Luft aus und breche in Lachen aus. »Oh mein Gott, *warum*?«

Seine Wangen glühen. »Dein Oberteil ist kurz, und du springst auf mir rum. Was erwartest du?«

Ich erwarte, dass er in seinem Vorhaben, mich zu töten, zielstrebig ist. Ich bin erstaunt über die Fähigkeit von Männern, gleichzeitig über Rache und Peniskontakt nachzudenken. Was ich als einen wilden WrestleMania-Showdown betrachtet habe, war für Nicholas eher ein Vorspiel. Ich hätte es wissen müssen. Männer sind Abschaum.

Je mehr ich lache, desto mehr reibe ich mich ungewollt an ihm, was ihn noch mehr anmacht. Er ist unglaublich erregt und absolut wütend darüber. In diesem Moment habe ich mehr Kontrolle über seinen Körper als er selbst. Der köstliche Machtrausch steigt mir zu Kopf.

Seine Hände schießen vor und packen mich an den Rippen. Ich habe etwa eine Sekunde Zeit, um mich zu fragen, ob er mich küssen oder töten wird, als er einen Joker zieht und anfängt, mich zu kitzeln. Meine Hände liegen immer noch um seinen Hals, aber wenn er alle meine Schwachstellen kitzelt, ist es, als würde er bei Pokémon den Fluchtknopf drücken. Ich kippe auf die Seite und fuchtele unkontrolliert mit den Händen und Beinen.

»Ahh, stopp!«, keuche ich. »Ich bin kitzlig!«

»Ach, wirklich? Das wusste ich gar nicht.« Er rächt sich an mir, weil ich ihn erregt und peinlich berührt habe.

Ich trete ihm gegen das Schienbein und winde mich weg, um mein Handy zu retten. Er packt meinen Knöchel und zieht mich zurück. Diese sanfte Bewegung, bei der ich gegen meinen Willen über den Boden gleite, ist wie eine Fahrt im Vergnügungspark, und anstatt mich zu irritieren, bringt sie mich nur zum Lachen.

Das Lachen vergeht mir, als Nicholas mich festnagelt. Sein Atem fächelt über meine Lippen. Er hält ganz still, schaut mich nur an, so nah, wie er seit Ewigkeiten nicht mehr bei mir war. Mein Körper erinnert sich an ihn und zittert.

Seine Augen sind so schwarz, ich glaube, ich kann die Hölle in ihnen sehen. Sein Blick hat die Macht, Seelen zu Diamanten und Diamanten zu Staub zu verdichten, aber ich weiß, dass er wie Zuckerwatte schmecken würde, wenn ich über seine Zunge lecken würde. Er ist der Poster Boy für Maissirup mit hohem Fruchtzuckergehalt, und ich möchte in ihn hineinbeißen. Ihm die glänzende Verpackung abziehen. Zählen, wie viele meiner Zahnabdrücke ich darunter finde.

Die Luft ist dünn wie weit oben in den Bergen. »Du bist ein Dämon«, sage ich.

»Und du bist ein böser Geist«, keucht er. Ich brauche hier die Oberhand, aber ich bin kleiner als Nicholas. Ich benutze eine der wenigen Waffen, die mir zur Verfügung stehen: Überraschung.

Ich greife zwischen seine Beine und drücke fest, aber nicht unangenehm zu. Seine Augen weiten sich, und diese Pupillenerweiterung ist faszinierend. In der Zeit, die er braucht, um zu blinzeln, tanzt eine Galaxie von Farben über seine Iris: Jade und Braun und Nuancen von Blau, vom Sommerregen bis zum mitternächtlichen Mondlicht, das sich auf den Wellen des Ozeans spiegelt.

Ich habe ihn auf den Rücken gedreht, bevor er registrieren konnte, was passiert ist. »Das ist dein Untergang, genau hier«, sage ich spöttisch. Ich umklammere ihn mit meinen Oberschenkeln, und er beißt sich auf die Unterlippe. »Du solltest sauer sein, nicht geil.«

»Ich kann beides sein. Du bist nicht mein Boss.«

»Ich könnte mich daran gewöhnen, Nicholas«, sage ich und spiele mit ihm. »Du bist tatsächlich anwesend.« Im Gegensatz zu den letzten Malen, als wir miteinander geschlafen haben und er mich kaum angesehen hat. Er hasst es, wie erregt er im Moment ist, und er weiß nicht, welchen Emotionen er nachgeben soll. Für den logischen, praktischen Nicholas, der in jeder Situation einen kühlen Kopf bewahren muss, ist diese Lust erschreckend.

»Ich bin immer anwesend«, fährt er mich an. »Du bist diejenige, die nie anwesend ist.«

Ich ignoriere ihn und streichle über seine Wange. Eine bebende Anspannung liegt in der Luft.

»Du fühlst dich lebendig an«, sage ich. Ich lege meine Handfläche auf sein klopfendes Herz. »Ja, sehr lebendig, wie ein echter Mensch. Ich habe ganz vergessen, wie das ist, weil du mich ja nie berührst. Hast du vergessen, wie das geht?«

Er legt mir eine Hand in den Nacken, um mich daran zu erinnern, dass er die Position jederzeit ändern kann, wenn er es will.

»Sag mir, dass es dir leidtut, und ich zeig es dir.«

»Was soll mir leidtun?«

»Deine Hälfte.« Seine Brust hebt und senkt sich. Ich erkenne alle Zeichen, aber es ist, als ob sie aus einem anderen Leben stammen, sie haben so lange geschlummert. Ich frage mich immer wieder: *Wann habe ich diesen Nicholas zuletzt gesehen?,* denn ich vergesse ständig, dass dieser Nicholas neu für mich ist. Er ist Neuland. Ich möchte die Teile erforschen, die eine Überraschung sind, und ihn für die wiedergeborenen Teile bestrafen, die er aus seinem alten Leben mit der alten Naomi mitbringen will. Sie gehören nicht hierher.

»Meine Hälfte«, wiederhole ich und setze mich gerader auf. Ich spüre ihn unter mir, und es ist schon *so* lange her. Alles, was wir in den letzten Monaten getan haben, zählt nicht. Als wir das letzte Mal Sex hatten, war der Raum zwischen uns tote Luft, es gab keinerlei Emotionen – keine Liebe, keine Anziehung, keine Spannung. Jetzt sind zwei von diesen drei Komponenten immerhin anwesend. Ich würde gern zerfließen, mich über ihm ergießen, aber ich wage zu sagen: »Meine Hälfte von was?«

»Von dem, was schiefgelaufen ist.«

Ich schlucke. Es fühlt sich an, als hätten mich Krallen am Hals gekratzt. »Wir hätten niemals damit anfangen sollen.«

Er hebt eine Augenbraue. »Ja?«

»Ja. Das Wechselbalg Naomi ist dieselbe Person wie die Naomi vom ersten Date. Ich wollte aber nicht, dass du diese Seite von mir siehst. Auf diese Weise haben wir uns so an die beste Version des anderen gewöhnt, sodass keiner von uns je dazu kam, sich zu entspannen und sein normales Ich zu zeigen. Wir haben uns versteckt.«

Er starrt mich an. Seine Gesichtsmuskeln sind ganz locker, aber der Körper ist angespannt. Als er endlich spricht, erwischt mich das, was er sagt, unvorbereitet. »Wer hat dir eine Nachricht geschickt?«

Bevor ich antworten kann, legt er sanft eine Hand über

meinen Mund. Seine Haut ist warm und riecht nach meiner Haarspülung. Es ist schon lange her, dass er mit seinen Fingern so lange durch mein Haar geglitten ist, dass der Geruch an ihm klebt. Es ist schon ein Leben lang her, dass wir einander gerochen oder geschmeckt haben. Dass wir hungrig aufeinander waren.

»Sag es mir, bitte.« Seine Stimme ist samtig und voller Überzeugungskraft. Er ist gefährlich. »Sei ehrlich und du kannst haben, was du willst.«

Er nimmt die Hand von meinem Mund. Ich schwanke. Er stellt mir sicher eine Falle. Entweder das oder ich bin paranoid, nachdem ich ihm selbst so viele Fallen gestellt habe. Ich sehe nur noch Fallen.

»Niemand hat mir eine SMS geschickt. Wer sollte das tun? Die Einzigen, die mir eine SMS schicken, sind du und Brandy, und Brandy ist mit der Einarbeitung in ihrem neuen Job beschäftigt.«

»Kann ich dann dein Handy sehen?«

Ich brause auf. »Nein. Das ist privat.«

»Auch vor mir? Ich würde dir meins zeigen.«

Das glaube ich überhaupt nicht. »Na und? Ich würde nicht fragen, ob ich es sehen darf. Dein Handy geht mich nichts an.«

»Aber *ich* gehe dich etwas an.« Er setzt sich auf und schiebt sein Gesicht näher an meins. Ich rutsche sofort von seinem Schoß runter und bringe ein gesundes Maß an Distanz zwischen uns. »Beziehungsweise sollte ich das.«

»Du vertraust mir nicht«, sage ich.

»Du vertraust mir auch nicht.«

Wir beobachten uns gegenseitig. Wir beobachten uns

lange. Ohne dass wir es gemerkt hätten, ist es draußen dunkel geworden. Durch das Wohnzimmerfenster kann ich einen Sternenhimmel sehen, der hier so viel heller ist als irgendwo sonst. Wir sind hier draußen in unserer eigenen Blase gefangen. Dieses Haus ist ein Ort außerhalb der Zeit. Es ist so leicht, sich umeinander zu drehen und den Überblick über Stunden, Tage und Wochen zu verlieren. Wie lange sind wir schon hier? Es müssen Jahre sein.

Ich erinnere mich kaum daran, wie ich diesem anderen Menschen so nahe gekommen bin. Ich glaube, ich erinnere mich an einen schwingenden Puls, an eine magnetische Anspannung. An Lachen. Hoffnung. Die Anfänge sind so funkelnd, so leicht. Man stellt sich den anderen Menschen vor, wie man ihn gerne hätte. Da man ihn nicht kennt, malt man Qualitäten, die einem gefallen, in die Wissenslücken. Man kann um die andere Person einen Traum stricken, der unmöglich wahr werden kann.

Wir haben uns bei einem Wohltätigkeits-Triathlon getroffen und sind ins Gespräch gekommen, weil er gestolpert war und ich versucht habe, ihm aufzuhelfen. Wir haben uns als ehrenamtliche Helfer in einem Obdachlosenheim kennengelernt. Wir haben uns in einer Bank getroffen, als wir Millionen von Dollar auf unsere jeweiligen Konten eingezahlt haben. Wir haben mit Jugendlichen aus Problemfamilien Schlüsselbänder geflochten.

Er hat recht, ich traue ihm nicht.

Er kniet am anderen Ende der Seilbrücke und hackt mit seinem Messer darauf herum. Sie wird reißen, bevor ich sicher hinübergehen kann. Seine Augen glänzen, als er sieht, wie ich in Panik gerate. Er kann es kaum erwarten, mich fallen zu sehen.

Nicholas steht auf und schaut durch das Fenster, und als er sieht, dass es draußen schon dunkel ist, ist auch er ganz überrascht. Ich glaube, er hat ebenfalls gemerkt, dass wir uns an einem Ort außerhalb der Zeit befinden. Er zwängt sich zurück in seinen Mantel.

»Gehst du raus?«, frage ich und weiche nicht von seiner Seite.

»Heute Abend gibt es eine Frostwarnung. Da es so stark geregnet hat, sollte ich noch Salz in Moms und Dads Einfahrt streuen.«

Die Augen nicht zu verdrehen, ist wie der Versuch, sich das Niesen zu verkneifen. Wie hätte ich diese besondere Angewohnheit des vorbildlichen Sohnes vergessen können? Jedes Mal, wenn es eine Glatteiswarnung gibt, fährt Nicholas zu seinen Eltern rüber und streut Salz in die Einfahrt. Wenn es schneit, schaufelt er ihre Einfahrt frei. Sie könnten leicht jemanden für diese Aufgabe anheuern, aber der liebe Nicky übernimmt das, weil er so ein guter Sohn ist und nach ihrem Lob giert, als wäre es Kokain.

»Wir sollten uns auch um unsere Einfahrt kümmern«, sage ich. Mit *wir* meine ich ihn. Es ist verdammt kalt da draußen, und ich habe es heute den ganzen Tag nicht geschafft, mich anzuziehen.

»Bei unserer Einfahrt wird es nicht so schlimm wie bei ihnen, weil sie nicht gepflastert ist.« Er zieht seine Handschuhe an, krümmt die Finger und bewundert die Qualität des Leders. »Ich habe Schneereifen und Allradantrieb.«

»Ich habe …« Mein Monsterauto blitzt vor meinem geistigen Auge auf. Ich habe Angst, es noch einmal zu versuchen, aber mein einziges anderes Transportmittel ist ein altes Fahrrad, das Leon zurückgelassen hat. »Was ist, wenn ich irgendwohin will?«

Er weiß, dass ich mir wünsche, dass er etwas Falsches sagt, oder dass ich vielleicht hoffe, dass er meine unmöglichen Tests besteht und etwas Richtiges sagt. *Schieß los und finde es heraus, Nicholas.* »Im Schuppen steht ein Sack mit Salz.«

Ich folge ihm bis zur Tür. Es fühlt sich an, als würde er immer genau dann gehen, wenn ich will, dass er bleibt. Wenn ich ihn hier brauche und er geht, ist es, als würde ich jedes Mal etwas verlieren. Immer wieder aufs Neue. Er nimmt mir etwas, wenn er geht. Und er geht immer. Er wird nie zu mir gehören. Er wird nie bei mir bleiben wollen. Ich werde nie genug sein. Selbst wenn wir nicht zusammen sind und ich unterwegs bin und etwas vorhabe, stört mich dieses starre Pflichtgefühl seinen Eltern gegenüber. Sie schnippen mit den Fingern, und er rennt los. Es ist leichter, wenn ich mich entscheide, dass ich ihn nicht um mich haben will, denn dann kann er mich wenigstens nicht enttäuschen.

»Nicholas«, sage ich, als er gerade von der Veranda ins Gras tritt. Jeder Grashalm ist ein Eisberg im Kleinformat, der unter seinen neuen Arbeitsstiefeln knirscht. Ich werde so ehrlich sein wie nie zuvor, und zwar laut. Und zwar jetzt.

»Ich liebe dich zu achtzehn Prozent.«

Es ist keine große Zahl, aber es war schon schlimmer.

Die Brille und die unordentlichen Haare stehen ihm so gut, und er war mir gegenüber offener. Und brutaler. Er hat ein Baum-Baby aus Trotz getötet.

Er bleibt stehen und dreht sich um. »Was hast du gerade gesagt?«

»Das ist der Prozentsatz.« Ich räuspere mich. »Achtzehn.«

Er steht so still, dass ich fürchte, er habe das Atmen eingestellt. »Es gibt nicht so etwas wie Liebe zu achtzehn Prozent.«

»Doch, das gibt es. Ich habe es ausgerechnet.«

»Liebe kann man nicht *messen*.« Er betont das letzte Wort scharf. Jetzt ist das Ganze von Spott durchzogen. »Aber wenn wir das Zahlenspiel spielen wollen, dann muss ich wohl sagen, dass ich dich zu achtzehn Prozent toleriere, Naomi.«

»Dann liebst du mich also nicht.«

»Das habe ich nicht gesagt.«

Er hat es nicht nicht gesagt. Ich verschränke meine Arme und warte, dass er etwas anderes sagt. »Nun?«

Aber er antwortet nicht. Er schaut mich so stürmisch-wild an, dass mein Puls sich überschlägt, und dann geht er ohne ein weiteres Wort. Etwas wackelig auf den Beinen, stolpere ich hinein. Ich greife nach meinem Handy, in meiner Brust hämmert ein Presslufthammer. Ich habe keine Absage bekommen. Es ist eine SMS von meiner Mutter, was selten vorkommt.

> Wir haben noch keine Hochzeitseinladung bekommen. Hast du unsere Adresse vergessen?

Ich tippe eine Antwort.

> Ich habe sie noch nicht abgeschickt. Wir haben uns noch nicht auf ein Foto geeinigt.

Ich beiße mir in die Wange, lösche alles und schreibe erneut.

> Sie sind fertig. Wir werden sie bald rausschicken.

Ich lösche erneut. Dann lösche ich die eingegangene SMS, ohne zu antworten.

* Kapitel 12 *

Es ist Samstag, und an diese neuen Samstage muss ich mich noch gewöhnen.

In unserem alten Leben haben wir, wenn wir nicht arbeiten mussten, die Samstage nie zu Hause verbracht. Ich ging auf Flohmärkte und in Second-Hand-Läden, Nicholas traf sich mit Freunden: Derek, Seth und Kara – die Ex, mit der er *nur befreundet* ist und die mir immer wieder gerne sagt, dass ich müde aussehe. Es ist mir egal, dass sie offenbar glücklich verheiratet ist. Ich werde sie nie mögen.

Seth war mir gegenüber zunächst gleichgültig, als Nicholas und ich uns dann aber verlobt haben, wurde er eifersüchtig. Als wäre ich ein Usurpator, der ihm Nicholas wegnimmt. Im Grunde ist er in Ordnung. Wenn man ihn in eine größere Gruppe setzt, versucht er immer, den Komiker zu geben. Und dann drehen sich alle seine Witze um Nicholas. Er stichelt ständig und lächelt dabei, was seine Seitenhiebe wie spielerische Neckereien wirken lässt. Nicholas' Auftritt wird ständig kommentiert. *Schöne Jacke. Schaust du später im Country Club vorbei?* Jedes Mal, wenn er sich über ein Kleidungsstück von Nicholas lustig macht, verschwindet es aus dessen Kleiderschrank. Er trägt die Cartier-Uhr nicht mehr, die seine Eltern ihm zum Uni-Abschluss geschenkt haben, und lässt seine Ray-Ban-

Sonnenbrille im Auto. Wenn er ein komplizierteres Wort benutzt, lacht Seth und fragt ihn, ob er sich für besonders klug hält. *Glaubst du, du bist bei einem Klugscheißerwettbewerb?*

Da ich angewiesen wurde, meinen Mund zu halten, wenn Seth *Witze macht* (Nicholas leugnet, dass ihn die Bemerkungen stören), habe ich aufgehört, zu Treffen zu gehen, wenn ich weiß, dass Seth auch dabei sein wird. Ich habe Nicholas mehrmals gefragt, warum er sich das gefallen lässt, und wenn ich zwischen den Zeilen seiner nichtssagenden Antworten lese, habe ich verstanden, was dahintersteckt: Seth war der Erste, der im College Nicholas' Freund sein wollte, und jetzt hat er das Gefühl, dass er ihm ewig loyal sein muss. Da Nicholas gerne der Typ wäre, der auch mal Kontra gibt, es aber definitiv nicht ist, lässt er alle Kommentare mit einem *Oh, komm schon* und einem verlegenen Lachen durchgehen.

Leuten einen Dämpfer zu verpassen, die ihn schlecht behandeln, liegt ihm nicht, deshalb bin ich stolz auf Nicholas, dass er ein Rückgrat entwickelt und Seths jüngste Nachrichten ignoriert hat:

> Komm rüber und hilf mir beim Umzug, Arschloch.
> Und bring Bier mit.

Dass Seth von Nicholas verlangt, ihm beim Umzug zu helfen, ist ziemlich dreist, wenn man bedenkt, dass er nicht aufzufinden war, als es andersherum stand, woraufhin Nicholas professionelle Umzugshelfer anheuern musste. Die Leute wenden sich immer an ihn, wenn sie etwas brauchen, weil sie wissen, dass er nicht Nein sagen kann. Ich bin erstaunt, dass er noch nicht nachgegeben hat und mit einer Kiste Bier und einer großen Pizza zu Seth gegangen ist.

Seltsamerweise hat sich Nicholas ausgerechnet mit Leon getroffen. Um wandern zu gehen. *Zweimal.* Er will mir nicht sagen, worüber sie reden, und er hat mich als eingebildet bezeichnet, weil er denkt, dass ich denke, dass sie über mich reden (was stimmt, aber ich wette, sie tun es).

Abgesehen davon, dass ich mit Brandy ins Blue-Tulip-Café gefahren bin, um mir von ihrem neuen Freund erzählen zu lassen (ein alleinerziehender Vater namens Vance, ein Optiker, dem ich die Daumen drücke, weil er süß ist und sie so jemanden verdient), hatte ich in letzter Zeit keine Lust, mit jemandem rumzuhängen. Nicholas und ich sind zu sehr damit beschäftigt, uns gegenseitig zu quälen, um unser kleines Haus des Hasses zu verlassen. Und heute fühlen wir uns besonders unsozial.

Es beginnt mit dem Witz, den ich nicht ertragen kann.

Wir sitzen auf dem Sofa, an entgegengesetzten Enden, und spielen mit unseren Handys. (Er hat sich selbst ein neues besorgt.) Ich lese einen Artikel, weil ich mich über das aktuelle Geschehen auf dem Laufenden halten muss. Wenn Nicholas anfängt, über ein Thema zu sprechen, von dem er gerade gehört hat, kann ich dann sagen: *Oh, das weiß ich schon.* Es ist eine ausgezeichnete Sache, die man jemandem antun kann, den man verachtet, wenn das Objekt der Verachtung ein anmaßender Besserwisser ist. Kann ich nur empfehlen.

Ich murmele und murmele über meinem Artikel. Da er nicht fragt, was ich lese, lasse ich einfach ein gekeuchtes »Oh mein Gott« raus.

»Ja?« Er hebt die Augenbrauen fragend, als hätte ich gerade seinen Namen genannt. Das sagt er oft, wenn ich mit einer Gottheit spreche. Er weiß, dass ich es hasse, und ich glaube, das lässt ihn aufleben. Mit meiner Verärgerung verlängere ich seine Lebenszeit.

»Ich hasse diesen Witz.«

»Manche Leute finden das komisch.«

»Niemand findet das lustig.«

»Stacy lacht jedes Mal darüber.«

Dr. Stacy Mootispaw, die gegen khakifarbene Arbeitskleidung ins Feld gezogen ist und ihn anklagt, sich nicht genug reinzuhängen. So oft Nicholas sie auch negativ erwähnt hat, ich habe dennoch lange gehofft, dass sie eher der großmütterliche Typ ist, der nach Babypuder riecht. Doppelt so alt wie er, in selbst gestrickten Pullovern mit Katzenmuster. Eine stolze Tierbabymama mit einem fröhlichen alten Ehemann, den sie so sehr liebt, dass sie ihn in jeder Pause anruft.

Wie ihr erraten könnt, ist Stacy überhaupt nicht so.

Ihr Gehirn läuft schneller als Usain Bolt. Sie hat zahlreiche verschiedene College-Abschlüsse und könnte im Grunde tun, was immer sie will. Die Welt liegt ihr zu Füßen. Wenn sie irgendwann mal als Zahnärztin aufhören sollte, könnte sie als Model arbeiten. Sie hat das glänzendste schwarze Haar, das ich je gesehen habe, und ein umwerfendes Lächeln, das wohl zur Hälfte der Grund dafür ist, dass sie in dieser speziellen Branche tätig ist. Perfekte Figur. Perfekte Haut, so makellos, als wäre sie retuschiert. Sie trägt zwar kein Make-up, sieht aber trotzdem toll aus, und ich hasse sie dafür. Menschen, die nach dem Aufwachen glamourös aussehen, kann man nicht trauen.

Ich rolle mit den Augen und werfe eine Ladung Wäsche aus der Waschmaschine in den Trockner, dann sauge ich ein bisschen Staub und räume auf. Ich bin jetzt wohl eine Hausfrau. Oder eine Hausverlobte.

»Puh, ist das warm hier drin! Lass uns die Heizung runterdrehen.«

»Dir ist nur warm, weil du stehst und dich bewegst.«

»Nein, es ist definitiv warm hier drin.« Ich fummle am Thermostat herum. Da steht, dass es zweiundzwanzig Grad sind, aber das kann nicht sein, es sind sicher mindestens vierundzwanzig. Das Ding ist kaputt.

Ich setze mich wieder hin, und er starrt mich an wie ein gereizter Bär. »Apropos Stacy«, beginnt er, und ich unterdrücke ein Grollen in meiner Brust. »Ich habe sie fürs Wichteln gezogen. Hast du irgendwelche Vorschläge?«

»Zahnpasta.«

Er wirft mir einen kühlen Blick zu. »Nur weil wir Zahnärzte sind, heißt das nicht, dass wir in Zahnpasta verliebt sind.«

»Dann eben ein Geschenkgutschein.«

»Hm, wäre das nicht zu unpersönlich?«

»Wen interessiert das? Du schenkst ihn einer Arbeitskollegin und nicht deinem besten Freund.«

»Ich werde noch ein wenig darüber nachdenken.«

»Wenn du darüber nachdenken willst, warum fragst du mich dann nach Ideen? Ich kenne diese Tussi kaum.«

»Ich dachte, du könntest mir behilflich sein«, sagt er verschnupft. »Ihr seid beide Frauen!«

»Richtig, und wir sind alle gleich. Wir mögen alle dasselbe, so wie alle Männer dasselbe mögen. Ich denke, ich werde das Geschenk, das ich für meinen Vater im Sinn hatte, einfach dir an Weihnachten schenken. Überraschung, es ist ein Modell vom Brady-Bunch-Haus!« Mein Vater sammelt Erinnerungsstücke aus älteren Fernsehserien wie *Drei Mädchen und drei Jungen,* das ist die mit Brady Brunch, und *Die Partridge-Familie.*

»Du weißt, was ich meine.«

»Ich weiß, dass du sexistisch bist.« Ich ziehe eine Decke über mich. »Es ist kalt hier drin.«

Nicholas strahlt. »Das ist es.«

»Das ist was?«, frage ich, als er aufsteht und seinen Mantel und seine Schuhe sucht. »Was machst du da?«

»Was ich tun muss!«

Was er *tun muss*, sollte besser nichts mit Stacy Mootispaw zu tun haben. Ich folge ihm bis zur Tür und schaue ihm nach, wie er zum Auto geht. Den Maserati loszuwerden, war eine gute Wahl. Er gehört überhaupt nicht hierher, während der Jeep aussieht, als sei er ein Naturobjekt. »Wohin fährst du?«

Er antwortet nicht, fährt einfach ohne ein weiteres Wort weg. Ich verbringe die nächsten zwanzig Minuten damit, ihm Textnachrichten zu schicken. Wenn er sich mit Dr. Extraheiß in einem schäbigen Motelzimmer treffen sollte, wird das anhaltende Vibrieren seines Handys ein echter Stimmungskiller.

Hey

Hey

Wo bist du?

Nicholas

Nicky

Nickster

Nickelodeon

Heeeeeeeeeeeeeeeeeeeeeeyyyyyyyyyyyyyyyyyyyyyyyyyy yyyyyyyyyyyyyyyyyyyyyyyyyyyyyyyyyyyyyyyyyyyyyyyyyyyyyyy yyyyyyyyyyyyyyy

Melde dich, sonst sage ich deiner Mutter, dass du gestern Abend nicht nach Hause gekommen bist und dass du vermisst sein könntest.

Im Ernst? Nicht einmal jetzt?

Ich bin verblüfft, dass meine Drohung keine Reaktion hervorruft, und mache mir langsam Sorgen, dass ihm etwas zugestoßen sein könnte, als der Jeep die Einfahrt wieder hochfährt.

Er steigt aus, ohne einen Blick auf das Haus zu werfen, was bedeutet, dass er weiß, dass ich ihn durch das Fenster beobachte. Was er aus dem Kofferraum herausholt und hoch über seinen Kopf hebt, lässt mich fast in Ohnmacht fallen.

Es. Ist. Ein. Kanu.

* * *

Ich sitze in einem Gartenstuhl am Ufer unseres kleinen Sees und mache Fotos von Nicholas. Er ist auf dem Wasser, in vielleicht fünfzehn Metern Entfernung, hat seine karierte Ohrenklappenmütze auf und den Ghostbusters-Overall an und versucht, einen Köder an seiner Angelschnur zu befestigen. Wenn Sigmund Freud neben mir säße, würde er wahrscheinlich folgern, dass Stressoren (das heißt: ich) Nicholas dazu veranlasst haben, in die Kindheit zurückzufallen, um seinen schönsten Moment wiederherzustellen. Er wird den Blauen Sonnenbarsch wieder fangen und ihn stolz für die Kamera hochhalten. Alle werden klatschen.

Ich rufe ihn an.

Er sieht zu mir auf meinem Stuhl, und sein Blick sagt: *Du ruinierst den Augenblick.* Wir könnten Zehntausende Kilometer voneinander entfernt sein, und ich wüsste immer noch, wie sein jeweiliger Gesichtsausdruck ist. Telepathische Wellen strahlen mir entgegen und kräuseln das Wasser, als würde ein Hubschrauber abheben. Er denkt laut und deutlich: *Hau ab. Ich werde zu dem, der ich sein soll.* Dieses neue Ich ist ein bisschen spießig und so vertraut, dass ich glaube, ich fange an, es zu mögen.

Dieser Typ. Im Ernst.

Ich rufe noch einmal an. Diesmal geht er dran. »Was?«, faucht er.

»Was machst du da?«

»Wonach sieht es denn aus?«

Es sieht so aus, als wüsste er nicht, was er tut. Aber das kann ich nicht sagen, sonst legt er auf. Ich muss diese Situation so genau beobachten, wie es nur geht, aus psychologischen Gründen. Für die Wissenschaft. Für *Amerikas witzigste Homevideos,* vielleicht. Er kämpft immer noch mit dem Köder, weil er seine Handschuhe nicht ausziehen will.

»Halten die Fische um diese Jahreszeit nicht Winterschlaf?«

Er hält inne. »Das ist nicht… Fische halten keinen Winterschlaf.«

»Ich bin mir sicher, ich habe irgendwo gehört, dass sie es tun.«

»Psst. Du bringst mich zum Reden, und das wird alle Fische verscheuchen.«

»Hat Leon gesagt, dass es in diesem Teich Fische gibt?«

Sein Schweigen sagt mir, dass er keine Ahnung hat, aber Nicholas ist ein stolzer Mann. Er wird bis zum Frühjahr hier draußen bleiben und einen Frosch fangen. Um sechs Kilo abgemagert wird er mir den Frosch unter die Nase halten. *Siehst du?* »Psst. Ich versuche, das Abendessen zu fangen.«

»Ich esse keinen Fisch aus diesem Teich. Das Wasser könnte verunreinigt sein.«

»Erstens habe ich nicht angeboten zu teilen. Zweitens: Bitte hör auf zu reden. Aus verschiedenen Gründen.« Er legt auf und antwortet nicht auf meinen nächsten Anruf. Der Anruf danach wird auf die Mailbox weitergeleitet.

Das ist höchst unverantwortlich von ihm. Es könnte ein Notfall sein, und er hat sich unerreichbar gemacht, was das Erste ist, was ich den Krankenschwestern sagen werde, nachdem ich aus dem Koma erwacht bin.

Nicholas versucht, seine Angel auszuwerfen, aber er drückt nicht im richtigen Moment den Auslöser, und der Köder schießt nicht übers Kanu hinaus. Er schaut verstohlen über die Schulter, um zu sehen, ob ich das gemerkt habe, steht auf und versucht es noch einmal. Der arme Junge ist wacklig auf den Beinen und weiß, dass ich zuschaue, was die Sache noch schlimmer macht. Ich würde es hassen, wenn Nicholas mir beim Angeln zusehen würde.

Es ist, wie wenn ich ihn überrasche, wenn er Liegestütze macht und sein Körper sofort nachlässt. Die einfache Tatsache, dass ich dort stehe und ihn beobachte, verwandelt es in eine öffentliche Vorstellung, und seine Beine und Arme werden zu Gummi. Ich wette, wenn er in die Hölle kommt, werden Videomontagen seiner Beiträge zu Grundschulaufführungen in einer Endlosschleife abgespielt werden.

Nicholas wirft schließlich die Angelschnur etwa einen Meter weit aus und setzt sich mit hochgezogenen Schultern hin. Ich erkenne genau, in welchem Moment ihm bewusst wird, dass sein Vater immer genauso schrecklich dasitzt, denn er richtet sich schlagartig wieder auf. Er trägt unter dem Overall ein kariertes Flanellhemd und hat versucht, seine Stoppeln dazu zu überreden, zu einem richtigen Bart zu wachsen, aber sosehr er sich auch bemüht, ein kräftiger Holzfällertyp zu sein, er sieht immer noch aus wie das Mitglied einer Boygroup. Der Wind dreht sein Kanu langsam im Kreis, bis er gegen seinen Willen zu mir herüberblickt, und er muss sich umsetzen.

Ich bin das Schreckgespenst seines Daseins. Ich bin schuld daran, dass er nicht weiß, wie man angelt. Wahrscheinlich ist ihm klar geworden, dass der kleine Junge, der einen Blauen Sonnenbarsch gefangen hat, jemanden hatte, der den Köder an den Haken und die ganze Armarbeit gemacht hat. Der erwachsene Nicholas ist eine Primadonna. Er benutzt Gummiwürmer statt echter Würmer.

Um Augenkontakt zu vermeiden, legt er die Angel ab und beginnt herumzupaddeln. Da zieht es plötzlich an der Schnur, und er lässt das Paddel instinktiv fallen, um die Leine einzuholen. Als das Paddel über die Kante des Kanus zu kippen droht, greift er ungeschickt nach Angelrute und Paddel gleichzeitig und verliert beide. Beide. Filmreife Leistung.

Oh. Mein. Gott.

(*Ja?*, antwortet Nicholas, sogar in meiner Fantasie.)

Ich kann mir diesen Geizhals im Outdoor-Laden vorstellen. Er will eine Ausrüstung für seine Selbstverwirklichung kaufen, sinniert aber darüber, ob er überhaupt ein zweites Paddel braucht. Die hochmoderne Angelrute kostet bereits so viel, dass ich genau weiß, wie er den Kauf nur eines Paddels vor sich selbst rechtfertigt. *Ich mache einen Zug auf der einen Seite des Bootes, dann auf der anderen. Ganz einfach.*

Nicholas steht in dem leeren Kanu, der Wind dreht es langsam, diese Wendung der Ereignisse hat ihn vernichtend geschlagen.

Ich stelle mich auch hin, schließe meine Hände um den Mund und frage: »Wie geht's denn so?«

Nicholas nimmt seine Mütze ab und wirft sie in einem Wutanfall ins Boot, dann fährt er sich mit den Fingern durch die Haare. Das Paddel treibt in meine Richtung. Ich kann nicht anders. Mein Lachen wird zum lautesten Geräusch des Universums. Es hallt durch den Wald und schreckt ganze Amselkolonien auf. Es hämmert durch Nicholas' Adern und lässt ihn explodieren.

Wenn ich nicht über ihn gelacht hätte, hätte sich Nicholas wahrscheinlich hingesetzt und einen Plan ausgeheckt, der nicht vorgesehen hätte, dass er nass wird. Aber ich kann seine Knöpfe so gut drücken, dass kohärentes Denken auf der Strecke bleibt und sein Verhalten eine sensationelle, für ihn nicht typische Wendung nimmt.

Er hebt seine Mütze wieder auf und zieht sie fest über den Kopf, dann lässt er sich ins eiskalte Wasser gleiten. Ich lache noch lauter, meine Rippen tun schon weh, und ich bekomme einen Schluckauf. »Was zum Teufel machst du da?«, rufe ich zwischen bösartigen Lachsalven aus. Er ist *in Seenot.* Tatsächlich *in Seenot.* Und jetzt muss er zurück zum Ufer schwimmen. Das ist das Beste, was mir je passiert ist. Mein Körper will aufgeben, er ist so schwach vom Lachen, und ich lehne mich zur Unterstützung an meinen Stuhl.

Als Nicholas sich nähert, kann ich sehen, wie eine wilde Bösartigkeit in seinen Augen funkelt. Seine Stiefel und seine Kleidung müssen schwer wie Anker sein, aber er schwimmt mit aggressiver Schnelligkeit auf mich zu.

Oh, shit!

Ich rudere zurück. »Ich hätte dir geholfen!«, rufe ich. »Du hättest an Ort und Stelle bleiben sollen.«

Es ist wahr, ich hätte einen Weg gefunden, ihm zu helfen. Nachdem ich ihn eine Stunde lang dort hätte sitzen lassen und ein Video davon online gestellt hätte.

Nicholas' Zähne klappern, als er klatschnass aus dem See steigt. Er taumelt direkt auf mich zu. »Argh!« Ich quieke, ducke mich weg und verschränke die Arme wie ein Schild vor dem Gesicht. Er hebt mich hoch, wirft mich über seine Schulter, und mein erster Gedanke ist: *Oh, wow!* Er ist stärker, als er aussieht. Vielleicht liegt es am Adrenalin.

Er dreht sich um und bewegt sich auf den See zu. Als ich merke, was er vorhat, klammere ich mich verzweifelt an ihm fest, während ich gleichzeitig trete und schlage. »Nein! Wage es ja nicht! Nicholas, ich meine es ernst!«

Er schwingt mich herum, um mich unter seinen Arm zu klemmen, seine Stiefel sind jetzt zwei Schritte vom Ufer entfernt. Ich winde mich wie eine Schlange, aber er hat mich fest im Griff. Dann dreht er mich um, bis mein Gesicht direkt über dem Wasser schwebt. Unsere Spiegelbilder treffen sich. In meinen Augen steht das pure Entsetzen, seine brennen.

»Nicholas Benjamin Rose, ich schwöre bei Gott, ich rufe die Polizei, wenn du mich nicht sofort runterlässt.«

»Jetzt gleich?«, neckt er mich und lässt mich ein bisschen runterrutschen. Er wird mich ertränken.

»Nicht buchstäblich jetzt gleich! Auf den Boden! Setz mich auf dem Boden ab!« Ich trete, aber die Bewegung treibt mich nur vorwärts. Er wird mich mit dem Gesicht voran ins Wasser fallen lassen.

Nicholas zögert. Er denkt nach. Dann leistet er den beeindruckenden Kraftakt, mich wie einen Pfannkuchen in der Luft zu wenden, sodass ich wieder richtig herum stehe. Er beugt sein Gesicht zu mir, und es ist, als würden wir tanzen und er hätte mich nach hinten gebeugt, um sich für einen Kuss vorzubeugen. Völlig erstarrt halte ich den Atem an, ich bin so verwundert, dass meine Augen immer größer werden, als er immer näher und näher kommt. Seine Lippen berühren meine beinahe, und die Absicht verfestigt sich in seinem Blick. Ich nehme mein Schicksal an, schließe die Augen für einen Kuss, und er kippt mich abrupt rückwärts und taucht mein Haar ins Wasser. Eisiges Wasser zieht sich bis zu meiner Kopfhaut hoch.

Ich schreie.

Er lacht und richtet mich auf. »Du Arsch!« Ich schreie und haue ihm auf den Arm. Sein Lachen wird stärker. Mein Haar ist der Nordpol, und ich bin für mein Leben traumatisiert. »Das ist eiskalt!«

»Stell dir vor, wie ich mich fühle.«

»Es ist nicht meine Schuld, dass du ins Wasser gesprungen bist, du Idiot.«

Er dreht sich um und schlendert davon. »Du hättest mich nicht auslachen sollen.«

Ich knurre, springe ihm auf den Rücken und bringe ihn zu Fall. Ich weiß nicht, was ich tue, nur, dass ich diesen Mann vernichten muss. Ich strecke meine Arme nach beiden Seiten aus, scharre Blätter zusammen und schaufle sie wütend auf ihn drauf.

»Was machst du da?«, fragt er mit dem Gesicht nach unten, während die Blätter auf seinen Hinterkopf fliegen. Seine Brust hebt und senkt sich, und ich, *bum, bum, bum,* stoße und schlage auf ihn ein. Bis er wieder anfängt zu lachen. »Versuchst du mich zu *begraben*?«

»Halt die Klappe und hör auf zu atmen.«

Nicholas heult vor Lachen. Ich bin so erschüttert, dass er keine Angst vor mir hat und sein Lebensende nicht ernster nimmt, dass ich auf ihm auf- und abhüpfe.

Nicholas rollt sich herum und ergreift meine Hände, bevor sie nach vorne schießen und ihn erwürgen können. Er verschränkt unsere Finger ineinander und grinst schief. »Du solltest mal sehen, wie du jetzt aussiehst«, sagt er.

Wahrscheinlich wie ein mordlustiger Jack Frost. Das Bild entfacht einen weiteren Wutanfall, und ich ringe um die Kontrolle über meine Hände. Er lässt nicht locker, verstärkt den Griff noch. »Hör auf, mich davon abzuhalten, dich zu zerstören.«

Während er lacht, laufen ihm die Tränen auf beiden Seiten des Gesichtes runter, seine Wangen sind rosa, und er stößt kleine weiße Atemwolken aus. Ich stelle fest, wie sehr mir sein Lachen gefällt. Sein Lächeln. Für sich allein betrachtet ist sein Lächeln gewöhnlich, aber in Verbindung mit den bezaubernden Lachfalten, dem Licht, das in seinen sich farblich verändernden Augen leuchtet, ist es bemerkenswert.

Zwischen den Blättern, mit denen ich herumgespielt habe, waren auch Kiefernnadeln, und nun kribbeln und jucken meine Handflächen. Ich reibe sie einfach an seinen Backen, weil ich seine Stoppeln wie einen Kratzbaum benutzen kann. Nicholas guckt ungläubig, weitere Tränen kullern aus seinen Augenwinkeln. Er starrt mich an und starrt mich an. »Du bist völlig Banane«, sagt er in einem nicht unfreundlichen Ton.

Ich schnaufe. Ich habe noch nie gehört, dass er jemanden *völlig Banane* genannt hat. Er hat mich schon eine halbe Million Mal irre genannt, aber Banane ist ein so alberner Begriff, dass ich auch anfange Tränen zu lachen.

Er grinst breiter. »Was?«

»Du bist ein Dudelsacker.«

Wir beide lachen. »Ich habe es irgendwo im Internet gelesen«, bemerke ich. »Es ist ein echtes Wort.«

»Deine Mom ist ein echtes Wort.«

»Deine Mom ist ein echt schlimmes Wort.«

Er lässt eine meiner Hände los, um sich die Augen abzuwischen. »Touché.« Dann fragt er: »Was bedeutet Dudelsacker?«

»Ich nehme an, es ist ein Sack, der dudelt.«

»Natürlich.«

Ich steige von ihm ab. Als er sich aufrichtet, schubse ich ihn zurück zu Boden und eile zum Haus, wobei ich über meinen betrügerischen Vorsprung gackere. Ich weiß, dass er als Erster heiß duschen wollen wird, also werde ich ihm ein Schnippchen schlagen. Ich ziehe mich in der Sekunde aus, in der ich reinkomme, zittere wie Espenlaub mit meinem nassen Haar und schließe mich im Badezimmer ein. Muah-ha-ha. Jetzt wird er warten müssen. Ich werde eine Stunde lang duschen und das ganze heiße Wasser verbrauchen.

Das Wasser ist gerade so heiß geworden, dass es angenehm ist, als Nicholas die Badezimmertür aufschließt und hineinplatzt. Wir haben einen dieser Türgriffe, die man mithilfe eines Pennys aufdrehen kann. Ich benutze diesen Trick immer dann, wenn ich etwas aus dem Badezimmer brauche, und er sich dort eingeschlossen hat, um sich zu rasieren oder um sich im Spiegel zu bewundern, aber ich glaube nicht, dass ich es schätze, mich nun auf der anderen Seite zu befinden.

»Hey!«, quieke ich und versuche, alle meine interessanten Stellen mit den Händen zu verdecken. Die gläserne Duschtür ist ganz beschlagen, sodass ich für ihn wahrscheinlich nur ein fleischfarbener Fleck bin. »Du kannst nach mir rein.«

»Und das Wasser ist dann auch noch heiß?«

»Man kann nie wissen.«

Meine Augen werden so groß wie Kürbisse, als er seinen triefenden Overall auszieht und sich das Flanellhemd über den Kopf streift. Der Bauch. Die Brust. Die Arme. Hier ist so viel nackte Haut, und ich habe nichts daran auszusetzen. Mit Leon in der Wildnis unterwegs zu sein und mit Äxten und Elektrowerkzeugen zu spielen, hat seinem Körper gutgetan. »Was glaubst du, was du da tust?«

»Duschen.«

»Ich bin schon hier drin.«

»Schön für dich.«

Nicholas ignoriert meinen Schock völlig. Ich bin eine sittsame, unschuldige puritanische Dame, und er ist darauf aus, mir meine Tugend zu rauben. Meine Gedanken blitzen zu früheren Episoden, in denen Nicholas keine Kleidung trug, und es ist gut, dass das Wasser so heiß ist, sonst könnte er merken, dass ich rot werde. Ich erinnere mich daran, wie seine Mutter sich vorgemacht hat, er sei Jungfrau, und ich schmunzle, bevor ich es verhindern kann.

Nicholas hebt eine Augenbraue, als er die Duschtür aufschiebt und in die Kabine tritt. Ich warte darauf, dass er seinen Blick nach unten richtet, aber er tut es nicht. Er schüttelt vergnügt den Kopf, wahrscheinlich weil ich weiterhin versuche, mich zu bedecken, dreht sich dann um und beginnt, sich einzuseifen.

Ich bewege mich nicht. Ich muss meine Haare waschen, aber dazu müsste ich meine Hände benutzen. Ich entscheide mich, mich mit dem Rücken zu ihm hinzustellen, um das zu minimieren, was er sehen kann. *Die Rückseite ist nicht so interessant wie die Vorderseite*, denke ich mir.

Ich habe mich geirrt, das wird deutlich, als ich unser Spiegelbild in der Duschtür sehe. Er schaut mich an. Mein Blick gleitet ohne meine Erlaubnis unterhalb seiner Taille, und es ist offensichtlich, dass er etwas sieht, was ihm gefällt.

»Schau mich nicht an«, zische ich.

In der Akustik unseres nebligen Badezimmers klingt sein Lachen tief und voll. »Das tue ich nicht.«

»Doch, das tust du.«

»Woher weißt du das, wenn du nicht auch hinsiehst?« Er greift nach meiner Haarspülung.

Ich drehe mich um und nehme sie ihm aus der Hand. »Das ist meine und sehr teuer. Kauf dir eine eigene.« Er unterdrückt ein Lachen, weil ich meine Hände bewegt habe und sie nicht mehr meinen Körper bedecken, also halte ich ihm schnell die Augen zu. Er blinzelt unter meiner Handfläche, schnüffelt mit der Nase.

»Ich kann immer noch was sehen.«

»Herrgott.« Ich drehe mich wieder um.

»Ja?«

Ich möchte ihm auf den Fuß treten. Meine einzige Möglichkeit ist, mich zu beeilen, damit ich fliehen kann. Ich versuche, mich ein wenig zu bücken, um mich kleiner zu machen, denn in meinem Kopf reime ich mir zusammen, dass er dann weniger sehen kann, und ich schaue heimlich auf sein Spiegelbild in der Duschtür. Er wäscht sich langsamer als jemals zuvor in seinem Leben und starrt mich ganz offen an. Ich glaube, er versucht, mich aus der Fassung zu bringen. Wenn dem so ist, dann funktioniert das auch. Ich schiebe eine Hand hinter mich und versuche, meine Finger über meinen Hintern zu spannen und ihn von allem Vergnüglichen abzuhalten, was ihn wieder zum Lachen bringt.

»Mach die Augen zu«, fordere ich ihn auf.

»Okay.« Er schließt die Augen nicht.

»Zumachen!«

»Hab ich.«

(Hat er nicht.)

Ich muss meine Haare ausspülen, aber er steht direkt unter dem Wasserstrahl, sodass ich nur sehr wenig Platz habe. Ich lege eine Hand auf seine Brust, und er ist sofort folgsam und lässt sich zurückfallen. Nicholas' Haut ist heißer Samt unter meinen Fingerspitzen. Auf meine Berührung reagiert er mit Gänsehaut und einem beschleunigten Puls. Ich möchte meine Nägel in seinem Fleisch versenken, aber im Moment ist jedes Zucken, jeder Schritt, jede Drehung und Neigung mehr als nur eine Bewegung, eine Geste. Er wartet auf das Signal, das besagt: *Nimm dir, was immer du willst. Nur keine falsche Zurückhaltung. Lecke den letzten Tropfen von meinem Körper.*

Um zu verhindern, dass ich eine Einladung ausspreche, für die ich zu feige bin, halte ich meine Augen geschlossen, während ich mir die Haare auswasche, die Hand reglos gegen seine Brust, um sicherzustellen, dass er nicht näher kommt. Als ich meine Augen wieder öffne, ist sein Blick in Flammen, sein Kiefer angespannt, und ich stelle mir vor, wie kleine Risse in seinem Schädelknochen bis zur Schädeldecke hochlaufen. Wasserperlen in seinen Wimpern und Augenbrauen, Tropfen aus Wasser und Schweiß, die am Nasenrücken und an den Wangenhöhlen entlanglaufen. Er ist ein Feuerball, und bei der kleinsten Geste meinerseits würde er mich liebend gern bei lebendigem Leib rösten. Mein Herz schlägt wie wild: ein wildes, geflügeltes Wesen in meinem Brustkorb. Er sieht aus, als würde er gleich durchdrehen, und ich werde nicht lügen, ich habe ein wenig Angst davor, was es tun könnte.

Es ist zwölf Wochen her, dass ich Sex hatte. Auch für Nicholas sind es zwölf Wochen, wenn er mich zwischenzeitlich nicht betrogen hat.

Die Vorstellung, dass er mit einer anderen Frau schläft und ich ihn auf frischer Tat ertappe, ruft nicht mehr das gleiche Gefühl des Triumphes in mir hervor wie vor ein paar Wochen. Sie schüttet eher einen Eimer mit Eiswasser über das hämmernde, leichtsinnige *Brauch dich, nimm mich* in mir, während flüssige Wut durch meinen Blutkreislauf jagt und Synapsen kurzgeschlossen werden. Wenn ich ihn dabei erwische, wie er mich auf dem Parkplatz eines Einkaufszentrums betrügt, lande ich in den Abendnachrichten. Stacy Mootispaw sollte sich besser von den dresscodemäßig verbotenen Khakis meines Verlobten fernhalten – oder sie wird sich ihre eigenen Zähne wieder ankleben müssen.

Ich darf nicht länger zulassen, dass ich über Nicholas in einer solchen Situation nachdenke. Es ist zu gefährlich, und es gibt zu viele Äxte, die Leon im Schuppen zurückgelassen hat. Wenn ich Erinnerungen an uns in intimen Positionen heraufbeschwöre, indem ich Stacys Gesicht über meins lege, reißt bei mir der Film, und wenn ich wieder zu mir komme, sind in alle unsere Wände Löcher geschlagen.

Ich beeile mich, als ob ich diesen aufdringlichen Gedanken durch einen Ortswechsel entkommen könnte, und falle praktisch aus der Dusche, während ich noch Schaum in den Haaren habe. Ich werfe einen kurzen Blick auf Nicholas, während ich nach meinem Handtuch greife. Er sagt kein Wort, aber er könnte genauso gut eine anklagende Gedankenblase über seinem Kopf schweben haben: *Feigling*.

Rennen fühlt sich an, als würde es mir sehr viel Kraft abfordern, aber ich umarme meine Feigheit und sprinte damit bis in mein Schlafzimmer, um mich anzuziehen. Als ich mich so weit beruhigt habe, um wieder nach unten schleichen zu können, liegt Nicholas auf dem Sofa, sein Haar ist bereits trocken. Es ist so unfair, wie schnell Männerhaar trocknet und dann vollkommen perfekt aussieht.

»Schau mal raus«, sagt er.

Ich blicke aus dem Fenster, und mein Herz schlägt höher, als ganz viele Schneeflocken vorbeiziehen und einige an der Fensterscheibe haften bleiben. Sie schmelzen eine nach der anderen. »Schnee!«

Es ist Mitte November, aber für mich beginnt Weihnachten mit dem ersten Schnee. Es ist eine Glitzerjahreszeit für mich, und ich drehe Pirouetten durchs Haus, während ich links und rechts Dekozeug verstreue. Ich spiele alle Klassiker auf voller Lautstärke und stelle den Baum lange vor Thanksgiving auf. Ich bin die Person in den sozialen Medien, die man absolut hasst, weil sie im Mai Sachen wie *Noch 224 Tage bis Weihnachten* postet. Alles rund um Weihnachten, die Freude und Magie, die diese Zeit ausstrahlt, macht mich glücklich, also neige ich dazu, Weihnachten so früh und so lange wie möglich auszukosten.

Ich drehe mich um, um zu sehen, was er sich im Fernsehen anschaut, und muss zweimal hinsehen. Der Fernseher ist ausgeschaltet. Er beobachtet mich im schwarzen Bildschirm.

Die Art, wie seine Augen mir folgen, ist innig und lässt meine Beine matschig werden. Plötzlich wird mir bewusst, wie meine Arme schwingen und wie ich gehe. So bewege ich mich manchmal im Traum, wenn ich plötzlich auf eine Gegenkraft stoße. Es fühlt sich an, wie unter Wasser zu gehen.

Ich eile in den Salon, weil ich durch die drei besonders schönen Fenster den Schneefall sehen möchte, aber Nicholas' großer Schreibtisch steht mir im Weg. Er sieht, dass ich einen veränderten Gesichtsausdruck habe, als ich ins Wohnzimmer zurückkomme.

»Was ist denn los?«

»Nichts.«

Er sagt nichts, aber er kneift die Augen zusammen. Ein Fuß liegt auf seinem Knie, die Fingerspitzen trommeln auf der Armlehne des Sofas.

Nichts.

Das ist die Antwort einer selbsternannten Märtyrerin. Sie stellt sicher, dass das Problem nicht gelöst wird und ich ganz allein leide. Was habe ich davon, wenn ich *nichts* sage?

»Es ist nur…« Ich setze mich auf die andere Armlehne, außer Reichweite. »Als du mir das Haus zum ersten Mal gezeigt hast, waren eine der Sachen, die mir mit am meisten gefallen haben, die Fenster… äh… da drin.« Er nennt es sein Büro oder sein Arbeitszimmer, und in meinem Kopf nenne ich es immer noch den Salon, denn in einem früheren Leben war ich Herzogin, und ich bin nie ganz darüber hinweggekommen, in diesem Zeitalter als Bürgerliche wiedergeboren worden zu sein.

»Ich dachte: *Wow, was für eine tolle Aussicht.* Man würde alle Sterne über dem Wald sehen können. Ich hatte mir vorgestellt, einen Sessel hineinzustellen, damit ich dort sitzen und die Aussicht bewundern kann. Das Zimmer gefällt mir. Ich würde, ich weiß nicht, vielleicht einen Nussknacker auf den Kaminsims stellen oder so was. Ich weiß nicht.« Ich zucke mit den Achseln, um es herunterzuspielen. Ich klinge verrückt. Ein Nussknacker? Wirklich? Sind das ernsthaft meine Kritikpunkte? Ich habe mich zu sehr auf solche winzigen Details konzentriert.

Es ist mir sofort peinlich, dass ich das laut zugegeben habe, und ich bin kurz davor zu sagen: *Vergiss es,* als Nicholas aufsteht und in den Salon geht. Er steht auf der anderen Seite seines Schreibtisches, schiebt seine Hände in die Hosentaschen und starrt auf die Fenster, als hätte er noch nie zuvor den Wald dahinter richtig gesehen. »Du hast recht«, sagt er. Er dreht seinen Kopf in meine Richtung. Seine Augen haben die Farbe einer Weißtanne. Sie sind Nebel und Mondlicht.

Ich bin nicht sicher, auf welchen Teil meiner Rede er sich bezieht, aber seine Antwort erfüllt mich mit seltsamer Ruhe.

Die nächste Stunde vergeht auf eine Art und Weise, die für uns beide relativ neu ist, die sich aber irgendwie schon tief verwurzelt anfühlt: Wir kochen schweigend zusammen ein Abendessen und setzen uns vor den Fernseher. Wir schalten ihn aber nicht ein. Wir essen in kameradschaftlicher Stille, während der Schnee beständig um uns herum fällt und Dunkelheit die Welt einhüllt.

* Kapitel 13 *

Wie vorherzusehen war, ist unser Waffenstillstand zwanzig Minuten nach dem Abendessen bereits aufgehoben: Mein Handy liegt auf dem Kaminsims und meldet den Eingang einer neuen Nachricht, und ich stehe nicht auf, um sie zu lesen.

Nicholas schaut zum Kaminsims und dann zu mir. Es ist ein langer, prüfender Blick. »Willst du nicht nachsehen, wer dir geschrieben hat?«

»Nein.«

Sein Misstrauen ist regelrecht greifbar, aber ich bin noch nicht bereit, meine Nachrichten zu überprüfen. Mein Herz rast allein schon bei dem Gedanken, wer es sein könnte, und ich muss mir Zeit nehmen, um diesen ersten Schock zu bewältigen. Ich muss mich mental auf schlechte Nachrichten vorbereiten, bevor ich einen Blick aufs Display wage.

Ich habe mich in einem Laden für Bastelbedarf beworben – und diesen Job will ich wirklich, *unbedingt* haben (aber ich habe die Hoffnung bereits aufgegeben) –, und man hat mir nach dem Vorstellungsgespräch vor drei Tagen gesagt, dass sie drei Tage brauchen würden, um meine Unterlagen zu prüfen und sich auch andere Mitbewerber anzuschauen, bevor sie mich per E-Mail über die endgültige Entscheidung in Kenntnis setzen. Ich habe den heutigen Tag abwechselnd damit verbracht, zwanghaft mein Handy (und mein Laptop, falls die E-Mail aus irgendeinem Grund nicht auf dem Handy angezeigt werden sollte) zu überprüfen und dann wiederum so zu tun, als gäbe es das Internet nicht. Meine Nerven liegen blank.

Je länger ich weiterhin so tue, als hätte ich keine Nachricht erhalten, desto schwerer lastet Nicholas' Blick auf mir. Pure Skepsis. Klar, ich kann nachvollziehen, dass er mich so ansieht, denn ich kämpfe ja selbst mit diesem Problem: Er hat Fragen an mich, aber in dem Zustand, in dem sich unsere Beziehung befindet, kann ich ihm bestimmte Informationen nicht geben. Wir befinden uns nicht in der Position, in der wir voneinander Antworten einfordern können.

Es ist, als würden zwei Menschen sich regelmäßig treffen, aber als wären sie noch nicht offiziell zusammen. In diesem Anfangsstadium haben sie nicht das Recht, alles über den anderen zu erfahren, was sie wissen wollen. Mit zu viel Vertrautheit können sie noch nicht umgehen. Genau so fühlt es sich gerade zwischen uns an.

Nicholas ist frustriert. Die ganze Situation ist ein ärgerlicher Eiertanz, der zu Verbitterung führt.

»Wie war Brandys Einarbeitung?«

Sein Interesse überrascht mich, zumal er nicht einmal so tut, als würde er ihren richtigen Namen nicht kennen. »Sie sagt, ihr Chef sei schmierig. Sie sucht bereits nach einem neuen …«

»Geht's Melissa gut?«, unterbricht er mich.

»Ähm …« Melissa und ich sind vermutlich beide froh,

dass wir nichts mehr miteinander zu tun haben. »Ich habe nicht mit ihr gesprochen.«

»Hast du noch Kontakt zu Zach?«

Ich zucke mit den Achseln. Es würde mich nicht überraschen, wenn sich Zachs und meine Wege nie wieder kreuzen würden. Er ist einer, bei dem man sich gut vorstellen kann, dass er aus einer Laune heraus nach Los Angeles abhaut, wo er irgendein simples Gerät erfindet, das zu einem unersetzlichen, nicht mehr wegzudenkenden Alltagsgegenstand wird, und in fünf Jahren steht er auf der Forbes-Liste der Milliardäre.

Nicholas' Blick verdunkelt sich. Sein Fuß wackelt unruhig auf seinem Knie.

»Was für eine Bodylotion verwendest du?«, fragt er.

»He?«

»Ich suche weiterhin nach Ideen fürs Wichtelgeschenk. Deine Lotion riecht gut.«

Sie heißt *Süße Verführung*, und ich creme mich nach jedem Duschen damit ein. Wenn ich daran denke, dass er Stacy Mootispaw ein Geschenk namens *Süße Verführung* machen könnte und diese Frau anschließend nach mir riecht, will ich mir die Augen auskratzen.

»Ich glaube, das, was du riechst, ist mein Shampoo.«

»Nein, das ist es nicht.«

Ich blättere mich durch die Reklamesendungen, weil ich den Blickkontakt dringend unterbrechen muss. Ich bin keine so talentierte Lügnerin, wie ich zu sein glaubte, und ich möchte nicht, dass er sieht, dass mich das so sehr stört. Ich verrate ihm den Namen meiner Bodylotion nicht, auch wenn er mir Bambusspieße unter die Fingernägel rammt. Stacy kann weiterhin nach Latexhandschuhen und Antiseptikum riechen.

Mein Handy summt wieder. Ist es der Job im Bastelladen? Oder sagt mir jemand anders ab? Die Wahrscheinlichkeit, dass es eine gute Nachricht ist, liegt bei null Prozent, also warum soll ich mir die Mühe machen und aufstehen? Was bringt es, mir den Rest des Abends und der Nacht zu ruinieren und morgen deprimiert zu sein? Ich werde mein Handy nie wieder checken. Ich werde zu einer Anti-Technologie-Einsiedlerin. Ich werde völlig abhängig von Nicholas sein, und das wird er lieben. Er will mir alle Sicherheitsnetze wegreißen, bevor er mich auf die See hinauswirft.

»Ich glaube, jemand schreibt dir«, sagt er leise.

Ich zucke mit den Achseln. »Wahrscheinlich ist es bloß Spam.«

»Und du willst es nicht überprüfen? Es könnte Brandy sein.«

»Glaube ich nicht. Sie hat ein Date mit Vance, dem Optiker.«

Er hört die Angst in meiner Stimme, die hartnäckige Weigerung. Seine Augen brennen sich wie Laser durch mich hindurch. Ich kann riechen, wie sich meine Haut erhitzt und zu schmoren beginnt. Dass er nicht weiß, dass alle Nachrichten, die ich bekomme, Jobabsagen sind, heißt, dass er nicht versucht hat, mein Handy hinter meinem Rücken auszuspionieren – und das weiß ich zu schätzen. Egal wie sehr ihn das stört, er wird nicht in meine Privatsphäre eindringen.

»Vielleicht Schmuck«, sagt er plötzlich.

Ich blicke auf. Ich habe mich bei keinem Juweliergeschäft beworben. Aber er weiß ja nicht, dass ich das im Kopf habe. Er weiß nicht, dass ich innerlich in einem Schraubstock stecke, der sich nach und nach zusammenzieht. »Was ist mit Schmuck?«

»Für Stacy.«

Dieses Thema nervt. Ich bin jetzt wirklich sauer, Dornen sprießen aus meinem Fleisch. Wen kümmert es, was sie bekommt? Macht er sich jemals auch nur halb so viele Gedanken, wenn er ein Geschenk für mich sucht? Ich kenne die Antwort, und sie lautet: *Nein.* »Ich finde einen Gutschein immer noch am besten.«

»Schmuck wäre schöner.«

»Teurer Schmuck wäre es, aber es gibt doch eine Obergrenze dafür, wie viel du fürs Wichtelgeschenk ausgeben sollst. In den meisten Firmen liegt die Grenze für so was unter zwanzig Dollar.«

»Nein, es gibt keine Obergrenze«, sagt er langsam. Seine Augen glitzern, ein Mundwinkel ist nach hinten gezogen. Ich halte den Atem an, weil ich gerade merke, dass er eine Bombe abwerfen will. »Außerdem soll sie wissen, dass ich sie mag.«

»Sie wird nicht wissen, dass es von dir ist«, rufe ich ihm in Erinnerung. »Es ist ein *geheimes* Wichteln.«

»Ich denke, sie wird es wissen.«

»Woher? Woher wird sie es wissen, Nicholas?« Gott, ist das dämlich, wenn sich erwachsene Menschen zu den Feiertagen gegenseitig etwas schenken. Und im Fall von Kollegen sowieso. Es ist würdelos. Menschen, die zusammen arbeiten, sollten nicht unnötig gezwungen werden, engere Kontakte zueinander zu knüpfen. Was ist aus dem Thema Professionalität am Arbeitsplatz geworden?

Nicholas ist an der Reihe, mit den Achseln zu zucken, aber er strahlt jetzt Zufriedenheit aus. »Wir kennen uns sehr gut. Wir stehen uns nahe. Ich denke, sie wird es *einfach so* spüren.« Und er schnippt mit den Fingern.

»Einer Frau, mit der man arbeitet, Schmuck zu schenken, ist unangebracht«, sage ich frostig. »Bodylotion ebenfalls. Schenk ihr doch Socken, du Perversling.«

Er wendet sein Gesicht von mir ab und bedeckt nachdenklich seinen Mund mit der Hand. »Vielleicht Blumen?«

Mein Blut kocht. Die Vorstellung, dass er ihr Blumen schenkt, weckt in mir Mordgelüste. »Kauf ihr ein Reisemagazin. Sie sollte öfter mal aus dem Bundesstaat herauskommen. Oder gleich aus dem Land.«

»Hm, ich glaube, ich tendiere zu Schmuck. Ohrringe. Was mögen Frauen, Naomi? Hilf mir doch ein bisschen. Mögen Frauen Diamanten?«

»Diamanten?«, kreische ich. »Für deine Kollegin? Was für eine Botschaft willst du denn damit senden?«

»Was soll denn an Diamanten falsch sein?«, antwortet er engelsgleich und schenkt mir einen pseudoverwirrten Gesichtsausdruck. »Stacy ist ein wertvolles Mitglied unseres Teams. Ich denke, Stacy verdient …«

»Ich schwöre bei Gott, Nicholas, wenn ich den Namen dieser Frau noch einmal aus deinem Mund höre, klebe ich deine Lippen zusammen. Ich schleife dich nach draußen und werfe dich zurück in diesen blöden See, diesmal aber mit splitternacktem Hintern. Ich gehe in dein Büro und kette mich an dein Handgelenk, damit du niemals eine private Interaktion mit ihr haben kannst. Wenn du versuchst, ihr Diamanten zu schenken, werde ich sie stehlen und sie deinem Essen untermischen. Es ist mir scheißegal, wie *wertvoll*…«

Ich hole kurz Luft.

Nicholas lacht.

»Findest du das lustig?«, frage ich so schrill wie eine Sirene.

»Ein bisschen«, gibt er zu und versucht sein Grinsen zu verbergen. »Und das Wort heißt *splitterfasernackt*. Nur damit du Bescheid weißt.«

»Wenn du dieser Frau Blumen schenkst«, knurre ich, »dann werde ich…«

»Was wirst du dann?« Er steht plötzlich auf und kommt so schnell auf mich zu, dass ich keine Zeit habe zu reagieren.

Seine Hände versinken links und rechts von meinem Kopf in der Sofalehne, sein Gesicht schwebt über meinem. Ich versuche, zurückzuweichen, aber ich weiß nicht, wohin. Mein Herz pocht so heftig, dass es schmerzt.

Nicholas wirft mir einen wilden Blick zu, seine Augen glühen. »Was wirst du tun, Naomi?«

In seinem Tonfall liegen Erwartung und Spannung. Etwas, das trotz unserer ständigen Streitigkeiten immer noch hofft. Ich suche nach einer scharfen Waffe, aber ich finde keine. Ich stehe ihm auf unserem Schlachtfeld gegenüber und lasse meine gesamte Rüstung fallen.

»Weinen«, flüstere ich.

Die Schnüre unserer Zurückhaltung reißen, und er lässt

sich auf mich fallen, rittlings auf meinen Schoß, die Knie auf dem Sofa aufgestützt, damit sie sein Gewicht tragen. Seine Finger vergraben sich in meinem Haar, und seine Lippen finden meine, weich und warm und einladend.

Er ist nicht sanft. Nicholas' Zunge huscht fordernd auf der Naht meiner Lippen entlang, und ich öffne sie für ihn, weil mir ganz schwindelig ist und er mich *so* küsst. Hat er mich jemals so geküsst? Wenn ja, erinnere ich mich nicht daran.

Ich brauche ein paar Sekunden, um zu verstehen, was passiert, aber als ich es tue, bin ich überwältigt davon, wie sehr mein Körper darauf aus ist, mein Gehirn zu verraten und die zerstörerischen Dinge zu vergessen, die wir uns gegenseitig angetan haben. All diese Gedanken gleiten unter Wasser, während ich mich an ihn dränge und er in dem Bedürfnis, mir noch näher zu kommen, seine Hüften gegen meine kippt. Wir küssen uns so heftig, dass wir vergessen zu atmen. Das ist an diesem Punkt unwichtig. Ein winziges Detail.

Je länger wir uns berühren, desto verwirrter bin ich, bis ich anfange zu glauben, dass ich die Fakten verdreht habe. Ich glaube, ich hasse ihn zu achtzehn Prozent.

Nicholas dreht uns so herum, dass ich jetzt auf seinem Schoß sitze, was mir eine aufregende Machtposition verleiht. Wenn ich wollte, könnte ich das hier sofort beenden. Oder ich könnte seine Handgelenke fester umfassen und ihn küssen, beißen und schmecken. Ich kann alles tun, was mir gefällt. Ich spüre, dass er es zulässt.

Eines muss allerdings jetzt schon noch geklärt werden. »Du wirst Stacy niemals etwas geben, solange du lebst«, informiere ich ihn. »Es ist mir egal, ob sie dich um einen Kaugummi bittet oder dich nach der Uhrzeit fragt. Sie bekommt nichts von dir.«

Sein schelmisches Lachen kitzelt mir im Nacken. »Es gibt kein Wichteln.«

Ich reiße mich los, um ihn anzuschauen, meine Finger krallen sich in seinen Hemdkragen. »Wie bitte?«

Er antwortet nicht, also klopfe ich ihm mit dem Handrücken auf die Schulter. »Nein, im Ernst jetzt. *Wie bitte?*«

Nicholas' Blick ist lustvoll und irrlichternd. Seine Stimme krächzt. »Antworte mir und lüge mich nicht an. Betrügst du mich mit Zach?«

Es gab bisher ein paar Hinweise, dass ich in einem Traum feststecke, aber diese Frage bestätigt es nun. Ich beobachte ihn genau und versuche herauszufinden, ob er es ernst meint. Er kann es nicht ernst meinen. »Bist du verrückt?«

»Bitte nicht. Gib mir nicht das Gefühl, dass das alles nur in meinem Kopf passiert.«

Es ist die gequälte Art, wie er spricht, und dieses *Bitte nicht,* das mich berührt. Ich weiß nicht, ob ich jemals zuvor wirklich zärtlich zu Nicholas war – was für eine Schande! Ich weiß nicht, wie es ist, sich ihm gegenüber verwundbar zu zeigen, aber ich habe jetzt keine andere Alternative. Ich muss behutsam vorgehen. Ich versuche, ihn zu küssen, aber er bewegt seine Lippen nicht, er wartet auf die Wahrheit und atmet in kleinen Stoßzügen aus. Er ist genauso durcheinander wie ich.

»Nein«, sage ich und blicke ihm in die Augen, damit er weiß, dass ich ehrlich bin. »Ich betrüge dich nicht mit

Zach und auch nicht mit einem anderen. Ich habe dich nie betrogen. Wie kommst du darauf?«

Seine Antwort kommt schnell: »Du magst es nicht, dass ich deine Kollegen treffe. Zach hasst mich. Wann immer ich ihn sehe, ist er ohne Grund feindselig. Du lachst sehr laut, wenn du seine Nachrichten liest. Und du hast das Interesse an mir verloren, was ich mir nicht einfach nur eingebildet habe. Ich habe gespürt, wie du dich entfernt hast.«

Was er sagt, macht eigentlich Sinn, aber gleichzeitig ist es so absurd, dass ich mich des Lachens nicht erwehren kann, das aus mir platzt.

Es ist die falsche Reaktion. Nicholas' Augen blitzen vor Wut. Er versucht, mich wegzustoßen, aber ich überrasche ihn, indem ich meine Arme um seinen Hals schlinge. Ich bebe noch immer vor Lachen, als ich sage: »Es tut mir leid. Ich stelle mir gerade den Gesichtsausdruck von Zach vor, wenn er hört, dass du denkst, wir hätten was miteinander.«

Nicholas ist verlegen und irritiert und versucht jetzt ernsthaft, mich von sich zu stoßen, also beeile ich mich. »Er mag dich nicht, weil er in dir den unheimlichen Zahnarzt sieht, der ihm zwanzig Wurzelkanalbehandlungen ohne Narkose verpassen will. Er würde es abfeiern, wenn er wüsste, was du ihm zutraust und dass er so präsent ist in deinem Kopf, denn so ist Zach nun mal. Er genießt es, Menschen zu irritieren. Aber nein, zwischen Zach und mir läuft nichts. Niemals. Wenn du mir nicht glaubst, kannst du ihn fragen. Er und sein Freund werden sich darüber bestimmt köstlich amüsieren, da bin ich mir sicher.«

Nicholas schaut mich immer noch skeptisch an. »Sein Freund?«

»Ja. Ich glaube, er steht auch auf Frauen oder er hat es früher getan.« Ich zucke mit den Achseln. »Aber es geht mich nichts an. Wir haben uns noch nie besonders füreinander interessiert.« Ich schließe die Augen. »Was ist mit dir? Hast du mich jemals betrogen?«

»Nein.«

Er klingt aufrichtig. Er sieht aufrichtig aus. Ich möchte ihm glauben, aber …

»Auch nicht mit Stacy?«

Er schluckt und wendet seine Augen ab. Das fühlt sich an wie ein Schlag in die Magengrube. »Ich habe von Stacy gesprochen, um dich zu verwirren. Ich wollte nur eine Reaktion provozieren. Ich wollte sehen, ob es dich überhaupt interessiert, wenn du denkst, dass ich …« Er ist am Ende und versucht, eine vernünftige Erklärung zu finden. »Ich hätte nicht … Aua.«

»Du hast absichtlich versucht, mich glauben zu lassen, du könntest in eine andere Frau verliebt sein? Um mich zu verletzen?«

»Nicht, um dich zu verletzen. Um zu sehen, ob du dich dadurch verletzen lässt. Es klingt schlimm, aber das ist etwas anderes.« Ich bin mir nicht sicher, ob es das ist.

»Du hast recht, das klingt schlimm.«

Aber ich bin an all dem nicht unschuldig. Erst vor ein paar Tagen habe ich einen Millimeter Holz von seinem Schreibtischbein abgefeilt, damit der Tisch wackelt. Ich habe auch versucht, ihn absichtlich verrückt zu machen.

Ich beuge mich vor und küsse ihn wieder. Seine Überraschung weicht dem Verlangen, er legt seine Hände auf meine Hüften. Es ist elektrisierend, wie unerlaubt sich das für mich anfühlt. Ich bin nicht dieselbe Naomi, und er ist nicht derselbe Nicholas. Es ist, als würde ich meinen Verlobten betrügen. Das Tempo und die Intensität unserer Küsse ändern sich ständig. Mal sind sie rasend schnell und heftig, dann wieder langsam und forschend. Wir sind bei jedem Wechsel synchron, wir sind geduldig und dann wieder nicht, neugierig und prüfend und dann verzweifelt. Vor allem sind wir aber ganz bewusst. Ich vergesse nicht, wen ich küsse. Ich schalte nicht ab.

Das ist es, was mich gerade so berührt: Wie lebendig dieser Mann ist. Jeder kleinste Teil von ihm ist lebendig und kommuniziert mit allen meinen Sinnen. Es ist nicht so, dass er noch nie so ausgesehen, sich noch nie so angefühlt oder so geschmeckt hätte. Es geht darum, dass ich geschlafen habe. Ich frage mich, was sich ihm alles während dieser Küsse offenbart. Was er gerade über mich herausfindet.

Es ist so erleichternd, dass wir in diesen Momenten auf der gleichen Wellenlänge sind. Es war anstrengend, mit ihm zu kämpfen, und es ist eine schöne Abwechslung, einmal auf andere Weise mit ihm zu ringen. Ich möchte einen Nebel der Lust erzeugen, der so dicht ist, dass er nie mehr den Weg nach draußen findet.

Er schmeckt nach Süßigkeiten, die anfangs sauer sind und dann eine unerträgliche Süße auf der Zunge entfalten. Wir sind auf unsere Grundbedürfnisse reduziert. Heiße, brennende Haut. Halb geschlossene Augen. Schwerer Atem. Überall Hände. Ich möchte, dass er mich berührt, ohne sich zu fragen, was ich denke – nimm den Körper, lass den Kopf beiseite. Ihm so nah zu sein, dass er mich nicht genau anschauen kann, ist ein Segen, ich verstecke mich direkt vor ihm, lenke ihn mit meinem Mund an seinem Hals ab, jedes Mal, wenn er kurz zögert und umschwenken will, um meine Gedanken zu suchen.

Als wir aufhören, versuche ich immer noch herauszufinden, was diese Küsse gerade zu bedeuten haben. Wir ziehen uns langsam zurück und beobachten uns gegenseitig. Vielleicht hat er Waffen hinter seinem Rücken versteckt, aber irgendwie glaube ich nicht daran. Meine sind in greifbarer Nähe.

Die Gefühle, die ich empfinde, sind so verwirrend, dass ich dankbar bin, als er aufsteht und sich am Temperaturregler der Heizung zu schaffen macht. Normalerweise bin ich nicht sehr nervös, aber im Moment rase ich auf eine ausgewachsene Panikattacke zu. Ich weiß nicht, was gerade passiert, und ich weiß nicht, was in diesen Tagen in Nicholas' Kopf vorgeht. Und ganz sicher weiß ich nicht, was in meinem Kopf vorgeht. Ich laufe in mein Schlafzimmer, wobei mir klar ist, dass er mich ganz genau dabei beobachtet, wie ich die Treppe hochgehe. Ich habe das Gefühl, als läge ich unter einem Mikroskop und Nicholas' kluges Gehirn würde Nachrichten entschlüsseln, die ich unwissentlich absende, durch die Art, wie ich mich bewege oder wie weit meine Finger gespreizt sind oder welche Färbung meine Wangen haben. Noch nie war es so offensichtlich, dass er in mich hineinschauen kann. Die Frage lautet: Wie lange schaut er schon hinein?

Ich spüre noch immer seinen Blick auf mir, selbst als ich

im Bett liege, mein Herz unregelmäßig pocht und meine Augen weit geöffnet in die absolute Dunkelheit starren.

Es ist sehr spät, als ich meine, den Türknauf klappern zu hören. Ich habe die Tür aus Gewohnheit abgesperrt. Vielleicht bilde ich mir das Geräusch auch nur ein. Ich schließe meine Augen nur kurz, will dann aufstehen und nachsehen, aber als ich sie eine Sekunde später wieder öffne, dämmert es bereits.

Kapitel 14

Ich ziehe mich im schwachen Morgenlicht an und schleiche zum Treppenabsatz. Nicholas' Tür ist angelehnt, also nähere ich mich ihr auf Zehenspitzen. Sein Bett ist leer, die mit Palmenblättern bedruckte Decke ist aufgeschlagen. Ich weiß, wie sich diese Decke auf meiner nackten Haut anfühlt. Ich betrachte sie wie einen alten Freund, den ich lange nicht gesehen habe, zusammen mit dem Kopfteil des Bettes, das wir gemeinsam ausgesucht haben. Die Vorhänge haben wir auch gemeinsam ausgesucht. Zu Beginn unserer Beziehung haben wir zu allem Ja gesagt, wir schwebten auf einem Hoch, hatten nur das Ziel, uns gegenseitig glücklich zu machen. Ich hätte in einem Schlafsack geschlafen, wenn er das gewollt hätte.

Sein neues Schlafzimmer ist genauso eingerichtet wie unser altes. Die Matratze ist neu, da ich die alte in mein Zimmer genommen habe. Nachdem ich einen kurzen Blick zur Tür werfe, setze ich mich aufs Bett und hüpfe ein wenig darauf rum. Diese Matratze ist so viel besser als meine. Mein Zimmer ist voller Überbleibsel: die Vorhänge, die früher in unserer alten Küche hingen, sind zu kurz und lassen zu viel Licht herein. Meine Tagesdecke ist eine Weihnachtsdecke.

Ich betrachte den leeren Platz neben seinem Kleiderschrank und stelle mir vor, wie meiner daneben steht. Mein Nachttisch sollte auf der rechten Seite des Bettes stehen, und dadurch, dass er fehlt, wirkt der ganze Raum irgendwie nicht richtig. Ein Kissen liegt genau dort, wo eigentlich mein Kopf liegen sollte.

Es ist eine schlechte Idee, sich hier aufzuhalten, aber ich bin zu neugierig. Ich durchstöbere seinen Schrank, berühre alle seine Hemden und Anzüge. Das elfenbeinfarbene Hemd, das er bei unserem katastrophalen Verlobungs-Fotoshooting trug. Unser Lächeln wirkte auf jedem Bild gezwungen. Zwischen den Aufnahmen murrten wir vor uns hin und warfen uns gegenseitig vor, uns keine Mühe zu geben.

Ein Foto aus diesem Shooting sollte eigentlich eingerahmt auf seinem Nachttisch stehen. Auf dem Nachttisch steht aber nur eine Lampe. Enttäuschung steigt in mir hoch, aber dann sehe ich, was an der Wand hängt. Er hat das Verlobungsfoto, auf dem sich keiner von uns Mühe gegeben hat, durch ein Foto aus dem letzten Winter ersetzt. Es ist, ein paar Tage nachdem er mir den Heiratsantrag gemacht hat, entstanden. Es ist ein bisschen verschwommen, und mein Arm ist unverhältnismäßig breit, weil ich ihn zum Fotografieren ausstrecke.

An der roten Farbe im Hintergrund erkennt man, dass wir uns in der Küche seines Freundes Derek befinden. Es war Dereks Einweihungsparty, und als Gag hatten wir ihm eine Waffe besorgt, die Marshmallows schießt. Nicholas steht neben mir, sein Kopf liegt auf meiner Schulter. In letzter Sekunde verlässt unser Blick die Kamera; wir bemerken gerade, dass an der Decke direkt über uns ein Marshmallow klebt. Meine Hand liegt in seinem Nacken, nachdem ich ihm gerade durchs Haar gestrichen habe. Diese Geste erscheint mir durchaus liebevoll, und ich habe sie schon ewig nicht mehr gemacht. So wird aus einem gestellten Bild ein aufrichtiges.

Als der Blitz losging, fiel dieser Marshmallow auf Nicholas' Kopf, und alle lachten. *Hast du das?*

Nein, ich habe den Moment kurz davor festgehalten.

Schade.

Ich frage mich, wann Nicholas dieses Selfie hat drucken lassen. Warum gerade dieses unter all den Hunderten, die wir von uns gemacht haben? Warum sollte er es aufhängen wollen? Bis jetzt dachte ich, es existiere nur auf meiner Instagram-Seite. Wenn man sich das Bild jetzt ansieht und sich die Emotionen wieder wachruft, verfestigt es sich zu einer eigenständigen Erinnerung.

Ich bin schon zu lange in seinem Schlafzimmer – in seinem, nicht in unserem – und müsste mich eigentlich rausschleichen, bevor er mich erwischt, aber ich muss noch mehr wissen. Ich bin auf einer Mission, ich will die Habseligkeiten dieses Mannes, die Dinge, die er täglich berührt, genauer untersuchen. Ich habe das alles schon so oft gesehen, dass ich abgestumpft bin, also muss ich mich konzentrieren. Schau durch die Augen der neuen Naomi.

Ich stöbere in seinem Nachttisch und fasse jeden Gegenstand an. Den Kontaktlinsenbehälter und die Flasche mit der Lösung. Das Brillenetui. Gleitmittel, das ich genauso gut wegwerfen könnte. Ein altes Ladegerät, das nicht mehr zu seinem aktuellen Handy passt. Skittles. Ein Stift und ein Notizblock aus einem Holiday Inn, auf das oberste Blatt habe ich ein Smiley gemalt. Ich greife nach einer leeren Strohhalmhülle, deren Enden zusammengebunden sind, und lasse sie gleich wieder fallen, als die Erinnerung mich trifft.

Vor ein paar Monaten hat Leon chinesisches Essen für alle in den Junk Yard gebracht. Nicholas kam vorbei, während wir aßen. Er sah in seinem schicken schwarzen Blazer und in den teuren Schuhen sehr eigenartig aus. Ich glaube, die Hänseleien, die er wegen seiner Rose-typischen Kleidung ertragen muss, sind der Grund, warum er sich so an die Khaki-Arbeitskleidung klammert, er will zeigen: *Seht her! Ich kann auch lässig sein.*

Er wollte mich überraschen und zum Essen ausführen und verstand nicht, dass ich das billige Essen, das Leon mitgebracht hatte, nicht einfach stehen lassen wollte, um eine Stunde lang in irgendein gehobenes Restaurant zu fahren. Ich war hier Teil von etwas, Teil dieser Junk-Yard-Familie. Er war der Außenseiter, verärgert darüber, dass seine Pläne durchkreuzt wurden. Verärgert darüber, dass ich eine neue Familie hatte und er nicht dazugehörte.

Als aus seinem Überraschungsessen also nichts wurde, war er sich nicht sicher, ob wir ihn in der Nähe haben wollten. Er schlenderte ein paar Minuten lang unbeholfen durch den Laden, offensichtlich angespannt, und warf uns Blicke zu, wenn wir lachten. Ich schloss mich ihm nicht an, während er umherirrte, in dem schmerzlichen Bewusstsein, dass die Hälfte meiner Kollegen ihn nicht mochte. Ich wollte nicht, dass sie mich in denselben Topf werfen wie ihn. Mich Nicholas anzuschließen, hätte eine Geste der Loyalität ihm gegenüber bedeutet, aber es wäre auch mein Weg ins Außenseiterdasein gewesen.

Also blieb ich, wo ich war, und versuchte nicht, ihm in seiner Verlegenheit zu helfen. Ich versuchte nicht, ihn in unser Gespräch einzubinden. Ich nahm die Hüllen aller Strohhalme und band sie zu Armbändern, die wir alle anlegten, sogar Melissa. Nicholas kam genau in dem Moment wieder zu uns herüber, als ich ein zusätzliches Armband machte, also gab ich es ihm. Ein nachträglicher Einfall.

Und er hat es behalten. Er hätte es wegwerfen können, als wir umgezogen sind, aber hier ist es. Ein Zeugnis von Nicholas' geheimer Sentimentalität.

Mein Hals brennt. Meine Finger kringeln sich um dieses Stück Abfall, das in dieser Schublade wie ein kostbarer Schatz aufbewahrt wird. Ich höre ihn unten husten, schiebe das Armband wieder an Ort und Stelle und verlasse schnell den Raum.

Als ich unten ankomme, sehe ich Nicholas auf dem Sofa liegen und im Schlaf husten. Gebrauchte Taschentücher sind über dem Couchtisch und dem Boden verteilt. Er hat sich in den Decken verheddert, während er sich hin- und hergewälzt haben muss, sein Shirt ist nach oben gerutscht und legt einen Teil seines Bauches frei. Seine Haare sind durcheinander, und seine Brille sitzt ihm schief im Gesicht. Er sieht jung, gerötet und süß aus.

Ich nehme ihm die Brille vorsichtig ab und lege sie auf den Beistelltisch, dann befühle ich seine Stirn. Sie ist feucht, aber er hat kein Fieber. Er weiß nicht, dass ich ihn beobachte, also kann ich ungestört genauer hinsehen. Sein

Knochenbau ist so feingliedrig, dass ich ihn darum sehr beneide. Er hat während seiner Entwicklung als Embryo alle Gene von Harold abgeschüttelt, und je älter er wird, umso vornehmer wird er aussehen.

Die Taschentücherbox ist leer, also hole ich eine neue aus dem Schrank. Dann entdecke ich, dass er hier unten ganz allein eine anstrengende Nacht verbracht hat, mit Erkältungsmitteln, die über den ganzen Tresen unter unserem Medizinschrank verstreut sind. In der Spüle steht ein Medikamentenbecher aus Plastik mit einem Tropfen kirschroter Flüssigkeit darin. Mir wird bewusst, dass er wahrscheinlich unten geschlafen hat, damit sein Husten mich nicht weckt, und mein Herz macht einen kleinen Sprung.

Ich wühle in den Schränken, finde eine Tüte Hustenbonbons und lasse sie für ihn auf dem Tisch liegen.

»Du musstest ja unbedingt dieses Boot haben«, murmele ich und tappe in den Salon. Ich quetsche mich hinter seinen Schreibtisch, schaue nach draußen und japse fast.

Draußen ist ein Winterwunderland. Etwa zehn Zentimeter schimmernden Schnees bedeckt alles, sogar den See, was bedeutet, dass das Kanu nicht wegkommen kann. Es liegt in der Mitte des Sees und ist umgeben von Eis. Der Wald ist atemberaubend schön, der Sonnenaufgang leuchtet über dem Rand der Welt auf und färbt die Zwischenräume zwischen den Zweigen, als wären sie Buntglas.

Ich wünschte, Nicholas wäre wach, um das zu sehen, aber andererseits hat Schnee für ihn nicht die magische Wirkung wie für mich. Für ihn bedeutet Schnee, dass er losfahren muss, um …

Ach, Mist.

Meine Freude verpufft. Nicholas hat mich einmal in einem Buchladen zurückgelassen, um zu seinen Eltern zu fahren und im strömenden Regen Lebensmittel aus Deborahs Kofferraum ins Haus zu tragen. Sie hatte ihn angerufen und darum gebeten. Er mäht das Gras und repariert Dinge in und um das Haus seiner Eltern, außerdem koordiniert er ihre Arzttermine und Finanzen. Er ist unheilbar besorgt und wird sie sein Leben lang verhätscheln, ob nun nötig oder nicht.

Ich schaue zum Sofa auf seinen jämmerlich-kranken Körper. Bei jedem Huster hebt sich sein Kopf vom Kissen. Er ist so erschöpft, dass der Husten ihn nicht einmal aufweckt. Dieser Mann ist krank, aber das wird ihn nicht davon abhalten, zu seinen Eltern zu fahren, um ihre Einfahrt freizuschaufeln. Das ist Nicholas. So ist er.

Ich blicke wieder nach draußen auf den Schnee, auf das Außenthermometer, das minus sieben Grad anzeigt, und ich denke mit einer Heftigkeit, die mich durchrüttelt: *Nein. Auf gar keinen Fall.*

Es gibt nur einen Weg, ihn aufzuhalten. Ich greife nach Mantel und Mütze, sehe dann aber seinen Overall. Es ist vielleicht ganz schlau, eine etwas dickere Arbeitskleidung zu tragen. Nachdem ich meine Ghostbusters-Ausrüstung angezogen und die Hosenbeine hochgekrempelt habe, damit sie nicht mehr über den Boden schleifen, beschließe ich, aufs Ganze zu gehen und mir auch seine scheußliche Ohrenklappenmütze zu schnappen. Sie riecht nach ihm, was mich auf seltsame Weise beruhigt, das Futter ist herrlich weich.

Ich muss mir auch so eine besorgen.

Sobald ich mich fertig eingemummelt habe, schnappe ich mir die Schlüssel des Jeeps und werfe drei verschiedene Schaufeln hinten rein. Drei Schaufeln unterschiedlicher Größe, denn ich schäme mich zu sagen, dass ich noch nie Schnee geräumt habe, also weiß ich nicht, welche ich benutzen muss. Nicholas schaufelt für uns alle. Ich glaube, das ist eine Sache, die ich bisher nicht zu schätzen wusste: Als wir noch im alten Haus gewohnt haben, hat er immer einen Weg von unserer Veranda zu meinem Auto freigeräumt. Er hat mich nie gebeten, es an seiner Stelle zu tun, nicht ein einziges Mal.

Er hat sogar die Türen und die Windschutzscheibe meines Autos enteist. Er tat es, bevor er zur Arbeit ging, während ich noch schlief.

Die Scham brennt mir im Gesicht. Wann habe ich ihm das letzte Mal dafür gedankt? Wann habe ich zuletzt bemerkt, dass er diese kleinen Dinge für mich tut? Ist mir jemals in den Sinn gekommen, dass sie eben nicht selbstverständlich sind? Ich war so besessen davon, dass er diese Dinge für seine Eltern tut, dass ich nicht realisiert habe, dass er sie auch für mich tut.

Ich fahre sehr, sehr langsam zu Mr und Mrs Roses Haus in der Sycamore Lane. Nur in der Hauptstraße wurde gestreut, aber der Jeep ist ein totaler Champion und rutscht kein einziges Mal weg. Ich sitze hinter dem Steuer von Nicholas' Jeep, den er ohne mein Wissen gekauft hat, und habe auf der langen Fahrt viel zu viel Zeit, um darüber nachzudenken, was für ein Arschloch ich bin.

Als ich die Einfahrt der Roses hochfahre, sehe ich, dass

Lichter im Haus brennen, Deborah ist also wach. Harold hat noch mindestens bis Mittag Zeit, bevor er sich aus dem Bett rollt.

Der schöne, unberührte Schnee, der die Einfahrt bedeckt, macht mich wütend. Die Roses haben kein Problem damit, Menschen einzustellen, die ihr Haus putzen, die Rosenbüsche schneiden und die Dekosteine in den Blumenbeeten arrangieren. Aber aus welchem Grund auch immer, brauchen sie Nicholas unbedingt, um bestimmte spezielle Probleme zu lösen. Sie erwarten es. Sie sagen, er sei so *gut*, so *lieb*, und dieser Druck wiegt zehn Tonnen und stellt sicher, dass er nie damit aufhören wird. Sollte er seine zuvorkommenden Hilfeleistungen einstellen, werden sie ihm die Anerkennung entziehen. Er wird nicht mehr der gute, der gütige Sohn sein. Er weiß, wie sie über Heather sprechen und dass sie bei einem einzigen Fehltritt genauso über ihn sprechen werden.

Ich knurre den Schnee an, die warmen, leuchtenden Fenster und Deborahs Silhouette, die herausschaut, umgeben von einem Strahlenglanz mütterlicher Freude.

Nicky ist hier, um sich um alles zu kümmern! Er liebt es, uns zu helfen und sich gebraucht zu fühlen.

Heute nicht, ihr Schwachköpfe! Heute bekommt ihr einen Ersatz, der so inkompetent ist, wie man nur sein kann, wenn es um körperliche Arbeit geht, und ihr müsst damit klarkommen.

Ihre Einfahrt zeigt mir sogleich ihr grausamstes Gesicht, meine Schaufel schlägt gegen eine Eiskruste. Ich stoße mich tief hinein, meine Nase tropft wie ein Wasserhahn. Ich stehe einem gefrorenen Eisblock von *Warum*, *lieber Gott, warum?* gegenüber, während mein Körper in diesem Overall wie eine Kerze schmilzt. Das ist wirklich das Letzte. Das Allerletzte. Ich verfluche meine gegenwärtige Situation mit jedem Schimpfwort, das mir einfällt. In der Regel ist Nicholas hier, lange bevor er zur Arbeit muss, und ich laufe geistig diese Zeitlinie ab. Damit er um sieben Uhr duschen und anschließend zu Rise and Smile fahren kann, muss er diese Arbeit hier im Dunkeln verrichten. Ich bin in seinem Namen so sauer, dass ich schneller schaufle.

Es ist ehrlich gesagt erstaunlich, dass er seinen Eltern gegenüber überhaupt noch so etwas wie Wohlwollen empfinden kann. Ich will sie herausschleifen und ihnen mit dieser Schaufel ein Grab graben.

Es gibt so viel Schnee zu räumen, dass ich gar nicht weiß, wie ich methodisch vorgehen könnte. Ich tue es also willkürlich, indem ich den Schnee einfach über die Schulter werfe. Deborah und Harold bekommen keine sauberen Schneehaufen links und rechts der Einfahrt. Sie bekommen ein Gemetzel. Mir fällt ein, dass Nicholas aus dem Schneider sein wird, wenn es wieder schneit und ich ein zweites Mal komme und ein derartiges Chaos anrichte. Mr und Mrs Rose werden mich anflehen, es bleiben zu lassen. Sie werden jemanden anheuern, der es macht.

Als ich etwa zur Hälfte fertig bin, öffnet sich die Haustür, und Deborah tritt in einem Pelzmantel, der sicherlich nur aus Babytieren gefertigt ist, heraus. Sie hält eine dampfende Tasse in der Hand. Mit einem strahlenden Lächeln im Gesicht nähert sie sich mir, bis sie schließlich erkennt, wer die Person im Overall und mit der schrecklichen Mütze ist.

»Oh!«

Ihr Entsetzen ist belebend. Ich möchte es in Parfüm verwandeln. In Kleidung. In Badekugeln.

»Naomi«, sagt sie in einem gravitätischen Ton, als hätte sie gerade die schlimmsten Nachrichten erhalten. »Ich hatte nicht erwartet…«

»Ist das für mich?« Ich greife nach der Tasse. Es ist heiße Schokolade. Bevor Deborah antworten kann, nehme ich sie ihr ab und trinke einen Schluck. Oben schwimmen Minimarshmallows. Ich wette, sie hat zweiunddreißig reingetan, einen für jedes von Nicholas' Lebensjahren. Diese heiße Schokolade schmeckt viel besser als die, die sie mir bei Winterbesuchen anbietet, was meinen paranoiden Verdacht bestätigt, dass Nicholas das gute Zeug bekommt, während ich nur der Discounter-Ware würdig bin.

Ihr Mund ist zu einem runden O erstarrt, während sie mir beim Trinken zusieht. »Danke«, sage ich, als ich fertig bin und ihr den Becher zurückreiche.

»Geht es Nicholas gut?«

Ich will ihm einen Besuch von Mutti samt einer von *der Frau* gekochten Hühnersuppe ersparen. »Bestens«, sage ich fröhlich. »Ich mache dann mal weiter. Es gibt viel zu tun!«

Der Rest der Einfahrt schaufelt sich praktisch von selbst, während ich in Gedanken bei Nicholas bin. Wenn er das nächste Mal zum Schaufeln herkommt, sollte ich ihn begleiten und ihm helfen. Wir würden es in der Hälfte der Zeit schaffen.

Als ich wieder in den Jeep steige, schmerzen alle meine Muskeln, die noch nicht vor Kälte abgestorben sind. Ich bin schon seit zwei Stunden hier. Ich bin mir sicher, dass Nicholas nicht länger als eine Stunde braucht, um die gleichen, wenn nicht sogar bessere Ergebnisse zu erzielen. Als ich wegfahre, hupe ich zweimal zum Abschied, weil ich mir vorstelle, dass Nicholas das wahrscheinlich tut.

Die Rückfahrt nach Hause ist besser als die Fahrt hierher, da die Schneepflüge die Straßen geräumt haben. Ich kann es kaum erwarten, anzukommen und zu duschen, aber ich denke daran, dass Nicholas eine harte Nacht hatte. Wenn er aufwacht, wird er sich zugleich hungrig und erbärmlich fühlen und nicht motiviert sein, sich etwas zu essen zu machen.

Die meisten Lokale sind sonntagmorgens geschlossen, aber im Blue-Tulip-Café, dem Café, das Brandys Schwester gehört, werde ich begeistert empfangen. Keiner der Tische ist besetzt, und zwischen den Gebäckstücken in der Vitrine sind keine Lücken, ich bin also die erste Kundin des Tages. Diesem Ort wird es ähnlich ergehen wie dem Junk Yard, das wissen wir alle, also kaufe ich extra viel. Sandwiches, Suppe, Kaffee. Einer der Mitarbeiter hilft mir, alles zum Auto zu tragen.

Ich mache noch einen Zwischenstopp, um Erkältungs- und Grippemittel zu kaufen, bevor ich nach Hause fahre. Zum ersten Mal seit unserem Umzug assoziiere ich das Haus im Wald mit *Zuhause* anstelle des weißen Hauses in der Cole Street.

Als ich die Einfahrt hinauffahre, sehe ich Nicholas in der Tür stehen. Während ich Essen und Medikamente auslade, kommt er in seinen Hausschuhen heraus.

»Geh wieder rein!«, fordere ich ihn auf.

»Ich wollte dir helfen.«

»Du musst dich hinsetzen. Du bist krank.«

Er nimmt mir dennoch den Kaffee und die Suppe ab. Ich amüsiere mich über die Art, wie er mich immer wieder vollkommen verwirrt anstarrt. Deborah muss ihn bereits angerufen und ihm einen vollständigen Bericht erstattet haben. *Überall im Hof liegen jetzt Schneehügel, sie hat ihn einfach irgendwo hingeworfen. Und dann hat sie deine heiße Schokolade getrunken! Die gute Sorte!* »Das hättest du nicht tun müssen«, sagt er, als wir reingehen. »Die Einfahrt meiner Eltern freischaufeln. Warum hast du das getan?«

»Wenn niemand auftaucht, um ihre Einfahrt freizuschaufeln, könnte deine Mutter gezwungen sein, es selbst zu tun. Kannst du dir Deborahs Gucci-Hosenanzüge in *diesem* Schnee vorstellen?«, kichere ich. »Das wäre die reinste Katastrophe. Also habe ich mir gesagt: *Ich nehme es mit dir auf, Schnee!*«

Er macht riesige Augen. Wenn er mich vor Kurzem als Wechselbalg bezeichnet hat, schaudere ich bei dem Gedanken daran, was er jetzt über mich denkt. Ich dränge ihn, auf dem Sofa zu warten, bis ich ihm sein Frühstück bringe, dann fühle ich seine Stirn, um sicherzugehen, dass er kein Fieber hat. Es ist bezaubernd, wie seine Haare in alle Richtungen abstehen, und ich fahre mit den Fingern durch sie hindurch. Ich glaube, ich könnte mich an dieses ganze *Ich überrasche ihn und mache ihn sprachlos*-Sache gewöhnen. Es ist toll.

»Sieht hübsch aus da draußen«, sagt er, nachdem er ein paar Bissen von seinem Frühstückssandwich gegessen hat, und weist mit einem Nicken in Richtung Fenster. Seine

Stimme ist ein wenig heiser, was wahrscheinlich noch dadurch verstärkt wurde, dass Deborah ihn am Telefon zum Reden gebracht hat. Es wird ein Jahrhundert dauern, um den Schaden, den sie ihm zugefügt hat, wiedergutzumachen, aber ich beginne mit WICK VapoRub und einem Luftbefeuchter. »All der Schnee. Es sieht aus wie auf einer Weihnachtspostkarte.«

Er mag diese Assoziation haben, so wie er da sitzt, warm und kuschelig eingepackt. Ich habe im Moment keine positive Einstellung zu Schnee. Scheiß auf Schnee. Ich wünschte, die globale Erwärmung würde sich beeilen und den Winter abschaffen. Ich brumme, stapfe an ihm vorbei und lege schon mal einige meiner Klamottenschichten ab.

»Ich geh mal duschen und lege mich vielleicht ein bisschen hin«, sage ich. »Kommst du zurecht?«

Er nickt, immer noch ganz perplex. Er sollte wegen einer netten Geste nicht so verblüfft sein. Es sollte eine Selbstverständlichkeit sein, aber das ist es nicht, und das ist meine Schuld. Ich habe ihm nette Gesten vorenthalten, um ihn dafür zu bestrafen, dass er mir nicht genug nette Gesten geschenkt hat, und man sieht ja, wohin uns das geführt hat.

Ich schlafe länger, als ich wollte, weil mein Wecker nicht geklingelt hat. Vielleicht habe ich mir nur eingebildet, ihn gestellt zu haben. Als ich meinen schmerzenden Körper die Treppen runterquäle, schreit Nicholas: »Noch nicht! Warte kurz.«

Er legt seine Handflächen auf meine Augen und schiebt mich in die Küche, wo ich zehn Minuten lang warten muss, bis er heiser ruft: »Okay! Du kannst jetzt reinkommen.«

»Du musst deine Stimme schonen«, sage ich, während ich in die Richtung gehe, aus der seine Stimme gekommen ist. Ich bleibe wie angewurzelt in der Salontür stehen.

Er hat alles umgestellt: Der Fernseher ist weg, und sein Schreibtisch steht an einer Wand. Mein Schreibtisch ist nun auch hier drin, er ist seinem ebenbürtig und nicht in eine zugige Wohnzimmerecke gequetscht. Das Zimmer sieht nun nicht mehr aus wie sein Büro, sondern wie ein gemeinsamer Raum. Meine Schuhe stapeln sich neben seinen. Meine Kerzen sind da, ebenso wie seine Modelleisenbahn. Sein Aktenschrank und mein Bücherregal, das eine Mischung aus meiner Belletristik und seinen Sachbüchern beherbergt. Seine Füllfederhaltersammlung und meine Menagerie aus Junk-Yard-Kuriositäten. Das ist eine wahre Vermählung unserer persönlichen Gegenstände.

Er beobachtet mich und jede kleinste Veränderung in meiner Miene. Er sieht meine Reaktion auf den Kamin sofort. Ich spüre einen Druck in meinen Nebenhöhlen, einen Schlag auf die Brust.

Auf dem Kaminsims steht ein Nussknacker.

Ich stelle mir vor, wie er sich wegen meiner dahingesagten Bemerkung durch unsere Kisten mit dem Weihnachtsschmuck gewühlt und wie er den Staub von Mr Nussknackers glänzendem schwarzem Hut weggepustet hat. Wie er vor Genugtuung gegrinst hat – *Da bist du ja.* Wie bescheuert, wegen eines Nussknackers Tränen in den Augen zu haben. Aber so bin ich nun mal.

»Ich nehme mir morgen frei«, sagt er. »Wir fahren ein

Sofa aussuchen, das wir hier vors Fenster stellen, damit wir die Aussicht genießen können.« Dann fügt er hinzu: »Wenn du … wenn du einverstanden bist?«

Ich nicke. *Ja.* Jetzt bin ich an der Reihe, sprachlos zu sein. Er lächelt, und ich glaube, er macht das auch gerne, mich mit einem Akt der Güte völlig zu überraschen.

Nicholas fühlt sich gegen Abend schon viel besser, aber er beschließt, dass er sein Glück bei diesem Wetter nicht überstrapazieren will, also sagen wir das Abendessen mit Mr und Mrs Rose ab. Ich mache gegrillten Käse, er wärmt Tomatensuppe auf, und wir sitzen nebeneinander auf dem Sofa, essen und schauen *Das Büro.* Es ist das beste Essen, das ich je gegessen habe.

* * *

Spät in der Nacht wache ich auf, weil ich Durst habe. Als ich an seiner Tür vorbeikomme, greife ich aus einem Impuls heraus nach dem Knauf. Ich drehe ihn – nur um nachzusehen –, aber die Tür ist abgeschlossen. Ich bin nicht sicher, ob ich hineingehen würde, wenn sie offen wäre. Ich kann es ihm nicht verübeln, dass er sich vor mir abschirmt, denn ich habe das auch getan, aber im Moment macht mich unser System des *Wie du mir, so ich dir* nicht wütend, und es gibt mir auch keine Energie. Doch es enttäuscht mich und verletzt mich mehr als jede Beleidigung.

* Kapitel 15 *

Rise and Smile ist an Thanksgiving geschlossen, was uns sehr gelegen kommt, weil Nicholas und ich es bis zur letzten Minute aufgeschoben haben, die Deko für den Thanksgiving-Tisch zu kaufen. Als Nicholas in der sechsten Klasse war, hat er in seinem Kunstkurs ein Kunstwerk aus Seidenpapier und Zuckermais gebastelt, und danach wurde es für ihn zur Familientradition, jedes Jahr eine neue Thanksgiving-Tischdekoration mitzubringen. Normalerweise bastelt er selbst ein großes Teil, aber in diesem Jahr hat er den ganzen November mit irgendwelchen Ausbesserungsarbeiten verbracht. Also müssen wir noch einkaufen gehen.

Ich sitze am Küchentisch und frühstücke, als Nicholas durch die Hintertür hereinkommt. Er hat seinen Overall an, für den ich mittlerweile großen Respekt habe, seit ich weiß, wie warm er hält. Er nimmt mein blaugrünes Lieblingsglas aus dem Schrank, füllt es mit ein wenig Wasser und stellt es neben meine Teetasse. Dann stellt er eine Wildblume hinein. Sie sieht ein bisschen mitgenommen aus durch den Frost und den Schneefall, aber die meisten ihrer Blütenblätter sind noch intakt.

»Ahhh.« Ich lächle überrascht.

»Ich habe sie in der Scheune entdeckt, oben auf dem

Heuboden. Ich musste eine Leiter besorgen, um dranzukommen.«

Ich traue dieser Scheune nicht. Sie ist windschief und etwa fünftausend Jahre alt. Es macht mich ganz nervös, mir vorzustellen, wie Nicholas eine Leiter hochsteigt, die gegen verfaulende Holzbalken gelehnt ist. »Danke. Das war doch aber nicht nötig.«

»Na ja, ich dachte, es wäre schön.«

»Ich brauche wirklich keine Blumen.«

Sein Blick verurteilt mich zu einem qualvollen Tod. »Egal«, füge ich schnell hinzu. »Ich will sie manchmal schon, wahrscheinlich …«

Sein Mund zuckt, und er isst die Hälfte meines Wurst-Burritos in einem Bissen auf. Als er duschen geht, bewundere ich aus unerklärlichen Gründen meine halb verwelkte Blume. Es gibt nichts besonders Interessantes an dieser Pflanze. In einer Stunde wird sie vermutlich völlig tot sein. Ich denke, ich werde der Gesellschaft die Schuld daran geben, dass ich mir Blumen wünsche. Die gesellschaftlichen Normen haben mich so konditioniert, dass ich denke, ich brauche diese sterbenden Pflanzen, um mich geliebt und geschätzt zu fühlen. Objektiv betrachtet sind sie nutzlos, das weiß ich. Aber es ist der Gedanke, der mir im Gedächtnis bleiben wird, nicht die Farbe der Blume oder wie hübsch sie ist.

Nicholas' Geste, als er die Blume gesehen, an mich gedacht und eine Leiter geholt hat, um sie zu pflücken – das ist das, was bleiben wird. Zu sehen, wie er sie in mein blaugrünes Lieblingsglas stellt, das wird bleiben.

Als ich fertig angezogen bin, sehe ich, dass Nicholas ein

grünes Henley-Shirt anhat, das ich noch nie zuvor gesehen habe. Es lässt die Jadenuancen in seinen farbwechselnden Augen funkeln. Der Ausschnitt ist groß genug, dass ich seine Schlüsselbeine sehen kann. Gütiger Himmel! Der Mann hat zwei fabelhafte Schlüsselbeine. Dann fallen mir seine schön gerundeten Schultern auf. Der Himmel meint es wirklich sehr gut mit mir.

Er pfeift, während er die Spüle mit Seifenwasser füllt und zum ersten Mal in diesem Jahr Geschirr spült. Ich starre den veränderten Nicholas an, und mein Herz schlägt schneller.

Er hat sein Haar anders gestylt, die weichen Locken fallen ihm locker in die Stirn und sind nicht nach hinten gegelt. Quasi ohne es zu wollen, nähere ich mich ihm, bis ich definitiv in seinen persönlichen Raum eindringe. Liegt es an den Haaren? Am Shirt? An der Blume? Daran, dass er ungefragt Hausarbeit erledigt? Was auch immer es ist, heute ist er hundertmal heißer als sonst. Wenn er nun auch noch anfängt, den Boden zu fegen und das Fusselsieb zu reinigen, brauche ich Riechsalz.

Nicholas' fleißige Hände halten im Waschbecken inne, als ich sein Gesicht berühre. »Du hast eine sehr schöne Kinnlinie«, sage ich, und man hört meiner Stimme an, dass ich mich darüber wundere.

Er blinzelt und guckt weg. »Ähm, danke.«

»Dein Hals ist auch sehr schön.« Es ist tragisch, dass ich bisher nicht bemerkt habe, was für einen großartigen Hals er hat. Wer hätte gedacht, wie schön so ein Hals sein kann?

Mein unverschämtes Taxieren macht etwas mit ihm.

Sein Hals wird vor meinen Augen rot und fleckig. Ich wirble mit meiner Blume herum und schaue ihm wie ein Wüstling zu, während er den Abwasch macht. Dann reiße ich mich wieder etwas zusammen. Immer wenn ich meinen Blick von ihm abwende, spüre ich, wie er zu mir schaut, und muss automatisch wieder zu ihm hinsehen. Unsere Blicke begegnen sich immer wieder, und ich bin mir sicher, dass er gemerkt hat, wie ich im Stillen *Oh mein Gott* gesagt habe. Je nervöser ich werde, desto breiter wird sein Lächeln.

Ich denke nicht groß darüber nach, warum ich beschließe, ein besseres Shirt anzuziehen und meinen Lippenstift aufzufrischen. Es ist Thanksgiving, und das ist der einzige Grund, warum ich meinen Mikro-Pony mit einem Stirnband tarne und mir Locken mache. Man muss an den Feiertagen gut aussehen. Man muss den beigen BH gegen den aus schwarzer Spitze tauschen und sich mit einem Spray namens *Verschlinge mich* einsprühen. Diese Regeln habe nicht ich gemacht.

Im Badezimmer trifft mich fast der Schlag: Er hat nach dem Rasieren das Waschbecken sauber gemacht. Kein einziges Haar klebt am Wasserhahn. Die Körperfresser kommen.

Dieses Detail lässt mich so großzügig werden, dass ich schon mal in die Kälte rausgehe, um den Motor zu starten, damit sich das Auto ein bisschen vorwärmt. Ich fühle mich dabei wie eine Heldin. Ich bin die selbstloseste Verlobte, die es je gegeben hat. Ich rutsche beinahe auf einer gefrorenen Pfütze aus und stelle mir für den Bruchteil einer Sekunde vor, wie ich in einem Krankenhausbett liege, das Bein in einer dieser Schlingen und angehoben, und wie Nicholas ganz viel Aufhebens um mich macht und mein Kissen aufschüttelt. Ich beklage mich nicht einmal über mein gebrochenes Bein. *Ist nicht so schlimm,* sage ich stoisch. *Ich bin froh, dass du nicht gestürzt bist.* Nicholas weint, weil ich so stark bin. Er hat noch nie eine so unglaubliche Frau getroffen.

»Danke«, sagt er, als wir losfahren. »Es ist schön warm hier drin.« Er erwischt mich dabei, wie ich ihn wieder von der Seite anstarre, und lächelt. Er strahlt richtig, wenn er glücklich ist.

Ich muss mich zusammenreißen. Sicher, er hat mir eine einzelne halbtote Blume geschenkt, und sein Haar sieht heute recht verführerisch aus, aber – meine Güte! – wir schlafen in getrennten Schlafzimmern. Es ist noch gar nicht so lange her, dass ich darüber fantasiert habe, wie ich mein Hochzeitskleid zusammenrolle und freudig zusehe, wie es im Kamin verbrennt. Trotz all der scheinbar positiven Entwicklungen, die sicher nicht von Dauer sein werden, muss ich mich jetzt wieder auf meine Strategie konzentrieren. Sobald ich mich wieder erinnern kann, wie die aussah. Er lullt mich mittels irgendwelcher Hexenkräfte ein, damit ich nicht klar denken kann.

»Wohin fahren wir?«, frage ich, als er seinen rechten Blinker betätigt.

»Zum Bastelladen hier oben«, antwortet er und bestätigt meine Befürchtungen. Den Job bei Let's Get Crafty will ich wirklich *unbedingt* haben, ich sollte drei Tage nach dem Vorstellungsgespräch über ihre Entscheidung in Kenntnis gesetzt werden. Das war letzte Woche, und der Manager hat sich immer noch nicht bei mir gemeldet. Ich denke jede Minute und jeden Tag darüber nach, wie ich mich nun verhalten soll, aber wenn sie sich noch nicht gemeldet haben, dann heißt das sicher, dass sie zu einer Absage tendieren. Aber solange ich mich in der Schwebe befinde, kann ich mir weiterhin Hoffnungen machen.

»Ich dachte, wir fahren einfach zum Walmart in Beaufort.«

Er wirft mir einen seltsamen Blick zu. »Hast du mich nicht dazu gedrängt, lokaler einzukaufen? Der Grund, warum alle unsere Geschäfte in Morris geschlossen haben, ist, weil wir ständig für alles zu Walmart fahren.« Wir denken beide an das geschlossene Junk Yard. Es tut immer noch weh.

Ich verrate meine Prinzipien, als ich antworte: »Ja, aber die kleineren Läden sind wahrscheinlich teurer.«

»Das ist schon okay.«

Ich greife nach Strohhalmen. »Wir haben jetzt nur noch ein Einkommen.«

»Entspann dich, Naomi.« Er parkt, drückt meine Hand und steigt aus dem Auto. Ich kann nicht in diesen Laden gehen. Sie werden mich erkennen. Sie werden denken, dass ich sie stalke. Jemand wird vor Nicholas meine Bewerbung erwähnen, und er weiß nicht, dass ich immer noch nach einem Job suche. Er geht davon aus, dass ich aufgegeben habe, weil ich nicht darüber rede. Das Einzige, was ich in der Sache bisher hätte berichten können, ist nichts Gutes – also erzähle ich gar nichts. Ich habe mir vorgenommen, erst dann wieder darüber zu sprechen, wenn ich gute Nachrichten habe, und das wird vielleicht nie passieren.

Dieser Tag ist schrecklich. Der Himmel hat eine kränkliche Farbe, und es ist kalt, aber der ganze Schnee ist geschmolzen und hat schwarzen Schneematsch hinterlassen. Ich habe zu viel Lippenstift aufgetragen, meine Haut brennt heiß und juckt, und ich hasse mein Auto. Mein Puls schlägt Purzelbäume.

»Was ist denn los?«, fragt Nicholas, während er mir die Tür zu Let's Get Crafty aufhält. Ich liebe und ich hasse diesen Laden. Sollte ich den Job bekommen, werde ich ihn mehr als alles andere auf der Welt lieben. Wenn ich abgelehnt werde, werde ich in Zukunft alle Bastelartikel nur noch bei Walmart kaufen, damit dieser Laden stirbt. Ihr müsst mich nicht darauf hinweisen, dass ich ein schlechter Mensch bin, weil ich so denke, ich weiß es bereits.

»Kopfschmerzen«, murmele ich.

»Hast du kein Aspirin in deiner Handtasche?«

»Glaub nicht.« Gekrümmt krame ich in der Tasche und versuche mich klein und unauffällig zu machen.

»Ich habe an ein Füllhorn gedacht«, sagt Nicholas. »Oder ist das übertrieben?«

Die Antwort lautet selbstverständlich *Ja*, aber ich mache mir im Moment keine besonderen Gedanken über die Thanksgiving-Deko für den Esstisch seiner Eltern. Meine Augen suchen die Decke nach versteckten Kameras ab. Ich denke an einen Mann in einem Hinterzimmer, der ein Sandwich isst und mich auf einem winzigen Fernsehbildschirm beobachtet. *Ist das nicht eine der Bewerberinnen? Oh, wie traurig. Ich wette, sie kommt hierher, um uns anzubetteln, damit wir ihr den Job geben.*

»Naomi?«, fragt Nicholas. Ich habe das Gefühl, dass dies nicht das erste Mal ist, dass er meinen Namen innerhalb der letzten dreißig Sekunden gesagt hat. Er schnippt mit den Fingern vor meinem Gesicht.

»Pssst!«, flüstere ich und schlage meinen Mantelkragen hoch, um mein Gesicht dahinter zu verbergen. Ich sehe aus wie ein Zeichentrick-Privatdetektiv. »Sei leise.«

»Wieso? Hier ist doch niemand.« Er sieht sich um. »Stell dir vor, wir wären zu Walmart gefahren. Die Gänge wären voll gewesen. Hier haben wir den ganzen Laden für uns allein.«

Nicholas zwingt mich dazu, ihm zu sagen, was ich von Plastikgemüse halte, und versucht festzustellen, ob es zu unecht aussieht. »Sollten wir stattdessen echtes Gemüse verwenden? Ich dachte, Plastik wäre weniger verschwenderisch. Wir könnten es wiederverwenden.«

»Wofür?«

»Vielleicht als Deko im Büro.«

Richtig. *Esst euer Gemüse, Kinder!* Was für Einfälle dieser Mann hat!

»Echtes Gemüse wäre besser«, sage ich. »Komm, lass uns in den Supermarkt fahren.«

»Ich will mir erst alles ansehen, was sie hier haben.« Er macht große, staunende Augen, weil er viel zu viele Optionen sieht. Ich verliere ihn endgültig, als er beginnt, zwischen einem Füllhorn aus geflochtenen Weidenzweigen oder aus gebogenem Draht hin- und herzuüberlegen. Wir werden hier sicher zwei Stunden verbringen.

Ich bleibe dabei, dass ich ganz schnell hier raus will. »Ein Füllhorn, bist du dir da sicher, Nicholas? So was hat dein Urgroßvater als Deko benutzt. Wieso gehst du das Ganze nicht ein bisschen moderner an? Minimalismus ist in – ein einzelner roter Apfel, das wär's doch.«

Er rümpft die Nase. »Das wirkt nicht beeindruckend. Es wird aussehen, als hätte ich mir überhaupt keine Mühe gegeben.«

»Willkommen in meinem Leben. Auf dieser Seite ist es viel einfacher, versprochen.«

Ich sollte keine selbstkritischen Bemerkungen machen, denn sie verstärken das Klischee, dass ich keine Ambitionen habe, mir keine Gedanken mache und faul bin, aber ich habe es mir zu einer seltsamen Gewohnheit gemacht.

Er fährt mit einem Finger auf meiner Wirbelsäule entlang, weil er weiß, dass mich das ganz wahnsinnig macht, und lächelt, als ich mich winde. Dann stöbert er in aller Seelenruhe weiter. Jedes Mal, wenn wir um die Ecke in einen neuen Gang biegen, verkrampft sich mein Magen vor Sorge, dass der Manager auftaucht und fragt, ob wir Hilfe brauchen. Das ist unvermeidlich. Diese kleinen Geschäfte sind verdammt noch mal viel zu freundlich.

Zwanzig Jahre später und ohne meine Hilfe hat Nicholas einen Einkaufskorb mit allem gefüllt, was man braucht, um im Frühling ein Vogelhaus zu bauen, und ich kann es kaum erwarten zu sehen, dass er sie nie wieder anfasst; dazu noch ein paar zufällige Kleinigkeiten, die um fünfzig Prozent reduziert wurden. Er weiß nicht, was er mit all dem machen wird, aber er hat eine Schwäche für diese neongrünen Rabattaufkleber. »Man weiß nie«, sagt er und pfeift, während er ein Paket mit blauen Knöpfen in Rosenform in den Korb wirft. Ich muss eingreifen.

Im nächsten Gang befinden sich Dekoartikel für Hochzeitsfeiern. Wir bleiben beide erschrocken stehen.

»Ich glaube, ich habe dahinten Kiefernzapfen gesehen«, sage ich, und er nickt hastig.

»Ja, sehen wir uns die Kiefernzapfen noch einmal an.«

Wir sind Memmen, und wir wissen es. Am Ende schnappen wir uns vier Netze mit Kiefernzapfen (die wir gratis in unserem Garten sammeln könnten) als Rechtfertigung dafür, den Hochzeitsgang gemieden zu haben. Ich bin müde. Meine Nerven sind angespannt. Ich flehe ihn an, sich in Sachen Tischdeko endlich zu entscheiden, und er greift nach einer Keksdose, die wie ein Truthahn aussieht. Wir werden sie mit Tannenzapfen füllen. Es ist eine halbherzige Wahl, und es bricht ihm das Herz, mit einer Deko zum Abendessen aufzutauchen, die nicht alle umhaut, aber ich kann langsam nicht mehr richtig atmen, und Nicholas' Arm ist wahrscheinlich schon von roten Flecken übersät, weil ich ihn so fest drücke, um ihn dazu zu bringen, sich zu bewegen.

»Okay, dann gehst du jetzt zur Kasse. Ich warte im Auto auf dich.«

Nicholas hört mich nicht, er zieht mich mit sich zur Kasse. Als ich sehe, wer hinter der Kasse steht, gefriert mir das Blut in den Adern.

Melissa.

Ich möchte stöhnen, aber zwinge mich zu einem Lächeln. Meine Haut brennt, meine Organe kochen.

»Hey, Naomi«, grüßt sie fröhlich. Dieser freundliche Ton ist sehr verdächtig. Vielleicht ist ihr Chef in der Nähe. Gott, ich hoffe nicht.

»Hey, Melissa! Wie schön, dich zu sehen! Wie geht's dir denn so? Neuer Job, was?«

»Ich habe am Montag angefangen! Ich habe ja so ein Glück gehabt! Im Moment stellt niemand neue Leute ein.« Sie schenkt mir ein strahlendes Lächeln, das auf ihrem sonst so hasserfüllten Gesicht völlig fremd aussieht.

Ich möchte aus dem Laden laufen. *Ich habe am Montag angefangen!* Der Job, den sie jetzt hat, ist der Job, für den ich mich beworben habe. Melissa war im Mitbewerberpool, Melissa hat mich geschlagen.

Und niemand hat mich angerufen, um mir zu sagen, dass ich den Job nicht bekomme. Das tut besonders weh, weil die Frau, mit der ich das Vorstellungsgespräch geführt habe, so nett und sympathisch war. Vielleicht hat sie sich vorgenommen, mir ihre Absage erst nach den Feiertagen mitzuteilen, damit ich Thanksgiving nicht weinend und im Schrank eingeschlossen verbringe.

»Herzlichen Glückwunsch«, sage ich und stehe dabei neben mir. »Ich hoffe, es gefällt dir hier.«

»Oh, ich *liebe* es. Ich … äh …« Sie lässt sich beim Einscannen viel Zeit, ihre Hände bewegen sich in Zeitlupe. »Ich habe gehört, dass du dich auch hier beworben hast. Wäre das nicht lustig, wenn wir beide wieder an demselben Ort arbeiten würden?«

Nicholas wirft mir einen scharfen Blick zu.

Meine Stimme ist ganz leise. »Ich glaube, es gab nur eine offene Stelle.«

Melissa weiß das natürlich. »Oh ja, stimmt. Viel Glück bei der weiteren Jobsuche.« Sie lächelt schadenfroh, während sie den Nippes über den Scanner zieht.

»Sie wird schon etwas finden«, mischt sich Nicholas sanft ein. »Wir warten darauf, dass es wirklich passt. Sie kann nicht einfach *irgendeinen* Job annehmen, der ihr angeboten wird – vor allem nicht bei Unternehmen, die wahrscheinlich sowieso innerhalb des nächsten Jahres geschlossen werden.«

Melissas Blick verdunkelt sich. Ich bin Nicholas so dankbar, dass ich weinen möchte.

»Zum Glück befinde ich mich nicht in dieser Lage«, sagt sie hochnäsig. »Let's Get Crafty geht's *hervorragend.*«

Nicholas schaut sich absichtlich lange im leeren Laden um. »Sicher.«

Melissas Stimme klingt plötzlich gar nicht mehr so beschwingt, die Fassade bröckelt. »Es ist Thanksgiving. Natürlich ist heute nicht viel los.«

Nicholas muss nicht einmal antworten. Er hebt die Augenbrauen und lächelt arglos. Das ist effektiver als ein Grinsen. Es ist ein Ausdruck, den ich gut kenne und der mich normalerweise wütend macht, aber wenn er Melissa gilt, ist er prima.

»So …« Sie gibt vor, Probleme mit einem Preisschild zu haben, und zieht damit dieses Gespräch in die Länge. »Und, hast du in letzter Zeit noch mehr giftige Blumen verbrannt, Naomi?«

Nicholas spannt sich an. Ich werde sie mit der Nadel ihres Namensschildes erstechen.

»Dazu hatte ich keine Zeit. Ich war sehr beschäftigt.«

»Womit denn? Du hast doch keinen Job.«

»Vielleicht haben wir gerade wahnsinnig viel Sex«, fährt Nicholas verärgert dazwischen. »Vielleicht haben wir kein

Gefühl mehr dafür, wie die Tage vergehen, weil wir nicht aufhören können zu vögeln.« Ich schnaube ganz unladyhaft, weil das, was er sagt, erfreulich unpassend und auch so unwahr ist, dass es irgendwie wehtut. »Das geht dich wirklich nichts an, oder?«

Melissa lässt nun jede Höflichkeit sein. »Das ist ungefähr das, was ich von dir erwartet habe. In deiner Praxis wird viel gevögelt, und das weiß ich aus Erfahrung. Es würde mich nicht schockieren, wenn auch du diese Zahnarzthelferin vögeln würdest. Du und Seth, ihr beide. Die Leute, mit denen du befreundet bist, sagen viel über dich aus.«

»Ach du meine Güte«, fauche ich sie an. Ich konnte es immer verstehen, wenn sie sich über Seth beschwert hat (was oft vorkam), aber sie hier in dieser neuen Umgebung zu sehen, mit einer Arbeitsweste, auf der ganz viele verschiedene Knöpfe genäht sind, ist einfach zu viel. Ich lasse nicht mehr zu, dass sie uns beschimpft. »Diese Geschichte schon wieder? Du warst mit dem Kerl gerade mal anderthalb Monate lang zusammen. Und seit Mai hörst du nicht auf, dich zu beschweren. Deine Wut macht mich krank, Melissa.«

»Oh, entschuldige bitte, dass ich mich in deinen Augen nicht schnell genug von meinem Herzschmerz erholt habe.«

»Wenn du einen Schlussstrich unter die Sache mit deinem Ex ziehen willst, dann geh doch zu ihm und sprich *mit ihm* darüber.« Ihr Mund öffnet sich, aber ich hebe meine Hand. »Hör zu, es tut mir leid, dass Seth ein Arschloch ist und dich betrogen hat. Das hast du nicht verdient. Ehrlich gesagt, könntest du einen viel besseren Typen finden, er ist es nicht wert, ihm so hinterherzutrauern. Aber nichts von dem, was dir passiert ist, ist unsere Schuld.« Sie schaut böse zu Nicholas und will loslegen, aber ich komme ihr zuvor. »Du hörst jetzt für immer damit auf, Nicholas deswegen anzugreifen, verstanden? Ich will nichts mehr über diesen Scheiß hören.«

Ich denke, Nicholas war in seinem ganzen Leben noch nie so erstaunt. Er schaut mich genauso an wie ich ihn heute Morgen.

Melissa bewegt sich immer ruckartiger, während sie unsere Einkäufe in eine Tüte stopft. »Kannst du das bitte doppelt einwickeln?«, fragt Nicholas, und wir haben beide eine sadistische Freude daran, Melissa dabei zuzusehen, wie sie die Keksdose doppelt umwickelt.

»Und dann doppelt einpacken?«, fügt er hinzu.

Die Grausamkeit ist so gekonnt subtil, dass man sie fast als Kunst bezeichnen könnte.

Sie wickelt sie dreifach ein. »Passt das so?«

Er lächelt charmant. »Perfekt.«

Ihr wütender Blick trifft mich, und ausnahmsweise tue ich nicht das, was ich immer tue, wenn sie und Nicholas sich streiten. Ich kaue nicht auf meinen Fingernägeln und mache keinen entschuldigenden Gesichtsausdruck. Stattdessen aktiviere ich meine innere Deborah Rose und tue so, als wäre ich extrem wichtig und als hätte ich meinen sicheren Platz in der Welt. Ich erschrecke bis ins Mark über mich selbst.

»Na dann, viel Glück mit deinem Leben«, sagt Melissa böse, nachdem wir bezahlt haben.

Ich beschließe, diejenige zu sein, die mehr Größe hat.

»Dir auch, Melissa. Ich wünsche dir viel Glück. Alles Gute mit diesem Job.«

Nicholas beschließt, keine Größe zu zeigen, und nimmt im Weggehen einen Penny aus der Trinkgeldbox. Ich bewundere seine Gehässigkeit.

»Schönes Thanksgiving!«, ruft er über die Schulter.

»Ihr zwei seid Arschlöcher!«, ruft sie zurück. »Ihr habt euch gegenseitig verdient.«

Ich halte den Daumen hoch. »Danke!«

Kaum sind wir zur Tür raus, können wir uns das Lachen nicht mehr verkneifen. Wir werfen unsere Sachen ins Auto und springen hinein, als wären wir auf der Flucht. Wir klatschen uns ab. »Du. Warst. Fantastisch.«

»Danke, danke, danke.« Er grinst. »Du aber auch.«

»Ich bin so froh, dass ich sie nicht mehr sehen muss.«

Er schaut mich von der Seite an. »Aber sie hat recht, was Seth betrifft. Ich bin es wirklich leid, ihn zu verteidigen. Ich fühle mich … ich weiß nicht. Ich habe noch nie mit einem Freund Schluss gemacht.«

Ich bin kein Fan von Seth. In der einen Hälfte der Zeit ist er nett, aber in der anderen Hälfte geilt er sich daran auf, Nicholas runterzuziehen. »Du darfst dich sehr wohl verteidigen, wenn Menschen deine Gefühle verletzen. Du hast es verdient, von Menschen umgeben zu sein, die es gut mit dir meinen.« Dass ausgerechnet ich das sage, ist so ungeheuerlich, dass ich fast erwarte, dass mich sofort der Blitz trifft. Dennoch habe ich recht: Er verdient Freunde, die sich tatsächlich wie Freunde verhalten. Und ich übrigens auch. »Und das weißt du auch. Gib dir die Erlaubnis, dich selbst an erste Stelle zu setzen.«

»Ich weiß nicht, wie man das macht.«

»Ich werde dir dabei helfen. Und wenn Seth sein Verhalten nicht ändert, habe ich immer noch die Nummer der Umzugsfirma. Ich werde dich mit den Jungs zusammenbringen. Wir stecken dich in zerrissene Jeans und … *ta-da* – ihr werdet im Nu beste Freunde.«

Er lächelt.

»Was auch immer du wegen Seth machen willst, es ist deine Entscheidung«, sage ich, »aber wenn du Unterstützung brauchen solltest, bin ich da. Du musst es mir nur sagen, und ich erschrecke ihn so sehr, dass er nie wieder aus der Reihe tanzt.«

Er nimmt meine Hand und gibt mir einen Kuss auf den Handrücken. »Danke«, murmelt er.

* * *

Nichts währt ewig.

Das ist das feierliche Dekret, das in meinem Kopf schwirrt, als wir uns an Deborahs und Harolds Tisch setzen. Vor uns liegt dieses Fest, das ein gewisses Maß an Glück verheißen sollte, in diesem Fall tut es das aber nicht, weil uns ein sehr langes Essen bevorsteht, bei dem wir an diesem Tisch gefangen sind und eine sehr lange Konversation am Leben halten müssen.

Ich weiß, was das Thema sein wird. Es ist Deborahs Lieblingsthema. Wenn wir allein sind, gelingt es Nicholas und mir sehr gut, es zu umschiffen, wie es sich auch im Bastelladen beim Umgehen des Gangs mit der Hochzeitsdekoration gezeigt hat.

»Habt ihr die Einladungen schon verschickt?« Deborah legt sofort los, während sie ihrem Mann sehr dunkle Truthahnstücke auftut. Er darf sich nicht selbst bedienen, weil er »die Portionen so schlecht einschätzen kann«. Die Diät, die sie ihm aktuell auferlegt hat, verbietet Fleischfüllung, weißes Fleisch und Kartoffeln, und er sieht aus, als würde er anfangen zu weinen. »Es ist schon fast Dezember.« Sie schaut zu Nicholas, dann zu mir. Sie spricht eine Anschuldigung aus, das ist klar. Sie denkt, es sei meine Schuld, dass die Einladungen noch nicht rausgegangen sind.

Nicholas tut genau das, was ich tun würde. Er tut so, als hätte er sie nicht gehört. Und als sie die Frage wiederholt, tut er so, als wüsste er nicht, wovon sie spricht.

»Einladungen?« Er klingt so, als wäre das ein Fremdwort, das er nicht versteht.

Ich schaufle mir Kartoffelpüree in den Mund. Ich bin eine Dame. Ich habe Manieren. Niemand kann von mir erwarten, dass ich mit vollem Mund spreche.

Deborah schaut Nicholas eindringlich über ihrem Weinglas an. »Eure Hochzeitseinladungen, Liebling. Wir haben unsere noch nicht bekommen.«

»Braucht ihr eine offizielle Einladung?«, fragt er leise. »Ihr kennt doch das Datum und den Ort.«

»Ich brauche drei Einladungen: eine für mein Erinnerungsbuch, eine für euer Babybuch und eine für die Familienunterlagen. Außerdem brauchen alle anderen eine. Alle deine Tanten und Onkel. Fast jeden Tag ruft mich jemand an. *Wo bleibt meine Einladung? Bin ich nicht eingeladen?* Die Männer im Club deines Vaters und alle ihre Frauen sind schon ganz unruhig! Sie fühlen sich persönlich beleidigt. Du kannst niemanden auslassen, Nicky. Das ist unhöflich.«

Ich kenne niemanden von diesen Leuten, über die sie spricht. Nicholas kennt die meisten nicht, und die, die er kennt, mag er nicht. Ich glaube nicht, dass tatsächlich Unruhe entstanden ist. Deborah versucht nur herauszufinden, was vor sich geht, also erfindet sie irgendwelche Geschichten.

»Offen gesagt bringt mich das in eine unangenehme Situation«, fährt sie fort. »Die Leute wissen, dass ich die Organisation der Feier übernommen habe, und wenn du nun deine Pflichten vernachlässigst, wirft das ein schlechtes Licht auf mich.« Sie berührt ihre Halskette. Daran hängt ein Herz mit vier Geburtssteinen, die jeden in ihrer Familie repräsentieren. »Wenn du es also nicht aus Pflichtgefühl *dir selbst* gegenüber tust, dann tue es für *mich*.«

Nicholas schrumpft in sich zusammen. Es ist kein sichtbares Schrumpfen – nach außen sieht er aus, als sei alles in Ordnung. Sein Gesicht ist ruhig, sein Ton sanft. Aber ich fühle es mit meinem sechsten Sinn: Er hasst diese Situation. Wir haben uns gerade erst hingesetzt, und er wünscht sich jetzt, er könnte zur Tür hinauslaufen, aber das kann er nicht. Er sitzt hier fest als Nicholas Rose, der perfekte Sohn, und nach all den Jahren macht ihn diese Rolle mürbe.

»Harold«, bellt Deborah, als dieser versucht, ein Brötchen zu stehlen. »Du weißt, dass du das nicht essen darfst.«

»Du hast mir zu viele grüne Bohnen aufgetan«, jammert er. »Sie sind nicht einmal gewürzt.«

»Gewürze sind nicht gut für deinen Darm.« Sie wendet sich schroff von ihm ab und sagt zu Nicholas: »Komm diese Woche mit den Einladungen vorbei. Ich werde dir dabei helfen, die Adressen auf die Umschläge zu schreiben, wenn es sonst niemand tut.« Nette kleine Anspielung auf mich. »Sie müssen raus, wenn die Zusagen rechtzeitig eintrudeln sollen. Manche Gäste müssen ihre beruflichen Termine darauf abstimmen, um für die Hochzeit anreisen zu können, und es ist äußerst unüberlegt, bis zur letzten Minute zu warten, um ihnen diese wichtigen Informationen zu liefern. Ich wäre nicht überrascht, wenn meine Freundin Diana vom College es nicht schaffen würde, jetzt, da kaum noch Zeit für die Vorbereitungen bleibt.«

»Warum hast du deiner Freundin nicht einfach gesagt, wo und wann?«, fragt er. »Du weißt doch schon seit Monaten, dass es der 26. Januar in der Kirche St. Mary's sein wird. Um 13 Uhr. Du hättest es ihr einfach persönlich sagen können.«

»So macht man solche Sachen nicht! Es müssen richtige Einladungen verschickt werden. Das ist keine Trash-Hochzeit in Las Vegas, Nicholas. Du wirst dich entsprechend verhalten.«

Sie sagt es so, als hätte Nicholas sie im Stich gelassen und diese Hochzeit ruiniert, indem er nicht Himmel und Hölle in Bewegung gesetzt hat für eine Dame namens Diana. Er hat diese Diana sicher noch nie getroffen. Deborah braucht einfach nur ein Publikum für ihr »Bräutigam-Mutter-Outfit«, was auch immer sie da ausgesucht hat. Es ist sicher ein schillerndes Kleid, das meins in den Schatten stellt.

»Ich kümmere mich um die Einladungen, Mom«, sagt Nicholas freundlich. »Mach dir keine Sorgen.«

»Sag mir nicht, dass ich mir keine Sorgen machen soll, Nicky. Das ist mein Job. Und mach dich nicht lächerlich – ich helfe dir, diese Angelegenheit ein für alle Mal zu regeln. Komm am Mittwoch nach der Arbeit vorbei. Wir machen uns einen schönen Abend! Ich sage der Frau, sie soll diese winzigen Pizzabrötchen backen, die du so gern magst, und wir arbeiten bis Mitternacht, wenn es sein muss.« Mich lädt sie selbstverständlich nicht ein.

Ich bin bereit, mein Essen zu essen und auszublenden, wo ich mich befinde, als ich mich plötzlich an die Situation im Let's Get Crafty erinnere und wie schrecklich ich mich gefühlt habe, als ich Melissa hinter der Kasse gesehen habe. Ich musste meine unausgesprochene Absage zeitgleich mit der Info verarbeiten, dass Melissa den Job bekommen hat, und es hätte mir den ganzen Tag ruiniert, wenn Nicholas mich nicht gerettet hätte. Statt den Laden in mieser Stimmung zu verlassen, ging ich lachend raus.

»Nicholas und ich haben am nächsten Mittwoch etwas vor«, antworte ich für ihn.

Deborah schaut mich neugierig an. »Was macht ihr? Die Umschläge der Einladungen beschriften?«

Dazu kann ich mich nicht verpflichten. Meine Beziehung zu Nicholas ist ein wankendes Schiff. Das Versenden von Einladungen macht die Hochzeit nur allzu real, und ich kann mir immer noch nicht vorstellen, in St. Mary's vor den Altar zu treten. Ich kann mir nicht vorstellen, dass uns ein Priester mit monotoner Stimme Anweisungen gibt, wie man sich während der Ehe gegenseitig behandeln soll, und ich kann mir ebenso wenig vorstellen, dass ich dieses A-Linien-Kleid, das ich nicht mag, anziehe. Ich kann mir nicht vorstellen, wie ich Nicholas anschaue und höre, wie er sagt: *Ja, ich will.* Ich glaube auch nicht, dass Nicholas sich irgendetwas davon vorstellen kann, weshalb wir uns schon so lange um dieses Thema gedrückt haben.

»Fischen«, improvisiere ich. »In unserem Kanu.«

Deborah hustet auf ihr Essen. Harolds Hand schießt heraus, erwägt, ihr auf den Rücken zu klopfen, greift aber stattdessen ein Brötchen und stopft es sich zur Sicherheit in die Hosentasche. Ich mache ihm keinen Vorwurf. Die grünen Bohnen sind zum Kotzen.

»Du hast kein *Kanu,* Nicholas«, sagt sie, als hätte ich ihr gerade gesagt, dass wir alle unsere materiellen Besitztümer verschenken und uns einer Sekte anschließen wollen.

Nicholas sieht erschöpft aus, also antworte ich wieder für ihn. »Doch, wir haben eins! Es macht viel Spaß. Nicholas hat es neulich auf dem See ausprobiert.«

Sie ist entsetzt. »Wozu?«

Sie wendet sich mit der Frage nicht an mich, sie dürstet nach einer Reaktion ihres Sohnes. Ich habe recht mit meiner Vermutung: Dieser Mann muss gerettet werden. Das erfordert eine andere Strategie als die, die er angewandt hat, um mich im Let's Get Crafty zu retten. Mrs Rose ist nicht Melissa. Es ist mir scheißegal, was diese Frau mittlerweile über mich denkt, aber Nicholas ist es nicht scheißegal, also muss ich mich ihr mit Finesse nähern. Das wird mich Stolzpunkte kosten.

»Um Boot zu fahren natürlich«, sage ich ohne den

kleinsten Hinweis auf Unaufrichtigkeit. Heute Abend bin ich Shakespeare. »Es gibt viele Studien, die besagen, dass Kanufahren gut für die Psyche und den Körper ist. Es wird *meditativer Sport* genannt.« Ich weiß nicht, ob ich diese Terminologie selbst erfunden habe oder ob ich sie irgendwo gehört und unbewusst abgespeichert habe, aber so oder so bin ich stolz auf mich, dass ich sie im passenden Moment hervorgezaubert habe. *Meditativer Sport.* Klingt verdammt seriös.

Ich greife nach den Süßkartoffeln, aber Deborah schiebt die Schüssel weg. »Iss die nicht, Liebes. Deine zukünftigen Kinder werden sonst orange.« Sie beugt sich über den Tisch und kommt ihrem Teller so gefährlich nah, dass einige Haarsträhnen beinahe in die Soße fallen. »Nicky. Hast du dich schon um die Hochzeitsgeschenkeliste gekümmert? Ich muss das in die Ankündigung der Kirche aufnehmen. Ich lasse sie in jedem Kirchenzettel veröffentlichen und überlege auch, ob ich nicht die *Beaufort Gazette* bitte, einen Beitrag über dich zu schreiben.«

Nicholas nimmt einen Atemzug, aber ich drücke unter dem Tisch leicht gegen sein Knie. Ich bin sein Ritter in glänzender Rüstung. Das ist jetzt meine Rolle hier. Langsam verstehe ich, dass es schon immer meine Rolle gewesen sein sollte, aber ich habe es nicht erkannt und meinen Einsatz verpasst, als mein Schützling das erste Mal von feuerspeienden Müttern angegriffen wurde. Ich muss die verlorene Zeit wieder aufholen. »Deborah, dieser Truthahn schmeckt *sooo* lecker. Was ist dein Geheimnis?«

Ihr Geheimnis ist, dass sie ihn nicht gekocht hat, sondern jemand anders, aber sie ist so verblüfft, dass sie darauf reagieren muss. »Oh. Ich … äh … äh … Butter. Und Gewürze. Und viel Liebe!« Sie lächelt leicht wahnsinnig und redet nur Bullshit. »Liebe ist die wichtigste Zutat von allen.«

»Das stimmt. Liebe ist sehr wichtig.« Ich werde sie ab jetzt keine Sekunde mehr loslassen. Ich werde jeden Quadratzentimeter dieses Gesprächs einnehmen, und einmal in seinem Leben wird Nicholas sein Essen aufessen können, solange es noch warm ist. Er wird sich heute Abend keinen Honig in den Tee rühren, um seinen Hals nach zwei Stunden des Redens, Redens, Redens zu beruhigen. »Es ist so schade, dass Heather nicht hier sein kann. Ich würde sie so gerne endlich mal kennenlernen.« Heather hat an ihrem achtzehnten Geburtstag die Stadt verlassen und kommt nur dann nach Hause, wenn sie sich absolut nicht herausreden kann. Nach dem, was ich gehört habe, haben sie und Deborah eine äußerst schwierige Beziehung, seit Heather ein Teenager und Deborah der Schrecken aller Elternabende war.

»Heather!« Deborah fächert sich beinahe Luft zu. *Volltreffer.* »Ja, das ist nicht nur schade, es ist mehr als das, es ist eine Schande, dass sie an Thanksgiving nicht nach Hause kommen wollte. Ich habe gebettelt. Ihr Vater hat sie angefleht.«

Harold runzelt die Stirn, während er sich Essen in den Mund schaufelt, und fragt sich offensichtlich, ob er sie tatsächlich angefleht hat. Er gibt auf, darüber nachzudenken, und stibitzt ein Stück Truthahnbrust.

»Es ist, als würden wir ihr nichts bedeuten!«, fährt Deborah fort. »Ich sage ihr am Telefon immer, dass wir

Glück haben mit Nicky, sonst wären wir ganz allein. Unser Nicky versteht den Wert der Familie.«

Sie hält inne und schaut ihn an, um sich darauf vorzubereiten, direkt mit ihm zu sprechen, also sage ich: »Ja, das tut er. Nicholas ist ein guter Mann, und ich könnte nicht stolzer auf ihn sein. Ihr habt ihn gut erzogen. Oh, diese Cranberrysoße ist göttlich! Ich habe schon ewig keine so leckere Cranberrysoße mehr gegessen. So wie meine Mutter sie immer zubereitet hat, hat sie nicht geschmeckt.« Ich mache einen übertriebenen Ekel-Ausdruck.

Das erregt ihre volle Aufmerksamkeit. Deborah stürzt sich auf jede Gelegenheit, bei der sie sich über meine Mutter erheben kann. Die Tatsache, dass Nicholas eine Schwiegermutter haben wird, ist ihr mehr zuwider, als sie Harolds Ex-Frau hasst. Und dabei hat sie, nachdem sie zusammengekommen waren, allen Ernstes einen Priester kommen lassen, um Harolds Haus zu segnen und von Magnolias Geist zu befreien.

»Vielen Dank. Ja, das stimmt, nur wenige wissen, wie man sie richtig gut macht.«

»Dich eingeschlossen«, grunzt Harold zu leise, als dass sie es hören könnte.

Ich nehme einen Bissen und seufze genussvoll auf. »Mhmm. Göttlich. Ich bin mir nicht sicher, ob ich es jemals gesagt habe, aber die Einrichtung dieses Esszimmers erinnert mich an ein französisches Schloss. Wenn ich hier sitze, fühle ich mich wie Marie Antoinette, wenn ich das sagen darf.«

Ihre Augen leuchten auf. »Sie hat als Inspiration gedient!«

»Was du nicht sagst! Tolle Arbeit.« Ich erhebe mein Glas und bringe einen ironischen Toast aus, den sie zu meinem Staunen und Entsetzen erwidert. Ich traue mich nicht, Nicholas anzuschauen, weil ich weiß, dass ich, sobald ich in sein Gesicht sehe, lachen muss.

Sie erzählt mir mehr über ihren Tisch und die Stühle, worauf ich mit Begeisterung und vielen Fragen antworte. Ich flechte Komplimente über sie selbst, Nicholas und ihr Talent fürs Einrichten ein, wo immer es mir möglich ist.

Sich bei Deborah einzuschleimen, war so leicht wie das Atmen, als Nicholas und ich gerade erst zusammengekommen waren. Ich wollte sie beeindrucken, und ich kannte sie noch nicht. Alles ist einfach, wenn man unschuldig ist und die Gefahren nicht kennt, die im Verborgenen lauern. Mittlerweile sind meine Augen aber nicht mehr unschuldig. Ich weiß genau, wer diese Frau ist. Wir haben jetzt eine gemeinsame Geschichte. Die zuckerhaltigen Komplimente fließen noch immer wie früher, aber ich rufe sie über einen anderen Kanal auf, weil mein Ziel ein anderes ist. Meine Prioritäten sind anders. Nicholas verdient einen Feiertag, an dem er nicht vollkommen abgekanzelt wird.

Als Deborah in die Küche geht, um den Nachtisch zu holen, schnappe ich nach Luft, trinke meinen Cranberrysaft aus und noch ein ganzes Glas Wasser hinterher. Ich wage einen Blick zu meiner Rechten, und mein Herz hüpft.

Nicholas' Augen ruhen auf mir. Sie sind warm vor Dankbarkeit, und für diese Dankbarkeit hat sich meine

Erschöpfung gelohnt. Ich drehe noch zehn Runden mit Mrs Rose, wenn er mich am Ende noch einmal so ansieht.

Als Deborah mit einem Kuchen von der Größe einer kleinen Insel zurückkehrt, setze ich zum nächsten Schlag an, um ihr Ego aufzupumpen. »Wow, der sieht ja fantastisch aus!« Ich muss nicht einmal lügen. Ich habe nicht viel von meinem Abendessen gegessen, weil ich so sehr damit beschäftigt war zu reden, und der Kuchen riecht himmlisch.

»Nicht wahr?« Mein Lob lässt sie erstrahlen. Deborah schneidet zwei Kuchenstücke ab und schiebt sie auf zwei kleine Teller. Eines behält sie für sich selbst, das andere gibt sie Nicholas. »Gesalzener Apfelkaramellkuchen. Es ist ein Rezept der Familie Rose, das von Generation zu Generation weitergegeben wird.«

»Ich kann es kaum erwarten, das Rezept selbst auszuprobieren.«

Sie lächelt angespannt. »Eines Tages, wenn du Mutter bist, weihe ich dich in das Geheimnis ein.«

Sehr schön. Ein Rezept als Druckmittel zu benutzen, um Enkelkinder zu bekommen. Trotzdem reibe ich mir die Hände und sage: »Bis dahin muss ich mich wohl damit begnügen, den Kuchen einfach nur zu essen und ihn nicht zu backen!« Ich suche den Tisch nach einem weiteren Teller ab.

»Ich will auch ein Stück«, sagt Harold.

»Psst«, ermahnt ihn Deborah. »Du weißt, dass du nicht so viel Zucker essen darfst. Denk an deinen Darm!«

Ich wünschte, sie würde aufhören, uns alle zu zwingen, an Harolds Darm zu denken.

Ich kratze auf meinem Teller kaltes Essen zusammen, um Platz für ein Stück Kuchen zu schaffen. Aber als ich nach dem Messer greife, umfasst sie meine Hand. Ihre Haut ist warm. Sie ist ein Mensch.

Aber ihre Augen sind kalt. »Ich denke nicht, dass du das tun solltest, Liebes.«

Kapitel 16

»Findest du nicht auch?«, fährt sie fort, als ich meine Hand nicht zurückziehe. »Du weißt schon …« Ihr Blick gleitet zu meiner Taille. »Wegen der Hochzeit. Es gehört zur Tradition, dass die Braut ihren Appetit bis zum großen Tag zügelt, damit es bei der Anpassung des Kleids keine bösen Überraschungen gibt. Normalerweise würde ich ja nichts sagen, das weißt du, aber du hast gerade schon außergewöhnlich viel gegessen. Sich vollzustopfen wäre nicht klug.«

Mein Kopf dreht sich, blinkt und schaltet sich ab. In dem schwarzen Vakuum, das übrig geblieben ist, schwirrt ein einziges Wort. *Was?*

»Mom«, sagt Nicholas eisig.

Sie legt auch ihre zweite Hand über meine und tätschelt sie liebevoll. Mein Magen rebelliert gegen all die höflichen, sirupartigen Konversationsfloskeln, die ich ihr in den vergangenen fünfundvierzig Minuten geboten habe. Es ändert nichts, wenn ich nett bin. Es ist völlig egal. Sie wird immer schrecklich sein.

»Als ich verlobt war«, sagt sie zu mir und ignoriert dabei ihren Sohn, »war ich auch ständig in Versuchung, zu viel zu essen. Meine Schwester liebt es zu backen, und das Haus roch jeden Tag nach Keksen und Kuchen. Das kann man sich nicht vorstellen!« Ihr Lächeln ist kühl, denn sie meint jedes Wort, das sie sagt. »Aber du *musst* dich beherrschen. Damals hatten die Mädchen eine Methode, sich um das Problem zu kümmern.«

»Und das Problem ist … der Hunger?«

Sie nickt, ohne die Ungläubigkeit in meiner Stimme zu hören. »Genau. Man kann nicht wie ein Schwein essen, wenn man auf den eigenen Hochzeitsfotos gut aussehen will. Wenn man heißes Wasser mit Zitrone und Basilikum trinkt, wird man so satt, dass man das Gefühl hat, den ganzen Tag gegessen zu haben! Ich kann die Frau bitten, dir eine Tasse zuzubereiten, wenn du noch hungrig bist.«

»Sie trinkt diesen Mist nicht«, wirft Nicholas ein. »Lass sie ein Stück Kuchen essen.«

»Ich kann sie keinen Kuchen essen lassen«, ruft sie aus. Sogar der Torso der Marie Antoinette wälzt sich in ihrem Grab und flüstert ihr zu: *Hör auf damit.* »Ich sage das aus Liebe, Nicky. Das musst du mir glauben.«

Er macht keinen Rückzieher. »Du bist nicht ihr Arzt, und was sie isst, geht dich nichts an. Wenn du Kuchen auftischst, kannst du nicht entscheiden, wer davon essen darf und wer nicht.«

»Das sehe ich genauso!«, trötet Harold.

Deborahs Wangen verfärben sich. »Halt die Klappe, Harold.«

»Sag du mir nicht, wann ich die Klappe halten soll. Ich bezahle das Gehalt der Frau, die diesen Kuchen gebacken hat. Ich darf ihn essen.« Er streckt die Hand aus. Sie klatscht ihm auf die Hand, aber er schnappt sich mit erstaunlicher Wendigkeit das ganze Serviertablett und schiebt es auf seinen Schoß. »Hier, bitte sehr, Natalie.« Er bietet mir einen riesigen Brocken aus der Mitte an.

»Nein!«, schreit Deborah und versucht, das Stück abzufangen. »Iss das nicht! Du wirst in dem Kleid aussehen wie eine Wurst. Nach der letzten Anprobe habe ich die Schneiderin beauftragt, das Kleid noch etwas enger zu nähen, auf Größe 34!«

Ich lasse den Kuchen fallen. Er klatscht mitten auf den Tisch. »Du hast *was*?«

Deborah gerät in Panik. Sie fuchtelt mit den Händen. »Ich habe 34 getragen, als ich geheiratet habe. Es ist nicht unmöglich – man muss sich nur ein bisschen Mühe geben. Keine Desserts mehr oder …«

»Ich habe keine 34.« Es ist mir äußerst peinlich. Ich hasse es, dass ich vor Nicholas' Eltern darüber sprechen muss. »Ich bin nicht einmal nah dran. Man müsste mir dafür meine Organe entfernen! Ich verstehe nicht … warum ist es so …« Ich stehe kurz vor dem Zusammenbruch, weil ich mich so sehr bemüht habe, höflich zu sein, und dabei hätte ich damit rechnen müssen. In mir dreht sich alles. Es gibt keinen Teil von mir, der sich wünscht, eine andere Größe zu haben als die, die ich habe, und ich hasse Deborah dafür, dass sie versucht, mir ein schlechtes Gewissen einzureden, weil ich irgendeinen schwachsinnigen Standard nicht erfülle, den sie vor über dreißig Jahren festgelegt hat.

»Wie konntest du so etwas tun?«, schießt es aus Nicholas. »Was auch immer du der Schneiderin gesagt hast, mach es rückgängig.« Er steht auf, ist dabei so streng und versteinert, dass es mich einschüchtert. »Du entschuldigst dich jetzt sofort bei Naomi.«

Deborah sitzt entsetzt und mit offenem Mund da. Ihr Gesicht hat die Farbe ihrer Himbeerbluse angenommen, nahtloser Übergang. Die Bestätigung, dass er auf meiner Seite steht, zischt wie ein Blitz durch mein Betriebssystem, und ohne darüber nachzudenken, stehe ich auch auf und greife nach seiner Hand. Seine Finger gleiten sofort in meine. Wir haben unsere Armeen vereint und bilden nun eine solide Streitmacht, die sich dem Kugelhagel seiner Mutter entgegenstellt.

»Ich habe es gut gemeint«, sagt sie beruhigend. »Was soll daran falsch sein? Ich passe nur auf meine zukünftige Schwiegertochter auf. Ich weiß, wie böse Menschen sein können. Überleg nur, wie es aussehen wird, wenn das Kleid nicht richtig sitzt.«

»Das Kleid wird an *Naomi* angepasst«, faucht er. »Naomi wird nicht passend für das Kleid gemacht. Sie ist meine Verlobte, sie ist schön und perfekt, und ich lasse nicht zu, dass jemand so mit ihr spricht, geschweige denn ein Mitglied meiner eigenen verdammten Familie.«

»Nicky!«, mahnt sie laut flüsternd, als ob sie Angst hätte, die Nachbarn könnten es hören.

»Entschuldige dich.«

»Aber …«

Sie möchte ihre Finger lecken und seine Haare glätten. Ihn ins Bett schicken. Mich von einem Turm schubsen. Sie wird unseren Säugling aus seiner Wiege stehlen und sich mit ihm nach Mexiko absetzen, damit sie sicher sein kann, dass er mit einer ungesunden Oma-Bindung aufwächst. Er wird in einem weißen, mit Rosen bestickten Kleid in St. Mary's getauft werden.

Deborah stottert, ihre Augen sehen flehend zu Nicholas, aber wenn sie sich in meine Richtung bewegen, sind sie scharf wie die eines Adlers. Sie hat das nicht kommen sehen. Sie hat nie auch nur einen Augenblick daran gedacht, dass Nicholas sich jemals auf meine Seite schlagen würde, weil ich für sie nicht zähle. Ich bin ein notwendiges Ärgernis, das es ihr erlaubt, eine schicke Hochzeit zu schmeißen und die Enkelkinder zu bekommen, die sie sich so sehr wünscht, aber ansonsten stehe ich ganz weit hinten. In diesem Haus habe ich mich immer unwichtig gefühlt.

»Das ist erbärmlich«, knurrt Nicholas. »Du kannst meine Verlobte nicht so behandeln und erwarten, dass du immer noch zur Hochzeit eingeladen bist.«

Ich bin mir nicht sicher, wer von uns lauter nach Luft schnappt – ich, sie oder Harold.

Wobei, Harold schnappt nicht nach Luft. Er verschluckt sich gerade an seinem Kuchen. »Oh, um Himmels willen«, fleht Deborah und stößt ihm zwischen die Schulterblätter. »Kaue! Kannst du nicht kauen?«

Harold ist knallrot, die Backen und Augen sind nach vorne gewölbt. Er hustet Kuchenstücke aus, die sich auf der ganzen Tischdecke verteilen, und macht dabei abgehackte Geräusche, die klingen wie *Halt die Klappe*.

»Ich bin zur Hochzeit eingeladen«, erklärt Deborah, während ihr Mann noch damit kämpft, Luft in die Lunge zu saugen. »Natürlich bin ich das. Sag das nicht noch einmal.«

»Ich sage es nicht, ich drohe damit.«

»Nein!«, schreit Harold und unterbricht seinen Sohn, als Deborah versucht, ihm den Kuchen wegzureißen. »Du erlaubst mir nichts, was mich glücklich macht! Ich könnte genauso gut tot sein. Ich habe so viel geopfert. Ich habe dir erlaubt, Beatrice zu haben, jetzt kannst du mir ein Stück Kuchen geben, oder ich werde, so wahr mir *Gott* helfe, vom Dach dieses Hauses springen!«

Sie überlässt ihm den Kuchen.

»Wer ist Beatrice?«, frage ich. Das ist das bizarrste Abendessen, an dem ich je teilgenommen habe.

»Ein Hund, den sie hatte, als ich ein Kind war«, murmelt mir Nicholas ins Ohr.

»Wie kannst du jetzt Beatrice erwähnen?«, klagt Deborah, die Augen voller Tränen. »Du weißt, was das für mich bedeutet, besonders zu dieser Jahreszeit.«

»Ich hätte sie in einem See ersäufen sollen.« Harold packt den Kuchen mit beiden Händen und isst wie ein Barbar. Das ist verrückt. Ich darf nie wieder zulassen, dass diese Leute versuchen, sich so darzustellen, als wären sie etwas Besseres als ich. Nie wieder. »Fünfzehn Jahre! Fünfzehn Jahre lang durfte ich wegen dieses Hundes nicht in meinem eigenen Bett schlafen.«

»Sie war mein Kind!«, schreit Deborah.

»Und ich war leider dein Mann! Ich musste im Gästezimmer schlafen! In meinem eigenen Haus!« Er beugt sich zu mir. »Meine Ex-Frau mochte keine Hunde. Magnolia.« Seine Augen werden ganz verträumt. »Man weiß nicht, was man hat, bis es weg ist.«

»Ich höre mir das nicht länger an«, sagt Nicholas. »Naomi, es tut mir sehr leid.« Zu unserem allgemeinen Erstaunen dreht er dem Tisch den Rücken zu und zieht mich mit.

»Nicky!«, schreit Deborah. »Lass dich von deinem Vater nicht verjagen. Du hast deinen Nachtisch nicht aufgegessen.«

»Wir gehen. Fröhliches Thanksgiving.«

»Kommst du dann am Mittwoch vorbei? Mit den Einladungen?« Ihre Stimme ist wie eine Ohrfeige, völlig unwirklich.

Nicholas ist wütend. Ich kann kaum mit seinen schnellen Schritten mithalten, aber das Ganze hier ist großartig. Es ist die Art von Szenario, von dem ich geträumt habe – im Grunde genommen sagt er seiner Mutter, sie solle ihm den Rücken runterrutschen, und bringt mich weg. Ich bin immer noch beleidigt, dass Deborah versucht, mich in die Maße des Slender Man zu pressen, aber das wird schnell von dem wunderbaren Gefühl überlagert, dass Nicholas sich für mich einsetzt.

Wir gehen hinaus, ohne ihr zu antworten, und mein Kopfrauschen gibt mir einen Tunnelblick. Nicholas und ich fliegen über den dunklen Rasen, Hand in Hand. Zum zweiten Mal fliehen wir heute vom Tatort, und wieder stehen wir auf derselben Seite. So war es noch nie.

Als wir am Jeep ankommen, legt er seine Hand auf die Beifahrertür, bevor ich sie öffnen kann, und drückt mich mit seinem Körper an das kalte Metall. Er schaut mich intensiv an und ist so nah, dass ich seinen Atem schmecken kann. Er nimmt mein Gesicht in seine Hände und sagt: »Hör nicht auf meine Mutter. Du bist perfekt.«

Ich schaue weg, schlucke. »Danke.« Ich schenke ihm ein kleines Lächeln. »Wir waren ein gutes Team da drin.«

»So *soll* es auch sein«, sagt er. Er beobachtet mich einen

Moment lang und scheint über etwas nachzudenken. Dann kommt er näher, bevor mir klar ist, was er macht, und schon liegt sein Mund auf meinem.

Ich schmelze dahin. Ich habe kaum Zeit, meine Arme um seinen Hals zu legen, denn schon hat er mich hochgehoben, seine Hände umschlingen meine Oberschenkel. Er küsst mich heftig, so heftig wie nie zuvor. Gerade als ein *Oh, wow* in mein Bewusstsein aufsteigt, geht die Haustür auf und Deborah steht da und glotzt uns an.

Ich lege den Kopf in den Nacken und brülle vor Lachen. Nicholas grinst, seine Augen leuchten, und er fängt auch an zu lachen. Er kann wohl kaum glauben, was er getan hat.

Ich weiß nicht, was in uns gefahren ist, aber es gefällt mir. Aus Deborahs Sicht sind Nicholas' Hände unter meinem Rocksaum verschwunden, und die Vorstellung, sie so zu schockieren, lässt mich beinahe Mitleid mit ihr empfinden. Beinahe.

Als mich Nicholas herunterlässt, muss ich mir selbst ein Geständnis machen:

Ich weiß nicht, was da gerade passiert. Es ist schockierend.

* * *

Ich habe immer noch Hunger und, oh Wunder, das Jackie's hat geöffnet.

»An Thanksgiving?«, rufe ich Nicholas zu, als er mit einer schmierigen Papiertüte wieder ins Auto steigt.

»Sie haben immer geöffnet.«

Ich schaue ihn von der Seite an. Wir haben in unserem

ersten Jahr sehr viel Essen von Jackie's geholt – bevor wir uns verlobt haben und zusammengezogen sind und ich meinen Job im Baumarkt verloren habe. »Du kommst also immer noch oft hierher?«

»Ach, weißt du …« Er zuckt mit den Achseln. Aber ich wende meinen Blick nicht von ihm ab, und schließlich rückt er mit der Wahrheit heraus. »Manchmal, wenn es zu Hause nicht so gut läuft, komme ich her. Wenn ich mir Sorgen mache, dass du etwas sagen wirst … was ich nicht hören will, steige ich ins Auto und fahre weg. Ich sage, dass ich zu Mom und Dad fahre, aber meistens fahre ich einfach durch die Gegend oder komme hierher. Schau mal.« Er öffnet das Handschuhfach und zeigt mir einen riesigen Stapel extragroßer Servietten von Jackie's.

»Du hast Angst, dass ich etwas sagen werde, was du nicht hören willst?«, wiederhole ich und nehme eine Schachtel Pommes entgegen. »Was zum Beispiel?«

Er zuckt wieder mit den Achseln und fährt los.

Da er diese Frage anscheinend nicht beantworten will, habe ich mir etwas anderes ausgedacht. »Auf dem Schild, das deine Eltern am Haus haben anbringen lassen, ist ein Fehler. Das *any* bei *any other name* ist falsch.«

Er lacht. »Ich weiß. Ich habe es mal nachgeschlagen. Sag es ihnen nicht, okay? Ich will sehen, wie lange sie brauchen, um es selbst zu merken.«

Wir lächeln beide. Vielleicht ist Nicholas gar nicht so übel.

Es ist dieser gute Wille, der mich dazu bringt zu sagen: »Wenn wir zu Hause ankommen, möchte ich dir etwas zeigen.«

Er schaut zu mir rüber. Ich fühle seinen Blick in der Dunkelheit, er blickt zwischen mir und der Straße hin und her. Er ist still, aber ich höre, wie sein Gehirn den Rest der Heimfahrt über arbeitet und sich fragt, was ich ihm wohl zeigen werde. Ich kann an ihm nicht ablesen, was er wohl vermutet.

Sobald wir durch die Haustür gehen, bereue ich meine Ankündigung schon. Warum war ich so impulsiv? Ich muss zurücknehmen, was ich angekündigt habe. Ich versuche, ein anderes Geheimnis zu finden, was ich ihm offenbaren kann, aber mir fällt nichts ein.

»Also«, sagt er. »Was willst du mir zeigen?«

Ich bin mir nicht sicher, ob ich es tun soll, aber dann sehe ich die Bedenken in seinen Augen. Er ist besorgt. Er denkt, dass es, was auch immer es ist, ihn und mich betrifft und dass es schlimm sein könnte. Ich kann ihn nicht leiden lassen, also finde ich mich damit ab und nehme meinen ganzen Mut zusammen. Ich hätte nie im Leben gedacht, dass ich ihm das freiwillig zeigen würde.

Er lehnt am Küchentresen, als ich ihm mein Handy gebe. »Hier.« Dann ziehe ich mich an die andere Wand zurück und kaue auf meinen Fingernägeln.

Jetzt blickt er noch besorgter drein. »Was soll ich damit machen?«

»Lies dir meine Notizen durch.«

»Warum?«

»Tu es einfach.«

Er schaut mich ein paar Sekunden lang an, als ob er darüber nachdenken würde, ob dies eine Falle ist, und tut dann das, wozu ich ihn aufgefordert habe. Ich habe das

Bedürfnis, mir mein Handy sofort zurückzuschnappen. Mein Gesicht ist rot, und mein Herz schlägt mir bis zum Hals, und wenn er mich auslachen wird, fange ich an zu weinen. Sein Mitleid wäre aber noch schlimmer. Ich bin so sicher, dass er mich für eine erbärmliche Verliererin halten wird. Er hält gerade alle Beweise dafür in der Hand. *Niemand will mich haben. Sieh dir an, für wen du alles hingeschmissen hast. Für eine Frau, die nicht einmal einen Job als Kellnerin im Olive Garden bekommt.*

Ich sehe ihm dabei zu, wie er die Liste liest, die ich in meinen Notizen getippt habe. Dort sind alle Stellen aufgelistet, auf die ich mich beworben habe. Die Liste ist detailliert: Ich gebe an, ob ich mich online oder persönlich beworben habe, ob sie mich per Telefon, SMS oder Mail kontaktieren wollen. Stellen, auf die ich mir große Hoffnungen gemacht habe, sind mit einem Smiley versehen. Die Absagen haben alle ein X. Die Stellen, zu denen ich noch keine Rückmeldung erhalten habe, sind mit Fragezeichen gekennzeichnet. Zusagen gibt es keine.

Es ist eine lange Liste voller X.

Es vergehen mehrere Minuten, und er hat immer noch nichts gesagt. Er starrt weiterhin auf mein Handy, während sich in seinem Kopf die Puzzlestücke zusammensetzen. Ich habe das Gefühl, mein Hals schnürt sich zu. Als nur ich allein von all diesen Absagen wusste, konnte ich damit umgehen. Jetzt, da er es auch weiß, fühlt es sich noch erniedrigender an. Ich weiß, dass ich nicht wertlos bin, aber es ist verdammt schwer, sich nicht so zu fühlen, wenn man sich inmitten einer nicht enden wollenden Serie von Antworten befindet wie: *Es ist uns wirklich sehr schwergefallen, aber schließlich haben wir uns für eine/n der Mitbewerber/innen entschieden. Es tut uns sehr leid, Ihnen keine bessere Nachricht überbringen zu können. Wir wünschen Ihnen viel Glück.*

Ich halte mir die Hände vors Gesicht. Da schlingen sich plötzlich zwei Arme um mich. Das habe ich nicht erwartet. Seine Berührung lässt alle meine Dämme brechen, und ich beginne, an seiner Schulter zu weinen. »Es ist dumm, deswegen zu weinen. Es tut mir leid.«

»Hey«, murmelt er und liebkost meine Schläfe. »Das ist nicht dumm. Es gibt nichts, was dir leidtun müsste. Diese Firmen sind blöd.«

»Das sind sie nicht«, schluchze ich.

»Sind sie doch, wenn sie dich ablehnen. Ich hätte Lust, loszufahren und sie alle mit Eiern zu bewerfen.« Mein Schluchzen verwandelt sich in ein Lachen, und ich spüre an seiner Wange, die an meinem Kopf lehnt, dass auch er lächelt. Aber als er zurückweicht und mich genau ansieht, sind seine Augen ernst. »Ich hatte keine Ahnung, dass du dich auf so viele Stellen beworben hast.«

»Tja, ähm …« Ich wische meine Tränen mit dem Ärmel ab und wende meinen Blick ab. »Es ist mir so peinlich. Vor allem, weil du einen festen Job hast. Ich wusste nicht, ob du das nachvollziehen kannst.«

»Das tue ich«, sagt er leise. »Und ich möchte sehr gerne für dich da sein. Dich unterstützen und dazu beitragen, dass du dich besser fühlst. Ich möchte, dass du mir Bescheid gibst, wenn du schlechte Nachrichten bekommst, damit du nicht alleine damit fertigwerden musst.«

»Es ist, als würde ich mich wieder um einen Platz fürs

College bewerben«, gestehe ich. »Ich habe dir nicht davon erzählt, aber etwa zwei Jahre nach dem Abschluss habe ich beschlossen, aufs College zu gehen, also habe ich mich bei einigen Universitäten im ganzen Land beworben. Ich war so voller Hoffnung, ich war mir sicher, dass ich mindestens eine Zusage bekommen würde. Und dann trudelten nach und nach all die Absagen ein. Meine Eltern schlugen vor, dass ich mich stattdessen an Community Colleges bewerben sollte, weil man dort auch mit einem schlechteren Notendurchschnitt angenommen wird, aber da war ich schon … ich weiß nicht … zu erschöpft, schätze ich.«

Er reagiert nicht so, wie ich es erwartet hätte. Er rattert nicht eine Liste von Zielen runter, die ich mir selbst setzen und ausführen muss, ausnahmslos und egal, was passiert. Er sagt mir nicht, dass ich mich in der Highschool mehr hätte anstrengen und aufpassen müssen, oder dass ich, wenn ich fokussierter gewesen wäre, jetzt einen Bachelor-Abschluss und einen gut bezahlten Job hätte haben können. Er sagt nicht, dass ich mein Leben schlecht geplant und meine Zwanzigerjahre sinnlos verschwendet habe.

Stattdessen fragt er: »Was wolltest du denn studieren?«

»Ehrlich gesagt, weiß ich es nicht. Ich dachte, ich würde es im Laufe der Zeit herausfinden. Ich hatte nie ein bestimmtes Hauptfach im Sinn – alles, was ich wollte, war ein Arbeitsplatz, auf den ich mich jeden Tag freuen kann. Ein kleiner Rahmen mit freundlichen Menschen, wie eine Familie. Irgendwo, wo ich hineinpasse.«

Seine Augen strahlen so viel Wärme und Verständnis aus, dass ich dahinschmelze. »Wie der Junk Yard.«

»Ja. Es war mir sogar egal, dass die Bezahlung mies war.

Einfach weil es Spaß gemacht hat. Melissa war scheiße, aber ich durfte jeden Tag mit Brandy abhängen. Ich mochte die Atmosphäre und … ich habe mich wohlgefühlt. Wir durften die Musik hören, die wir wollten. Ich habe so gern die Auslagen gestaltet und witzige Arrangements geschaffen, in einem Laden, in dem sich kaum ein Kunde verirrt hat. Wie zum Beispiel mit Toby, dem Waschbären. So einen Job werde ich nie wieder finden.«

Er sagt nicht: *Doch, das wirst du.* Er umarmt mich fest und lässt mich an seiner Schulter schnuppern. »Es tut mir so leid. Wenn ich das gewusst hätte, hätte ich all die Witze über die Arbeit und das College nie gemacht. Ich hätte sie sowieso nicht machen sollen. Wenn ich dir irgendwie helfen kann, wirst du es zulassen?«

»Ich wüsste nicht, wie du mir helfen *könntest.*«

Er holt tief Luft und wischt eine Träne mit seinem Daumen weg. »Ich bin für dich da, okay?« Er packt meine Schulter und drückt sie sanft. »Ich sage das nicht nur so platt daher. Ich bin für dich da. Und ich möchte dir zuhören. Immer wenn du traurig bist, möchte ich hören, warum. Ich möchte wissen, was du fühlst, immer, damit ich diese Gefühle mit dir teilen kann.«

Ich schrecke vor den Emotionen in seinem Blick zurück, denn mein Herz ist gerade zu einer engen Faust verklumpt, und Nicholas, der sich mit all dieser Freundlichkeit und diesem Mitgefühl anders verhält, als ich es erwartet habe, lässt es sich noch mehr verengen, bis es sich so anfühlt, als würde ich ein Korsett tragen. Ich kann unter seinem Blick nicht atmen. Ich möchte darauf vertrauen, dass er alles, was er sagt, auch so meint, aber ich kann es nicht.

Im Moment ist er nett und einfühlsam, aber wie wird es in einer Woche aussehen? Was ist, wenn ich einen schlechten Tag habe und ihm davon erzähle, und dann plötzlich nicht mit dieser netten, einfühlsamen Nicholas-Variante konfrontiert bin, sondern mit der *anderen*? Mit einem Nicholas, der sich zurückzieht, wenn Probleme auftauchen, denen er sich nicht stellen will? Dieser Nicholas wird früher oder später wiederkommen, und es wird mir leidtun, dass ich mich ihm gegenüber so verletzlich gezeigt habe.

Ich kann nicht vergessen, was er noch vor Kurzem gesagt hat. *Naomi braucht keinen Job. Bestraf mich nicht dafür, dass ich erfolgreich genug bin, um mir ein schönes Auto zu kaufen.* Und dann noch diese Bitterkeit, weil ich ihn von dem Jobangebot in Madison abgehalten habe. Er kann sich tausendmal entschuldigen, ich werde mich immer fragen, ob er das, was er gesagt hat, auch ernst gemeint hat. Ob er an mich glaubt.

»Was immer du tun willst«, sagt er, »ich werde dich unterstützen.«

Ich denke an das Restaurant in Tenmouth. An die Geisterbahn. Ich sage nichts.

»Das mit meiner Mom tut mir leid.«

»Mir auch.«

»Und mit meinem Vater.«

»Es tut mir leid für deinen Vater und für Beatrice.«

Das bringt ihn zum Lachen. »Beatrice … Mom hat sie immer ihre Lieblingstochter genannt. Es ist wirklich sehr *rätselhaft*, dass Heather nie vorbeikommt.«

»Die arme Heather.« Vielleicht verdient sie doch die

Rolle der Trauzeugin. Ich packe diesen wirren Gedanken in einen Schredder, denn es wird keine Trauzeugin geben. Es wird keine Hochzeit geben.

Nicholas und ich können nicht einmal in einem Bastelladen an der Hochzeitsdekoration vorbeigehen, wie sollen wir da den Gang zum Altar bei unserer eigenen Hochzeit entlangschreiten?

Es wird alles auseinanderbrechen, und diese Tatsache erfüllt mich mit keinerlei Befriedigung. Im Moment hasse ich Nicholas nicht. Ich kann all die Eigenschaften an ihm erkennen, die ich vermissen werde. Aber so kann es nicht weitergehen. Es wäre so viel einfacher, wenn er sich nicht wieder für mich geöffnet hätte, wenn wir nicht begonnen hätten, ehrlich zueinander zu sein und unsere wahren Gedanken und Gefühle offenzulegen. Ich möchte am Ende dieses Prozesses fest entschlossen und in dem Wissen weggehen, dass ich das tue, was für mich am besten ist. Was für uns beide am besten ist.

Ich glaube, Nicholas sieht, dass ich verwirrt und aufgewühlt bin, aber er denkt, es liegt an der Absage vom Bastelladen, denn das Lächeln, das er mir schenkt, ist kein Lächeln, das er auf sein Gesicht zaubern könnte, wenn er wüsste, dass ich darüber nachdenke, wie ich ihn verlassen muss.

»Ich möchte dir auch etwas zeigen«, sagt er und führt mich an der Hand in den Salon. Mein Blick schweift über den Nussknacker auf dem Kaminsims, und mein Herz schmerzt.

Er setzt sich auf die Schreibtischkante und fordert mich auf, mich in seinen Bürostuhl zu setzen. »Ich möchte, dass du siehst, was ich die ganze Zeit am Computer mache. Es hat nichts mit der Arbeit zu tun.«

Oh Gott. Wenn er gleich YouPorn anklickt, würde ich das lieber nicht wissen wollen. Man kann auch zu viel miteinander teilen.

»Entspann dich, es ist nicht schlimm.« Was er mir zeigt, fegt meinen Trübsinn beiseite, ich bin ganz baff.

»Ist das dein Ernst?« Ich starre ihn an.

Er nickt feierlich.

»Ja.«

»Das hast du hier die ganze Zeit gemacht?«

Ich blinzele zum Bildschirm. Er ist bei Level 91 in einem Computerspiel namens *Nightjar.* Nach dem, was ich auf der Webseite sehen kann, ist es ein Fantasyspiel mit vielen verschiedenen Fabelwesen. Sein Spielername lautet … »It's Al Lover?«

»Nein, nicht *Al Lover*. Mein Name lautet *itsallover,* Klugscheißerin.« Er zwickt mich in den Arm. »Wie *It's all over,* Cardales letzte Worte, und damit beginnt die Suche nach dem … lach nicht!«

Ich unterdrücke ein Lachen. »Entschuldigung.« Das ist erstklassiges Material. »Wer ist Cardale?«

Er runzelt die Stirn.

»Ich ziehe dich nicht auf.« Ich lege meine Hand auf seine. »Ich bin nur überrascht, das ist alles. Aber ich will alles über dieses Spiel wissen. Level 91? Du musst wirklich ein Al-Lover sein.«

Er rollt mit den Augen, sagt aber: »Okay, Cardale ist ein alter Zauberer, der gerade dabei war, eine Prophezeiung aus dem Reich der Träume zu entziffern, als er angegriffen wurde. So beginnt deine Reise als Spieler. Alle sind auf der Jagd nach dieser Prophezeiung, denn Cardales letzte Worte waren: *It's all over, es ist alles vorbei*, also glauben die Menschen, dass etwas Schreckliches passieren wird, aber sie wissen es nicht sicher, weil die Prophezeiung verloren gegangen ist. Wenn du eine Ahnung von dem Spiel hättest, hättest du sofort erkannt, was mein Name bedeutet…«

»Okay, okay.« Er ist sehr empfindlich, was dieses Spiel angeht, und das ist irgendwie süß. »Du bist bei Level 91. Das ist ziemlich weit. Bist du nah dran, die Prophezeiung zu finden?«

»Ich habe die Prophezeiung schon vierzehnmal gefunden. Jedes Mal, wenn ich gewinne, starte ich das Spiel neu, und die Prophezeiung springt automatisch an einen anderen Ort mit ganz neuen Hinweisen, und ich mache mich immer wieder neu auf die Suche.

»Und wenn du sie findest, wie lautet sie?« Das Spiel interessiert mich jetzt tatsächlich.

»Sie ändert sich jedes Mal. Aber in den Foren – es gibt Foren, in denen wir uns über das Spiel austauschen – denken wir, dass alle Prophezeiungen miteinander verbunden sind. Jede dieser Prophezeiungen besteht nämlich im Grunde aus einem einfachen Satz, und er ist irgendwie vage und erinnert an die Sprüche aus den Glückskeksen. Er macht in dem jeweiligen Kontext nicht immer Sinn, aber als wir alle Sätze in einer Datenbank zusammengestellt haben, haben wir Muster gefunden. Es gibt wahnsinnig viele Theorien, aber ich denke, es gibt Hunderte von möglichen Prophezeiungen, und wenn man sie in eine bestimmte Reihenfolge bringt, erzählen sie eine Geschichte darüber, wer Cardale wirklich getötet hat.«

Er spricht schnell und eifrig, während er mir das alles erklärt. Ich kann nicht glauben, dass ich von dieser Seite seines Lebens so gar keine Ahnung gehabt habe. Es hat mich immer geärgert, dass er sich so oft an seinen Computer zurückgezogen hat, aber ich habe nie darüber nachgedacht, *was* er eigentlich am Computer macht. Er lebt in einer ganz eigenen Welt, von der ich nicht einmal wusste! Im Nachhinein ärgere ich mich ein wenig über mich selbst, dass ich nicht der neugierige Typ bin. Der Mann ist Zahnarzt. Was habe ich wohl gedacht, was er Abend für Abend am Computer macht? Stundenlang auf die Röntgenbilder starren? *Gott, Naomi, du hast überhaupt keine Ahnung.*

»Wer ist dieser Kerl?« Ich fahre mit der Maus über eine animierte Figur, die sich auf einer Plattform dreht und ihre Pose hin und wieder ändert, sie beugt ihren Bizeps, stemmt die fleischigen Fäuste in die Hüften. Sie trägt eine schwarze Kapuze, die ihr Gesicht verdeckt, und das erinnert mich an den Mantarochen aus *SpongeBob*. Das sage ich aber nicht.

»Das ist meine Figur, Grayson.«

»Grayson? Hat dieser Name eine besondere Bedeutung?«

»Ich habe ihn nach einem Comic-Superhelden benannt, Dick Grayson.« Ich schnaufe, und er stupst mich an. »Du bist so pubertär. Damals in den Vierzigerjahren haben sie die Leute Dick genannt, weil sie nicht wussten, dass man eines Tages darüber lachen würde. Jedenfalls habe ich auch andere Charaktere, aber Grayson hat die meisten Erfahrungspunkte, also benutze ich ihn für die gefährlicheren Quests.«

Ich schaue ihn an. »Wer *bist* du?«

Er lächelt nur mit einer Mundhälfte. »Ein totaler Nerd.«

Vielleicht habe ich ja eine Vorliebe für totale Nerds. »Zeig mir, wie man das Spiel spielt.«

Seine Augen leuchten. »Wirklich?«

»Wenn es dir nichts ausmacht. Ich hätte Verständnis dafür, wenn du es nicht willst.« Ich bin von meiner eigenen Reife beeindruckt, als ich hinzufüge: »Wenn du es für dich behalten möchtest als eine Tätigkeit, die du allein machst, verstehe ich das.«

»Nein, ich würde mich freuen, wenn du mitspielst!«

Ich weiß, dass er es ernst meint. Es ist kein Geheimnis, dass er seinen Computer als Fluchtmöglichkeit benutzt, aber nun lädt er mich ein, ihn auf dieser Flucht zu begleiten. »Okay, dann will ich einen Avatar mit lila Haaren, drei Brüsten und einem Wikingerhelm.«

»Du hast das Prinzip verstanden.« Er grinst, setzt sich in den Bürostuhl und nimmt mich auf seine Knie. Er fängt an, in die Tasten zu hauen, und ist ganz in seinem Element, während er sich gleichzeitig dessen bewusst ist, dass ich über ihn urteile. Dieser Teil von ihm ist neu für mich, aber irgendwie ist er doch typisch Nicholas.

»Warum hast du mir nichts davon erzählt?«

Er kreist eine Schulter. »Ich dachte, du würdest dich über mich lustig machen.«

Mir wird schwer ums Herz. »Das hätte ich nicht. Ich hätte mitgespielt und wäre jetzt auch bei Level 91.«

»Du wirst superschnell aufholen. Bereite dich auf eine lange Nacht vor, Naomi. Dieses Spiel macht ernsthaft süchtig, du wirst sehen. Wenn ich morgen von der Arbeit nach Hause komme, wirst du schon mindestens Level 12 erreicht haben, das garantiere ich dir. Neben den Quests gibt es noch eine ganze Menge zu tun. Man kann durch die Dörfer wandern und sich von einer Million anderer Mini-Quests ablenken lassen, um Punkte zu sammeln. Es ist ein unglaublich detailliertes, komplexes Universum. Es ist schwer, an die Prophezeiung heranzukommen, weil es so viele Ablenkungen gibt.«

Er macht meine neue Figur startklar, und innerhalb der ersten fünf Minuten falle ich durch eine Pforte und finde zufällig einen glühenden Dreizack, der Nicholas so laut keuchen lässt, dass ich glaube, etwas falsch gemacht zu haben. Er sagt, der Dreizack sei selten und wenn man ein Fabelwesen damit ersteche, absorbiere man alle seine Kräfte. Er fleht mich an, einen Drachen zu erstechen, aber ich übergehe fröhlich einen Drachen zugunsten von kleinen Pilzen, die mir die Fähigkeit geben, so hoch zu springen, als würde ich auf dem Mond laufen. Zehn Minuten später ist Nicholas völlig außer sich und versucht, mich mit einem Shoppingtrip zu Sephora zu bestechen, damit er eine halbe Stunde lang mit dem Dreizack allein sein kann. Ich beuge mich schützend über die Tastatur, um ihn abzuwehren, und springe in eine heiße Quelle.

Ich ignoriere auch einen Halbgott, der Schätze duplizieren kann, zugunsten der Jagd auf Zwerge. Zwerge sind entzückend! Wen interessiert schon ein Schatz, wenn man sich kleine blaue Hüte aufsetzen kann. Ich bin sehr gut in diesem Spiel, und das überrascht mich überhaupt nicht. Nicholas fährt sich mit den Fingern durchs Gesicht und stöhnt.

Er minimiert versehentlich die Seite, und bevor er sie wieder maximiert, rufe ich »Warte!« und zeige auf das Symbol eines Word-Dokuments mit dem Titel *Liebe Deborah.*

Ich hebe fragend eine Augenbraue.

»Oh. Ähm.« Er errötet.

»Schon okay. Du musst es mir nicht sagen.«

»Nein, du kannst es lesen. Es ist vielleicht ein wenig pubertär. Aber vielleicht gefällt es dir auch, ich weiß nicht.«

Es handelt sich um eine Reihe kurzer Leserbriefe an die *Beaufort Gazette* – genauer gesagt an Deborahs Ratgeberkolumne. Jeder Brief endet mit den Zeilen *Wütend in Wisconsin* oder *Der genervte Sohn.* Einer von ihnen ist, wie ich sehe, fälschlicherweise an Deborah Weiner statt an Deborah Rose gerichtet.

»Das ist ihr Mädchenname«, sagt er und beißt sich in den Daumen, damit sich sein Grinsen nicht in ein volltönendes Lachen verwandelt. »Ich dachte, der Tippfehler wäre lustig. Ich lasse so meinen Frust raus, und bisher ist sie noch nicht darauf gekommen, dass ich dahinterstecke.

»Großer Gott!« Ich lege mir eine Hand auf die Brust. »Wie konntest du mir Zugang zu derartigen Nuklearcodes geben?«

> Liebe Deborah,
> meine Mutter überschreitet immer wieder persönliche Grenzen. Ich bin in meinen Dreißigern. Wie sage ich ihr, dass sie sich abnabeln muss und aufhören soll, mich zwanzigmal am Tag anzurufen?

Liebe Deborah,
meine Mutter ist überheblich und unhöflich meiner Verlobten gegenüber. Sie gräbt sich entschlossener in unser Leben ein als ein Müllcontainertaucher. Aber immer wenn ich ihr das ins Gesicht sage, scheint sie es nicht zu verstehen. Was muss ich tun, damit sie es kapiert? Soll ich es ihr schreiben?

Liebe Deborah,
ich habe vor, meiner Freundin einen Heiratsantrag zu machen, aber ich befürchte, dass meine Mutter, die sich immer extrem in alles einmischt, versuchen könnte, unsere Hochzeitsvorbereitungen zu kapern. Ich hoffe, sie versteht, dass dies unangebracht wäre, und ich bin sicher, dass Sie dem zustimmen.

»Veröffentlicht die Zeitung diese Leserbriefe?«, frage ich.

»Sie haben sechs von den sieben, die ich geschickt habe, gebracht.«

»Und deine Mom hat es nicht gecheckt?«

Er schüttelt den Kopf langsam und lächelt schief. »Nein. Ihre Antworten zeugen von einer totalen kognitiven Dissonanz. Sie hat mir geantwortet, ich solle meiner Mutter einfach nett sagen, dass ich nicht möchte, dass sie sich in meine Hochzeitspläne einmischt, und diese werde sicher *Okay!* sagen und sich zurückziehen. Du hättest mal mein Gesicht sehen sollen, als ich das gelesen habe. Ich schreibe diese Briefe, um Dampf abzulassen, wenn ich wirklich wütend auf sie bin, aber ihre Antworten bringen mich nur dazu, mit dem Kopf gegen die Wand zu schlagen.«

»Nicholas, das ist das Beste, was ich je in meinem Leben gesehen habe. Als mein Weihnachtsgeschenk möchte ich, dass du ihr schreibst, dass dein Vater früher ins Bordell gegangen ist.«

Er umklammert mich reflexartig ganz fest, während er lacht. »Oh Gott, ja. Das mache ich ganz sicher.«

Nachdem wir seine Briefe mehrmals gelesen und neue Stellen gefunden haben, über die wir uns lustig machen können, kehren wir zurück zu *Nightjar,* und er erklärt mir noch mehr Spieldetails. Er drückt mich immer wieder, während ich weiterhin auf seinem Knie sitze, das die ganze Zeit wippt, und seine Finger fahren an meiner Taille auf und ab. Er achtet nicht auf seine Körpersprache, so sehr ist er darin vertieft, Geschichten zu erzählen, mir Tipps zu geben, das Spiel zu beurteilen. Er ist so lebendig, wie ich ihn seit Langem nicht mehr gesehen habe. Er geht in diesem Augenblick komplett auf, ja, er liebt es, mich in ein Spiel einzuführen, das ihm so viel Freude bereitet.

Ich lächle innerlich und achte auf jedes Wort, das er sagt. Als wir das nächste Mal auf die Uhr schauen, ist es halb drei Uhr morgens, und ich bin erstaunt über die Erkenntnis, dass mein Verlobter und ich wieder Freunde geworden sind.

* Kapitel 17 *

Am Freitag ist Nicholas der Einzige, der bei Rise and Smile arbeitet, nachdem er das für ihn Typischste überhaupt getan hat: Er hat sich allein für den Dienst gemeldet, damit seine Kollegen am Feiertagswochenende ihre Familien besuchen können. (*Ha, wie ist es jetzt mit »nicht genügend reinhängen«?!* Ich höre ihn das sehr laut in die Richtung von Stacys leerem Stuhl denken.) Ich quäle ihn, indem ich ihm schadenfrohe SMS über all die Schätze schicke, die ich bei *Nightjar* entdecke, durch pures Glück, und die er, wie ich an seinem Konto sehen kann, noch nie gefunden hat, obwohl er Zigtausende von Stunden gespielt hat. Er schickt mir GIFs von Menschen mit explodierenden Köpfen, und um fünf Uhr hält er es nicht mehr aus und macht Feierabend. Als er nach Hause kommt, springe ich hinter einem riesigen Laubhaufen, den ich zusammengeharkt habe, hervor und erschrecke ihn so sehr, dass er in einen anderen Laubhaufen kippt. Er jagt mich, und ich schreie so laut, wie ich will, da wir keine Nachbarn haben, laufe den Hang hinauf und hinunter, bis es dunkel wird.

Wir sind mit Schmutz und Blättern bedeckt. Nicholas' Ohnezahn-Krawatte ist ruiniert. Er schaut traurig auf sie herunter, aber ich ziehe leicht an der Krawatte und sage:

»Wir besorgen dir eine neue. *Drachenzähmen leicht gemacht 2: die Folgekrawatte.*«

Er lächelt. Mein Herz macht einen Salto, und er beugt sich leicht zu mir, aber wir werden durch ein plötzlich auftauchendes, kaltes weißes Licht aufgeschreckt, ein Fernlicht, das langsam näher kommt.

Es ist Deborahs Auto.

Der Spaß ist vorbei. »Was macht sie hier?«, zische ich und ziehe mich zurück in den Schatten des Hauses. Ich starre Nicholas an, Panik steigt in mir auf. »Hast du sie eingeladen? Ich hatte noch keine Zeit zu putzen. Die Spüle ist voller Geschirr, und deine Mutter wird … oje …«

»Nein, ich habe sie nicht eingeladen.« Seine Stimme klingt fest.

Der Motor geht aus, und beide Autotüren schlagen auf wie die Flügel eines Geiers. Es muss wirklich schlimm sein, wenn sie Harold zur Verstärkung mitgebracht hat. Deborah taucht auf der Fahrerseite auf, eine schlanke Silhouette, die das Haus in Augenschein nimmt. Selbst im Dunkeln kann ich sehen, dass sie die Stirn heftig runzelt. Sie wird Nicholas sagen, dass er umziehen muss. *Das ist ein inakzeptables Zuhause für meinen Sohn. Und inakzeptabel für meine Enkelkinder.*

»Lass uns abhauen«, sagt Nicholas in einem dringlichen Ton, greift meine Hand, und wir huschen zur Hintertür. »Wir können sie nicht reinlassen.«

»Können wir nicht?«

»Niemals.« Ich bin erstaunt, wie teuflisch er sich anhört. Aber ich verstehe, was er meint. Vielleicht ist das nicht unbedingt objektiv nachvollziehbar, aber wenn wir zulassen, dass Deborah und Harold durch unsere Eingangstür treten, wird sich der ganze Frieden, den wir hier geschaffen haben, in Rauch auflösen. Sie werden ihn mit ihrem Pessimismus und ihrer abwertenden Haltung kaputt machen. Wenn sie gehen, werden sie den schönen Zauber mitnehmen. Es wird sich nicht mehr wie unser magisches Heiligtum in der Wildnis anfühlen.

Wir schlüpfen durch die Tür ins Haus, gerade als Deborah anfängt, an die Haustür zu klopfen. »Nicky!« Sie dreht am Türknauf und klopft erneut, diesmal viel lauter. Es ist das irritierendste Geräusch im Universum. Sie kann nicht glauben, dass wir die Kühnheit besitzen, sie auszuschließen.

»Nicky, bist du da drin? Komm zur Tür!« Das erinnert mich an Vampire, die um Erlaubnis bitten, die Schwelle überschreiten zu dürfen, und nachdem man sie reingelassen hat, können sie kommen und gehen, wie sie wollen. Deborah sieht unsere warmblutigen Gestalten durch die Tür im Infrarotlicht und entblößt ihre rasiermesserscharfen Zähne, wobei sich ihre Pupillen erweitern und das Weiß ihrer Augen ausfüllen.

Nicholas und ich beobachten die Tür aufmerksam, keiner von uns bewegt sich. »Deine Mutter muss lernen anzurufen, wenn sie vorbeikommen will«, flüstere ich.

»Sie hat mich dreimal angerufen, als wir draußen waren«, gibt er zu. »Ich bin nicht drangegangen.«

»Ooooh, da bekommt jetzt aber jemand Ärger.«

Er stupst mich mit seiner Schulter an. Ich stupse zurück.

»Nicholas!« Deborahs Stimme klingt jetzt sehr ernst.

»Dein Vater und ich sind hier! Mach die Tür auf.« Harold nörgelt irgendwas in der Ferne. Deborah hat ihn umsonst von seinem Platz vertrieben, so lange musste er seit fünf Jahren nicht mehr stehen.

»Was glaubst du, was sie will?«, flüstere ich Nicholas ins Ohr.

»Ich soll Papa sagen, dass er keine Lebensmittel essen darf, die mit B beginnen.«

Ich lache gackernd auf und halte mir dann den Mund zu, um keinen Lärm zu machen. »Es ist der Kuchen, den du gestern Abend nicht aufgegessen hast. Sie ist hier, um dich mit dem Löffel zu füttern.«

Ich bemerke die Anspannung in seiner Haltung. Er versucht, sich unsichtbar zu machen, während er wartet und fast hörbar denkt: *Bitte geh weg. Lass mich einfach in Ruhe.* Stress zeichnet sich in seinem Gesicht ab, und ich möchte die Hand ausstrecken, seine Probleme mit meinen Händen wegwischen. Deborah ist selbst in kleinsten Dosen erdrückend. Nicholas ist ihren nörgelnden und emotional auslaugenden Hetzreden ununterbrochen ausgesetzt. Er bekommt keine Auszeit, um sich zu erholen.

»Sie sind nicht zu Hause«, klagt Harold. »Lass uns gehen.«

»Nickys Auto ist hier, und alle Lichter sind an. Ich gehe nirgendwohin, bis er nicht aufmacht. Wenn du gehen willst, fahr allein nach Hause. Nicky wird mich dann heimbringen.«

»Warum in aller Welt lebt er so weit draußen in der Pampa?« Es ist wirklich sehr rücksichtslos von uns, dass er ganze zehn Minuten bis hierher fahren musste.

Harold hat ausnahmsweise mal ein Argument vorgebracht, auf das er und seine Frau sich einigen können. »Dieses Haus ist inakzeptabel«, sagt sie lebhaft. »Es ist zu weit weg von zu Hause. Der Garten ist das reinste Chaos – wir müssen einen Landschaftsgärtner engagieren, der all diese Bäume fällt. Nicky hat einen See erwähnt. Wozu braucht er einen See? So was ist gefährlich für kleine Kinder. Morgen früh rufst du als Erstes an, damit ein Zaun darum gebaut wird. Siehst du die schiefen Fensterläden? Die müssen auch weg. Ganz ehrlich, was hat er sich dabei gedacht? Er muss Naomi die Entscheidung in dieser Sache überlassen haben. Kein Wunder, dass er uns nicht eingeladen hat. Er schämt sich.«

Als es langsam so aussieht, als würde Deborah nie mehr weggehen, seufzt Nicholas und macht einen Schritt auf die Tür zu. Doch ich kann ihn jetzt nicht nachgeben lassen. Er ignoriert seine Mutter seit über fünfzehn Minuten erfolgreich. Ich will nicht, dass er sofort wieder ausgebremst wird.

»Komm schon.« Ich nehme seine Hand, eile zur Treppe und schleife ihn hinter mir her.

»Was machen wir?«

Ich führe ihn in das leere mittlere Schlafzimmer im Obergeschoss und öffne das Fenster, das zur Eingangsseite zeigt. Deborah und Harold hören das Krächzen des alten Holzrahmens, legen ihre Köpfe in den Nacken und schauen hoch. »Was ist denn los?«, rufe ich herunter.

Neben mir fällt Nicholas wie ein Sack Kartoffeln auf den Boden. Ich muss mir große Mühe geben, um nicht zu lachen. »Was machst du da?«, flüstert er.

»Ich bin dein Kampfhund«, sage ich. »Ich werde diese Eindringlinge anbellen, bis sie verschwinden.«

Harolds Blick ist unscharf und verwirrt. Er schielt und zeigt auf mich. »Wer ist das?«

»Das ist Naomi, du Idiot«, keift seine Frau ihn an, und er kratzt sich am Kopf. Seine Verwirrung ist verständlich. Harold spricht üblicherweise direkt mit meinen Brüsten, und dank dieses schönen Fensters, das alles außer meinem Kopf und meinem Hals verbirgt, kann er mich nur schwer identifizieren.

Deborah legt ihre Hände um den Mund. »Wo ist Nicky?«

Ich tue es ihr gleich. »Nicholas ist gerade nicht zu sprechen, aber du kannst ihm eine Nachricht hinterlassen!« Ein Kampfhund zu sein, besteht aus mehr Sekretariatsaufgaben, als man denkt.

»Aber *wo* ist er?«, will sie wissen.

»Beschäftigt!« Meine Güte, akzeptier doch einfach diesen Fingerzeig.

Sie stemmt ihre Hände in die Hüften. »Willst du mich nicht reinlassen?«

Ich denke wieder an Vampire und zittere. »Ich fürchte, nein!«

Nicholas macht ein seltsames, wehklagendes Geräusch. Ich blicke alarmiert zu ihm, aber, oh Wunder, er *lacht*. Das ermutigt mich, noch einen Schritt weiter zu gehen. »Ich kann euch nicht verraten, was Nicholas tut, es ist ein Geheimnis. Ein dunkles Geheimnis. Ihr solltet jetzt besser gehen, solange ihr es noch könnt.«

»Ich gehe nicht, bevor ich nicht meinen Sohn gesehen

habe!« Sie hält inne, dann fährt sie in einem misstrauischen Tonfall fort: »Was hast du mit ihm gemacht?«

»Mit Nicholas?«, antworte ich fragend. »Ich habe ihn seit Tagen nicht mehr gesehen. Das werde ich zumindest der Polizei erzählen.«

Ich überprüfe Nicholas' Reaktion und frage mich, ob er tot ist. Er ist umgekippt, die Stirn auf dem Boden, doch der Körper zittert vor leisem Lachen. Ich kann nicht glauben, dass er mich so mit seiner Mutter reden lässt, aber nach dem, was sie gestern zu mir gesagt hat, habe ich keinerlei Skrupel. Ich bin von der Leine, und ich gehe so weit, wie er mich lässt. »Er ist nicht hier. Ein Raumschiff ist vor ein paar Minuten gestartet, wenn ihr euch beeilt, könntet ihr ihn vielleicht einholen.«

Ich bin mir ziemlich sicher, dass ich Harold sagen höre: »Ich beeile mich nicht, *selbst wenn* ein Raumschiff ihn mitgenommen hat.« Er geht zurück zum Auto, aber Deborah bleibt an Ort und Stelle stehen.

»Das ist nicht lustig. Ich sage dir nur noch einmal, dass du meinen Sohn holen sollst.«

Nicholas setzt sich auf, überlegt einen Moment und ruft dann: »Ich bin nicht zu Hause!«

»Nicky!«, schreit Deborah und presst ihre Hände zusammen. Er lebt! »Nicky, bist du das?«

Er taucht neben mir am Fenster auf. »Nein! Du hast dich in der Adresse geirrt.«

»Nicky, ich meine es ernst. Lass mich rein.«

»Nicky ist für immer weg. Ein Dinosaurier hat ihn gefressen.«

»Wie bitte?«

»Er ist ein Wechselbalg.«

»Nicholas Benjamin Rose. Ich verliere die Geduld und finde das nicht lustig. Es ist eiskalt, und ich bin hierhergekommen, damit wir wie zwei Erwachsene miteinander reden. Ich zähle jetzt bis drei.«

»Er wurde in Stücke gerissen.«

»So redest du nicht mit mir! Ich bin deine *Mutter*…«

Nicholas hat seine Mutter noch nie unterbrochen, und jetzt holt er auf. »Die ganze Zeit über war er nicht echt. Er war… Shia LaBeouf! Es war Method Acting!«

Deborah ist in der Dunkelheit kaum zu erkennen, aber ich kann dennoch ihre geballten Fäuste und ihr vorstehendes Kinn sehen. Ihre Stimme kommt aus derartigen Untiefen, dass sie Luzifer dazu bringen würde, seine Türen zu verschließen. »Nick…«

»Ich habe ihn aus einem fahrenden Zug geworfen, und er liegt irgendwo auf dem Grund einer Schlucht und ist damit beschäftigt, extrem tot zu sein. Hier gibt es also nichts für dich, also geh und sei verbannt.« Er spreizt seine Finger und schiebt sie aus dem Fenster, als würde er einen Zauberspruch sprechen. »Ich verbanne dich!«

Ich denke, er könnte ein wenig den Verstand verlieren, denn sein Lachanfall übertönt alles, was Deborah da unten quäkt. Sie ist so wütend, und es ist einfach nur *herrlich*. Die schönste Zurschaustellung von kindischem Verhalten, die ich je erlebt habe.

»Ja, gib es ihr«, treibe ich ihn weiter an. Ich liebe es, wenn er mutig genug ist, dieser Frau einen Bruchteil der Hölle zu bereiten, die sie verdient.

»Ich treibe dich aus, unreiner Geist!«, schreit er aus

vollem Halse, und ich kann kaum noch atmen. Genauso wenig kann es Nicholas, mitten in seinem Exorzismus bricht er zusammen und lacht so hysterisch, dass außer kleinen keuchenden Schluchzern kein weiterer Ton aus ihm kommt. Tränen fließen uns übers Gesicht.

»Sieh nur, was du getan hast!« Deborah schreit und droht mir mit einem Finger. »Du hast meinen süßen Jungen verdorben! Ich weiß, dass es deine Schuld ist, Naomi!«

Ich verbeuge mich.

Der Zauber ist ein Erfolg. Deborah gibt auf und stampft zurück zu ihrem Auto. Ihre Reifen quietschen unheilvoll, als sie losfährt, was wahrscheinlich ziemlich genau das gleiche Geräusch ist, das sie gerade selbst im Wagen von sich gibt.

Ich wische mir die Tränen aus den Augen, und wir klatschen uns ab. »Heilige Scheiße, Dude!«

»Ich weiß!« Nicholas hat ein verrücktes Grinsen im Gesicht, seine Brust hebt und senkt sich stark. Diesen zerzaust-verrückten Look mag ich an ihm mittlerweile am liebsten. Ich erinnere mich an das Gespräch, das wir im Auto nach meinem Fiasko mit der Gangschaltung an der Ampel in Beaufort geführt haben, als er gesagt hat, dass es Spaß machen würde, wenn wir uns beide gemeinsam mit seinen Eltern anlegen würden. Er hat es wirklich ernst gemeint.

Ich streiche über seine Wange. »Ich bin stolz auf dich. Ich wünschte, ich könnte jetzt das Gesicht deiner Mutter sehen.«

»Sie wird mich umbringen.« Sein Lächeln erstarrt, als er realisiert, was gerade passiert ist. »Oh mein Gott, sie wird mich buchstäblich umbringen.« Er beugt sich vor, die Hände auf den Knien, er atmet durch die Nase ein und durch den Mund aus wie eine Frau in den Wehen. Ich klopfe ihm auf den Rücken, und er räuspert sich ängstlich. »Habe ich das alles ernsthaft gesagt? Zu meiner *Mom*? Können wir jetzt zu einer unbewohnten Insel fliehen?«

»Ich mag Inseln. Los, lass uns abhauen. Wir werden jeden Tag Kokosnusskuchen essen.«

»Ich kann nicht glauben, dass ich das gerade getan habe.« Er kichert wieder. »Ich habe mich etwas zu sehr hinreißen lassen, nicht wahr?«

»Ich will sehen, wie du dich immer wieder so hinreißen lässt.« Mir kommt eine Idee, und ich klopfe auf die Fensterbank. »Hey, geh doch mal runter und stell dich dorthin, wo deine Mom eben stand. Nur für eine Sekunde. Ich will etwas überprüfen.«

Er blickt mich fragend an, aber er tut, worum ich ihn gebeten habe. Während er nach unten geht, stürze ich in mein Schlafzimmer und fische eine Packung Luftballons unter meinem Bett hervor, die ich noch zu der Zeit gekauft habe, als wir uns gegenseitig sabotiert haben. Ich rase ins Badezimmer, fülle einen Luftballon mit Wasser und kehre zum Fenster zurück.

»Okay, ich bin hier unten«, sagt er, und ich sehe seine weißen Atemwolken. »Was willst du überprüfen?«

»Das«, sage ich und lasse die Wasserbombe fallen. Sie landet nicht wie geplant auf seinem Kopf, sondern auf seinen Schuhen.

Nicholas springt zurück, die Arme ausgestreckt, und starrt auf die dunklen Flecken auf seiner Hose. Ein Schauer jagt mir über den Rücken. Langsam, langsam hebt er den Kopf und knurrt: »An deiner Stelle würde ich jetzt rennen.«

Mit einem fröhlichen Schrei renne ich los.

* * *

Ich habe mich am Wochenende sehr daran gewöhnt, mit Nicholas befreundet zu sein. Er bringt mir bei, wie man das Frankensteinauto fährt. Am Anfang bin ich viel zu nervös, aber dann bekomme ich den Dreh raus und fahre uns nach Beaufort. Wir kaufen ein zweites Kanu und befestigen es auf dem Dach meines Autos. Wir kaufen außerdem drei Ruder und paddeln dann raus, um sein anderes Kanu zu holen. Wir verbringen den Samstag auf dem See, stechen unsere Ruder in Eisbrocken und spielen Autoskooter. Dann sitzen wir auf dem Sofa im Salon, Seite an Seite, und beobachten, wie der Schnee fällt, während wir heiße Schokolade trinken. Er spielt *Nightjar* (mit meinem Account, damit er mit meinem Dreizack Gott spielen und ausrufen kann: *Hey, das musst du dir ansehen! Ich bin ein Einhorn! Schau, Naomi, ich habe ein Horn!*), während ich *Riverdale*-Fanfiction auf Tumblr lese, und alles ist ganz entspannt, normal und auf schmerzliche Weise perfekt. Es macht mich so traurig, dass unser Roman so aufs Ende zu noch einmal richtig gut wird.

Eine böse Wendung des Schicksals: Ich glaube nicht, dass ich will, dass es das Ende ist. Nicht mehr. Aber während wir zu lernen scheinen, wie wir mit den Gefühlen des anderen – und auch unseren eigenen – sorgfältiger umgehen, sind wir nicht das, was ein verlobtes Paar sein sollte.

Als er am Montag nach Hause kommt, möchte ich all meine Misserfolge auf einem Haufen sammeln und unter den Teppich kehren, aber stattdessen zwinge ich mich dazu, Seiten von mir zu teilen, auf die ich nicht so stolz bin. Ich zwinge mich zu sagen: »Heute war ein Scheißtag. Ich habe eine halbe Stunde mit einer Online-Bewerbung verbracht. Und als ich auf der letzten Seite angekommen bin, stand da, dass mindestens fünf Jahre Erfahrung in der Lebensmittelindustrie erforderlich sind.«

»Was war das für eine Position?«

»Assistenz der Geschäftsleitung. Es war die einzige ausgeschriebene Stelle.«

Er schaut auf den Teppich, während er seine Schuhe auszieht, und ich frage mich, ob er an Eaten Alive denkt. Mr und Mrs Howard würden kein Vorstellungsgespräch mit mir durchführen. Wenn ich sagen würde, dass ich nach Tenmouth ziehe, würden sie mir ohne zu zögern einen Job geben.

»Es tut mir leid. Ein Minimum von fünf Jahren Erfahrung zu verlangen, ist dumm. Sie übergehen viele Talente, wenn sie sich auf diese Weise einschränken. Das ist wirklich nur zu ihren Ungunsten.« Ich kämpfe ein bisschen mit den Tränen, als ich merke, wie sehr er sich hinter mich stellt. »Falls es dich irgendwie aufmuntert, ich habe im Supermarkt angehalten und am Schwarzen Brett ein paar Anzeigen gesehen.« Er gibt mir zwei Flyer. Sie stammen von kleinen, lokalen Läden, an denen ich schon mal vorbeigefahren bin, in die ich aber noch nie reingegangen bin.

Ihre Parkplätze sind immer leer. Ich weiß, dass Nicholas glaubt, dass diese Läden zum Scheitern verurteilt sind, weil sie nicht mit den großen Einzelhändlern von heute konkurrieren können, aber er hat sich trotzdem die Zeit genommen, mir die Flyer mitzubringen.

Ich fange an, Richtung Sofa abzudriften, und wünsche mir nichts sehnlicher, als in eine Fernsehsendung abzutauchen, bis meine Augenlider so schwer sind, dass ich sie nicht mehr offen halten kann, aber er nimmt meine Hand.

»Was machst du da?«

»Ich gehe Abendessen machen. Kommst du mit?«, fragt er mich.

Ich ziehe verwirrt eine Augenbraue hoch. »Sicher?«

Er schenkt mir ein Lächeln, das ich erwidere, lässt meine Hand nicht los und verschränkt seine Finger mit meinen. In welcher Welt lebe ich, dass ich jetzt mit Nicholas Händchen halte, während wir von einem Zimmer ins andere gehen? Sein Griff ist selbstbewusst und sicher, so wie man es sich wünscht, wenn man durch eine Menschenmenge geführt wird. »Du bist ziemlich gut im Händchenhalten«, sage ich ihm.

»Ich erinnere dich nur an all die Dinge, die dein Dr. Claw nie tun könnte.«

Ahh, Dr. Claw. Der Bösewicht meiner Träume. Habe ich Nicholas davon erzählt? Mit einer Limousine, roten Hosenträgern und einem Gesicht wie *diesem* (zumindest im Film) könnte er mich immer noch kriegen, selbst wenn er zwei Piratenhaken hätte. »Er hat immer noch seine andere Hand.«

»Psst. Ich bin besser.«

»Ja, Nicholas, du bist viel besser als eine *Inspektor Gadget*-Figur.«

Nicholas hebt beruhigt sein Kinn. In der Küche zieht er an einer Kette, und runde Lämpchen, die an der Decke hängen, gehen an und erzeugen eine heitere Atmosphäre. Dann drückt er auf eine App auf seinem Handy, und Musik erfüllt den Raum, während er die Pfannen und Töpfe im Schrank durchgeht. »Wo ist die … oh, hier ist sie.« Er schwenkt eine Pfanne durch die Luft und zwinkert mir zu.

»Was machen wir?«

»Pekannuss-Pancakes.«

Es ist noch nicht wirklich Abendessenszeit, und der Himmel ist bereits schwarz. Wären da nicht die kleinen Lämpchen über uns, die sich gemeinsam mit uns in der Fensterscheibe spiegeln, könnten wir die Sterne über dem Wald funkeln sehen. Aus seinem Handy kommt vertraute Musik. Die Generationals. *Unsere* Band. Das Lied, das jetzt läuft, ist *Turning the Screw*. Ich habe es in letzter Zeit nicht mehr gespielt, weil es mich an alles Schöne erinnert hat, das aus unserer Beziehung verschwunden war. Es ist schon eine Weile her, dass wir ihre Musik gemeinsam gehört haben. Ich frage mich, ob er dieses Lied unter seinen Favoriten gespeichert hat oder ob er es auf einer Playlist hat. Der Gedanke, dass er in letzter Zeit unsere Band allein gehört hat, schmerzt mich.

»Naomi.«

Sein Ton ist weich. Ich brauche mich nicht zu fragen, ob die Wahl der Musik ein Zufall ist, denn ich höre es im tiefen Timbre seiner Stimme. Ich sehe es in dem federnden

Muskel in seiner Wange. Ich fühle seine Atome vibrieren.

Er blickt mich von der Seite an, und mein Magen zieht sich zusammen. »Komm her«, sagt er und streckt eine Hand aus.

Ich gehe so langsam hinüber, dass er lacht. Ich staune darüber, wie unglaublich weich sein Ton *mir gegenüber* sein kann. Die Bewegung seiner Lippen, der warme Glanz in seinen Augen. Als meine Hand in seine gleitet, merke ich, dass ich mir der Körperlichkeit eines anderen Menschen noch nie so bewusst gewesen bin. Alle meine Sinne sind angespannt und nehmen so viele Details wahr. Wie er sich anfühlt, wie er riecht, seine Körperwärme. Er füllt den ganzen Raum.

Das Atmen wird anstrengend.

Er legt seine andere Hand sanft auf meine Taille. Mein Oberkopf ruht an seiner Wange, was das Bedürfnis, sich an seine Brust anzulehnen, unwiderstehlich macht. Ich hätte nicht gedacht, dass wir die Art von Paar sind, die in einer Küche mitten im Wald tanzt, aber es stellt sich heraus, dass wir genau diese Art von Paar sind. Vor zwei Monaten hätten wir so etwas nur getan, wenn andere Leute zugesehen hätten. Wir hätten eine Show veranstaltet.

Ich will, dass dieser Tanz niemals endet. Er lässt nicht zu, dass ich mich an ihn schmiege und so mein Gesicht verberge. Jedes Mal, wenn ich versuche, mich zu verstecken, zieht er sich sanft zurück. Er hebt mein Kinn an und durchschaut mich ganz und gar, er blickt auf das, was in mir steckt. Seine Augen sind blauer als ein See, und sie strahlen vor Glück. Mir fällt auf, wie lange ich ihn nicht wirklich glücklich gesehen habe. Ich habe mich so sehr auf mein eigenes Unglück konzentriert, dass ich seins nicht einmal bemerkt habe. Ich habe mir selbst etwas vorgemacht, als ich dachte, er sei die ganze Zeit über zufrieden gewesen. Wie arrogant anzunehmen, dass er mit mir zufrieden war, wenn ich so offensichtlich unzufrieden mit ihm war.

Unsere Vergangenheit ist eine Reihe von unzusammenhängenden Erinnerungen. All die schönen, guten, luftigleichten Erinnerungen sind in den Hintergrund getreten, und so konnten die bitteren und giftigen ins Rampenlicht gelangen. Aber wenn Nicholas mir so wie jetzt in die Augen schaut, werden einige der positiven Erinnerungen wieder zum Leben erweckt und treten nach vorne ins Licht. Wenn seine Hand über meine Wange gleitet und seine Finger in meinem Haar verschwinden, dann beginnt die Wunde an meinem Herzen, die, lange unbehandelt, schon geeitert war, zu heilen.

Nicholas ist derart ins Zentrum meiner Aufmerksamkeit gerückt, dass ich nie vergessen werde, wie sich das anfühlt. Es ist ein friedliches und tröstliches Gefühl, das ich bisher nirgendwo finden konnte. Mein Herz klopft so laut, dass ich sicher bin, er kann es hören. Seine Nähe macht meine Knie schwach, und seine Haut, die die meine streift, trifft mich wie viele heiße Funken. Weil er mich besser kennt als jeder andere, und dabei wollte ich das nie.

Ich habe versucht, ihn in einem sicheren Abstand zu halten, wo er nur meine guten Seiten sehen konnte, und das hat uns beide unglücklich gemacht. Dann habe ich ihn versehentlich hineingelassen, und er hat die hässlichen Seiten gesehen, aber anstatt wegzulaufen, wovon ich ausgegangen war, hat er seine Arme um all das Hässliche geschlungen und nicht losgelassen.

* * *

Wir liegen auf dem Boden, Nicholas schläft.

Wir haben im Wohnzimmer gepicknickt, die Decke mit den Palmblättern haben wir dabei als Picknickdecke benutzt. Ich kann nicht aufhören, mit den Händen über den Stoff zu streichen und mich daran zu erinnern, wie es war, neben ihm unter dieser Decke zu schlafen. Ich erinnere mich daran, wie er mich festhält, wie sein Atem in mein Haar fährt. Die Erinnerungen sind so schmerzlich, dass meine Brust wehtut und ich weinen möchte, aber ich kann nicht aufhören, mich zu erinnern. Die Schleusentore sind weit geöffnet.

Es ist warm und gemütlich hier vor dem Kamin, also lasse ich ihn noch ein bisschen schlafen, bevor ich ihn wecke. Und dieses Gefühl der Normalität, wie wir hier nebeneinanderliegen, ist schön. Das tun die meisten Paare, besonders die verlobten. Aber unsere Normalität ist es nicht.

Nicholas und ich berühren uns nicht. Er liegt auf dem Rücken, ein Arm ist hinter seinem Kopf angewinkelt, und er runzelt leicht die Stirn, was mich dazu bringt, sie glätten zu wollen. Ich denke, das ist die Stelle, an der wir uns jetzt befinden: Ich darf ihn an unschuldigen Stellen kurz berühren. Aus Fürsorge. Um ihn zu beruhigen. Um zu geben. Wir befinden uns noch nicht an dem Punkt, an dem wir uns etwas einfach nehmen können. Gier, Begehrlichkeit würden wir nicht überstehen. Wenn wir uns zu schnell bewegen, könnte uns das umbringen.

Ich halte meinen Ringfinger hoch und sehe den Diamanten funkeln. Es wäre zu voreilig, wenn ich meinen Kopf auf die Brust meines Verlobten legen würde. Wie absurd ist das denn? Ich berühre ihn nicht, aber ich denke darüber nach, wie es wäre. Sein Hemd würde sich weich anfühlen, es würde ganz leicht nach Parfüm duften, man würde es aber nur riechen, wenn er sich bewegt. Es würde sich beruhigend anfühlen, wenn ich ihn berühren könnte. Eine stille Kraft würde von der Berührung ausgehen, ein Gefühl der Sicherheit, wie das sanfte Leuchten eines Kaminfeuers. Wie warme Arme in einer kalten Sternennacht. Wie ein solides altes Haus im Wald und eine karierte Wintermütze.

Nicholas Benjamin Rose ist ein grundguter Mann, auch wenn er und ich uns unmöglich verhalten haben.

Ich glaube, wenn ich ihn jetzt berühren würde, wäre es, als würde man eine Blume aus der Scheune pflücken und sie in ein blaugrünes Trinkglas neben dem Frühstücksteller fallen lassen. Er würde sich wie Blaufichten und Holzrauch anfühlen. Wie Mondschein und glitzernde Wolken. Wie Kiefer, mein neuer Lieblingsduft. Es wäre wie das Sonnenlicht, das auf einen gewebten Teppich fällt, warm und faul wie ein Nachmittagskuss. Wie nackte, ineinander verschränkte Beine, die auf dem Sofa ein Nickerchen machen.

Er ist die kalte, frische Luft im Herbst und ein Schaufelblatt, so scharf, dass man seinen Finger aufschneiden könnte, wenn man darüberfährt. Er ist in den Bäumen. Und im See.

Ich stelle mir vor, wie er in diesem Sommer im See schwimmen wird: nackte, glitzernde Haut. Er würde vom verwitterten Steg springen. Seine schlanken Rückenmuskeln würden sich bündeln, ein Sprung ins Leben.

Eines Tages hat er Lust, für irgendeine Frau die Vorhänge in einem oberen Fenster aufzuziehen. Staubkörner schwirren in einem sonnigen Raum umher und legen sich auf den Rücken eines Mannes, der den Kindern eine Schaukel baut. Er trägt einen dicken Ehering aus massivem Silber, und das ist die einzige Stelle an seiner Hand, die im Sommer nicht braun wird. Er wird sich fühlen wie ein alter Baum, der mit einem anderen zusammenwächst und dessen Äste sich mit denen des anderen zu einer Umarmung verflechten.

Ich wünschte, ich könnte in seinen Kopf sehen, um zu wissen, was er für mich empfindet. Ich will nicht fragen, denn was ist, wenn er sagt, dass die letzten Wochen nicht genug waren? Was, wenn er denkt, wir seien nicht zu retten? Das habe ich auch gedacht, aber ich bin mir nicht mehr so sicher. Ich möchte glauben, dass er bei mir ist, weil er es will und nicht weil er alle Unannehmlichkeiten einer Trennung abgewogen und beschlossen hat, dass dies die einfachere Lösung ist. Er könnte überall sein, mit irgendwem, aber er ist hier bei mir. Das muss etwas bedeuten.

Ich starre diesen Mann an und denke an das Armband aus Strohhalmpapier, das er in einer Schublade aufbewahrt.

Die Verletzungen sind nicht zu leugnen. Ich spüre sie überall wie Stichwunden: die Entfernung, die zwischen uns entstanden ist und wodurch wir das, was das glücklichste Jahr unseres Lebens hätte sein sollen, ruiniert haben. Der Ring, der mir das Gefühl gibt, eine Betrügerin zu sein, weil er so riesig ist. So lächerlich es auch klingen mag, in meinem Kopf sage ich mir, dass er mir einen so großen Diamanten geschenkt hat, um zu sagen: *So sehr liebe ich dich!* Aber wie konnte er mich *so sehr* lieben, wenn wir uns eigentlich noch gar nicht wirklich gekannt hatten? Wenn wir uns noch nie gestritten und nicht zusammengelebt hatten und alles so reibungslos lief? Viel zu schön, um wahr zu sein.

Er hat gesehen, wie ich den Ring ein paar Mal abgenommen habe. Ich habe gesagt, der Diamant sei zu auffällig, aber in Wahrheit habe ich nicht gedacht, dass ihn das interessiert, weil es mir selbst egal war. Aber ich wette, es war ihm nicht egal. Ich wette, er fand es nicht gut, dass ich seinen Ring abgenommen habe.

Ich halte den Ring wieder in die Höhe und lasse ihn von links nach rechts aufblitzen. Ich sehe, was er gesehen hat, als er ihn ausgesucht hat. Ich sehe meine Hand mit seinen Augen. Wie sie verheißungsvoll glühen würde. Ich frage mich, was er für mich fühlt. Welche Erinnerungen und Möglichkeiten ihm durch den Kopf gehen, wenn er mich berühren will, es aber nicht mehr als sein Recht empfindet.

Zum ersten Mal, seit er ihn mir geschenkt hat, schaue ich mir meinen Ring genauer an und finde ihn umwerfend. Es ist genau der Ring, den er hätte aussuchen sollen.

Ich werde mir die Momente nie verzeihen, in denen ich ihn abgenommen habe.

Er strahlt, wie er hier liegt. Schillernd und golden. Nicholas ist ein seltener, wunderbarer Mann, und es wird mir sehr leidtun, wenn ich ihm den Ring werde zurückgeben müssen.

Kapitel 18

Anfang Dezember kommen Nicholas und ich auf wundersame Weise immer noch gut miteinander aus. Es fällt mir schwer, ihm zu vertrauen, aber alle Gründe, die ich in der Vergangenheit hatte, um distanziert und nachtragend zu sein, sind mittlerweile nicht mehr da – wettgemacht durch die neue Aufmerksamkeit, die mir Nicholas zuteilwerden lässt. Ich stehe für ihn an erster Stelle. Er ist freundlich, nett und zuvorkommend. Er hat sich an Thanksgiving gegen Deborah durchgesetzt, und am darauffolgenden Abend hat er sie buchstäblich aus dem Haus verbannt.

Ich kann immer noch nicht glauben, dass er das getan hat.

Aber nachdem mir das so richtig bewusst geworden ist, fühlt er sich nicht mehr an wie mein Widersacher oder als das Hindernis auf meinem Weg zum Glück. Er fühlt sich an, als gehöre er zu meinem Weg dazu. Entgegen aller Weisheit verliebe ich mich ein wenig in die Idee, dass das alles *nicht* auseinanderbrechen wird. Und dann tue ich eine beängstigende Sache.

Ich öffne ein neues passwortgeschütztes Dokument auf meinem Laptop und notiere Ideen für Zeichen der Zuneigung. Wenn das kein Zufall ist und wenn das funktionieren soll – *wenn* –, dann muss ich Nicholas immer wieder durch kleine Gesten zeigen, wie viel er mir bedeutet. Das wichtigste und herausforderndste Element schreibe ich gleich an den Anfang, damit ich es nicht vergesse: *Mach damit weiter, auch wenn er sich nicht sofort und offensichtlich erkenntlich zeigt.* Ich muss geben, ohne eine Gegenleistung zu erwarten, sonst sind die Gesten nichts wert. Und doch hoffe ich, dass ich nicht die Einzige sein werde, die sich Mühe gibt.

Eines Morgens, als Nicholas aus der Dusche kommt, zeichne ich ein Herz in den beschlagenen Badezimmerspiegel. Er geht zurück ins Bad, um sich die Zähne zu putzen, und hinterlässt ein weiteres Herz. Es ist mit meinem verschränkt.

Es ist der kleinste Anfang der Welt.

Ich hinterlasse ihm eine Nachricht in seiner Lunchbox.

Ich wünsche Dir einen schönen Tag!
Ich denke an Dich.

Später wird mir ein wenig übel bei dem Gedanken, dass ich das getan habe. Ich habe Angst, dass selbst die kleinste Nettigkeit in unserer seltsamen Beziehung gleich überzogen-kitschig wirkt. Wir sind durch eine Periode der Dürre gegangen. Wir haben uns völlig danebenverhalten, als es darum ging zu verstehen, wann einer von uns etwas braucht, um das er nicht konkret bittet.

Mittags schickt er mir eine SMS.

> Danke für Deine Nachricht. Ich denke auch an Dich.

Als er nach Hause kommt, hat er ein Geschenk für mich: eine karierte Mütze mit Ohrenklappen, die zu seiner passt. Ich habe seine so oft getragen, dass er sich gedacht hat, ich hätte vielleicht gern auch eine. Sie ist champagnerfarben und weich wie Gänsedaunen. Ich gebe ihm einen Kuss auf die Wange, und seine Haut leuchtet danach an der Stelle rosa.

Vielleicht befinde ich mich ja auf dem richtigen Weg, also stecke ich ihm am nächsten Tag einen weiteren Zettel in seine Lunchbox:

> *Guten Morgen! Ich finde, Du machst großartige Pancakes und Du siehst immer sehr gut aus und riechst auch sehr gut. Danke, dass Du mich unterstützt. Ich wünsche Dir einen tollen Arbeitstag! Karius und Baktus zittern schon.*

Ich bin danach ziemlich nervös, denn was ich sage, ist wahr. Aber ich hoffe, dass er es nicht allzu kitschig findet. Ich hinterlasse auch eine Tüte Skittles auf seinem Fahrersitz. Damit bin ich mir aber nicht so unsicher, denn Skittles sind ein *Einfach so*-Geschenk, das immer geht, und ich weiß, dass die Tüte leer sein wird, bevor er bei Rise and Smile angekommen ist.

Als es Mittag wird, bin ich hundertprozentig sicher, dass mein Zettel kitschig war, und ich will mich mit dem Gesicht nach unten in den Schnee fallen lassen. Er hat gerade Mittagspause, also muss er ihn schon gesehen haben. Ich kaue auf meinen Fingernägeln, als mein Handy piept. Ich öffne eine Textnachricht und sehe ein Foto von einem Blatt Papier, das offenbar das ist, auf dem ich meine

Notiz geschrieben habe. Er hat es umgedreht und ein Strichmännchen darauf gezeichnet, das Scribbles an seinen Wangen kleben hat. Der Strichmännchen-Nicholas lächelt breit, und es gehen drei Wellenlinien von ihm aus, die mit einem Pfeil und einer Überschrift erklärt werden: *Mein Supergeruch.* Auf der Brust des Strichmännchens ist ein Herz.

Am nächsten Tag hinterlasse ich ihm diesen Zettel: *Ich liebe unser Haus.* Es klingt vielleicht nicht nach viel, aber es ist eine große Sache. Mit diesen vier Wörtern bestätige ich seine Entscheidung, es zu kaufen, und ich bezeichne es nicht als *sein* Haus. Anscheinend überprüft er seine Lunchbox eine Stunde früher als sonst, weil er mir um elf Uhr eine SMS schickt.

> Ich liebe es, mit Dir in unserem Haus zu leben.
> Schau unter Dein Kissen.

Ich laufe nach oben und werfe alle Kissen vom Bett. Er hat einen Zettel für mich versteckt! Mein Herz leuchtet wie ein Weihnachtsbaum, und ich verschlinge jeden einzelnen Buchstaben der kurzen Nachricht. Nicholas hat mir einen Zettel geschrieben und sich die Zeit genommen, sich nach oben zu schleichen und ihn unter mein Kissen zu schieben. Jeder Schritt dieser Aktion bringt mein Innerstes zum Klingen.

Guten Morgen! Du hast einen ausgezeichneten Musikgeschmack. (Und Männergeschmack.) Ich bin so froh, dass wir in Morris geblieben sind. Ich glaube an Dich!

Du kannst alles tun, was Du Dir in den Kopf setzt, und ich weiß, dass Du alle Deine Träume verwirklichen wirst. Du bist und wirst immer der schönste Mensch sein, den ich je kennengelernt habe.

Mein Grinsen ist so breit, dass meine Gesichtsmuskeln wehtun. Ich liege auf dem Bett, trete mit den Beinen in die Luft und quieke. Ich bin mir sicher, dass mich die Geister, die mich beobachten, für verrückt halten, aber das ist mir egal. Ich lege den Zettel wieder unter mein Kissen und laufe eine Runde durch den Garten, um meine übersprudelnde Energie loszuwerden.

Schönster Mensch! Er denkt, ich bin schön. Und er glaubt an mich. *Das behauptet er jedenfalls,* fügt der Teufel, der auf meiner Schulter sitzt, hinzu, aber ich schnippe den Teufel weg. Ich lasse es zu, dass ich mich über Nicholas' Worte ohne Wenn und Aber freue.

Ich habe vergessen, wie es ist, sich so lebendig zu fühlen. Die Farben sind heller und intensiver. Die Geräusche sind lauter. Ich überlege mir, wie ich Nicholas für seine Geste danken kann, und beschließe, ihm Blumen in die Praxis zu schicken. Soweit ich weiß, hat er noch nie Blumen bekommen. Er findet sie unpraktisch und verbindet sie wahrscheinlich mit der erdrückenden Verpflichtung, die er gegenüber seiner Mutter empfindet, deshalb möchte ich das ändern. Ich rufe die örtliche Floristin an, aber keiner ihrer Vorschläge überzeugt mich so richtig, also frage ich sie, ob sie einen Strauß binden kann, der nur aus Myrte besteht. Myrte wird normalerweise als Füllgrün in einem Blumenstrauß verwendet, sie ist zu schlicht, um die Hauptblume zu sein, aber in der *Nightjar*-Welt bringt das Sammeln von Myrte Vitalitätspunkte. Ich denke, das wird Nicholas gefallen.

Kurz nach sechs Uhr höre ich, wie sich der Jeep nähert, das bedeutet, er kommt gleich nach der Arbeit ohne Zwischenstopp nach Hause, und ich renne los, um ihn zu begrüßen. Er schließt gerade die Tür ab, dreht sich um und schaut zu mir runter, ein Grinsen erscheint sofort in seinem Gesicht, als er auf mich zukommt. Seine Augen sind hell und flackern, und in meinem Bauch sind ganz viele Schmetterlinge, die drohen, mir aus dem Mund zu fliegen. Er hält meinen Myrtenstrauß in der Hand.

»Hey, du«, sagt er und stupst meinen Arm mit seinem Ellenbogen an.

»Hi.« Ich nehme ihm die Lunchbox ab. (Ich kann galant sein!)

»Danke für den Vitalitätsschub«, sagt er. »Er kam gerade gelegen, nachdem mir eine Dreijährige in den Finger gebissen hat.« Er zeigt mir den Abdruck winziger Zähne an der Spitze seines Zeigefingers.

»Ich hoffe, du hast sie zurückgebissen.«

»Dafür hat sich ihre Mutter nicht lange genug weggedreht.«

Hat Nicholas jemals so strahlend ausgesehen? Nein. Wie konnte ich mich nur jemals mit weniger zufriedengeben als mit dem Lächeln, das er mir jetzt schenkt?

Ich glaube, er möchte, dass wir uns wieder so berühren, wie wir es früher getan haben. Ich glaube, er will mich küssen. Aber er traut sich nicht. Er legt seine Stirn gegen meine. »Du bist süß«, lacht er halb, zieht sich dann zurück und klopft mir mit dem Finger auf die Nase. Wir schlendern zum Haus, und wenn ich mich nicht irre, haben seine Schritte jetzt einen neuen Schwung.

Wir verbringen unseren Abend damit, den Weihnachtsbaum aufzustellen und eine Popcorngirlande zu basteln. Er macht mir eine Popcornkette, also mache ich ihm auch eine. Wir werfen uns gegenseitig Popcorn in den Mund. Ich wundere mich, dass jeder Tag besser ist als der davor, als er auf sein Handy schaut und seine Fröhlichkeit verfliegt.

»Was ist denn?«

»Eine Nachricht von Mom.«

Ich stapele eine Ladung unappetitlicher Wörter auf ein Schneidebrett und würfle sie in winzige Stücke. Deborah hat seit Tagen weder angerufen noch hat sie irgendwelche Nachrichten geschickt. Als Nicholas ihr eine SMS geschickt hat, um zu sehen, wie die Stimmung so ist, waren ihre Antworten so wütend und voller Selbstmitleid wie erwartet. »Was schreibt sie?«

»Äh.« Er schaut zu mir auf und macht dabei ein entschuldigendes Gesicht, was sich für mich wie ein leichter Schlag in die Magengrube anfühlt. Ich fühle mich plötzlich leicht kränklich. »Ich habe vergessen, dass ich ihr das versprochen habe. Ich habe ihr vor Wochen zugesagt, und sie haben Pläne für eine große Empfangsveranstaltung gemacht, sonst würde ich versuchen, einen Rückzieher zu machen.«

»Was für einen Rückzieher? Was hast du zugesagt?« Lächerlicherweise taucht der Begriff *arrangierte Ehe* in meinem Kopf auf, und ich bin bereit, mit einer gesichtslosen Frau mit Brautschleier zu kämpfen. Ich habe einen Ring! Ich habe ihn zuerst getroffen!

»Eine Reise nach Cohasset in Minnesota. Vor etwa fünfzehn Jahren, als Dad noch in der Investmentbranche tätig war, hat er einen Batzen Geld in die neu gegründete Bierbrauerei eines Freundes investiert, und es lief so gut, dass er sogar Partner wurde. Einmal im Jahr sieht er sich die Brauerei an, und sie gehen in einer Besprechung die Zahlen durch und entscheiden, wie sie das Unternehmen ausbauen wollen. Dieses Jahr allerdings …«

Er kratzt sich am Kopf. »Nun, Dad sagt, es ist ihm egal, was mit der Firma passiert, und dass er lange Reisen satthat. Er will einfach nur zu Hause bleiben. Mom macht sich Sorgen, dass ihnen dadurch potenzielle Investitionsmöglichkeiten entgehen, also hat sie mir einen Stapel mit Tabellenkalkulationen gegeben und hat mich angefleht, an seiner Stelle hinzufahren.

»Oh.« Ich greife nach einem Faden im Teppich. »Wann ist das Treffen?«

»Mom sagt, ein Mann namens Bernard erwartet mich am Samstag um zehn Uhr morgens.«

»Zehn Uhr morgens? Wie lange dauert es, um nach Cohasset zu kommen?«

Er verzieht das Gesicht. »Ich weiß nicht. Etwa sieben Stunden? Ich werde früh losmüssen. Es wird den ganzen Samstag Programm geben, und bei einer siebenstündigen Rückfahrt muss ich in einem Hotel übernachten und kann erst am Sonntagmorgen abreisen.« Er überprüft die Wetter-App auf seinem Handy. »Schnee und Niederschlag den ganzen Sonntag. Natürlich. Ich habe keine Ahnung, wie lange die Rückfahrt dauern wird. Wahrscheinlich komme ich erst sehr spät wieder hier an.«

»Das ist das ganze Wochenende«, antworte ich mürrisch.

»Du könntest ja mitkommen.« Seine Augen leuchten hoffnungsvoll. »In der Brauerei gibt's nicht viel zu sehen, aber wir könnten gucken, was du sonst in Cohasset machen könntest. Wir hören im Auto Musik und nehmen eine riesige Menge Proviant mit.«

Meine Gedanken kreisen vor allem um den Hotelteil dieser Reise – würden wir uns ein Zimmer teilen? Würde er nach einem Doppelbett oder nach zwei Einzelbetten verlangen? Ich bin schon ganz aufgeregt, aber dann fällt mir ein: »Ich habe ein Vorstellungsgespräch am Samstagmorgen.«

»Oh, richtig, beim Campingplatz.«

Ich bin mir immer noch nicht sicher, was genau diese Stelle umfasst. Ich versuche, Großraumbüros oder zu kleine Büros zu meiden, und der Gedanke, dafür bezahlt zu werden, auf Naturpfaden zu wandern, hat einen gewissen Reiz. Unser Haus im Wald hat mich zu einem echten Naturburschen gemacht.

»Tja …« Ich kann meine Enttäuschung nicht verbergen.

Auch Nicholas scheint enttäuscht zu sein, aber dann fängt er an, ganz leicht zu lächeln. »Wirst du mich vermissen?«

»Überhaupt nicht«, nuschle ich. Das überzeugt keinen von uns beiden. Um von der plötzlichen Finsternis abzulenken, die über uns hereingebrochen ist, sage ich: »Also wirst du finanzielle Entscheidungen im Namen deiner Eltern treffen? Du kannst also ihr Geld für sie anlegen? Es gibt ein Crowdfunding-Projekt, um einen Film über die Pizza-Ratte zu machen, es heißt *Ratachewy*. Das solltest du dir mal ansehen.«

Er lacht. »Nein, ich kann mit ihrem Geld nicht tun, was ich will. Ich werde hauptsächlich zuhören und mir Notizen machen. Dann berichte ich Mom darüber, und sie entscheidet, was sie tun will.«

Ich mache mir nicht die Mühe nachzufragen, warum Deborah dann nicht einfach selbst hinfährt. Deborah scheint Kinder in die Welt gesetzt zu haben, um Minions zu haben, die verpflichtet sind, ihre Befehle auszuführen.

»Es sind nur zwei Tage«, sagt er sanft. »Du wirst das Haus für dich allein haben. Du kannst auf alle meine Fotos Schnurrbärte malen und nackt auf dem Bett herumspringen.«

»Klingt wie ein ganz normaler Tag.«

Früher wäre ein Traum in Erfüllung gegangen. Kein Nicholas im Haus! Ich hätte mich gefreut. Es ist schon dumm, dass ich jetzt sein blödes, unwiderstehliches Gesicht vermisse, wenn er weg ist.

* * *

Ich habe meinen Wecker für Samstagmorgen so gestellt, dass ich früh genug aufwache, um Nicholas zu verabschieden. Es ist ziemlich bescheuert, dass sie das Treffen für zehn Uhr morgens angesetzt haben, wo sie doch wissen, dass er mit dem Auto anreist. Es ist so dunkel wie im Weltall und viel zu kalt, um loszufahren. Sein Motor und seine Reifen könnten explodieren. Außerdem fährt er genau dann los, als sich bei mir ein Magen-Darm-Infekt ankündigt. Ich habe einen Knoten im Hals, während ich zusehe, wie er sich die Schnürsenkel zubindet. Die Ledertasche mit Wechselkleidung und den wichtigsten Dingen für die Nacht steht vor ihm.

»Mir geht's nicht gut«, murmele ich.

Er dreht seinen Kopf zu mir und scannt mich von oben bis unten. »Was ist los?«, fragt er.

»Bauchschmerzen. Ich habe das Gefühl, ich werde krank. Ich bin ganz verschwitzt und fühle mich unwohl.« Ich laufe auf und ab. Um etwas zu tun, öffne ich den Reißverschluss seiner Tasche und wühle in seinen Sachen herum. Ich tupfe etwas von seinem Eau de Cologne auf meine Handgelenke, reibe sie aneinander und halte sie dann an meine Nase. Ich atme den Duft langsam ein, und das beruhigt meine Übelkeit ein wenig. Dann hebe ich den Kopf und treffe auf Nicholas' forschenden Blick. Mein Herz rutscht mir in die Hose. »Was?«

»Nichts.« Seine Stimme klingt nicht sonderlich fest, er schaut weg und bindet sich den anderen Schuh zu. Als er aufsteht, schreie ich fast.

»Warte! Du kannst noch nicht gehen. Du hast noch nicht gefrühstückt.«

»Es ist zu früh, ich habe keinen Hunger. Ich hole mir später unterwegs etwas.«

»Willst du keinen Kaffee mitnehmen?« Ich gehe in Richtung Küche, aber er schüttelt den Kopf und zeigt auf seine Thermoskanne.

»Ich hab schon genug.«

Vielleicht sollte er keinen Kaffee trinken. Denn der wird ihn aufputschen, und so wird er viel zu schnell fahren. Er wird von einer Überführung fallen, und sein Auto wird sich sechzehnmal überschlagen. »Ich habe Angst, dass du am Steuer einschläfst.«

Nicholas lacht. »Ich bin früh zu Bett gegangen, also bin ich hellwach. Es wird schon gehen.«

»Was ist, wenn es zu schneien beginnt?«

»Ich werde nicht einschlafen, auch wenn es anfängt zu schneien.« Anscheinend amüsiere ich ihn.

Ich runzele die Stirn. »Nicholas, ich meine es ernst. Ich habe ein wenig über Cohasset recherchiert und ich wollte dir zunächst nichts sagen, weil ich dich nicht erschrecken wollte, aber im August gab es dort drei Autodiebstähle. Ein Typ kam an einer Tankstelle auf die Leute zu und hat ihnen gesagt, ihr Tankdeckel sei abgefallen, und als sie sich umdrehten, um nachzusehen, richtete er eine Waffe auf sie.«

Er nimmt mein Gesicht in seine Hände. Sein Blick ist zärtlich, und er sieht fast so aus, als könnte er mich lieben. Ich denke daran, wie oft ich kurz davorstand wegzugehen, und es ist erschreckend. Dann hätte ich diesen Moment verpasst. »Dann werde ich in Cohasset nicht tanken.«

Ich bin erbärmlich. Ein hilfloses neugeborenes Kätzchen. »Du kannst mich nicht hier allein lassen, wenn ich krank bin.«

Er legt seine Hand auf meine Stirn. Die Geste fühlt sich so intim an. Ich habe mit diesem Mann geschlafen, aber *das* fühlt sich intim an? Ich bin ansteckend. Er kann nicht nach Cohasset fahren, sonst steckt er die ganze Brauerei an. Er muss hier bei mir in Quarantäne bleiben.

»Ich glaube, du hast Liebeskummer«, sagt er und grinst dabei leicht.

Das schlägt mir auf den Magen. In meiner Zunge sind mindestens drei Knoten. Mir fällt keine Antwort ein, also kommt er noch näher, bis sich unsere Körper fast berühren. »Das ist es, was du hast. Vertrau mir, ich kenne alle Anzeichen.«

Mein Mund gehorcht mir nicht. Ich versuche, Wörter zu bilden, doch es kommt nur ein unverständliches Quietschen heraus.

Er grinst und beugt sich vor, um meine Schläfe zu küssen. Seine Lippen halten kurz an meinem Ohr inne, und ich zittere innerlich so sehr, dass ich weiß, dass er es fühlt. »Das ist ein Zustand, den ich selbst sehr gut kenne.«

Ich halte mich an der Sofalehne fest, damit ich nicht umfalle, als er sich zurückzieht. Er dreht mir den Rücken zu, der leicht bebt, und ich könnte schwören, dass er versucht, nicht zu lachen.

Ich bin so durcheinander wegen seiner *Diagnose*, dass ich es kaum schaffe, mich von ihm zu verabschieden. Er sagt: »Viel Glück bei deinem Vorstellungsgespräch. Ich weiß, dass du das super machen wirst. Ich werde so schnell wieder zurück sein, dass du gar nicht merken wirst, dass ich weg war, schöne Frau.« Er zwinkert mir zu, und dann ist er weg, mit einer ansteckenden Krankheit und seinem Jeep, in dem er einen Unfall bauen wird, entweder wegen zu viel oder zu wenig Koffeins.

Ich verbringe die nächsten Stunden damit, die Haustür lila anzustreichen, bestelle Nicholas ein neues Ladegerät für sein Handy – eines mit einer langen Schnur, damit sie bis zum Nachttisch reicht – und richte meinen neuen Instagram-Account ein, der den schrecklichen Salz-und-Pfefferstreuer-Babys gewidmet ist. Ich habe sie Frank und Helvetica genannt und werde sie jeden Tag an einem neuen Ort aufstellen, um Nicholas zu verwirren. Inspiriert dazu hat mich die Weihnachtsaktion *Der Elf im Regal*, aber ich nenne sie *Der Dämon an der Decke*. Zu meinen Lieblingsideen gehört, sie an der Angelschnur auf Nicholas' Augenhöhe aufzuhängen. In der Dusche! Im Auto! In seinem Büro in der Praxis! Das wird viel lustiger als mein alter Instagram-Account.

Um 9 Uhr 50 bekomme ich eine SMS von Nicholas, er ist gut in Cohasset angekommen.

Ich antworte ihm sofort.

> Viel Glück!

Ich weiß nicht, wofür ich ihm Glück wünsche. Er ist nicht für sich selbst unterwegs, er macht es für seine Eltern.

> Dir auch! Und für die Extraportion Glück: Fahr doch auf dem Weg zu Deinem Vorstellungsgespräch noch im Junk Yard vorbei. Einen alten Freund zu sehen, könnte Dir genau den richtigen Antrieb geben, den Du brauchst.

Mein alter Freund ist eines langsamen, qualvollen Todes gestorben. Er wird wahrscheinlich mindestens fünf Jahre lang leer stehen oder vielleicht abgerissen werden, was mich nur noch trauriger macht. Aber Nicholas versucht, süß und ermutigend zu sein, also antworte ich ihm mit einem Smiley. Er ist so süß, auch wenn er sich irrt.

Ich denke darüber nach, was Nicholas heute vorhat. Wie er sich wieder einmal für die Familie opfert. Er ist der Fels, auf den sie alle bauen. Er ist der Mann, den sie anrufen, damit er kommt und etwas repariert, ausbessert, Wogen glättet. Ich denke darüber nach, wie sich diese Qualitäten eines Tages auf seine Frau und seine Kinder auswirken werden. Ich denke daran, wie er keine Schulaufführung, keinen Elternabend und kein Fußballspiel verpassen wird. Wie er seine Frau wissen lassen wird, dass er in der Lage ist, sie finanziell zu unterstützen, und dass sie arbeiten kann, wenn sie will, dass sie es aber nicht muss, denn so zeigt er seine Liebe – indem er ihr Stabilität bietet.

Das ist eine Geste, die ich völlig falsch verstanden habe, da sie liebevoll, aber nicht unbedingt romantisch ist. Man bekommt einen Liebesbrief, und es ist ganz klar, man denkt: *Das ist ein Liebesbrief.* Aber wenn dein Lebensgefährte dir sagt: *Du musst nicht arbeiten. Du brauchst keinen Job,* dann kann man heraushören: *Ich glaube nicht, dass du ohne einen Hochschulabschluss eine sinnvolle Beschäftigung finden wirst. Ich glaube nicht an dich.*

Wenn Nicholas gesagt hat, ich bräuchte nicht zu arbeiten, habe ich immer gedacht, dass er meint, dass jede Arbeit, für die ich qualifiziert wäre, so unter seiner Würde ist, dass ich genauso gut gar nicht arbeiten bräuchte. Aus seiner Sicht hat er aber nur gesagt: *Ich bin hier. Mach, was du möchtest! Es macht nichts, wenn du nicht viel Geld verdienst, denn ich sorge für dich. Ich stehe dir bei. Ich bin dein Fels in der Brandung, was auch immer passiert. Breite deine Flügel aus und flieg, ich fange dich jederzeit auf.*

Wir haben so beschissen miteinander kommuniziert, ich weiß nicht, ob ich darüber lachen oder weinen soll.

Ich beschließe, Nicholas' Mütze und seinen Overall anzuziehen, denn so fühle ich mich ihm am nächsten. Ich erinnere mich daran, wie ich über seine großen, strapazierfähigen Stiefel und über sein Flanellhemd gelacht habe. Ich öffne den Schrank und finde zwei Overalls: seinen und einen viel kleineren. Alles klar, er hatte offenbar bereits vor, mich in seinen Geheimbund aufzunehmen.

Auf der Fahrt zum Campingplatz wiederhole ich tröstende Sätze, die mich daran erinnern, dass es sinnlos ist, Angst vor Ereignissen zu haben, die nicht allein meiner Kontrolle unterstehen. *Wenn es sein soll, dann klappt es. Wenn sie mich nicht einstellen wollen, sind sie es, die etwas verlieren. Alles geschieht aus einem Grund.* Ich belüge mich selbst, aber zumindest fühle ich mich besser.

Kurz bevor ich an der leblosen Hülle des Junk Yards vorbeifahre, bereite ich mich auf den üblichen seelischen Schmerz vor, aber ich bin ganz überrascht, als ich mein Auto auf dem Parkplatz entdecke. Beziehungsweise ist es jetzt Leons Auto. Oh Gott, wie ich diesen Saturn vermisse! Wenn ich Nicholas wäre, hätte ich diesen Tausch so nicht zugelassen.

Vielleicht ist es mein Muskelgedächtnis, aber ich betätige den Blinker und fahre auf den Parkplatz. Ein freundliches Gesicht erscheint am Fenster und winkt. Ich winke zurück.

»Hey!«, ruft Leon aus dem Hinterzimmer, als ich in den Laden komme.

»Hey, du!« Ich drehe mich im Kreis. Der Laden ist ausgeweidet. Man sieht viele Flecken und Streifen an jenen Stellen, wo seit den Siebzigerjahren Regale gestanden haben. Ein Geist des Junk Yards haftet noch immer in Form eines Aluminiumschildes an der Wand über der Kasse. Es war sicher schon vor meiner Geburt da: das Bild eines kleinen Mädchens, das sich bückt, um eine Maus mit einem Stück Käse zu füttern. Darunter steht *Auf die kleinen Dinge kommt es an*. »Wow. Wie leer dieser Ort ist.«

»Ich weiß.« Er kommt nach vorn. »Seltsam, nicht? Irgendwie sieht er jetzt, wo alles weg ist, kleiner aus.«

»Was machst du noch hier?«, frage ich. »Haben dich Mr und Mrs Howard mit dem Reinigen beauftragt, bis der Laden verkauft wird?«

»Nein! Seit Mittwoch drei Uhr ist er offiziell verkauft.« Er lehnt sich an den Tresen, wackelt mit den Augenbrauen und grinst mich breit an. »Ich wollte dir eine SMS schreiben und dich fragen, ob du heute oder morgen vorbeikommen willst, um ihn dir anzusehen. Ich habe Nicholas zur Verschwiegenheit verpflichtet, weil ich deinen Gesichtsausdruck sehen wollte, wenn du hörst, wer ihn gekauft hat. Ich weiß, dass du an mir gezweifelt hast.«

Ich japse. »Nein, niemals!«

»Und *da ist* der Gesichtsausdruck.« Er verschränkt die Arme und nickt. »Du stehst im Backwoods Buffet. Die Eröffnung ist diesen Frühling.«

»Backwoods Buffet?«, wiederhole ich lachend. Ich kann nicht glauben, dass Nicholas es geschafft hat, diese Nachricht geheim zu halten. Vor ein paar Tagen ist Leon vorbeigekommen, um mit Nicholas am See zu angeln, und als ich zu ihnen trat, um ihn zu begrüßen, waren sie plötzlich ganz still, obwohl sie bis dahin ohne Punkt und Komma gequatscht haben. Natürlich habe ich gedacht, dass sie über mich sprechen, und damit liege ich gar nicht so falsch.

Er strahlt. »Ich habe auch noch ein paar andere Namen, wenn Backwoods Buffet nicht gut klingt. The Grizzly Bear. Am Kamin oder vielleicht: Baum fällt! – mit einem Ausrufezeichen, so wie sich Holzfäller früher zugerufen haben …« Er hält inne, weil ich immer noch lache. »Hey, Baum fällt! ist ein guter Name.«

»Ja, das ist es.« Ich nicke. »Am Kamin klingt auch cool.« Ich blicke mich um und versuche, mir Tische und Stühle vorzustellen, an denen Menschen sitzen und essen. »Das ist großartig, Leon. Ich freue mich wirklich für dich! Ich versuche mir vorzustellen, wie Einrichtung und Dekoration aussehen könnten. Wo soll die Küche hin?«

»Ich werde eine einbauen lassen, wenn der Anbau fertig ist. Ich habe ein paar Onkel mit einer eigenen Baufirma, die mir helfen werden. Im Moment bin ich dabei, Mitarbeiter zu suchen, und ich habe gehofft, dass du mir dabei helfen kannst …« Er öffnet eine Schublade, holt ein Namensschild aus laminiertem Kunststoff heraus und legt es mit einem leichten Klatschen auf den Tresen. Ich lese, was draufsteht, und schlage mir auf den Mund.

Hallo, mein Name ist NAOMI.

Kapitel 19

»Ist das dein Ernst? Du bietest mir einen Job an?«

Leon grinst. »Natürlich! Das heißt, wenn du einen haben willst.«

»Oh mein Gott, ja, das will ich! Was wären denn meine Aufgaben? Ich kenne mich mit Restaurants nicht so gut aus, aber ich bin lernfähig. Ich werde kochen lernen, alles, was du willst. Ich höre mir Kochhörbücher an und werde eine Gourmet-Köchin. Ich könnte auch diejenige sein, die die Gäste willkommen heißt! Ich glaube, das würde mir gefallen. Ich könnte die Leute zu ihren Plätzen führen, den Kindern Buntstifte für ihre Kindermenüs geben und sagen: *Willkommen im Am Kamin, mein Name ist Naomi!*«

»Du kannst tun, was immer du willst«, sagt er freundlich, »aber ich hoffe, dass du mir auch bei der Deko hilfst.«

Ich starre ihn an. »Wirklich? Ich?«

»Erinnerst du dich an diese *Rocky Horror Show*-Scherenschnitte, die du gemacht hast?«, fragt er. »Du hast sie so aussehen lassen, als hielten die Figuren eine Séance ab. Das sah total verrückt und gleichzeitig fantastisch aus. An so etwas würden sich die Gäste erinnern.« Ich pruste und erinnere mich daran, wie viele Stunden ich damit verbracht habe, diese Szene zu arrangieren, die dann niemand außer uns Mitarbeitern gesehen hat. Ich hatte das schon vergessen. »Ich zähle auf dich, dass du den Ort lustig und unvergesslich gestaltest. Er soll ein echtes Erlebnis sein.«

Ich bin so aufgeregt, dass ich wie ein Gummiball von den Wänden abprallen könnte. »Das kann ich machen! Oh, ich habe schon so viele Ideen. Wenn wir künstliche Bäume aufstellen, können wir kleine Vögel darin verstecken und Naturgeräusche aus winzigen Lautsprechern abspielen. Vielleicht können wir auch einen kleinen Wasserfall unterbringen. Er muss nicht groß sein. Doch, das muss er! Wir werden *Fische* reintun!« Ich rüttle an seine Schultern. »Echte Fische, Leon!« Ich plappere weiter vor mich hin, aber dann denke ich: »Brandy! Wenn sie das hört! Du wirst sie auch fragen, ob sie hier arbeiten will, oder?«

»Das hatte ich vor, aber ich habe gehört, dass sie bereits einen neuen Job hat.«

»Oh, es gefällt ihr dort gar nicht.« Ich habe mein Handy schon rausgeholt. »Brandy!«, schreie ich, sobald sie drangeht. Leon lacht, während ich ihr sage, dass sie sich beeilen und sofort zum Junk Yard kommen soll.

Ein paar Minuten später rennt sie durch die Tür. Sie trägt einen *Golden Girls*-Schlafanzug, Flip-Flops und hat nur ein perfekt geschminktes Auge. Leon zieht zwei weitere Namensschilder aus der Schublade: eines mit der Aufschrift *Brandy* und ein weiteres mit der Aufschrift *Melissa*.

Brandy heftet sich ihres gleich an und wirft das andere in den Mülleimer. Leon hebt eine Augenbraue, sagt aber nichts.

»Ich kann nicht glauben, dass wir alle wieder zusammen arbeiten werden«, ruft sie aus und ist dabei den Tränen nahe. »Mein derzeitiger Chef ist so ekelhaft. Meinem Fünfjahresplan zufolge brauche ich noch drei Jahre, um nach Alaska ziehen zu können, also muss jetzt mal was Positives her.«

Leon scheint sich zu freuen, dass ihm zwei vertraute Gesichter bei diesem neuen Abenteuer zur Seite stehen wollen. »Ich muss euch warnen, ich habe noch nie ein Restaurant geführt. Oder irgendeine Art von Geschäft. Aber meine Tante hat Erfahrung, und sie wird uns unterstützen. Es kann gut sein, dass das Ganze nicht funktioniert, ihr müsst euch also darüber im Klaren sein, dass ihr ein Risiko eingeht. Und am Anfang werde ich es mir nicht leisten können, euch mehr als den Mindestlohn zu zahlen …«

»Das ist mir egal«, wirft Brandy ein.

Ich bin auch einverstanden. »Ich liebe diesen Ort. Ich möchte dabei sein, bei was auch immer du daraus machen willst.« Je mehr ich darüber nachdenke, desto lebhaftere Umrisse nimmt das Ganze vor meinem geistigen Auge an. Ich werde große, moosbedeckte Steine um die Fenster herum anbringen lassen und ein Kanu an die Wand hängen. Vielleicht können wir dem Ganzen eine Alaska-Outdoor-Atmosphäre verpassen, die Brandy gefallen wird. Als Erstes gehe ich morgen in den Wald, um Äste zu sammeln, die ich mit Schnüren zu Miniaturbäumen zusammenbinde oder an denen ich Windlichter anbringe. Ich brauche auf jeden Fall ein paar ausgestopfte Waschbären. »Ich kann nicht glauben, dass du das wirklich machst«, sage ich. »Das ist … *wow*. Herzlichen Glückwunsch, Leon!« Ich boxe ihm in die Schulter und füge dann hinzu: »Duncan.«

»Du hast dich erinnert!«

»Ja, ja.« Ich winke ab, aber er lächelt. »Wie geht's dem Auto?«

»Besser als deinem«, witzelt er. »Wie ist das Haus?«

»Wunderbar. Ich kann gar nicht sagen, wie froh ich bin, dass Nicholas es gekauft hat.«

»Hat es geklappt?«

Ich bin mir nicht sicher, ob ich ihn richtig verstanden habe. »Hat was geklappt?«

»Das mit dem Haus«, antwortet er. »Nicholas hat mir gesagt, dass es dich retten würde. *Sie ist es wert, es zu versuchen,* so hat er es ausgedrückt. Sie ist es wert, das Risiko des Scheiterns in Kauf zu nehmen.«

Ich bin ganz baff. »Hat er das? Nun … ja. Ich nehme an, es hat geklappt. Oder zumindest glaube ich es. Ich hoffe es.« Als mich Nicholas mit dem Kauf dieses Hauses überrascht und mir gesagt hat, dass es uns retten würde, stand ich eigentlich kurz davor aufzugeben. Eine Welle der Zuneigung und Wertschätzung für Nicholas rollt durch meinen Körper. Er hat an uns geglaubt.

»Was ist los?« Brandy stupst Leon an. »Habe ich etwas verpasst?«

»Wir mögen Nicholas jetzt«, teilt Leon ihr mit. Sie runzelt die Stirn, aber er nickt entschlossen. »Wir mögen ihn. Er ist ein guter Kerl.«

Sie schaut mich misstrauisch an. »Bist du sicher, dass du mit ihm glücklich bist? Manchmal habe ich mich das gefragt, ich wollte aber nichts sagen, für den Fall, dass ich mich irre.«

»Ich bin glücklich.« Ich blinzele, als mir klar wird, wie

wahr das ist. »Wirklich, aufrichtig glücklich«, sage ich, und dann: »Ächz«, weil Brandy mich so fest umarmt.

»Na, dann ist alles gut. Wenn wir Nicholas jetzt mögen, dann werde ich ganz lieb. Wir werden Pärchenabende und so eine Wein-und-Mal-Party veranstalten.« Das ist einer der Gründe, warum ich Brandy so mag. Sie kann sich für andere Menschen freuen. »Nicholas wird Vance mögen. Habe ich dir erzählt, dass er Optiker ist?«

Leon und ich lächeln beide. »Schon sehr oft.«

»Sie können sich lange über das Krankenversicherungssystem und doofe Patienten oder so was unterhalten.«

Leon sieht zu, wie ich mir mein Namensschild anhefte, damit ich zu Brandy passe. »So wie du angezogen bist, sieht es aus, als hättest du gewusst, dass du heute hier arbeiten würdest.« Er zeigt auf die Mütze. »Ziemlicher Backwoods-Buffet-Style. Es ist schwer zu glauben, dass dir Nicholas nichts verraten hat.«

»Hat er nicht. Er hat mir nur gesagt, ich soll im Junk Yard vorbeischauen.«

»Ah. Sehr schlau.«

Ich weiß nicht, ob ich Nicholas schreiben soll. Und was? *Wie konntest Du das vor mir geheim halten?!* oder *Gott segne Deine großartige Seele*? »Ein Superhirn«, stimme ich zu. »Eigentlich habe ich dieses Outfit heute an, weil ich dachte, es könnte zu dem Vorstellungsgespräch passen, zu dem ich fahren wollte. Aber ich werde da gleich mal anrufen und absagen …« Ich greife in meine Handtasche und ziehe den ausgefüllten Bewerbungsbogen heraus. »Was meintest du, wann können wir hier anfangen?«

»Spätestens im April. Vielleicht auch schon im März,

wenn alles gut geht. Werdet ihr bis dahin immer noch frei sein?«

»Ich bin auf jeden Fall dabei«, sagt Brandy wie aus der Pistole geschossen.

Es sind noch ein paar Monate bis dahin. Das ist weit nach dem 26. Januar, das Hochzeitsdatum und der Zeitpunkt, der in meinem Kopf immer das Ende meiner Beziehung zu Nicholas markiert hat. Mittlerweile glaube ich nicht mehr daran. Ich glaube, dass ich im April immer noch in dem Haus im Wald leben werde.

»Ja, ich werde auf diesen Job warten.«

Er schüttelt erst Brandys Hand, dann meine. »Willkommen an Bord.«

Brandy schaut auf meine Bewerbung, die ich in der anderen Hand halte, runzelt die Stirn und schaut noch einmal genauer hin. »An deiner Stelle würde ich Melissa nicht als Referenz angeben.«

»Das tue ich nicht.«

Sie zeigt auf die Nummer, die ich unter meinen Referenzen angegeben habe. »Das ist Melissas Nummer.«

»Nein, es ist…« Ich scrolle durch meine Kontakte auf dem Handy, und mir stockt der Atem. Sie hat recht. Ich wollte Melvin Howards Nummer angeben und bin dabei in die nächste Zeile gerutscht. Melissa. »Oh, shit. Das ist die Nummer, die ich bei all meinen Bewerbungen angegeben habe.«

Sie schaut mich erschrocken an. »Nein.«

»Doch.«

»Oh *nein,* Naomi.« Sie hält sich die Hände vor den Mund und schnauft und lacht. »Es tut mir leid, ich sollte nicht lachen. Es ist schrecklich. Es tut mir so leid, wirklich.«

Der einzige Grund, warum ich auch lachen kann, ist, dass ich jetzt einen Job habe. »Weinen und Lachen in einem«, schluchze ich. »Ich will nicht davon ausgehen, dass Melissa mich sabotiert hat, aber es wäre auch schön, wenn ich ihr die Schuld für all die Jobabsagen geben könnte.«

»Melissa ist die Schlimmste. Nur für dich werde ich nachher zu Let's Get Crafty fahren und alle Waren in den Regalen durcheinanderbringen. Sie wird ewig brauchen, um alles wieder richtig hinzustellen.«

Ich umarme sie. »Meine süße kleine Beschützerin.«

Nachdem ich beim Campingplatz angerufen habe, um abzusagen, bleiben wir noch im zukünftigen Backwoods Buffet und spielen *Würdest du eher…* und *Woher kommt dieser Fleck?* Die Antwort auf letztere Frage ist eigentlich immer *Zach*, denn er hat gerne heimlich unsere Softdrinkflaschen aufgeschüttelt, bevor wir sie geöffnet haben. Brandy erzählt, dass er gerade dabei ist, in Florida eine Sekte zu gründen. Das hört sich absolut nach Zach an, aber ob er es wirklich ernst meint, weiß man nie. Der Mann ist ein Rätsel.

Brandy und ich gehen los, um für uns drei Mittagessen zu besorgen, und dann ist alles wieder wie in alten Zeiten, nur ohne Melissa und Zach. Wir sind umgeben von Skizzen, wie der Junk Yard in diesem Frühjahr aussehen wird, und denken uns Logos und ein großes Straßenschild aus. Brandy zeichnet um einen Hamburger-Fettfleck auf einem der Papiere ein klumpiges Rechteck. »Und das wird das Karaoke-System.«

»Das *was*?«, fragt Leon.

»Oooh!«, quieke ich. »Karaoke! Brandy, das ist eine tolle Idee. Fünf Sterne.«

Leon starrt den Fettfleck mit einem angewiderten Blick an. »Karaoke in einem Restaurant namens Backwoods Buffet?«

»Ja, und wir werden Luaus, hawaiianische Feste, machen! Wir werden deinen Grizzlybären Blumenketten und Grasröcke anziehen.« Ich strahle ihn an. »Komm schon, das gefällt dir. Vergiss nicht, das ist mein Dekorationsgenie bei der Arbeit.«

Er stöhnt.

»Na gut, ich muss los.« Brandy wischt ihre salzigen Finger an meinem Knie ab, während ich meine über ihren Rücken schmiere. Leon schüttelt den Kopf. »Ich muss die nächsten acht Stunden in einem heißen Lagerhaus sitzen, während Bob, mein Chef, mir überallhin folgt und sich über seine Ex-Frau beschwert, weil er denkt, dass Frauen dafür da sind, sich seine Probleme anzuhören. Ich kann es kaum erwarten, da rauszukommen.« Sie zeigt streng auf Leon. »Wag es ja nicht, einen Rückzieher zu machen.«

»Ich kann euch gar nicht sagen, wie viel Geld ich verlieren würde, wenn ich mich aus der Sache zurückziehen würde«, antwortet Leon. »Wenn ich untergehe, geht ihr mit mir zusammen unter.«

»Prima. Denn ich werde den Rest des Tages damit verbringen, davon zu träumen, wie ich dort kündigen werde. Ich glaube, ich werde einen sehr dramatischen Auftritt wählen. Ich werde Bob einen Drink ins Gesicht schütten und sagen: *Fahr zur Hölle!* – und das wird irre gut.«

»Alle werden applaudieren«, sage ich.

Als sie schon an der Tür steht, rufe ich: »Schick mir Infos über diese Malpartys! Nicholas und ich wollen mit dir und Vance, dem Optiker, betrunken malen. Und dann kommt ihr mal vorbei und wir spielen *Dungeons & Dragons*. Ich habe das noch nie gespielt, aber ich habe das Gefühl, dass es für diesen Nerd, mit dem ich zusammenlebe, eine ganz außergewöhnliche Erfahrung sein könnte, die ich gerne miterleben würde.«

Leon sieht ganz interessiert aus. »Ich mag *Dungeons & Dragons.*«

»Das würdest du wohl gern, du Spinner«, sagt Brandy, kurz bevor sie die Tür hinter sich schließt. Durch das Glas schreit sie: »War nur ein Scherz! Ich mag dich! Bitte feure mich nicht.« Dann schickt sie uns einen Luftkuss.

Auch ich gehe und grinse immer noch von einem Ohr zum anderen, als ich schon im Auto sitze. Wer weiß, vielleicht hält sich das Restaurant nur ein Jahr. Aber es wird ganz sicher ein lustiges Jahr werden. Ich könnte mir nichts Besseres wünschen. Zum ersten Mal seit langer Zeit erscheint mir meine Zukunft vielversprechend. Ich habe Träume und Ziele, und ich werde sie alle wahr werden lassen. Ich kann alles tun, sogar lernen, wie man einen Reifen wechselt.

Das sollte ich jetzt sogar wirklich mal lernen. Morgen werde ich mir YouTube-Tutorials anschauen zu ganz vielen Sachen, die ich angeblich schon seit Ewigkeiten kann oder tun wollte. Ich werde symbolisch einen vom Aussterben bedrohten Tiger adoptieren und Dosen recyceln. Ich werde der Bibliothek endlich die fünfundsechzig Cent überweisen, die ich ihr seit zwei Jahren schulde. Ich werde drei Liegestützen machen.

Ich komme nach Hause, wo mich zwar eine lilafarbene Haustür begrüßt, aber kein Verlobter. Oder Freund, je nachdem, ob er mich noch heiraten will. Ich bin mir nicht sicher, wie ich ihn jetzt nennen soll. Er ist mein Freund. Mein Partner. Ein selbstloser, aber komplizierter Mann, der eine siebenstündige An- und Rückfahrt in Kauf nimmt, weil seine Eltern ihn darum gebeten haben. Er ist als Sohn besser als sie als Eltern.

Um halb sieben schickt er mir eine SMS.

> Endlich fertig. Ich gehe zum Abendessen und suche mein Hotel. Wie war Dein Tag, Miss Backwoods Buffet?

Dieser hinterlistige Kerl. Wenn er nach Hause kommt, werde ich ihn zur Strafe sehr heftig küssen.

Ich entwerfe vier locker-flockige Antworten, aber dann lösche ich sie wieder. Sie entsprechen nicht der Wahrheit. Die Wahrheit ist folgende:

> Ich vermisse Dich so sehr. Ich wünschte, Du wärst hier.

Diese Antwort schicke ich ihm.

Ich bin schon seit drei Uhr morgens wach, und langsam macht sich die Müdigkeit bemerkbar. Oben halte ich vor Nicholas' Schlafzimmertür inne. Er hätte sie abschließen können, aber er hat es nicht getan. Er hätte sie zuziehen können, aber er hat sie weit offen stehen lassen, und ich kann nichts für den Herzschmerz, der mich überkommt, wenn ich das Palmblättermuster auf seiner Decke sehe. Ich vermisse diese Decke schrecklich. Ich vermisse unser Kopfteil und das Leuchten seiner Digitaluhr. Ich vermisse unser Bett. Die Matratze, auf der ich in letzter Zeit geschlafen habe, hat sich nie wie mein Bett angefühlt. Wie auch? Nicholas fehlt darin.

Ich schaue in seine Nachttischschublade, um zu überprüfen, ob das Armband noch da ist. Es ist noch da. Und da sind auch die kleinen Zettel, die ich in seiner Lunchbox versteckt habe und die Popcorn-Halskette – er hat alles aufbewahrt, wie ein verliebter Teenager. Einen Stängel vitalisierender Myrte hat er zwischen zwei Buchseiten gepresst, quasi für die Ewigkeit. Die Blumenknospe in meiner Brust, die Winterschlaf gehalten hat, öffnet nun ihre Blütenblätter, sie gehen weit auf und nehmen den ganzen Raum ein, bis mir der Druck in meinem gedehnten Brustkorb die Luft abschnürt.

Irgendetwas stimmt nicht. Jemand fehlt. Ich habe einen Kloß im Hals.

Ich gehe auf meine Seite unseres Bettes und gleite unter die Decke. Bevor er zurückkommt, bin ich längst wieder weg, er wird es nie erfahren, dass ich hier gelegen habe.

Die Bettwäsche ist kühl. Er liegt zwar nicht neben mir, aber sein Geruch ist da. Meine Augenlider sind so schwer wie Eisentüren, ich lasse sie endlich zufallen und atme eine Million Nicholas-Erinnerungen ein.

* * *

Im Schlaf wird mir bewusst, dass ich nicht allein bin. Noch ganz benommen öffne ich meine Augen in der Dunkelheit. Es ist spät, nach Mitternacht. Neben mir liegt ein Mann, genau dort, wo er liegen sollte. Hier gehört er hin, und doch ist es wie ein Blitzschlag mitten ins Herz, ihn hier zu sehen.

»Was machst du zu Hause?« Ich blinzele mehrmals und warte darauf, dass er verschwindet, weil ich immer noch träume.

»Du hast mich vermisst.«

»Du bist nach Hause gekommen, weil ich dich vermisst habe?«

Er stützt seinen Ellenbogen auf das Kissen, der Hinterkopf ruht in seiner Handfläche. Er beobachtet mich sehr genau. Seine andere Hand liegt auf seinem Bauch. »Ja.«

Mein Puls wird schneller. Ich bin in seinem Zimmer, und er hat mich dabei erwischt. Er ist die ganze Nacht durch Schnee und Dunkelheit nach Hause gefahren und hat jemanden schlafend in seinem Bett vorgefunden. Hier gehört er hin, aber vielleicht denkt er das nicht über diejenige, die er sieht, wenn er mich ansieht. Welche Naomi sieht er? Stellt er eine Veränderung fest?

Er richtet sich auf und beugt sich über mich. Meine Augen haben sich an die Dunkelheit gewöhnt, jetzt kann ich sein Gesicht sehen und stelle fest, dass sein Blick ganz klar ist. Seine Lippen sind sanft geschwungen. »Du hast mir auch gefehlt«, sagt er und drückt seine Lippen zart auf meine.

Ich schlinge meine Arme um seinen Hals und ziehe ihn näher an mich heran, für den Fall, dass er sich nach diesem Kuss zurückziehen will. Er lächelt, ich spüre es an meinem Mund. Er schließt die Augen, und ich schmelze dahin. Der Kuss ist hungrig und heftig, aber er unterbricht ihn, um ein bisschen weiter runterzurutschen und meinen Hals zu küssen. Mein Körper reagiert stark, Hitzewellen durchfluten mich, er weiß, dass Nicholas der Einzige ist, der mir geben kann, was ich will. Er murmelt: »Ich habe alles an dir vermisst.«

»Hm?«

»Das hier«, sagt er, während seine Lippen dort entlangfahren, wo mein Herz schlägt, und der Schmerz und das Leid ergießen sich in seine Stimme. »Und das hier.« Er küsst meinen Mund. Meine Finger gleiten durch sein Haar, während seine Hände sich zu Fäusten ballen, die sich in die Matratze stützen. Er hebt seinen Körper an und schaut mir tief in die Augen. »Das hier.«

Das Wort ist ein leichter Hauch.

»Ich habe dich auch vermisst«, antworte ich, wobei die Ränder meines Sichtfelds verschwimmen. Nichts anderes existiert mehr in diesem Moment. Die Welt beginnt und endet mit diesem Mann.

Mir ist gar nicht bewusst, dass ich weine, bis er mir Tränen aus dem Gesicht wischt und seine eigenen Augen feucht schimmern.

Wir küssen uns erneut, und dieser Kuss sind die Worte, die wir nun nicht mehr aussprechen müssen. Ich ziehe ihn immer näher an mich heran, bis er ganz auf mir liegt. Als wir Luft holen, frage ich: »Weißt du, dass du mein bester Freund bist?«

»Bin ich das?«

Seine Augen sind Saphire im Flammenlicht, sie glitzern, wenn man sie dreht. Ich kenne jedes kleinste Detail seines Gesichts. Ich kenne seine Augenbrauenformen für jede Emotion. Er ist der schönste Mann, den es je gegeben hat, dabei hätte ich früher nicht mit Sicherheit sagen können, welche Augenfarbe er hat. Ich hatte ihn mir nicht besser eingeprägt als ein Bild, das an der Wand hängt und an das ich mich schon lange gewöhnt habe. Wie oft ist mein Blick über ihn hinweggeschweift, ohne dass ich gemerkt hätte, dass er mich ansieht. Er hat immer hingesehen. Und zugehört. Und gewartet.

»Ja, das bist du.« Mein Herz schlägt so stark, dass es wehtut, und mein Oberkörper fühlt sich an wie ein ausgewrungener Lappen. Meine Lunge dürstet nach Sauerstoff. Eine weitere Träne kullert über meine Wange, und er küsst sie weg.

Ich bin total verkrampft, und Nicholas sieht es.

Seine Hand ist warm, als sie durch mein Haar fährt. Seine Augen sind so zärtlich, dass sich meine Muskeln unwillkürlich entspannen und meine Finger sich entkrampfen. Er vergräbt sein Gesicht zwischen meinen Hals und meine Schulter und atmet ein. »Oh Gott, du hast mir so gefehlt, Naomi.«

Mein Name zittert in der Luft, und noch nie fiel es mir so schwer, Worte zu finden. Aber er braucht sie. Er braucht mich, damit ich meine Gefühle artikuliere, denn er kann keine Gedanken lesen, und es ist nicht in Ordnung, dass ich das, was er gibt, aufsauge und ihm selbst nichts gebe. Ich kann ihn nicht glauben lassen, dass es nur ihm so geht, keine Sekunde lang.

»Mir gefällt es hier«, sage ich, während ich sein Gesicht zwischen meinen Händen halte. »Du machst mich glücklich. Es macht mich glücklich, dass du nach Hause gekommen bist, weil ich dich vermisst habe. Ich bin dankbar für alles, was du tust, für mich und für alle anderen. Ich habe das Glück, mit einem fürsorglichen Mann wie dir zusammen zu sein, und es tut mir leid, dass ich das alles für selbstverständlich hingenommen und mich total idiotisch verhalten habe. Ich danke dir, dass du gewartet hast, damit ich dich wiederfinde. Und es bedeutet mir sehr viel, dass du mich unterstützt und mir das Gefühl gibst, wertvoll zu sein.«

Er lächelt und presst seine Wange gegen meine Handfläche. Ich habe wieder einen Kloß im Hals und mir kommen neue Tränen. Ich blinzle und verteile kleine Tränenspritzer auf dem Kissen. Ich habe keine Angst mehr davor, mich so vor ihm zu zeigen. Er hält mich fest, und er ist genau hier. Wir haben uns. Wir haben uns wiedergefunden. »Dich noch einmal kennenzulernen war das Beste, was mir je passiert ist.«

Er fährt mit dem Daumen meine Wange entlang, bis hinunter zum Kinn. »Ich danke dir, dass du mir verziehen hast«, sagt er. »Jedes einzelne Mal, an dem ich dir das Gefühl gegeben habe, unwichtig zu sein, tut mir leid. Du bist *das Wichtigste* in meinem Leben, und ich will dir das besser zeigen können. Du bist auch meine beste Freundin. Ich habe mehr Spaß mit dir als mit irgendjemand sonst, und ich mag es, wie du mich herausforderst. Ich bin gerne in deiner Nähe, und wenn ich nicht in deiner Nähe bin, denke ich immer an dich. Ich möchte, dass du das weißt.«

Es fühlt sich so gut an, lieb zueinander zu sein.

Sich körperlich so nah zu sein und sich nicht der Lust hinzugeben, stellt meine Selbstbeherrschung ganz schön auf die Probe. Ich bin ausgehungert, und ich spüre, dass er es auch ist. Er wirft einen erhitzten Blick auf meinen Körper, und seine Augen trüben sich leicht. Seine Brust hebt und senkt sich immer schneller.

Ich gebe mir Mühe, dass meine Stimme nicht zittert, während ich sage: »Was hast du sonst noch vermisst?«

Er hebt eine Augenbraue und grinst schelmisch. Taten, nicht Worte, sind seine Antwort. Er zieht mir mein Shirt aus und zeigt mir mit seinen Händen, *was*. Meine Hose und meine Unterwäsche folgen, und er antwortet mir mit seinen Lippen. Jede kleinste Berührung fühlt sich so viel intensiver an, denn es ist schon so ewig lange her, dass wir Haut an Haut waren. Ich brenne förmlich, und für ihn muss es doch auch geradezu quälend sein, also ziehe ich ihn wieder zu mir hoch.

»Hey«, sagt er leise.

»Hey.« Ich habe die mentalen Fähigkeiten für Gespräche verloren. Ich bin eine zielstrebige Höhlenfrau. »Ich brauche dich. Jetzt.«

»Du nimmst doch noch die Pille, oder?«

»Ja.«

Hastig presse ich meinen Mund auf seinen, und während unsere Zungen beschäftigt sind, versuche ich ungeduldig, seine Boxershorts herunterzuziehen. Er hilft mir ein wenig dabei, und ich fühle an meiner Wange, dass er lacht. Mein ganzer Körper vibriert bis ins Innerste und das macht mich ganz verrückt. Ich würde ihn gerne schütteln, weil er sich in dieser Situation noch amüsieren kann – wenn mir seine heftige Erektion nicht etwas anderes erzählen würde. Er zeigt sich einmal mehr als multitaskingfähig, er ist gleichzeitig erregt und amüsiert. Es ist nicht fair, dass er seine Aufmerksamkeit teilen kann und ich nicht.

Ich fasse ihm zwischen die Beine, seine Augenlider flattern, sein Adamsapfel bewegt sich hoch und runter. Sein Atem ist süß wie Honig, der Geschmack schmilzt in meinem Mund.

»Mehr?«, necke ich ihn.

Er macht die Augen zu und neigt den Kopf nach hinten, um sich den Empfindungen voll hinzugeben. »Ja.«

»Ja, was?«

Seine Augen gehen weit auf und schauen mich an. Tief und kehlig sagt er: »Bitte.«

»Hmm, wir werden sehen.« Ich kaue sanft an seiner Unterlippe, kratze mit meinen Fingernägeln seine Brust entlang und klatsche ihm dann sanft auf den Bauch. Ich stöhne ihm leicht ins Ohr, was ihn dazu bringt, ein bisschen von seiner hart verteidigten Kontrolle zu verlieren. Nicholas seufzt, als ich mich an ihn schmiege. Sein Gemurmel, das zu leise ist, als dass ich es verstehen könnte, dringt in meinen Hals und in meine Brust.

Sein Körper besteht aus Schatten, Sternenstaub und Mondlicht. Er winkelt seinen Kopf an, neugierige Finger erkunden Berge und Täler, rund um die berührten Stellen entstehen langsam brennende Kreise. Ich flehe ihn wimmernd an, aber er lächelt nur und kommt meiner Bitte nicht nach. Er hat es nicht eilig, was für mich ganz unverständlich ist. Ich bin ungeduldig, und wenn es nach mir ginge, wären wir jetzt schon bei der zweiten Runde.

Anstatt mein Flehen zu erhören, lässt er seine Zähne über meinen Bauch streifen. Seine Hand bewegt sich nach unten, zwischen meine Beine, sie übt Druck aus und verschwindet so schnell, wie sie gekommen ist. Seine Lippen bahnen sich einen quälend langsamen Weg von meiner Schulter bis zu meiner Hüfte, Locken kitzeln meine Haut.

Die Dunkelheit schließt sich über mir, und ich lasse meine anderen Sinne die Kontrolle übernehmen, ich bin benommen von Lust, als sein angenehmes Gewicht mich tiefer in die Matratze drückt. Ich stöhne seinen Namen, während er nach Belieben berührt und schmeckt und sich dann hochhebt, wobei er wie der Rauch eines Feuers über meine nackte Brust flimmert.

Dass ich seinen Namen sage, bringt ihn noch mehr in Wallung. Das ist das Zauberwort.

Er stützt sich mit einer Hand neben meinem Kopf ab und ist in mir, bevor ich blinzeln kann, dabei verschluckt er meinen Atem. Er fühlt sich *unglaublich* an. Er hört nicht auf, mich zu küssen, während er sich in einem gleichmäßigen, sinnlichen Rhythmus bewegt.

Nicholas hat einen Arm um meine Taille geschlungen, während sein Gewichtsmittelpunkt am Ende meiner Wirbelsäule ruht, so kann er mich gut halten und mit perfekter Kontrolle tun, was er will. Sein Gesicht ist angespannt und konzentriert, der Schweiß sammelt sich an den Schläfen, weil er sich zurückhält. Er lässt sich nicht von mir hetzen. Jedes Mal, wenn ich es versuche, werde ich mit einem leichten Biss, seinem Markenzeichen, gezüchtigt. Seine Bestrafungen sind eine Belohnung an sich.

Ich küsse seinen Hals, dort, wo sein Puls flattert, unterm Ohr, und ein starkes Beben durchfährt ihn. Ich lege meine Hände um sein Gesicht und zwinge ihn, mich mit halb geschlossenen Augen, die um Kontrolle ringen, anzusehen, um diesen Moment zu verlängern und uns noch ein wenig leiden zu lassen. Seine Augen sind schwarz wie der nächtliche Wald.

Er macht weiter, aber seine Küsse sind überraschend sanft und bremsen die Bewegungen unserer Körper. Ich möchte protestieren, aber er zieht sich zurück, und ich sehe, dass er über etwas nachdenkt. Stirnrunzeln. Er hebt meinen Oberschenkel an und hakt ihn um seine Seite, jeder Muskel ist angespannt, als er wieder anfängt, sich zu bewegen. Ich kann die Sehnen an seinem Hals und an seinen Armen arbeiten sehen. »Nicholas?«

Er schaut zu mir runter. »Sag, liebst du mich?«, flüstert er.

Mein Herz zerspringt in meiner Brust, weißes Licht sprüht hinter meinen Augenlidern hervor wie ein Feuerwerk. »Ich liebe dich«, sage ich und sehe, wie es in ihm lodert. »*Natürlich* liebe ich dich, Nicholas.« Seine Stöße treffen ganz zielsicher, und wir kommen beide.

* * *

Ich kann meine Gedanken überhaupt nicht sortieren. Mein Körper fühlt sich unglaublich an. Befriedigt. So war es noch nie, und wenn doch, dann habe ich es vergessen.

Als sich unser Atem wieder normalisiert hat, zeichne ich mit der Fingerkuppe ein Herz auf seine Brust. Sein Haar ist ein dunkler Heiligenschein auf dem weißen Kissen, und seine Augen brennen immer noch, wenn sie mich ansehen.

Ich grinse ihn an. »Das könnte das Mal sein, das es zu überbieten gilt.«

»War es noch besser als unser erstes Mal?«

Wir beide lachen, denn unser erstes Mal war ziemlich chaotisch. Er hat mich in meiner Mittagspause bei meinem alten Job im Baumarkt besucht, und wir haben es im Lagerraum getan. Er hat versucht, mich im Stehen gegen die Wand zu drücken, und als wir fertig waren, musste ich feststellen, dass auf der anderen Seite der Wand Werkzeuge hingen, die abgefallen waren und sich über dem ganzen Boden verteilt hatten. Ich hatte vergessen, die Eingangstür abzuschließen, und die beiden Kunden im Laden hatten sicherlich was mitbekommen.

»Erinnerst du dich an das Mal in meinem Auto?«, kichere ich. »Du hast …«

»… heißen Kaffee über uns verschüttet«, sagen wir beide gleichzeitig. Nicholas seufzt. »Nichts macht die Stimmung so kaputt wie kochende Flüssigkeit im Schritt.«

»*Er* war nicht mehr derselbe«, sage ich gewichtig. Er lächelt und stupst mich mit dem Ellenbogen an.

»Ich habe mich schrecklich gefühlt, weil ich deinen Pullover ruiniert habe.«

»Das habe ich ja ganz vergessen. Hm, aber das war es wert.«

Er zwirbelt eine meiner Haarlocken um seinen Finger. »Weißt du noch, wie wir uns getroffen haben?«

Eigentlich ist es ganz unbedeutend, wie wir uns getroffen haben, wenn man bedenkt, wie wir uns *wiedergetroffen* haben. Wir haben uns wiedergetroffen, während jeder von uns versucht hat, den anderen wegzustoßen. Aber kann es sein, dass diese letzten Wochen real sind und das vergangene Jahr war nur ein Traum? Oder ist *dies* der Traum? Wir waren ätzend zueinander, und wir können es nicht rückgängig machen. Wir können uns nur dann davon erholen, wenn wir uns jetzt mehr als je zuvor bemühen. Er hat sich so tief unter meine Haut eingegraben, dass er nicht mehr von meinen Sehnen und Knochen getrennt werden kann, ich bekomme ihn nicht mehr aus meinem System.

Natürlich erinnere ich mich. Die Erinnerung saß im Fundbüro der glücklichen Erinnerungen und hat darauf gewartet, dass die Liebe zu einer Revolution fähig ist und sie wieder zum Leuchten bringt.

»Wie könnte ich das vergessen?«

Kapitel 20

Es ist etwa zwei Jahre her. Ich bin in Eau Claire in einer Bowlinghalle bei der Überraschungsparty für meinen Dad. Mom hat einen Tisch mit *Herzlichen Glückwunsch-* und *Alles Gute zum Ruhestand-*Ballons dekoriert, die Torte ist mit einem Foto von ihm verziert. Aaron und Kelly, mein Bruder und meine Schwester, sind beide sehr schlecht gelaunt, weil sie anreisen mussten. Kelly musste Pläne mit Freunden canceln, da sie völlig vergessen hatte, dass sie bereits zugesagt hatte, zur Feier zu kommen, und Aaron schimpft in einem fort über die Benzinkosten. Deshalb hat er auch kein Geschenk mitgebracht. Seine Anwesenheit ist Geschenk genug. Bevor er wieder abreist, wird er Dad um zwanzig Dollar erleichtern.

Dad hasst Überraschungspartys und die Tatsache, dass er jetzt im Ruhestand ist (die Firma hat ihn im Grunde vor die Tür gesetzt). Als er dann endlich auftaucht, ist er ähnlich schlecht drauf wie alle anderen auch.

Mom versucht, den Tag zu retten, aber da sie nicht gerne bowlt, telefoniert sie ständig mit ihrer Schwester, was Dad noch mürrischer macht, und irgendwann fangen sie alle an zu streiten.

Auf der Bahn zu unserer Rechten bowlt ein Mann allein. Mit ziemlicher Sicherheit hört er meine Familie streiten, denn obwohl ich sie immer wieder ermahne, leiser zu sprechen, zischen sie nach kurzer Zeit wieder auf der ursprünglichen Lautstärke. Außerdem hat er ein paarmal in unsere Richtung geschaut.

»Kann ich so tun, als wäre ich mit dir hier?«, frage ich ihn im Scherz. Ich halte eine glitzernde Vier-Kilo-Kugel in der Hand, die ich am Tresen bekommen habe. Ich benutze Kinderbowlingkugeln, weil meine Stärken eher im mentalen als im körperlichen Bereich liegen. Ich hätte auch nichts gegen Stoßdämpfer einzuwenden.

»Klar.« Er lächelt mich an, und ich spüre einen leichten Stich in der Brust. Er hat schönes, gewelltes braunes Haar, das sich an der Stirn leicht kräuselt, ein ehrliches Lächeln und freundliche Augen.

»Danke. Meine Familie hat nie gelernt, wie man sich in der Öffentlichkeit benimmt.«

Er kichert und schüttelt den Kopf. »Da kann meine Familie locker mithalten.«

Kelly weint. Ich höre, wie sie Aaron ein Arschloch nennt, weil er ihr fünf Dollar aus der Handtasche gestohlen hat, um Gras von jemandem zu kaufen, den er gerade auf der Toilette getroffen hat. Da hat sie nicht unrecht. Er erwidert das Arschloch-Kompliment, weil sie ihn mal bei der Bundessteuerbehörde angezeigt hat, weil er die 125 Dollar, die er bei Arbeiten auf der Veranda unseres Onkels verdient hat, nicht versteuert hat. Da hat auch er nicht unrecht.

»Das kann gar nicht sein«, antworte ich trocken, und wir lachen beide. Ich zeige auf meine Geschwister. »Du konntest dich ihretwegen wahrscheinlich nicht gut konzentrieren.«

»Ich war ein wenig abgelenkt«, gibt er zu. Dann schaut er mich lange an. »Aber nicht ihretwegen.«

Ich glaube, er flirtet. Tut er das wirklich? Wie in einem schlechten Film drehe ich mich um, um sicherzugehen, dass er nicht mit jemandem spricht, der direkt hinter mir steht. Es ist niemand da.

Er lächelt. »Abgesehen von den Familienproblemchen scheinst du ziemlich nett zu sein.«

Tue ich das? »Ich bin schon okay.«

»Und *ich bin* nett«, sagt er.

Ich bin vorsichtig und antworte: »Vielleicht bist du das.«

»Man hat mir auch gesagt, ich wäre ziemlich süß.« Ja, er flirtet definitiv. In meinem Inneren beginnt es zu blinken, als hätte ich eine Flipperpartie gewonnen.

»Das kann sein.«

Er grinst. »Du solltest heute Abend mit mir ausgehen«, sagt er ganz beiläufig, ohne den Blickkontakt zu unterbrechen, während er die Kugel wirft. Ich höre, wie sie gegen die Pins knallt, aber keiner von uns schaut nach der Punktzahl. Wir starren uns gegenseitig an.

»Du meinst ein Date?«

»Ja.«

Mir bleibt nichts anderes übrig, als zu lachen. Ich kenne diesen Mann nicht. Ich wohne nicht in der Nähe von Eau Claire. Unsere Wege werden sich nie wieder kreuzen. »Klar, ich gehe mit dir aus«, sage ich. »Wenn du es schaffst, die restlichen Pins auf einen Schlag abzuräumen.«

Er schaut nach, welche Pins noch stehen. Er hat gerade einen Spalt gebowlt. Die Kugel ist sauber durch die

Mitte geschossen und hat bis auf den ganz linken und den ganz rechten alle Pins abgeräumt. Wenn er nicht insgeheim ein professioneller Bowler ist, der die Schwerkraft überwinden kann, ist es unmöglich, nun beide auf einmal zu treffen.

Seine Augen funkeln. »Versprochen?«

Ich mache eine Pause, bevor ich antworte: »Klar, versprochen.«

Sobald ich diesen Satz ausgesprochen habe, läuft er los, die Bahn entlang und stößt mit dem Fuß beide Pins um. Er dreht sich um, sein Spiegelbild glänzt auf dem gewachsten Boden, und er schenkt mir ein teuflisches Grinsen. Ich muss zugeben, dass er mich erwischt hat. Auf dem Bildschirm über unseren Köpfen explodiert digitales Konfetti, und die Buchstaben des Wortes *Spare!* flackern nacheinander auf.

Er sieht aus, als wäre er mit sich zufrieden. Da ist eindeutig irgendetwas zwischen uns, das mich dazu verleitet, mich zumindest ein bisschen auf ihn einzulassen. Ich muss herausfinden, was es ist. Sehr blöd, dass ich so weit weg wohne. Wenn er hören wird, dass ich nicht von hier bin, wird er sich sicher nicht weiter bemühen. Ich muss es ihm sagen.

»Ich bin nicht von hier.«

»Ich weiß«, antwortet er und zwinkert einem Mitarbeiter der Bowlingbahn zu, der seinen Stunt mitbekommen hat und ihn stirnrunzelnd beobachtet. »Du bist aus Morris.«

»Woher weißt du das?«

»Ich habe dich dort vor etwa zwei Wochen gesehen, als

du Lebensmittel in deinen Kofferraum geladen hast. Ich wohne auch in Morris.«

Ich schaue ihn sprachlos und mit offenem Mund an.

Er freut sich über meinen Schock. »Ich wollte rübergehen und hallo sagen, aber ich dachte mir, dass es nicht richtig wäre – ein fremder Mann, der sich auf einem dunklen, ziemlich leeren Parkplatz nähert.« Er hebt eine Schulter an, nach dem Motto: *Tja, was kann man machen?* »Aber danach habe ich darüber nachgedacht und mir gewünscht, ich hätte es getan. Ich habe mir gewünscht, ich hätte noch mal die Möglichkeit dazu. Wie großartig wäre es, eine zweite Chance zu bekommen? Ich bin sogar noch ein paarmal wieder in den Laden gegangen, um dich dort vielleicht wiederzusehen.«

Ich starre ihn an und schaue dann nach hinten, um zu sehen, ob meine Familie etwa lauscht. Sie sind weg. Sie sind gegangen, ohne sich zu verabschieden, und es gibt nur noch uns beide – mich und diesen seltsamen Mann, der immer besser aussieht und dessen Namen ich gar nicht kenne.

»Jedes Jahr zu meinem Geburtstag gehe ich zu meinen Eltern, und meine Mutter stellt Kerzen auf eine Torte«, erzählt er. »Einige Facebook-Freunde vom College schreiben mir, und ich warte, bis der Tag fast vorbei ist, um zu antworten, weil ich den Eindruck erwecken möchte, dass ich den ganzen Tag etwas Besseres zu tun hatte, als zu zählen, wie viele Geburtstagsglückwünsche ich bekommen habe. Ich gehe nie irgendwohin oder mache etwas Besonderes. Heute bin ich aufgewacht und hatte Lust auf Bowlen. Es ist der erste Geburtstag, den ich ganz allein verbracht habe. Ich wollte nicht in eine Bowlinghalle in der Nähe von Morris gehen, weil ich niemandem begegnen wollte, den ich kenne, also habe ich online nach anderen Orten gesucht und diesen gefunden. Ich habe ihn zufällig ausgewählt. Eau Claire.«

Ich bin fasziniert. Auf dem Bildschirm blinkt es. Er soll weiterspielen. Aber unsere Augen kleben aneinander. Wir stehen nahe beieinander, aber nicht nah genug, dass ich die Farbe seiner Augen erkennen könnte. Sie könnten grau sein.

»Das ist der erste Geburtstag, an dem ich keine Kerze ausgeblasen und mir etwas gewünscht habe«, sagt er und kommt einen Schritt näher. Der gesamte Sauerstoff in der Halle scheint plötzlich abgesaugt worden zu sein, ich bekomme nicht mehr genügend Luft. »Aber du bist heute hier reingekommen. Du hast genau die Bahn neben meiner bekommen und hast angefangen, mit *mir* zu sprechen. Wie stehen die Chancen dafür? Zwei Leute aus Morris, die sich in Eau Claire treffen? Und dann ist es auch noch die Frau, die ich wiedertreffen wollte.«

Ich kann nicht atmen. Er tritt näher, und meine Sinneswahrnehmungen spielen verrückt, seine Gestalt verwischt zu einem warmen, rosaroten Dunst. Mein Gehirn schaltet sich ein und aus, als wäre ich unter Drogen. Ich kann nur mit Mühe aufrecht stehen bleiben. Es wäre zu verlockend, sich die letzten Zentimeter, die uns trennen, nach vorne zu beugen. Ich kenne diesen Mann nicht, und ich weiß nicht, was er heute Abend vorhat, aber hier ist *etwas*, dem ich nachgehen muss. Wenn ich es nicht tue, werde ich es bereuen.

»Zum ersten Mal«, sagt er abschließend, »hat sich mein Wunsch erfüllt.«

* * *

Es ist schon so lange her, dass wir zusammen in einem Bett geschlafen haben, dass ich, als ich am Sonntagmorgen aufwache, diesen Moment gerne noch länger hinziehen und genießen möchte. Aber Nicholas ist durch die Nacht gefahren, um bei mir zu sein, und nun möchte ich etwas Besonderes für ihn tun. Der Weg zum Herzen eines Mannes führt durch seinen Magen, also werde ich ihn mit einem selbst gekochten Frühstück umwerben. Und mit *hausgemacht* meine ich, dass ich die Bestandteile unseres Frühstücksmenüs im Blue-Tulip-Café zusammenkaufen werde.

Bestimmte Muskeln, die während unserer Durststrecke verkümmert sind, wurden gestern Nacht etwas überbeansprucht, und ich unterdrücke einen kleinen Schrei, als ich aus dem Bett klettere. Ich schaue Nicholas an, er liegt auf dem Rücken, die Unterschenkel gekreuzt, er schläft tief und fest. Von uns beiden bin ich diejenige, die sich nachts breit macht. Er liegt in einer ganz geraden Linie da, als läge er in einem Sarg, und nimmt nur wenig Platz in Anspruch. Ich hingegen verdreifache meine Größe, wenn ich im Bett liege, ich strecke Arme und Beine aus, meine Haare kitzeln seine Nase und seinen Mund. In diesen letzten Wochen, in denen wir nicht in einem Bett geschlafen haben, war es wahrscheinlich Erholung pur für ihn. Tja, jammerschade, dass seine Nächte der Ruhe und

Entspannung vorbei sind. Ich habe es vermisst, jemanden im Schlaf treten zu können.

Eine Minute lang stehe ich nur da und weide mich an diesem Anblick.

Er liebt mich. Er hat die Worte zwar nicht ausdrücklich erwidert, nachdem ich sie ausgesprochen habe, aber ich weiß, dass er es tut.

Auf dem Küchentisch entdecke ich ein Geschenk, das er von seiner Reise mitgebracht hat: ein Briefbeschwerer aus Glas mit eingefassten Wildblumen. Er hat einen Weg gefunden, Blumen funktional und kosteneffektiv zu machen. Lächelnd hinterlasse ich ihm einen Dankeszettel.

Ich nehme Nicholas' Jeep, damit ich auch seinen Tank auffüllen kann, und fahre dann noch zur Waschanlage. Als ich mit einer riesigen Frühstücksbeute vom Blue-Tulip-Café zurückkehre, schwirrt mir der Kopf vor Ideen, wie wir den Tag verbringen könnten. Es ist zu kalt für Aktivitäten im Freien, also könnten wir vielleicht Lasertag spielen gehen. Oder wir fahren ins Kino. Ich schaue noch mal schnell in meinem Auto nach, weil ich glaube, ich habe noch einen Gutschein für das Kino in Beaufort im Handschuhfach, und stelle fest, dass der Haufen Müllsäcke neben dem Holzstapel ein Stück höher geworden ist und die Eingangstür offen steht. Nicholas scheint seit meiner Abreise ziemlich beschäftigt gewesen zu sein. Hoffentlich kocht er nicht gerade.

Wir sind immer noch dabei, den Schuppen auszumisten, da ist noch Zeug drin, das schon da war, als Leon das Haus gekauft hat. Ich werfe einen Blick auf einen der Müllsäcke, der nur locker zusammengebunden ist. Ich erkenne die hellblaue Farbe wieder und trete näher. Mein Herz schlägt schneller, aber mein Gehirn sträubt sich zu glauben, dass es das ist, also muss ich den Beutel aufbinden. Ich muss sicher sein.

Ich nehme die kleine Schachtel heraus, eine von vielen. Es sind noch fünf weitere in dem Müllsack, verbeult und zerdrückt. Die eine ist mit Ketchup beschmiert. Ich beuge mich darüber und atme ganz flach. In meinen Ohren rauscht es, meine Augen brennen. Ich werde mich gleich übergeben.

Es sind die Hochzeitseinladungen. Er hat sie alle weggeworfen.

Nicholas schlendert anmutig und mit hoch erhobenem Kopf über das Schlachtfeld. Er wirbelt sein Schwert durch die Luft. Er hält inne. Und dann sticht er mir mitten ins Herz.

* * *

Ich lasse die Schachtel auf dem Boden liegen und gehe zu meinem Auto zurück, ohne zu überlegen oder zu planen, was ich gerade tue. Ich bin auf Autopilot. Ich bin ein tödlich verwundeter Soldat, der sich verkriecht, damit er alleine sterben kann. Ich registriere schwach, dass Nicholas auf der Veranda steht, und ich glaube, dass er sogar meinen Namen ruft, aber mein Selbsterhaltungstrieb ist nun in vollem Gange, ich muss hier raus.

Statt nach Morris reinzufahren, fahre ich in die andere Richtung. Ich nehme die Kurven, als wäre ich ein paranoider Krimineller, der vor der Polizei flieht. Ich achte nicht mehr auf Verkehrsschilder und lasse mich vom Zufall leiten. Das Einzige, was zählt, ist, dass er mich nicht findet. Niemand darf mich so sehen.

Eine Stunde vergeht, bis ich einen Parkplatz finde – ein von einer Baumgruppe umgebener Rastplatz, und durch die Windschutzscheibe sehe ich einen See. Zehn Plätze weiter steht ein Wohnmobil, aber sonst ist niemand hier, ich habe also viel Privatsphäre. Ich drücke meine Stirn gegen das kühle Lenkrad, atme tief ein und in mehreren kurzen Zügen wieder aus. Das tut weh. Es tut so weh, und ich wünschte, ich könnte wieder die Naomi Westfield sein, die wollte, dass Nicholas die Einladungen wegwirft und die Hochzeit absagt. Sie hätte die Situation jetzt gefeiert.

Der See und die Bäume verschwimmen vor meinen Augen. Es ist ein nebliger, düsterer Tag, und ich wäre nicht überrascht, wenn ich immer weiterfahren würde und nie wieder zurückkäme. Ich lebe endlich meinen alten Traum, Morris für immer den Rücken zuzukehren.

Die Benachrichtigungsleuchte an meinem Handy blinkt. Mit zitternden Fingern werfe ich es nach hinten und hoffe, dass es dort unwiederbringlich verloren geht. Ich schließe meine Augen, aber alles, was ich sehe, ist die zerdrückte Schachtel mit den Hochzeitseinladungen. Als ich wieder durch die Windschutzscheibe blicke, bilde ich mir ein, dass Nicholas vor dem Auto steht. Ich fange innerlich an zu kochen, bis sich meine Wut zu einem donnernden Gebrüll formt. *Du tust mir weh? Ich werde dir noch mehr wehtun.* Unser alter Kampfmodus.

Er steht mit gespreizten Beinen da, als würde er darauf

warten, dass ich ihn überfahre und trotzdem nicht von der Stelle rücken. Ich warne ihn. *Weg da.*

Von seinen Lippen lese ich ab. *Nein.*

Wir starren uns gegenseitig an. Ich lasse das Auto ein paar Zentimeter vorfahren. Nicholas' Augen werden ganz groß, aber er weicht nicht zurück und fordert mich heraus. Keine kluge Entscheidung. Ich hupe, und er ignoriert es, er legt eine Hand auf die Motorhaube, als ob seine Berührung mich aufhalten könnte. Zu allem Frust *fühle* ich diese Berührung. Das ist unverzeihlich.

Ich liebe ihn, ich liebe ihn. Ich muss nicht jede Kleinigkeit an diesem Mann lieben, aber ich liebe ihn. Er hat nie gesagt, dass er mich auch liebt. *Sag, liebst du mich?* Das hat er gefragt. Aber warum sollte er so etwas sagen, wenn er mich nicht liebt? Was ist mit der Nachricht, die er mir geschrieben hat, ich sei die schönste Person, die er je kennengelernt hat? Was ist mit dem Armband aus Papier? Er hat es behalten. Ein Nichts, das ich gebastelt habe. Aber er hat dieses Nichts aufbewahrt.

Ich weigere mich zu glauben, dass wir immer noch Gegner sind, aber ich weiß, dass ich oft die Realität ignoriere.

Der Nebel hat sich verdichtet, also schalte ich meine Scheinwerfer ein und fahre rückwärts aus der Parklücke. Ich kann nicht zu lange an einer Stelle bleiben, sonst verbrenne ich. Der heraufbeschworene Nicholas löst sich im Fernlicht auf.

Mein wundes Herz zeigt mir weiter immer wieder Alternativen auf zu dem, was in meinen Augen gerade geschehen ist. Abwehrmechanismen. *Vielleicht liebt er dich, will aber einfach nicht mehr heiraten.* Das wäre nicht schlimm. Es würde alles so bleiben, wie es jetzt ist. Es fühlt sich endlich wieder gut an, auch wenn es nicht immer einfach ist.

Aber dann erinnere ich mich, wie sich Nicholas hingekniet hat und der Rest der Welt stillstand. Wie er ängstlich zu mir hochgeschaut hat mit dem Herz in der Hand. *Es reicht mir nicht, dass du meine Freundin bist. Ich will dich zur Frau.*

Nun nicht mehr, wie es scheint. Vielleicht liebt er mich nur zu achtzig Prozent. Nein. Man kann niemanden zu achtzig Prozent lieben.

Ist es okay für mich, mit diesem Mann zu leben, wenn sich herausstellt, dass er mich *zwar* liebt, aber einfach keinen Ring am Finger tragen will? Vielleicht überlegt er es sich eines Tages anders. Vielleicht wollte er ja gar nicht sechs Schachteln mit Hochzeitseinladungen wegwerfen. Vielleicht wollte er sie einlagern und hat die Säcke verwechselt. Es war ein Unfall, ein Missverständnis, und eines Tages werden wir darüber lachen.

Entweder das oder er hat in ein paar Monaten eine andere. Diese mysteriöse zukünftige Frau wird unter der Decke mit den Palmblättern schlafen, die er und ich zusammen ausgesucht haben. Sie wird die lila Haustür und das schmale mittlere Schlafzimmer haben, das eines Tages ein Kinderzimmer sein könnte. Ihr wird Nicholas' Lächeln gelten, seine Haut wird auf ihrer ruhen, in ihr Haar wird er atmen, während sie schläft. Sie wird Nicholas haben.

Ich könnte so tun, als hätte ich nie in den Müllsack geschaut. Ich könnte sofort nach Hause fahren und mir eine

Ausrede einfallen lassen. Ich könnte sagen, dass ich seinen Jeep in der Einfahrt stehen gelassen habe mit dem noch steckenden Schlüssel und dem Essen auf dem Beifahrersitz, weil ich von einem plötzlichen, verzehrenden Verlangen ergriffen wurde, in mein Auto zu steigen und zum Einkaufszentrum zu fahren. Ich werde sagen, dass mein Handy ausgegangen ist. Ich werde nicht zugeben, was ich im Müll gesehen habe, und es wird so sein, als wäre nichts passiert. Ich weiß nicht mehr, ob ich die Schachtel mit den Einladungen wieder in den Müllsack gesteckt habe oder nicht. Ich hoffe, ich habe es getan. Wenn ich sie offen liegen gelassen habe, wird er wissen, dass ich es herausgefunden habe.

Wie er sich letzte Nacht verhalten hat, macht heute keinen Sinn mehr. Wie konnte ich ihn nur so falsch verstehen? Vielleicht hat er nur mit mir geschlafen, weil er so weit gefahren und müde war. Er war nicht er selbst. Er muss aufgewacht sein und bereut haben, was wir getan haben, er hat sich vielleicht ausgenutzt gefühlt. Er ist wütend auf mich. Er denkt, ich hätte ihn ausgetrickst.

Stunden vergehen, und ich fahre immer weiter. Es ist dunkel, als die Straße mich unweigerlich nach Morris zurückführt, obwohl ich sie bitte, es nicht zu tun. Ich habe immer noch keine Ahnung, was ich tun soll. Ich habe kein Bargeld mehr, nachdem ich getankt habe und den ganzen Tag gefahren bin, ich habe nur noch meine Kreditkarte. Wenn ich in einem Hotel einchecke und mit der Karte bezahle, wird die Rechnung sofort auf seinem Handy aufploppen, weil wir ein gemeinsames Konto haben.

Ich bin hungrig und habe heute noch nichts gegessen,

also parke ich vor Jackie's und hole mir eine doppelte Portion Pommes. Ich setze mich auf die Motorhaube meines Autos und esse. Es fühlt sich gut an, warme Pommes zwischen kalten Fingern. Ich weiß, was als Nächstes passieren wird. Ich weiß es, seit ich die Pommes mit der Karte bezahlt habe, deshalb verziehe ich keine Miene, als ein Jeep Grand Cherokee neben mir parkt.

Ich starre einfach nur geradeaus und esse weiter Pommes. Ich spüre, dass er mich beobachtet. Ist es das, was er wollte? Entweder kenne ich ihn besser als irgendjemand sonst auf der Welt, oder ich kenne ihn überhaupt nicht. Ein Dazwischen gibt es nicht.

Nicholas steigt aus dem Auto. Aus den Augenwinkeln sehe ich, dass er eine verbeulte blaue Schachtel in der Hand hält, und mein Hals brennt, als hätte ich Säure geschluckt. »Naomi«, sagt er.

Ich kann das nicht. »Bitte tu es nicht. Du hast gewonnen, okay? Es ist aus. Ich werde es beenden, damit du es nicht tun musst.«

Er setzt sich neben mich, das Auto knarrt unter seinem Gewicht. Er hält die Schachtel vorsichtig auf seinem Schoß, und sie so nah zu wissen, sticht mir ins Herz. Wir werden uns niemals hinsetzen und gemeinsam die Adressen auf die Umschläge schreiben. Unsere Lieben werden sie nie öffnen, lächeln und sagen: *Sie heiraten also doch. Sie tun es wirklich.* Wir werden nie einen blumengeschmückten Kirchengang entlangschreiten und uns versprechen, immer füreinander da zu sein.

»Was meinst du mit *aus*?«, fragt Nicholas mit ruhiger Stimme. »Sag mir nicht, dass du versuchst, mit mir Schluss zu machen, nach allem, was wir durchgemacht haben. Damit kommst du nicht durch.«

»Ist es nicht das, was du willst?«

»Nein.« Seine Finger gleiten unter mein Kinn und heben meinen Kopf hoch, damit wir uns gegenseitig in die Augen schauen können. Sein Blick strahlt etwas aus, von dem ich überzeugt bin, dass er es nicht fühlt: Schmerz. »Liebste …«

Ich blicke auf die Schachtel auf seinem Schoß und möchte sie wegstoßen. »Stopp. Ich will nichts mehr hören. Das ist nicht nötig.«

»Oh, ich denke, es ist sehr nötig.«

»Es ist aus. Lass mich einfach in Ruhe.«

Seine Augen glühen. »Naomi, wenn du noch einmal sagst, dass das mit uns aus ist, verliere ich den Verstand. Ich war den ganzen Tag über am Durchdrehen, weil ich nicht wusste, wo du hingefahren bist. Du bist nicht ans Handy gegangen, und als du weggefahren bist, habe ich gesehen, wie unkontrolliert du fährst. Kannst du dir vorstellen, was ich durchgemacht habe? Ich war kurz davor, verschiedene Krankenhäuser anzurufen, als die Kreditkartenabrechnung aufploppte.«

Es ist lächerlich, dass ich mich schuldig fühle, weil er sich um mich gesorgt hat. »Ich will, dass du gehst. Bitte.«

»Deswegen?« Er tippt die blaue Schachtel an, und ich zucke zusammen.

»Weil ich es mir anders überlegt habe.«

Bevor ich weiß, was passiert, stecke ich zwischen der kalten Motorhaube und Nicholas fest. Ich kann nirgendwohin ausweichen. Meine Sinne taumeln, ich bin überwältigt von seiner Berührung, von der Tatsache, dass wir uns so perfekt aneinanderfügen. In seinem dunklen Blick sehe ich Angst und Wut glänzen und noch etwas, das ich erst nach einer Weile entschlüsseln kann. Ein tiefes, brennendes Sehnen. Wäre ich nicht eingeklemmt, meine Knie würden jetzt einknicken.

Er legt seine Hand auf mein klopfendes, verräterisches Herz und hat das Kommando über jedes Nervenende, über mein ganzes Wollen. Ich bin hellwach. Er schaudert beim Ausatmen, und sein Gesicht senkt sich so tief, dass ich denke, es folgt jetzt ein Kuss, weshalb ich die Augen schließe.

»Dein Herz gehört mir«, sagt er.

Kapitel 21

Nicholas öffnet die Schachtel und nimmt eine Einladung heraus. Ein Antwortkärtchen fällt heraus und flattert über den Parkplatz. »Ich habe eine solche Karte monatelang in meiner Brieftasche mit mir herumgetragen«, sagt er. »Ab und zu nahm ich sie heraus, schaute sie mir an und lächelte, weil ich mich so sehr darauf gefreut habe, dich zu heiraten. Aber irgendwann machte es mich nicht mehr glücklich, sie anzusehen.«

»Weil du mich nicht mehr heiraten wolltest.«

Er reicht mir die Einladung. »Wie fühlst du dich, wenn du sie in der Hand hältst?«

»Traurig«, antworte ich wahrheitsgemäß.

»Lies sie dir durch. Sag mir, was du fühlst.«

Ich bin so leer, dass man hören könnte, wie der Wind durch mich hindurchweht. Aber ich richte mich wieder auf der Motorhaube auf, Nicholas hüpft neben mich, und ich muss die extravagant geschwungene Schrift zweimal lesen, bevor sich das Gelesene setzt.

Deborah und Harold Rose

verkünden stolz die Vermählung ihres Sohnes

Dr. Nicholas Benjamin Rose

am 26. Januar um 13 Uhr in der Kirche St. Mary's

mit Naomi Westfield.

Der Empfang findet in der Gold Leaf Banquet Hall statt.
Festtagsgarderobe.
Kinder oder Tiere sind nicht erwünscht.

Seitdem wir sie erhalten haben, habe ich mir diese Einladungen nicht mehr angeschaut, und wenn ich sie jetzt so betrachte, ärgere ich mich darüber. Nicholas beobachtet, wie ich reagiere, und nickt. »Genau. Sehen die so aus, als wären sie unsere Einladungen? Sind das unsere Worte? Fühlt sich irgendetwas daran nach uns an? Dein zweiter Vorname steht nicht einmal drauf.«

»Ich hätte sie so nicht ausgesucht«, gebe ich zu und höre selbst, dass meine Stimme bitter klingt. »Ich habe sie aber nicht von meinem Geld bezahlt, also konnte ich nicht das letzte Wort haben.«

»Ist das nicht verrückt? Dass du bei so was nicht das letzte Wort hast?« Er blickt auf die Einladung. »Ich konnte mich auch nie entscheiden, welches Foto beigefügt werden soll. Denn diese Fotos halten einen Tag fest, an dem wir nicht glücklich waren. Ich erinnere mich, dass du dich nicht wohlgefühlt hast und dass du mein Outfit nicht mochtest. Wir haben uns gegenseitig genervt und haben vor dem Fotografen ein falsches Lächeln aufgesetzt.«

»Stimmt.«

»Und diese Bänder?« Er berührt die elfenbeinfarbene Seidenschleife mit Plastikperlen. »Ist das unser Geschmack? Ich habe lange darüber nachgedacht, und diese Einladungen fühlen sie sich nicht an wie unsere.«

»Das sind sie auch nicht. Es sind die Einladungen deiner Mutter.« Ich schaue ihm direkt in die Augen. »Wenn du die Entscheidungen, die sie getroffen hat, nicht gut fandest, hättest du etwas sagen können.«

»Ich weiß. Es tut mir leid, dass ich es zugelassen habe, dass sie alles an sich reißt ... Ich wusste, wie du dich dabei fühlst, und ich habe es zugelassen, weil es damals für mich leichter zu ertragen war, wenn du sauer auf mich bist, als wenn Mom es ist. Und das war völlig daneben.«

»Ja, das war es.« Es hat keinen Sinn, es ihm noch einmal vorzuwerfen, also füge ich hinzu: »Aber du besserst dich. Du hast mich verteidigt. Du hast ihr neulich keine ihrer Beleidigungen durchgehen lassen. Und ich bin froh, dass du nicht mehr jeden Tag hinfährst und nicht mehr alle ihre Anrufe entgegennimmst.«

»Es hilft mir, dass ich dich an meiner Seite habe und dass du mich ermutigst.« Er legt seinen Kopf auf meine Schulter. »Du machst es mir leichter.«

»Das habe ich nicht immer getan ...«

Er nimmt meine Hand und drückt sie. »Ich habe heute Morgen Dinge aussortiert, die ich wegwerfen wollte, und dabei die Schachteln gefunden. Es war die natürlichste Sache der Welt, sie wegzuwerfen.«

»Wow«, bemerke ich dumpf. »Gib dir bloß keine Mühe, den Stich, den du mir damit versetzt hast, abzumildern.«

»Liebste, warum sollten wir in St. Mary's heiraten? Warum sollten wir anschließend in einem stickigen Saal feiern? Bedeutet uns irgendeiner dieser Orte etwas?«

»Nein, aber …«

»Es sollte um *uns* gehen«, fährt er eindringlich fort, nimmt meine beiden Hände in seine und dreht uns so, dass wir uns gegenüberstehen. »Und die Gästeliste! Sie ist ewig lang. Die meisten Namen auf der Liste kenne ich nicht. Warum sollten wir all diese Fremden um uns herum versammeln, um den schönsten Moment unseres Lebens zu feiern?« Er zerknüllt eine Einladung, und ich schnappe nach Luft. »Das sind Einladungen für eine Fake-Hochzeit. Ich habe sie weggeworfen, weil ich keinen dieser Leute dabeihaben will.«

Ich schaue ihn mit großen Augen an. »Keinen von ihnen?«

»Warum sollte ich? Es geht hier um niemanden sonst außer um dich und mich. Die einzigen Menschen, von denen ich mir wünschen würde, dass sie bei unserer Hochzeit dabei sind, sind jene, die uns beide gut behandelt haben. Das schließt so ziemlich jeden aus, den ich kenne, einschließlich der Person, die für diese Einladungen verantwortlich ist.«

Ich kann mir keine Hochzeit vorstellen, bei der Deborah nicht die Oberbefehlshaberin ist. Sie würde es uns nie durchgehen lassen, sie auszuschließen. Für Deborah ist unsere Hochzeit ein gesellschaftliches Ereignis, bei dem sie sich präsentieren und mit ihrem Sohn angeben kann.

Sie kann es kaum erwarten, dass ihr alle anderen Mütter in ihrem Bekanntenkreis gratulieren. »Was ist mit unseren Familien?«

»Scheiß auf unsere Familien. Scheiß auf alle.« Er wirft die zerknitterte Einladung in die Richtung eines Mülleimers. Sie prallt am Rand des Mülleimers ab.

Ich muss lachen. Ich weiß, dass er das so eigentlich nicht meint, aber vielleicht hat er für diesen einen Tag recht. An einem so besonderen Tag, an dem man sich gegenseitig über alles andere stellt, an dem ein zutiefst persönliches Versprechen gefeiert wird, sollten wir vielleicht nicht auf die Wünsche oder Meinungen anderer eingehen müssen. Wir sollten das tun, was sich für uns und nur für uns richtig anfühlt.

»Wir werden unsere eigene Familie gründen«, sagt er ernst.

Ich schüttle den Kopf: »Du hast den Verstand verloren.« Ich nehme eine Einladung aus der Schachtel, zerknülle sie und werfe sie zum Mülleimer. Sie verfehlt ihr Ziel.

Unsere Hochzeitseinladungen zu zerknüllen und einen Mülleimer damit zu bewerfen, hat eine seltsam reinigende Wirkung. Sobald wir damit angefangen haben, können wir nicht mehr aufhören. Wir stapeln die zu Wurfgeschossen zusammengeknüllten Karten auf der Motorhaube und versuchen abwechselnd, den Mülleimer zu treffen. Er erzielt elf und ich neun Punkte.

»Das ist die für meine Großmutter«, sage ich, während ich einen Ball aus Papier und Bändern wegschleudere. »Dafür, dass sie mich dazu gedrängt hat, ihren Schleier zu tragen, obwohl sie gemerkt hat, dass er mir nicht gefällt, und dafür, dass sie mir zu verstehen gegeben hat, ich wäre vielleicht schon zu alt zum Kinderkriegen.« Ich treffe, und Nicholas jubelt. »Nimm das, Edith! Du bist offiziell ausgeladen!«

»Die hier ist für deinen Bruder«, antwortet er, schwingt den Arm wie der Werfer beim Baseball und lässt sie fliegen. Er verfehlt sein Ziel um einiges. »Ich weiß, dass du meine Sonnenbrille gestohlen hast, Aaron!«

»Ich kann's kaum erwarten, die für deine Mutter zu werfen.«

»Oh, lass mich das tun, bitte. Ich habe es verdient.«

Er hat recht, diese Ehre gebührt Nicholas. Ich überreiche ihm eine noch unberührte Einladung, damit er die Genugtuung hat, sie zu zerknüllen, während er an Deborah denkt. Er zerknüllt sie mit präziser Heftigkeit und wirft sie weit über den Müllcontainer hinaus, sie prallt gegen ein Stoppschild.

»Wenn ich jetzt treffe«, sage ich und werfe eine Kugel von einer Hand in die andere, »dann musst du den ganzen Müll alleine aufheben, während ich zuschaue und Pommes esse. Ich will keine Geldstrafe wegen falschen Müllabladens bekommen.« Ich strenge mich an, aber ich treffe daneben. Na klar.

»Ha!«, kräht er. »Wenn ich treffe, musst du reingehen und mir einen Schokoshake kaufen.«

Nicholas wirft auch daneben. »Mist.«

Ich lache schnaubend. »Du bist ja noch schlechter als ich.«

»Dein Gesicht ist schlechter«, murmelt er, worüber ich lachen muss.

In der Schachtel ist eine letzte Einladung. Ich zerdrücke sie ganz langsam. »Wenn ich treffe …« Ich suche nach dem verrücktesten Ausgang, der mir einfallen könnte. Das ist es. »… musst du mich heiraten. Nicht irgendwann und nicht vielleicht, sondern jetzt.«

Ich schwinge meinen Arm und bin dabei, die Kugel zu werfen, als Nicholas mein Handgelenk packt. Er nimmt mir die Einladung aus der Hand, rutscht von der Motorhaube herunter und geht zum Müllcontainer. Er lässt sie ganz bewusst hineinfallen.

Ich hebe eine Augenbraue, als er zu mir zurückkommt.

Er bleibt einen Schritt entfernt stehen, steckt die Hände in die Taschen. Der Schalk ist aus seinen Augen verschwunden. »Ich überlasse dich und mich nicht dem Zufall.«

Ich starre ihn an. Er ist todernst. »Wirklich? Du willst heiraten?«

»Wirklich. Es gibt niemanden außer dir, den ich quälen möchte.«

Ich kann nicht aufhören, ihn anzustarren. So wie er spricht, klingt es, als ob er mir alles bietet, was ich will. Ich will so gerne darauf vertrauen, aber es gibt etwas Entscheidendes, das ich ihm gegeben habe und das er mir noch nicht zurückgegeben hat. »Du hast aber noch nicht gesagt, dass du mich liebst.«

»Das ist nicht wahr.«

»Das hast du nicht gesagt.«

»Ich sage es ständig, ich sage es nur sehr, sehr leise. Ich sage es, wenn du in einem anderen Raum bist oder gleich nachdem wir auflegen. Ich sage es, wenn du Kopfhörer aufhast. Ich sage es, nachdem du die Tür hinter dir geschlossen hast. Ich sage es in meinem Kopf, jedes Mal, wenn du mich anschaust.«

Er tritt näher, so nah, dass sich unser Atem trifft. Ich weiß nicht, was ich darauf sagen soll, aber zum Glück weiß Nicholas es.

Er legt seine Hände um mein Gesicht und berührt meine Lippen mit seinen, sein Blick ist so weich, und ich sehe, dass er lächelt. »Selbstverständlich liebe ich dich, Naomi. Ich habe nie aufgehört, dich zu lieben.«

* * *

Nachdem wir den Antrag gestellt haben, dauert es sechs Tage, bis uns die Eheerlaubnis erteilt wird, und im Moment behalten wir die Nachricht bis zum richtigen Zeitpunkt für uns.

Nicholas und ich kehren von einem Lasertag-Nachmittag zurück. Er hat sich bei der Arbeit krankgemeldet. Seine Hand ruht auf dem Schalthebel, und er blickt geradeaus auf den Schnee, der über die Straße weht. Im Moment fallen keine Flocken, aber es hat den ganzen Tag über geschneit, und auf beiden Straßenseiten türmen sich Schneehügel. Ich lege meine Hand auf seine und spüre dieses kaum wahrnehmbare Zucken, eine automatische Reaktion, die sich nach Bestätigung und Gemeinschaft anfühlt.

»Ich bin dafür, dass wir das nächste Mal deine Eltern mitnehmen«, sage ich und stelle mir Deborah mit ihren frisch manikürten Krallen vor, wie sie die Laserpistole wie eine tote Spinne hält. Und Harold, der schnaufend versucht, sie zu erschießen.

Nicholas gackert. Das passt perfekt zu unserem Vorhaben, die Art und Weise, wie wir Zeit mit seinen Eltern verbringen, zu ändern – einen Weg zu finden, dass es unterhaltsam wird, damit sie sich nicht für den Rest unseres Lebens wie eine anstrengende Verpflichtung anfühlt. Gestern Abend haben wir zu viel Wein getrunken und sind vom Bett gefallen (okay, vielleicht bin nur ich vom Bett gefallen) und haben über die Vorschläge des anderen gelacht, während wir abwechselnd Szenarien aufgeschrieben haben. Entstanden ist eine lange Liste verrückter Dinge, denen wir sie aussetzen wollen.

Wir haben ihnen noch nichts von der Eheerlaubnis erzählt. Wir werden ihnen die Nachricht überbringen, nachdem wir bereits verheiratet sind, und einen Empfang in der Bowlingbahn in Eau Claire geben. Oder vielleicht schreiben wir einen Brief an *Liebe Deborah* und teilen es ihnen auf diesem Weg mit. Wenn sie nicht wegen unserer unperfekten Zeremonie durchdreht, wird sie es bestimmt tun, wenn sie erfährt, dass wir unsere Nachnamen vereint haben, um einen ganz neuen, für uns einzigartigen Namen zu schaffen: Rosefield.

Ich zittere und drehe die Heizung auf. Die Unterlagen, die besagen, dass Nicholas und ich innerhalb der nächsten dreißig Tage legal heiraten dürfen, blitzen aus dem Handschuhfach hervor, und ich nehme das Gespräch dort auf, wo wir es vor dem Lasertagspiel abgebrochen haben. »Flugtickets werden jetzt im Winter teuer sein.«

»Ja. Ich bin mir nicht sicher, ob ich bei diesem Wetter überhaupt fliegen will. Ich fliege so schon ungern, und wenn es schneit, werde ich da oben ausflippen.«

»Das schließt die Bridal Cave in Missouri und diesen Gletscher in Alaska aus.« Erst hatten wir an eine ganz normale Trauung auf dem Standesamt gedacht, aber dann habe ich *interessante Hochzeitsziele* in eine Suchmaschine eingegeben, und die Ergebnisse haben uns dazu inspiriert, etwas fantasievoller vorzugehen. In Sachen Hochzeit alles anders zu machen, ist übrigens fantastisch. Ich empfehle es sehr, solltet ihr die Gelegenheit dazu haben. Es bedeutet, dass man den vollen Spaß am Heiraten hat, aber nicht den Stress, der sich einstellt, wenn man eine traditionelle Hochzeit planen muss.

»Hast du einen Lieblingswochentag?«, frage ich. »Ich würde zum Beispiel nicht an einem Montag heiraten wollen.«

»Oh?« Er wirft mir einen kurzen Blick zu. »Warum denn nicht?«

»Ich hasse Montage. Das sind niemals gute Tage.«

»Ich habe keine Vorliebe für einen bestimmten Wochentag«, antwortet er, »aber ich würde lieber nicht am Morgen heiraten. Mein Haar sieht am besten aus, wenn es ein paar Stunden Zeit zum Atmen hatte.« Ich stupse ihn an, und er macht eine Show daraus, mit seinen Fingern durch seine braunen Wellen zu gleiten. Das ist nur zur Hälfte ein Scherz, denn sein Haar sieht in der zweiten Tageshälfte tatsächlich viel besser aus.

Ich mag es, über Hochzeitsdetails zu sprechen. Ich höre gerne, wie Nicholas darüber redet, den Rest seines Lebens mit mir zu verbringen. Ich mache mir keine Mühe, meine

Fröhlichkeit zu verbergen, und obwohl ich nicht zu ihm schaue, weiß ich, dass mein Hochgefühl ansteckend ist und er lächelt.

»Ich habe einige Wasserfälle in Wisconsin rausgesucht«, schlage ich vor. »Es wäre vielleicht cool, vor einem Wasserfall zu heiraten.«

»Oder in einer schönen Landschaft, bei einer Wanderung. Davon gibt es hier viele.«

»Dann können wir genauso gut in unserem eigenen Garten heiraten«, scherze ich. Dann halten wir beide inne und starren uns an, weil es perfekt ist.

»Warum ist uns das nicht gleich eingefallen?«, wundert sich Nicholas.

»Ja, genau!« Ich bin verblüfft, dass wir so lange gebraucht haben. »Die schönen Bäume. Der See. Die Scheune im Hintergrund und all die Eiszapfen, die herunterhängen. Und überall Schnee! Oh, das wird wie in einem Märchen.«

»Der Weg in unsere Flitterwochen wird dreißig Sekunden dauern. Wir werden nicht packen müssen.«

»Ja.« Ich klatsche in die Hände. »Ja, ja, ja.«

»Und wenn man bedenkt, dass wir darüber nachgedacht haben, in ein Flugzeug zu steigen und den ganzen Weg nach Juneau zu fliegen, um auf einem Gletscher zu stehen, wo es doch hier genauso kalt ist. Und der Veranstaltungsort gehört uns!« Er grinst mich an. »Naomi, wir werden heiraten.«

Wir fahren am Junk Yard vorbei, und ich drehe mich auf meinem Sitz um, um rauszuschauen. »Warte! Dreh um.«

»Was? Warum?«

Ich klopfe ihm wiederholt auf den Arm. »Dreh um, dreh um!«

»Was ist denn los, verrückte Frau?« Er fährt in eine Einfahrt und wendet. »Wo fahren wir hin?«

»Dahin.« Ich zeige auf den Junk Yard. Es stehen zwei Autos auf dem Parkplatz, das von Leon und das von Mr Howard. Es war zunächst nur ein Bauchgefühl, dass wir umdrehen müssen, doch in diesem Augenblick wird mir bewusst, warum: »Mein ehemaliger Chef, Melvin, ist ein ordinierter Priester.«

Nicholas parkt und starrt mich an. »Ernsthaft?«

Ich bin so aufgeregt, dass ich nicht sprechen kann. Alles, was ich tun kann, ist nicken. Es ist kein Montag, es ist nicht am Morgen, und die Gelegenheit klopft an. Mr Howard kommt aus dem Laden, er trägt das Schild, das über der Kasse hing – *Auf die kleinen Dinge kommt es an* –, und bleibt stehen, als er mich sieht. Ich winke und öffne die Tür.

»Hey, hallo! Haben Sie kurz Zeit?«

* * *

Die besten Hochzeiten sind Überraschungshochzeiten. Als ich heute Morgen aufgewacht bin, hatte ich keine Ahnung, dass ich heute heiraten würde, und ich hoffe, das ist ein Zeichen. Ich hoffe, dass unsere Ehe voller spontaner Überraschungen wie dieser sein wird und dass Plan C spektakulär gut geht.

Ich wühle im Schrank des Zimmers, das einmal meins war, zukünftig aber das Gästezimmer wird. Alle meine

Klamotten liegen auf dem Bett oder über dem Boden verteilt. Was zieht man zu einer spontanen Hochzeit im Garten an?

Mein schönstes Kleid ist ärmellos und ungefähr so dünn wie Seidenpapier. Ich würde mich in ein Eis am Stiel verwandeln.

Ich probiere einen Pullover an und ziehe ihn sofort wieder aus. Ich versuche, einen Rollkragenpulli und Leggings unter einem anderen Kleid anzuziehen, aber das passt nicht. »Wie läuft's denn so?«, ruft Nicholas durch die Tür. Ich wette, er hat fünfzehn Sekunden gebraucht, um sich anzuziehen, der Verräter.

»Ich habe nichts zum Anziehen!«

»Dann geh doch nackt.«

Ich werfe einen Schuh gegen die Tür, und er lacht. »Beeil dich!«, sagt er. »Ich will dich heiraten.«

»Ruhe! Hau ab! Ich liebe dich.«

»Ich liebe dich auch. Wir sehen uns auf der anderen Seite.«

Ich höre die Treppe knarren, als er runtergeht, und widerstehe der Versuchung, aus dem Fenster zu schauen und zu sehen, ob er schon draußen ist. Ich öffne die Tür und denke daran, auf Zehenspitzen in unser Schlafzimmer zu schleichen und seinen Schrank zu durchwühlen, um etwas Besseres zum Anziehen zu finden, aber da trete ich auf ein Stück Stoff, das vor der Tür liegt.

Ein Overall. Ich hebe ihn auf und schüttle ihn. Es ist meiner, der kleinere der beiden. Sie sind zweckmäßig und nicht besonders schön, aber wenn man bei minus acht Grad draußen steht und sein Gelübde aufsagt, sind mehrere Klamottenschichten keine schlechte Idee. Ich lächle und ziehe ihn über meine normale Kleidung an. Dann rufe ich nach Brandy, die mit einer Bürste und einem Lockenstab die Treppe hochkommt. Brandy ist eine der Ausnahmen von der Regel, dass wir keine Gäste haben, denn sie befürwortet und respektiert unsere Entscheidungen und wirft keinen Schatten auf unseren Tag.

»Bereit?«, fragt sie fröhlich.

»Viel Glück. Du wirst es brauchen.«

»Ach, sei still. Du hast schöne Haare.« Sie drückt mich in einen Stuhl und beginnt, sich mit meinem Pony zu beschäftigen, der ein wenig gewachsen ist. Nicholas denkt, er mag keine Ponys. Dabei hat er keine Ahnung, wovon er spricht, denn er verliebt sich immer dann in mich, wenn ich einen Pony habe.

Sie macht mir einen Kronenzopf, den ich alleine nie hingekriegt hätte, und als sie fertig ist, bin ich angenehm überrascht von der Naomi, die mir im Spiegel zurückblinzelt. Meine Haare sind eigentlich ziemlich toll.

»Umwerfend«, sagt sie und umarmt mich, während sie auf- und abhüpft. »Hier, das habe ich dir mitgebracht.« Sie öffnet ihre Handfläche und zeigt mir ein Pfefferminzdragee.

»Wow, vielen Dank«, antworte ich trocken.

»Das ist mein Hochzeitsgeschenk an Nicholas. Niemand will eine Quesadilla küssen.«

Ich nehme das Dragee und lege zum Abschluss noch einen einfachen Lippenbalsam auf. Leon, die andere Ausnahme von der Regel, dass wir keine Gäste haben, wartet unten. Mr Howard ist sicher schon draußen bei Nicholas.

»Dein zukünftiger Ehemann hat das für dich gemacht«, sagt Leon und überreicht mir einen Strauß aus den Zweigen eines immergrünen Baums.

»Wie sehe ich aus?« Ich posiere mit dem Strauß.

»Als würdest du gleich losziehen, um Insektenvernichtungsmittel zu versprühen«, sagt er.

»Ausgezeichnet. Genau das war meine Absicht.«

Brandy reicht mir ihren Arm, und ich hake mich ein. Ich dachte, Brandy wäre als meine Trauzeugin hier, aber offensichtlich wird sie mich zum »Altar« führen. »Bist du bereit?«

»Ich bin mehr als bereit. Ich muss mir diesen Mann sichern, bevor er auf dumme Gedanken kommt und flieht.«

Wir alle treten durch die Hintertür hinaus in die lavendelfarbene Dämmerung und laufen vorsichtig den schneebedeckten Hang hinunter. Es gibt keinen Altar. Keine Brautjungfernschar, keine Blumenarrangements, keinen Blitz eines Fotografen. Weiter entfernt von St. Mary's kann es gar nicht sein.

Der Wald bildet einen schwarzen Hintergrund, kalte Luft strömt in meine Lunge. Der Mann, den ich liebe, wartet am Rand des Sees auf mich, und ich fühle seinen Puls, als ob es mein eigener wäre. Meine Sinne sammeln Bilder, Düfte und Geräusche, die ich bis zu meinem Tod bewahren möchte. Ich habe so lange den Atem angehalten, wie gut fühlt es sich jetzt an, endlich frei atmen zu können.

Die Landschaft ist wunderschön, aber es dämmert mir, dass es keine Rolle spielt, wo wir sind. Nicholas könnte in einem Sturm, einer Wüste, im leeren Raum stehen. Ich würde den Unterschied nicht erkennen, denn ich sehe nur ihn.

Er begrüßt mich mit einem Lächeln, das so schön ist, dass es mehr Gefühle in mir weckt, als ich verkraften kann. Das Wort *Liebe* fühlt sich an wie Nicholas. Es ist ganz mit ihm gefüllt. Eines Tages wird sich dieses Wort weiterentwickeln und sich mit den Menschen füllen, die wir gemeinsam in diese Welt setzen. Ich kann es kaum erwarten, zu sehen, welche Art von Magie wir mit diesem Wort spinnen, wie viele Formen es annehmen wird. Ich kann es kaum erwarten zu sehen, wie viele Erinnerungen aus unserer Entscheidung, genau hier und jetzt zu stehen, um uns zu schwören, uns in guten wie in schlechten Zeiten zu lieben und zu achten, entstehen werden. Ich kann nur sagen: *Es kann losgehen.*

Wir kennen bereits die schlimmsten Seiten des anderen. Wir haben uns durchgekämpft und sind unzerstörbar aus dem Kampf hervorgegangen. Es wird unweigerlich Streit, Kompromisse und Friedensverträge geben, die mit vergossenem Blut, Schweiß und Tränen zustande kommen. Doch wir werden uns immer wieder füreinander entscheiden, unser Uns verteidigen, und wir werden nie zulassen, dass wir das Gute vergessen, wenn wir in einer schlechten Phase stecken. Das wird Arbeit kosten. Aber ich möchte euch etwas über Nicholas Benjamin Rosefield sagen: *Er ist es wert.*

Nicholas' Augen schimmern tränenfeucht und sein Lächeln leuchtet. Genau wie ich sieht er nichts von all dem als selbstverständlich an.

Wie großartig wäre es, eine zweite Chance zu bekommen?

Die Sonne geht unter und entzündet am Himmel ein leuchtendes Schauspiel aus Blau und Lila, das an Polarlichter erinnert. Nicholas nimmt meine Hände in seine und untersucht meine eisig-roten Fingerspitzen. Er pustet sanft darüber, um sie zu wärmen, dann zieht er mich näher an sich heran, um seine Körperwärme mit mir zu teilen. Ein Zweig eines immergrünen Baums steckt in der Vordertasche seines Overalls, wie ein Ansteckstäußchen, was mich zum Lachen bringt.

Die Sache bei einer Hochzeit ist: Man erinnert sich nicht an das Gelübde. Man vergisst es in der Sekunde, in der der Mund die heiligen Worte spricht, weil das Gehirn den Platz braucht, um jedes Detail des Gesichts des Partners aufzunehmen. Meine ganze Konzentration in diesem Augenblick gilt ihm. Alles ist wunderbar. Jeder Tag ist gleich. Jeder Tag ist wie unser Hochzeitstag.

Mr Howards Worte sind so leise, es ist, als kämen sie aus einer anderen Welt. Nicholas' Mund lächelt nur ganz leicht, bevor er sich vorbeugt. Er blickt von meinen Lippen zu meinen Augen, und was immer es damit auf sich hat, wie ich ihn anschaue, es lässt ihn innehalten. Er küsst mich sanft auf die Stirn, bevor er mir den Kuss gibt, der mich zu seiner Frau macht.

Diamantene Schneeflocken tanzen um uns herum, während ich mit meinen Fingern durch sein Haar fahre und ihn immer wieder küsse, diesen Mann, der unwiderruflich zu mir gehört.

Wie haben Nicholas und ich uns getroffen?

Wir haben uns in einem Haus namens *Happyend* wiedergetroffen, nachdem wir einander verloren hatten. Und ich bin hundertprozentig verliebt in das, was wir ineinander gefunden haben.

* Dank *

Man braucht ein ganzes Dorf, um ein Buch zu schreiben, und mein Dorf ist wunderbar. Ich danke meiner Agentin Jennifer Grimaldi, die mein Leben innerhalb einer Millisekunde verändert hat: Danke, dass du an meine Geschichte geglaubt hast, dass du mir geholfen hast, sie so lange zu schleifen und zu polieren, bis sie geglänzt hat, und dafür, dass du mich mit meiner Filmagentin Alice Lawson (ein weiteres Genie, das der Zauberei fähig ist) und dem Verlag meiner Träume, Putnam, zusammengebracht hast. Wenn du mir, als ich anfing, diesen Roman zu schreiben, gesagt hättest, dass ich *hier* landen würde, wäre ich vor lauter Lachen vom Stuhl gefallen. Wenn ich an all die Leute denke, die Ja zu diesem Buch gesagt haben (und mit was für einer Begeisterung!), will ich mich immer noch kneifen.

Margo Lipschultz, meine Superstar-Lektorin: Ich schenke dir einen symbolischen Garten voller Kamelien, was laut einer Webseite Dankbarkeit bedeutet (aber anderen zufolge stehen sie für *Sehnsucht* oder *makellose Schönheit*, also such dir was aus). Ich bin so glücklich, dass du mir auf dieser Reise beigestanden hast, du hast meine Tage mit deinen E-Mails, deiner Leidenschaft für diese Geschichte und diese Figuren und deinem fabelhaften Fachwissen verschönert und bereichert. Vielen Dank auch an meine reizende britische Lektorin von Piatkus, Anna Boatman, und an das wunderbare Putnam-Team: Sally Kim, Tricja Okuniewska, Ashley McClay, Alexis Welby, Brennin Cummings, Tom Dussel, Ashley Tucker, Mia Alberro, Marie Finamore, Bonnie Rice, Ivan Held, Christine Ball, Amy Schneider sowie das Grafikteam: Vikki Chu, Christopher Lin und Anthony Ramando.

Riesige und ewige Dankbarkeit gebührt Marcus, meinem Mann und schneidigen, verlässlichen Helden. Ich könnte kein einziges Wort schreiben, wenn ich nicht deine nie nachlassende Unterstützung hätte. Es war mein lebenslanger Traum, Schriftstellerin zu werden, und dank deiner harten Arbeit und der Opfer, die du bringst, kann ich jeden Tag zu Hause bleiben und zusammen mit den verrücktesten und süßesten Kindern der Welt Geschichten schreiben. Lillie, Charlie und Baby Nummer drei: Ich liebe euch bis in alle Ewigkeit. Ihr bringt so viel Spaß und Freude in mein Leben. Das hier ist aber definitiv der einzige Teil des Buches, den ihr lesen dürft.

Und noch etwas: Ich finde es wichtig, ehrlich darüber zu sein, was *vor* der guten Nachricht kommt. Obwohl *Ist für immer nicht viel schlimmer?* mein offizielles Debüt ist und meine bisherigen Erfahrungen damit unglaublich toll waren, ist dies bei Weitem nicht mein erster Roman. An meine Schriftstellerkollegen da draußen in den Schützengräben, die unruhig sind, ihre Texte wieder und wieder umschreiben und zum x-ten Mal neu anfangen: Gebt niemals auf, egal was die anderen sagen. Wenn ihr immer weiterschreibt und es immer weiter versucht, kommt die Geschichte, die es sein soll, ans Tageslicht.

Vielen Dank an die wunderbaren Autorinnen und Autoren, die sich bereit erklärt haben, dieses Buch im Voraus zu lesen, und die online dafür geworben haben. Eure Unterstützung war unglaublich! Ich bedanke mich bei meinen ersten Leserinnen: Eure Freundschaft, Unterstützung und euer Feedback haben mich ermutigt weiterzuschreiben – ihr talentierten Damen wart mir eine große Inspiration, und ich kann es kaum erwarten, meine Regale mit euren Büchern zu füllen!

Ein letztes Dankeschön geht an dich, die Leserin, den Leser dieses Buches, wer auch immer du bist. Du hast dir die Zeit genommen, meine Geschichte zu lesen, und dafür bin ich dir unendlich dankbar.